Historisc

Bergisches Land

Für Caroline.

Peter [illegible]

Bergischer Verlag

Peter vom Falkenberg lebt mit seiner Familie in Remscheid. Seine Freizeit verbringt er gerne mit den Enkelkindern, oder er fährt mit seinem Motorrad durch das schöne Bergische Land, häufig auf der Suche nach neuen Ideen.
Zur Recherche seiner Bücher besucht er Burgen und mittelalterliche Märkte. Dabei gilt seine besondere Aufmerksamkeit den Grafen von Berg und deren Nachfolgern.
In den Sommermonaten sitzt er gerne in Straßenkaffees, wo er immer wieder Gesten, Dialoge und insgesamt das Verhalten seiner Mitmenschen studiert.
Ein Zitat von Charlie Chaplin begleitet sein Leben:
Ein Tag an dem Du nicht gelacht hast, ist ein verlorener Tag.

Peter vom Falkenberg

Der Waldläufer

Ein historischer Roman aus der ersten Hälfte
des 13. Jahrhunderts

Bergischer Verlag

Peter vom Falkenberg – Der Waldläufer
Historischer Roman Bergisches Land

ISBN 978-3-943886-01-6

1. Auflage 6/2012

Bergischer Verlag
RS Gesellschaft für Informationstechnik mbH & Co. KG
Konrad-Adenauer-Str. 6
42853 Remscheid
Tel.: 0 21 91/909 444
E-Mail: info@BergischerVerlag.de / www.BergischerVerlag.de

Lektorat: Christine Chmilewski
Titelfoto (u. Abb. im Inhalt): Thomas Wunsch
Gesamtherstellung: Ernst-Wilhelm Bruchhaus
Druck: AALEXX Buchproduktion

Für Jonas, meinen siebenjährigen Enkel.

Wenn er zu Besuch kommt, spielt er immer den stolzen, mutigen Ritter Jonas vom Falkenberg. Daher erhielt er von mir die kleine Nebenrolle des Tempelritters Jonas vom Falkenberg, Weggefährte des William von Gloucester. Es werden wohl noch einige Jahre ins Land ziehen, bevor er das Buch lesen und verstehen kann.

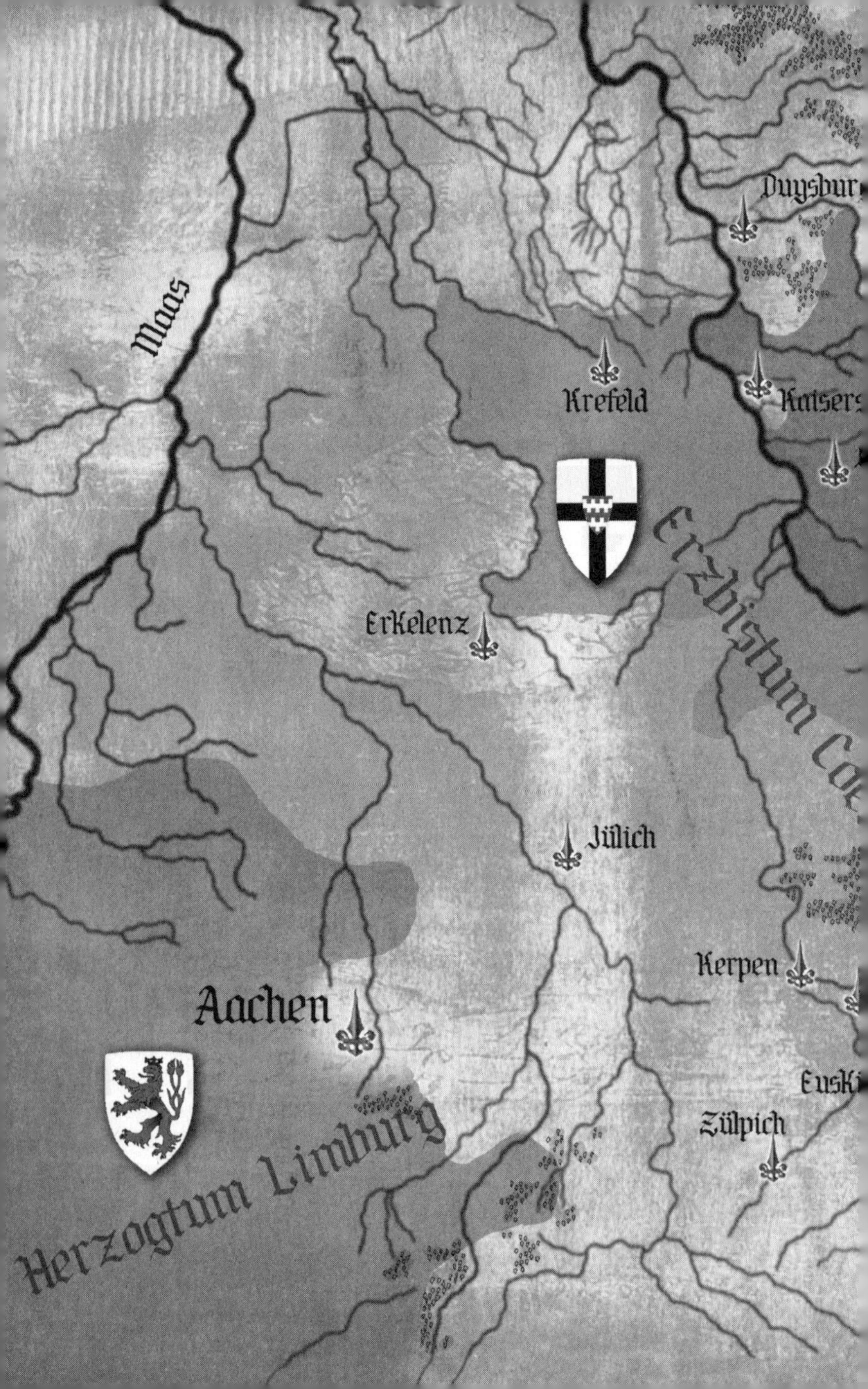
Maas
Duysbur
Krefeld
Kaisers
Erzbistum Co
Erkelenz
Jülich
Kerpen
Aachen
Euski
Zülpich
Herzogtum Limburg

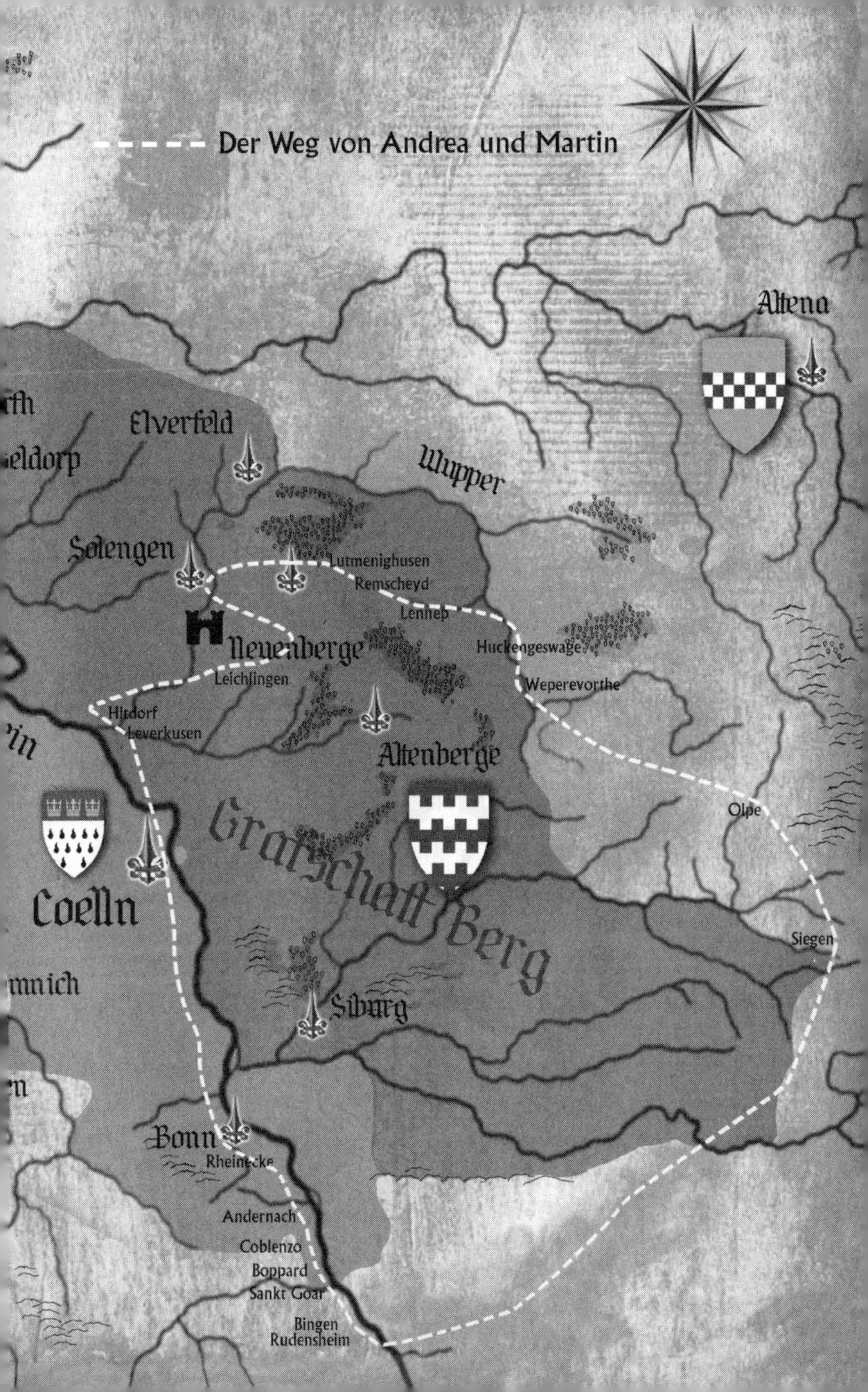
Der Weg von Andrea und Martin
Altena
Elverfeld
Wupper
Solengen
Lutmenighusen
Remscheyd
Lennep
Neuenberge
Huckengeswage
Leichlingen
Weperevorthe
Hitdorf
Leverkusen
Altenberge
Olpe
Grafschaft Berg
Coelln
Siegen
Siburg
Bonn
Rheinecke
Andernach
Coblenzo
Boppard
Sankt Goar
Bingen
Rudensheim

Der Waldläufer

Wie eine silberne Ringelnatter schlängelte sich der kleine Bach Weper durch das grüne, ausladende, weitläufige Tal. Nicht weit von seiner Quelle entfernt erreichte das Flüsschen gerade einmal eine Breite von sechzehn Ellen. Beidseitig der Weper hatten sich vor einiger Zeit verschiedene Handwerkerzünfte angesiedelt. Oberhalb, auf einer Anhöhe, befand sich die Ortschaft Weperevorthe, die ihren Namen dem nahen Wasserlauf verdankte.

Es war im Jahre 1223 des Herrn, als Martin an einem warmen, wunderschönen Maitag aus dem Wald kam und sein Elternhaus, eine kleine Kate mit Anbau und Werkstatt, schon von Weitem sehen konnte. Der Vater Willibald Falkenstein, den alle Willi oder einfach nur Will nannten, war ein angesehener Bogenbauer, der für seine Bögen und Pfeile nicht nur im Bergischen Land, sondern bis in den Kölner Raum hinein bekannt war. Auch wenn seine Arbeiten nicht gerade als preiswert galten, erhielt er aufgrund ihrer guten Qualität doch stets den Preis, den er benötigte.

„Dafür, dass Otto jetzt alles an Kaiser Friedrich den Zweiten verloren hat, geht es uns noch verhältnismäßig gut", pflegte der Vater oft zu sagen. Merowinger, Karolinger, Welfen, dann wieder die Staufer – es waren wechselhafte, unruhige Zeiten.

Martins Mutter Adele konnte nach drei Fehlgeburten keine weiteren Kinder mehr bekommen, sodass er ein gut umsorgtes Einzelkind blieb. Mit seinen achtzehn Lenzen wusste er bereits alles, was man über das Bogenbauen überhaupt lernen konnte.

Als Martin vier Jahre alt war, nahm sein Vater ihn schon mit in die umliegenden Wälder des Bergischen Landes. In den ersten Jahren brachte er ihm bei, wie er in den Wäldern zurechtkommen konnte. Er zeigte ihm die essbaren Blaubeeren, Himbeeren, die Brombeeren und andere Früchte des Waldes, lehrte ihn den Umgang mit Heilkräutern oder zeigte ihm, wie man aus Eicheln Mehl und aus Bucheckern Öl gewinnt, in späteren Jahren konnte Martin an Baumrinden und Blättern die entsprechenden Bäume erkennen. Schon früh wies ihn der Vater in die Grundregeln des Bognerhandwerks ein.

„Drei wichtige Dinge musst du dir einprägen, mein Sohn", sagte er fortwährend.

„Erstens die Bruchsicherheit des Holzes, zweitens seine Schnelligkeit und vor allem seine natürliche Schönheit."

Für die meisten Bögen benutzten sie das Holz der Eibe, der Esche und des Ahorns. Ulme, Kirsch oder Nussbaum eigneten sich für erlesenere Bögen, die von den höheren Herren verlangt wurden, doch Martin hatte gelernt, dass die innere Struktur des Holzes noch entscheidender war als die Sorte. Aber wenn die Herren Ritter und Grafen später die fertigen Bögen in ihren Händen hielten, wussten diese Schlaumeier ohnehin nicht mehr, um welches Holz es sich handelte.

Unzählige Insekten summten, brummten und zirpten um Martins Beine herum, als er durch die knietiefe, mit Wildkräutern und Blumen übersäte Wiese ging. Die glänzenden Blätter der Mohnblumen zu seiner Rechten bildeten herrlich rote Blütenteppiche, die von blauen Kornblumen eingerahmt wurden. Auf der anderen Seite standen zahlreiche kleine Arten von Wildkräutern – Kamille, Schafgarbe, Breit- und Spitzwegerich wurden von unterschiedlichen Grassorten durchzogen, die sich bis zum Bach und zum Waldrand hin ausbreiteten, dazwischen leuchteten überall die gelben Blüten des Löwenzahns. Martin blieb mit seinem linken Fuß an einem Maulwurfhügel hängen und geriet ins Stolpern. „Diese kleinen

Biester!", schimpfte er. Kurz vor seinem Elternhaus musste er noch eine alte Holzbrücke überqueren, die vor langer Zeit von einem Zimmermann gebaut worden war. Sämtliche Hütten, Lagerräume und Werkstätten der Gegend befanden sich auf einer vor dem Schmelzwasser geschützten Anhöhe.

„Kommst du auch noch mal nach Hause?", murmelte sein Vater.

„Glaube mir, ich habe gute Holzgründe gefunden, wo wir vortreffliche Stöcke schneiden können", strahlte Martin.

Der Vater blickte auf. „Du wärest besser ein Waldläufer geworden, da du dich außerhalb deiner Arbeit nur noch im Walde aufhältst", tadelte er seinen Sohn, doch seine Stimme klang milde und verriet sogar einen gewissen Stolz.

„Du selbst hast doch in den vergangenen zehn Jahren dafür gesorgt, dass ich den Wald so liebe", lachte Martin, „bei den wenigen schönen Wochen oder gar Tagen im Jahr, da muss ich einfach in die Natur."

„Schluss mit dem Getratsche", rief die Mutter in strengem Ton, „das Essen steht auf dem Tisch. Danach kannst du meinethalben laufen, wohin du willst."

Es gab Mutters berühmten Fischeintopf – Forelle mit gekochtem Gemüse und Kräutern, dazu einen Kanten Brot und Wasser aus der Weper. Am liebsten wäre Martin anschließend sofort wieder in den Wald gegangen, doch daran war nicht zu denken, denn erst mussten die anfallenden Arbeiten erledigt werden.

Und so gingen Martin und sein Vater nach dem Mittagsmahl in die Werkstatt, um die in Auftrag gegebenen Pfeile zu bearbeiten.

Sie wandten die traditionelle Technik des Verjüngens an. Hand in Hand arbeiteten Will und Martin, denn dieses Prozedere hatten sie schon Dutzende Male gemeinsam exerziert.

Sie fertigten Gebarrelt: Pfeile, die von der Mitte zum Ende hin spitz zulaufen. Dadurch wurden die Pfeile leichter, sie flogen schneller und in flacheren Bahnen. Martin wusste genau, dass der Sehnenreflex des Pfeilendes durch dieses flexiblere Endstück nicht auf den ganzen Pfeil übertragen wurde. Das verzieh so manchen Abschussfehler und erhöhte zudem die Treffsicherheit. Wie seit Jahrhunderten wurden die Pfeile angespleißt oder angeschaftet. An leichte Holzpfeile brachten sie bruchstabile Vorschäfte aus Hartholz an. Turnier-, Prunk- und Jagdpfeile dagegen bestanden aus eingespleißtem Hartholz, Horn, Geweih, Knochen oder Elfenbein.

Die Lieferung war für die Stadtwache von Weperevorthe bestimmt, der ersten Stadt im Bergischen Land, die schon zwischen 1217 und 1222 die Stadtrechte von Engelbert dem Ersten von Köln erhalten hatte. Der Hauptsitz der Bergischen Grafen befand sich in ihrer Burg Neuenberge, oberhalb der Weper, nahe der Stadt Solengen. Martins Vater war der Meinung, dass sich die Grafen und andere Lehnsherren ohnehin nur die Köpfe einschlugen, um sich anschließend eine Hofschaft nach der anderen einzuverleiben.

„Die wollen die kleinen Bauern und Handwerker ausplündern, weil sie doch nur nach Macht streben, und wir können dann mit unseren Abgaben ihr adeliges, kostspieliges Leben bezahlen."

Es sollte noch einige Tage dauern, bis die bestellten dreihundert Pfeile fertiggestellt waren. „Morgen früh gehst du zum Schmied Grüneberg und holst die bestellten Pfeilspitzen ab, damit wir nicht ständig hinterherrennen müssen. Lass uns noch einige Zeit arbeiten, dann räumen wir die Werkstatt auf und machen Schluss für heute", sagte der Vater.

Wie so oft hegte Martin jedoch den Plan, gegen Abend noch einmal in den Wald zu gehen, um mit Pfeil und Bogen

Fasane, Rebhühner und andere Vögel zu jagen. Schließlich brauchte es bewegliche Ziele, um die Bögen einzuschießen, und die Federn benötigten sie für ihre Pfeilenden. Vom Grafen hatten sie die Erlaubnis erhalten, ausschließlich Federvieh zu bejagen.

„Ich muss noch einmal fort", kündigte Martin an und wollte auch schon gehen, als der Vater ihn zurückhielt.

„Bursche, bleib beim Federvieh, komme nicht auf die Idee, Hasen, Rehe oder anderes Wild zu erlegen, sonst reißt uns der Büttel den Kopf ab. Du weißt, was darauf steht: Kerker, Pranger, Teeren und Federn", ermahnte ihn sein Vater. Martin schnappte sich sein kleines Messer, den Bogen, den Köcher mit Pfeilen und machte sich auf den Weg zur Brücke, um von dort aus in den Wald zu gelangen. Adele trat aus dem Haus, stellte sich neben ihren Mann, stieß ihn leicht in die Seite und flüsterte: „Ich glaube, dass im Wald nicht nur Federvieh auf ihn wartet."

Schon seit einiger Zeit traf sich Martin heimlich, aber regelmäßig mit Andrea, der Tochter des Bürstenmachers Berghaus. Das Mädchen wohnte mit Vater und Mutter auf der anderen Flussseite der Weper.

Auch sie war ein Einzelkind und mit ihren sechzehn Jahren im besten heiratsfähigen Alter. Die Eltern der beiden wussten von der Liebschaft ihrer Kinder und waren diesem Verhältnis nicht abgeneigt. Martin, ein ausdauernder, schlanker, drahtiger Junge, war etwa einen Kopf größer als das Mädchen und trug sein schulterlanges, braunes Haar im Nacken zusammengebunden. Andrea, mit ihren strahlend blauen Augen und einem geflochtenen, goldblonden Zopf, der bis zu ihren Hüften reichte, schien hingegen wie ein von Gott gesandter Engel.

Beide Familien siedelten zur gleichen Zeit an der Weper

und waren schon seit Jahren miteinander befreundet. Hinter ihren Hütten standen im Verlauf des Tales noch weitere Behausungen, so auch die Schmiede von Bodo Grüneberg, der hier mit dem ältesten Sohn Karl, der neunzehn Jahre alt war, und dessen jüngerem Bruder Bruno lebte und seinem Tagwerk nachging.

Ein Fieber hatte Bodos Frau im letzten Winter dahingerafft und die Nachbarn wussten, dass immer noch das große Tuch der Trauer über dem Haus lag. Vor einem Monat hatte der Schmied dann die Magd Elspeth eingestellt. Sie stammte aus dem nahen Dorf Huckengeswage und sollte sich um die häusliche Sauberkeit sowie die Reinlichkeit der Jungen kümmern und für das leibliche Wohl sorgen.

Jagdtrieb

Martin war in den Wald gegangen, um Andrea zu treffen, doch da er zu früh dort ankam, hatte er noch Zeit, nach Rebhühnern Ausschau zu halten.

Er durchquerte einen kleinen Buchenwald, in dem Vögel aufgeschreckt aus den Baumkronen gen Himmel flüchteten. Es waren Raben, Krähen und Elstern, die er gar nicht mochte, denn sie galten als Todesvögel. Man erzählte sich, dass sie neugeborenen Schäfchen die Augen aushackten, das Saatgut der Bauern fräßen, Aas verschlängen und überdies bis zu neunzig Jahre alt würden.

Die schwarze Brut, nein, die konnte er nicht leiden. Geäst und Sträucher verdichteten sich und er folgte einem schmalen Trampelpfad, den wohl auch das Wild benutzte, um schließlich vorsichtig auf die Lichtung zu treten. Am Rande des Schlages wuchsen einige Reihen von niederen Sträuchern, die Martin als Deckung gelegen kamen. Er hockte nieder und lauschte den Geräuschen des Waldes. Das Gurren von Tauben nahm er wahr, den Gesang der Amsel und das eintönige Tack-tack-tack des Buntspechtes.

Es gab zwei Möglichkeiten, Rebhühner zu jagen: Nachdem in jedem Fall zuerst der Wind zu prüfen war, schlich man sich entweder bis auf Sichtweite an sein Objekt heran, spannte den Pfeil in den Bogen und schoss oder man näherte sich langsam dem Platz, wo man die Tiere vermutete, stürmte mit gespanntem Bogen los und zielte auf einen der auffliegenden Vögel.

Sie waren da, das wusste Martin – acht bis fünfzehn Rebhühner hielten sich hier regelmäßig auf und verständigten sich mit lauten Lock- und Revierrufen. Schnell entschied er sich für die zweite Methode. Mit gespanntem Bogen rannte er lärmend über die Wiese, aufmerksam nach allen Seiten Ausschau haltend, und tatsächlich stiegen sogleich drei Rebhühner in die Luft. Er spannte den Bogen und zielte, doch er schoss daneben – Huhn und Pfeil waren weg. Martin starrte fassungslos in den Himmel.

Das war heute wahrlich nicht sein Tag! Doch gleichzeitig kam ihm ein genialer Gedanke. Morgen wollte er sich eine Sichel von seinem Vater borgen, eine große, kreisrunde Fläche ins Gras sensen, dort mehrere Handvoll Körner verteilen und so die Fasane auf das freie Sicht- und Schussfeld locken.

Martin ging nun denselben Weg zurück, den er gekommen war, um sich mit Andrea auf ihrer Lichtung zu treffen. Schon von Weitem sah er ihr goldenes Haar in der Sonne leuchten. Andrea saß im Gras und hielt einige Halme in der Hand, die sie zwischen ihren Fingern hin und her rollte. An ihrem Zopfende hatten sich Kletten und einige Samen verfangen. Er näherte sich ihr von hinten. Ohne sich umzudrehen, sagte sie:

„Da bist du ja endlich, hast dich wieder im Wald herumgetrieben." Sie richtete sich auf und legte ihre Arme um seinen

Hals, gab ihm einen Kuss und zwickte ihn in die Rippen.

„Das ist fürs Zuspätkommen." Martin erwiderte den Kuss und hauchte ihr ins Ohr:

„Ich habe dir etwas mitgebracht. Schließ deine Augen." Andrea tat, wie ihr geheißen. Martin griff in den Beutel an seinem Gürtel, zog ein Holzkreuz hervor, das an einem Lederband hing, und legte es dem Mädchen um den Hals.

„Das Kreuz habe ich für dich geschnitzt, es soll dir Glück und Gesundheit bringen und dich immer an mich erinnern", sagte Martin mit leicht gerötetem Gesicht. Dann ließen sie sich sanft in das kühle Moos des Waldes sinken. Er küsste ihren Hals und ließ seine Lippen langsam hinaufwandern. Martin spürte ihre Erregung. Alles, was sie jetzt empfanden, war drängendes Verlangen, und ihre junge Begierde wuchs, als er zum ersten Mal ihre Brüste berührte. Er fühlte, wie sich ihre Brustwarzen unter dem dünnen Leinenhemd aufrichteten, und massierte sie behutsam und zugleich fordernd zwischen Daumen und Zeigefinger. Martin stöhnte leise auf. Blut schoss in sein Glied und ließ es groß und hart werden. Ungeduldig versuchte er, den Gürtel, den Andrea über ihrem Hemd trug, zu öffnen, doch plötzlich herrschte sie ihn an:

„Bis hierhin und keinen Schritt weiter."

Sie ahnten nicht, dass ihre Liebkosungen schon eine geraume Weile von einem fremden Augenpaar aus einem nahe gelegenen, etwa zwanzig Schritte entfernten Farnkraut heraus beobachtet wurden.

„Nie wirst du sie dein Eigen nennen, armseliger Bogenbauer. Sie gehört mir, mir ganz allein. Andrea wird meine Frau, dafür werde ich sorgen!", raunte Karl, der Sohn des Schmiedes. Vorsichtig kroch er rückwärts aus dem Farnkraut.

Und während er zurück zum Elternhaus schlich, hegte er bereits einen heimtückischen Plan.

Erfolgreiche Jagd

Am frühen Nachmittag des folgenden Tages ging Martin mit Sichel, Bogen, Pfeilen und einem Leinensäckchen voll Getreidekörnern erneut in den Wald, um seine Idee in die Tat umzusetzen. Er nahm denselben Weg wie am Vortag, ging direkt in die Mitte der Wiese und legte eine etwa fünf Schritte große, kreisrunde Fläche frei. Hiernach verteilte er die Samenkörner und versteckte sich im hohen Gras. Die Tarnung war perfekt, die Schussweite gut und das Sichtfeld frei. Nun brauchte es nur noch Geduld. Als Jäger kannte Martin den Eifer, die Gier nach dem, was man vor den Pfeil bekommen würde, und so lauerte er angespannt in seiner Deckung. Es schien eine Ewigkeit vergangen zu sein, bis der erste Vogel die Fläche betrat, doch es war kein Rebhuhn, sondern ein stattlicher Fasanenhahn. Fasane, dicker und fetter als Rebhühner, waren Martin am liebsten.

Schon bei dem Gedanken an das von der Mutter frisch gebratene Federvieh lief ihm das Wasser im Mund zusammen. Vorsichtig spannte Martin seinen Bogen, doch er zögerte einen Moment, denn er wusste, dass die Tiere stets im Familienverband unterwegs waren. Er sollte recht behalten.

Dem Hahn folgte eine Henne mit vier Küken und sodann begannen alle eifrig, die Körner vom Wiesengrund aufzupicken. Der Hahn war gar prächtig anzuschauen, farbenfroh, mit ausladenden, wunderschönen Schwanzfedern, die kleine Henne hingegen wirkte trist und grau. Martin spannte die Sehne und fixierte sein Ziel, dann ließ er den Pfeil los. Mit einem surrenden, zischenden Laut flog das Geschoss durch die Luft und durchbohrte die Brust des Hahnes. Dieser wollte auffliegen, schlug noch mehrere Male kräftig mit seinen Flügeln, kreiste anschließend noch einige Male um sich selbst und brach schließlich tot zusammen. Noch während die Henne mit schrillen Lauten den Verlust ihres Partners kundtat, wurde sie von Martins zweitem Pfeil getroffen. Ein lautes „Ja!" entfuhr seiner Kehle. Als er seine Beute einsammelte, verschwanden vier kleine, verwaiste Fasanenküken im Unterholz.

Mit stolzgeschwellter Brust eilte Martin zurück zur Lichtung, wo er Andrea treffen wollte. Dort angekommen wusste er nicht, ob er zu früh oder zu spät am vereinbarten Ort war, denn die Jagd hatte ihm sämtliches Zeitgefühl geraubt. Das grüne Bodenmoos lud ein, sich darauf niederzulassen. Er setzte sich, betrachtete die beiden toten Fasane neben sich und sein anfänglicher Stolz wich zunehmenden Gewissensbissen.

Der Verrat

Plötzlich hörte Martin Stimmen und Schritte, die sich näherten. Zwei Männer kamen direkt auf ihn zu und er erkannte schnell, dass es die beiden Büttel aus der Ortschaft Weperevorthe waren. Doch was hatten die zwei hier im Wald zu suchen?

„Gott zum Gruß!", rief ihnen Martin zu.

„Bist du der Sohn des Bogners Falkenstein von der Weper?", fragte ihn einer der Büttel. „Ja, Martin ist mein Name, Martin Falkenstein."

„Du bist wegen Wilderei vorerst festgenommen", verkündete der Büttel und hielt ihm eine Saufeder vor die Brust.

„Wilderei, Wilderei, so ein Unwill! Wir Bogner dürfen Fasane, Rebhühner und Vögel bejagen – sogar mit der Erlaubnis des Grafen von Berg höchstselbst!", rief Martin. Der andere Büttel ging an ihm vorbei, um mit einer weiteren Saufeder im Unterholz nach etwas zu suchen. Er stocherte im Geäst umher, während der erste Büttel Martin weiter in Schach hielt.

„Hier liegt etwas, ich hab es gefunden, der Junge hatte recht." Sodann zog der zweite Büttel einen unter Ästen und Farnkraut verborgenen Rehkadaver hervor.

„Was habe ich mit dem toten Reh zu tun? Nur diese zwei Fasane habe ich geschossen", wehrte sich Martin überrascht und hielt ihnen die Tiere entgegen.

„Du bist ein Lügner vor Gott, dies ist dein Reh. Im Brustkorb steckt ein Pfeil, wie du ihn benutzt." Der Büttel schritt auf Martin zu, griff in dessen Köcher, zog einen Pfeil hervor, verglich beide Geschosse miteinander und nickte bekräftigend.

„Das ist der Beweis – mitnehmen!"

Martins Gedanken überschlugen sich. Auf Wilderei stand die Todesstrafe. Der Büttel hatte recht, es war sein Pfeil, aber wer hatte mit seinem Flitz das Reh getötet?

Einer der Büttel band die Hufe des Tieres an einen Stock, danach stemmten beide Männer die Stange mit dem Rehkadaver auf ihre Schultern und wiesen Martin an, vor ihnen herzugehen. Martin überlegte fieberhaft, was er nun tun sollte. Man hatte ihn reingelegt, er war in eine Falle gegangen. Doch wer steckte dahinter? Fragen über Fragen schossen durch seinen Kopf, doch er wusste keine Antwort. Warum war Andrea nicht gekommen? Woher wussten die Büttel, dass er gerade jetzt auf der Lichtung war? Nur eines war ihm klar: Er musste weg von hier!

In einem günstigen Moment warf er die Fasane direkt vor die Füße der Büttel, diese gerieten ins Straucheln und fielen durch das Gewicht des Rehs zu Boden. Blitzschnell ergriff Martin die Gelegenheit und verschwand im Gebüsch. Dann rannte er, ohne sich umzudrehen und so schnell es seine Beine hergaben, immer tiefer in den Wald hinein. Er war flink und behände, wich Büschen, herabgefallenen Ästen und umgestürzten

Bäumen geschickt aus. Nach einigen Minuten blieb er stehen, um zu lauschen. Er schien vorerst davongekommen zu sein, doch nach Hause gehen konnte er nicht, denn dort würde man ihn zuerst vermuten. Also musste er sich vorerst im Wald versteckt halten.

Die Anklage

Adele und Willibald Falkenstein saßen vor ihrer Kate auf einer selbst gebauten Holzbank und tranken verdünnten Weißwein, als sie die Büttel mitsamt Reh auf sich zukommen sahen. Will kannte die beiden: Es waren der große Franz, ein Tölpel und Mitläufer, und der kleine, dicke Michael, ein Schlitzohr, korrupt und unberechenbar, der auch schon mal die Hand aufhielt, um sich für krumme Dinge bezahlen zu lassen. Besonders mochte der Bogner die Büttel nicht. Diese setzten nun das Reh ab und ließen sich auf einer zweiten, gegenüberstehenden Bank nieder.

„Das ist das Ergebnis der verbotenen Wilderei eures Sohnes Martin. Leider ist er uns entwischt, aber wir werden ihn noch stellen, um ihn bei der Stadtwache abzuliefern." Adeles Gesichtsfarbe veränderte sich und sah nun aus wie frisch gefallener Schnee.

„Mein Sohn jagt nur Federvieh und kein Rehwild", antwortete Will entschieden und mit fester Stimme.

„Aber der Pfeil im Kadaver ist von ihm, außerdem hatte er das Reh hinter einer Eiche im Gebüsch versteckt, wo wir es auch gefunden haben", konterte Franz, der Tölpel. Nun meldete sich der dicke Michael zu Wort:

„Sollte er hier erscheinen, rate ich dir, ihn festzusetzen oder zur Stadtwache zu bringen. Wenn er nicht wieder auftaucht, werden wir mit den Hunden losziehen und ihn wie einen räudigen Wolf hetzen, bis wir ihn gestellt haben.“

Will wurde ärgerlich und entgegnete: „Was ist mit den Pfeilen, die ihr Ziel verfehlt haben, die im Geäst, im Gebüsch oder in den Bäumen verloren gegangen sind? Wie leicht kann jemand sich einen dieser Pfeile nehmen und ein Reh erlegen, um meinen Sohn dann der Wilderei zu beschuldigen?“

Die beiden Büttel befanden sich bereits wieder im Aufbruch, als der dicke Michael über die Schulter zurückblickte und brummte: „Das, lieber Bogner, ist Sache des Gerichts.“

Das Elternhaus

„Komm, Frau, lass uns ins Haus gehen, wir reden drinnen weiter.“ Sie betraten die Wohnstube mit der kleinen Küchennische, wo sich auch die Feuerstelle befand, über der einige Kochtöpfe an einer Hakenleiste hingen. Rechts davon bewahrte Adele in einem Regal einige Utensilien auf, die sie zum Kochen benötigte: eine Schöpfkelle, verschiedene Holzbottiche in unterschiedlichen Größen, ein paar gefaltete Leinentücher und vier hölzerne Esslöffel. Von der Decke hingen kleine, gebundene Gewürz- und Heilkräutersträucher herab. In der Mitte des Raumes stand ein bulliger Holztisch mit vier Stühlen. Auf dem glatt gestampften Lehmboden befanden sich außerdem zwei schwere Kleidertruhen und ein Hocker mit einer Waschschüssel, darüber hing ein geschnitztes Kruzifix. Vom Wohnraum gingen zwei Türen zu den kleinen Schlafkammern ab, in denen neben den Holzpritschen mit gefüllten Strohsäcken jeweils eine Art Nachttisch mit Kerze sowie ein Nachttopf unter dem Bett Platz gefunden hatten. Die lehmigen, gelblichen Böden der drei Räume waren mit

Säge- und Hobelspänen bedeckt, die man nach Bedarf auswechseln konnte, denn in der Werkstatt war davon reichlich vorhanden. Diese besaß einen separaten Eingang, der nur von außen begehbar war. Das Haus war seinerzeit in typisch bergischer Art errichtet worden. Will hatte zuerst eine Balkenkonstruktion gebaut, dann die Zwischenräume mit einem Gemisch aus Lehm und Stroh ausgefüllt und das Dach mit mehreren Schichten Schilf gedeckt.

Adele saß am Küchentisch, hatte ihren Kopf in die Hände gestützt und seufzte fortwährend:

„Wo soll das nur hinführen mit dem Jungen?"

„Martin ist kein Wilderer, da bin ich mir sicher. Irgendetwas stimmt hier nicht", überlegte Will. Dann nahm er seine Frau in den Arm.

„Beruhige dich, ich kenne einige Stellen im Wald, wo er sich gerne aufhält, da werde ich morgen nach ihm suchen. Lass uns versuchen, ein wenig zu schlafen."

Die Flucht

Die Dämmerung zog über das Bergische Land und tauchte alles in ein warmes, gelbes Licht. Große, alte Bäume zeichneten dunkle Silhouetten vor den leuchtenden Horizont, auf der Suche nach einem passenden Schlafplatz huschten die letzten Vögel über die Baumkronen. In einem der Nebentäler, etwas abseits von Weperevorthe, gab es einen alten, stillgelegten Steinbruch, in dessen Nähe sich eine kleine Höhle befand. Darin hatte Martin auf seinen Wanderungen durch die Wälder schon oft Unterschlupf gefunden. Nun schien sie ihm ein sicheres Nachtquartier zu sein, zumal sich selten jemand dorthin verirrte – außer vielleicht einigen jungen Burschen, die mit ihren Schafen und Ziegen unterwegs waren, aber keine Gefahr für ihn darstellten.

Wegen der einbrechenden Dunkelheit dauerte es eine Weile, bis Martin den Höhleneingang hinter dem ausladenden Haselnussstrauch gefunden hatte. Dann kroch er hinein, legte seine Waffen ab und ging sogleich wieder hinaus, um sich etwas Schlafmaterial zu besorgen. Am Rande einer kleinen Wiese fand er trockenes Heu, das er als Unterlage für sein Nachtlager verwenden konnte. Er spreizte seine Finger wie einen Rechen und kratzte es von der Erde; daraufhin ging er zur Höhle zurück, formte sich notdürftig ein Bett und machte es sich so bequem, wie es ihm auf dem harten Untergrund möglich war. Seine Gedanken durchliefen noch einmal die Ereignisse des sich neigenden Tages. Wie hatte er nur in eine so hoffnungslose Situation geraten können? Warum war seine geliebte Andrea nicht erschienen und wie sollte nun alles weitergehen? Er dachte noch eine Weile nach, dann schlief er unruhig ein.

Albträume

Martin stand inmitten einer Wiese, einem kniehohen Meer von Margeriten und roten Mohnblumen. Zu gern hätte er diese Pracht zu einem riesigen Strauß gebunden, um ihn seiner Andrea zu schenken. Danach würde er sie fragen, ob sie ihn heiraten wolle. In diese Gedanken versunken nahm er plötzlich entfernte Schreie wahr. Als er sich umdrehte und zum Himmel emporblickte, sah er einen riesigen, schwarzen Schatten, der bedrohlich schnell auf ihn zukam und so groß war, dass sich der halbe Himmel verdunkelte. Nackte Panik überkam ihn und er lief, so schnell ihn seine Beine trugen. In einiger Entfernung lag ein Wald, in dem er Schutz finden würde, doch der Schatten kam immer näher. Während er weiterrannte, wagte er einen kurzen Blick über die Schulter und erkannte voller Schrecken, dass es sich um Hunderte von Fasanen und Rebhühnern handelte, die riefen: „Martin, der Mörder! Martin, der Mörder!"

Die Vögel waren schon dicht hinter ihm, als er fühlte, dass seine Beine schwerer und schwerer wurden, er bewegte sich kaum noch von der Stelle. Nun lagen nur noch wenige Meter bis zum rettenden Wald vor ihm, gleich würde er sich öffnen, wie seinerzeit bei Moses das Rote Meer, doch augenblicklich entließ der Wald einen weiteren riesigen Schwarm lärmender Vögel, der auf ihn zuflog, und auch sie schrien: „Nieder mit dem Mörder!" Die ersten Fasane landeten auf seiner Schulter, hackten in Gesicht und Ohren. Blut floss über sein Gesicht. Ein weiterer Fasan krallte sich in Martins Brust, um nach seinen Augen zu picken, Rebhühner zwickten ihn in Waden und Oberschenkel. Danach stürzte Martin zu Boden und der Schwarm ließ sich dunkel auf ihm nieder. Er schlug wild um sich, um die Vögel zu verjagen, überall flogen Federn durch die Luft.

Ein lauter Schrei hallte durch die Höhle.

Martin war hochgefahren, saß schweißgebadet und mit aufgerissenen Augen auf seiner provisorischen Schlafstatt. Nur langsam wurde ihm bewusst, dass er geträumt hatte. Neben ihm flutete das erste Tageslicht den vorderen Bereich der Höhle. Auf Martins Bein krabbelte ein dicker, brauner, glänzender Käfer, den er mit Mittelfinger und Daumen wegschnipste und der daraufhin hoch durch die Luft nach draußen flog, einen Zweig streifte und jetzt gewiss mit dickem Schädel irgendwo im Unterholz wieder zu sich kommen würde.

Mit beiden Händen rieb Martin sich den Schlaf aus den Augen. Ihm war kalt, denn außer seinem Unterzeug trug er nur eine Hose und ein vorne geschnürtes Baumwollhemd. Als die ersten Sonnenstrahlen über den Wald leuchteten, hörte er verschiedene Geräusche, die aus dem Tal zu ihm drangen. Eine kleine Ziegenherde durchzog langsam das saftige Grünland, gefolgt von einem Hütehund und einem etwa zwölfjährigen Jungen, den Martin flüchtig kannte. Es war Hubert, der Sohn eines Bauern, der in der Nähe einen kleinen Hof besaß. Martin nahm seine Waffen auf, er verspürte unbändigen Hunger und Durst, denn seit gestern hatte er außer zwei Handvoll wilder Erdbeeren nichts zu sich genommen. „Gott zum Gruß, mein Freund, schon so früh mit den Tieren unterwegs?", rief Martin dem Jungen zu. Dieser erschrak, doch als er sich umdrehte und Martin erkannte, entspannten sich seine Gesichtszüge zu einem Lächeln.

„Gott zum Gruß, so früh schon auf der Jagd?"

„Ich hatte mich gestern in der Dunkelheit verlaufen", log Martin, „deshalb habe ich im Wald übernachtet. Ich möchte dich um einen Gefallen bitten. Könntest du mir einen Becher frischer Ziegenmilch geben? Ich habe grausamen Hunger und Durst."

„Natürlich, das ist keine große Sache." Hubert suchte sich ein kräftiges Tier aus seiner Herde, zog es an den Beinen zu sich her, hockte sich nieder, stellte seinen Holzbecher unter die Ziege, nahm die Zitzen in seine Hände und begann zu melken. Als der Becher randvoll war, reichte ihn der Junge an Martin weiter und sah belustigt zu, wie dieser die frische, noch warme Milch in einem Zug hinunterstürzte.

„Welch ein Genuss! Sag mal, ist dir heute Morgen schon jemand begegnet, mein Freund?" Hubert schaute ihn fragend an.

„Nein, wieso fragst du?"

„Ach nur so, hier liefen gestern einige Büttel umher, als würden sie etwas suchen, ist aber nicht so wichtig." Martin gab dem Jungen den leeren Becher zurück und verabschiedete sich. „Vielen Dank noch einmal. Bis bald, mein Freund."

Bei Freunden

Willibald Falkenstein war noch früher auf den Beinen als sonst.

„Bevor ich unseren Jungen suche, werde ich kurz bei den Berghäusern vorbeischauen. Vielleicht kann ich etwas von ihnen erfahren", sagte Will zu seiner Frau.

„Sie schlafen aber doch sicher noch", ermahnte Adele ihren Mann, der seit dem Aufwachen von einer heftigen Unruhe geplagt wurde. Rastlos ging er im Haus hin und her und überlegte. Dass er noch nicht gefrühstückt hatte, war ihm gleichgültig, denn er verspürte keinerlei Hunger. Er setzte sich seine nach vorn spitz zulaufende Lederkappe auf und ging fort, ohne ein weiteres Wort zu sagen.

Als er den kleinen Steg betrat, erkannte er, dass der Einwand seiner Frau unbegründet gewesen war, denn Waldtraut, die Frau von Wolfgang Berghaus, kam eben aus der Tür, um verbrauchtes Waschwasser zu entsorgen. Sie erblickte ihren Nachbarn und winkte ihm zu. Kurze Zeit später stand Will auch schon an der Eingangstür und wurde mit einem freundlichen „Komm rein, Will!" begrüßt. Er trat ein. „Gott zum Gruß!"

„So setz dich", entgegnete Wolfgang und deutete mit der Hand auf einen Hocker, „was treibt dich zu uns?"

Will war zu aufgeregt, um sich zu setzen, und ging im Raum umher.

„Martin ist spurlos verschwunden und die Büttel der Stadt Weperevorthe suchen ihn wegen Wilderei."

Willibald Falkenstein ließ sich nun doch auf dem Hocker nieder und schilderte, was geschehen war. Während er erzählte, kam, noch etwas verschlafen, Andrea aus ihrer Kammer. Sie blickte in die besorgten Gesichter, schien plötzlich hellwach, nickte zur Begrüßung kurz mit dem Kopf, setzte sich zu den anderen an den Tisch und wandte sich zu Will, der seine Ausführungen schließlich mit dem Satz beendete:

„Martin treibt sich hier irgendwo in den Wäldern umher, ich gehe ihn jetzt suchen." Er stand auf, dann hielt er einen kurzen Moment inne und wandte sich an das Mädchen. „Andrea", sagte er, „du triffst dich doch oft mit Martin im Wald. Deine Eltern, meine Frau und ich wissen Bescheid über eure Liebschaft. Kannst du uns nicht sagen, wo Martin sein könnte?" Andrea wurde etwas verlegen.

„Nun ja, gestern am Spätnachmittag wollten wir uns auf einer Lichtung treffen. Dort habe ich auch eine längere Zeit auf ihn gewartet, aber als er nicht kam, bin ich wieder heimgegangen. Ich dachte, dass er beim Jagen wieder einmal die Zeit vergessen hat." Will blickte dem Mädchen in die Augen.

„Hast du jemanden gesehen oder ist dir irgendetwas aufgefallen?" Andrea schüttelte den Kopf. „Nur …" „Nur was?", unterbrach Will sie ungeduldig.

„Also, bei der Schmiede habe ich einen großen und einen kleinen Mann gesehen, die sich mit jemandem unterhielten, aber ich konnte die Personen nicht erkennen", antwortete Andrea.

„Einen großen und einen kleinen Mann", wiederholte Will, „wenn das nicht die Büttel waren."

„Ich frage mich die ganze Zeit, wie das tote Reh in das Versteck kam", grübelte Wolfgang. Will stand auf und wandte sich zum Gehen.

„Wir werden es herausfinden, liebe Freunde. Ich muss jetzt etwas unternehmen, ihr werdet von mir hören."

Geheimes Treffen

Neben dem Haus befand sich ein kleiner Gemüsegarten. Um nicht allzu sehr der Grübelei zu verfallen, zupfte Adele dort gerade etwas Unkraut aus den Beeten, als sie ihren Mann zurückkommen sah, der wortlos in seine Werkstatt eilte.

Zunächst wollte sie ihm nachgehen, denn die Ungewissheit über das Schicksal ihres Sohnes war für sie kaum noch zu ertragen, doch sie kannte ihren Mann und wusste, dass dies der falsche Moment für Fragen war. Nach einer Weile trat er wieder hinaus, er trug einen mit Pfeilen gefüllten Köcher auf seinem Rücken und hielt einen Langbogen in der Hand. Adele schüttelte den Kopf und beugte sich nach vorn, um weiter zu hacken. Ihr wurde schwindlig, sie verlor den Halt, konnte sich aber noch abfangen bevor sie beinah in die künftigen Kohlwickel gefallen wäre..

„Was machst du denn da, Frau?"

„Ich sehe zu, dass was auf den Tisch kommt, hier muss man ja alles alleine machen", gab sie ärgerlich zurück. Will blieb noch einen kurzen Moment stehen und überlegte, wo er am besten mit der Suche beginnen sollte, als er plötzlich ein Surren und ein dumpfes Einschlaggeräusch vernahm. Nur zwei Schritte neben ihm steckte ein Pfeil in der Holzwand seiner Werkstatt. Er schaute sich um, konnte den Schützen jedoch nicht entdecken, dann sah er sich das Geschoss näher an und wusste sogleich, dass es ein Pfeil seines Sohnes war.

Will ging in die Richtung, aus der der Pfeil gekommen war, überquerte die Wiese und erreichte den Wald. Dort blickte er umher, sah aber niemanden, als er eine vertraute Stimme hörte:

„Ich bin hier, Vater." Martin hatte sich hinter einem Ginsterstrauch verborgen und richtete sich nun langsam auf.

„Vater, ich habe nicht gewildert", jammerte er.

„Ich weiß, aber das hilft uns jetzt nicht weiter. Du kannst im Moment nicht nach Hause kommen, die Stadtwache sucht nach dir." Keiner von ihnen ahnte in diesem Moment, dass eine lange Trennung vor ihnen lag.

„Vater, ich brauche warme Kleider, Essen, etwas, um Feuer zu machen, Geld und neue Pfeile", flehte Martin.

„Hör zu, wir treffen uns hier morgen Abend kurz vor Sonnenuntergang. Ich werde alles Nötige mitbringen. Denke daran, dass alles hier unserem Lehnsherrn gehört, alles hier liegt im Machtbereich des Grafen von Berg, nur die Hofschaft Huckengeswage wird vom Grafen Arnold regiert. Das ist der einzig sichere Ort, wo du dich verstecken kannst. Arnold wehrt sich schon seit Jahren gegen die Grafen von Berg, die sich Huckengeswage unbedingt einverleiben wollen. Drum herum, Solengen, Lennep, Elverfeld, Siegen bis hin zur nördlichen Ruhr und im Westen zum Rhein bis nach Colonia, alles gehört den Bergern. Und gib Obacht, in den nächsten Tagen werden sie dich mit Bluthunden suchen." Will reichte seinem Sohn einen Kanten Brot, den er vorsichtshalber eingesteckt hatte. „Das muss bis morgen Abend reichen", sagte er. Außer dem Becher Milch in der Früh hatte Martin noch nichts zu sich genommen und so biss er nun – mit dem gesunden Appetit eines jungen Burschen – herzhaft in das Brot.

Die Jagd beginnt

Will stand schon wieder in seiner Werkstatt, als die Tür aufflog und er in die triefenden Augen eines Bluthundes schaute. Der Hund knurrte, weißer Speichel tropfte aus seinen Lefzen. Der Besitzer mit seiner angeleinten Bestie und der große Büttel betraten den Raum.

„Na, dann wollen wir uns einmal genauer umsehen, ob dein Sprössling sich hier verborgen hält", verkündete der Büttel großspurig.

„Bitte, meine Herren, ich habe nichts zu verbergen", gab Will zurück. Zur selben Zeit durchsuchte der Büttel Michael mit zwei weiteren Hunden und deren Führern die Wohnstube im Haus. Da sich in der kleinen Werkstatt nichts Verdächtiges finden ließ, trafen sich bald alle im Wohnraum, wo Adele ängstlich auf einem Hocker in der Ecke saß, doch man wurde auch dort nicht fündig.

„Möchten die Herren vielleicht einen Becher Wein mit mir trinken?", fragte Will herausfordernd.

„Dein großes Maul wird dir noch früh genug gestopft!", schimpfte der Büttel Michael, stieß Will beiseite und trieb die Bluthunde in Martins Schlafkammer, damit sie Witterung aufnehmen konnten. Er deutete mit der Hand auf die Holzpritsche.

„Kommt, kommt, hierher, schön schnuppern!" Sofort durchwühlten die widerlichen Kreaturen mit ihren Schnauzen den Strohsack. Als sich die ungebetenen Besucher schließlich wieder vor der Hütte versammelt hatten, rief einer der Hundeführer plötzlich: „Da unten im Tal läuft jemand, das schauen wir uns näher an – auf, Leute, den holen wir uns!"

Gute Nachbarn

In der Bürstenmacherwerkstatt schnürte Wolfgang Berghaus ein Bündel mit soeben gefertigten Handbürsten aus Schweineborsten für zwei in der Nähe liegende, kleinere Hofschaften, auf denen Pferde und Kühe gehalten wurden.

Die Borsten für seine Arbeiten bezog er immer dann, wenn die Bauern der Umgebung ein Schwein abgekocht hatten, denn nur so ließen sich die Borsten abschaben. Für den Bürstenmacher waren sie das einzig wahre Material, da die Haare von Pferd, Dachs oder Fuchs für seine Zwecke ohnehin nicht zu gebrauchen waren. Außer Handbürsten, die die Bauern zum Striegeln ihrer Pferde benutzten, fertigte Wolfgang Berghaus auch Kehr- und Kleiderbürsten, mit denen man Gewandungen von Schmutz, Federn und Haaren zu befreien pflegte, sowie Schuhbürsten, an die ein Holzstiel und ein Schabeisen angebracht wurden, um Lehm oder Kot von den Schuhen abzukratzen.

Dann und wann benötigten Gasthöfe auch runde Bürsten, diese verwandten die Wirte für die Reinigung der Trinkkrüge. In der Regel war Standardware gefragt, doch es gab auch Kunden, die besonders edle Bürsten wünschten, deren Handgriffe oder Stiele in Leder, Samt oder Seide eingefasst und mit silbernem oder vergoldetem Draht umwickelt wurden. Wenn die Bürsten fertig geschnürt waren, mussten sie mit einem Schnitteisen in Form gebracht und die Borsten auf gleiche Länge gestutzt werden.

Andrea packte die auszuliefernde Ware in einen Rückenbeutel, der sich an zwei breiten Schulterriemen bequem tragen ließ.

„Sieh zu, dass du vor Einbruch der Dunkelheit wieder zu Hause bist“, gab ihr der Vater mit auf den Weg. Sie nickte und brach auf, war aber mit ihren Gedanken bei Martin. Zuerst folgte sie einem schmalen Trampelpfad entlang der Weper, der sich durch den Wald fortsetzte. Den Weg zu den Hofschaften kannte sie gut, hatte sie dort doch schon viele Male Waren ausgeliefert. Nach einiger Zeit verließ sie das Tal und kam zum Waldrand, der sich düster vor ihr aufbaute. Zunächst mussten sich ihre Augen an die Dunkelheit des Waldes gewöhnen. Vereinzelt fielen Sonnenstrahlen durch lichteres Blätterwerk und warfen schräge Schatten auf den Boden, der höchste Sonnenstand war noch nicht erreicht.

Die Geschehnisse der vergangenen Tage verunsicherten und ängstigten Andrea gleichermaßen. Wie würde es mit ihr und Martin weitergehen?

Der schmale Weg führte nun linksseitig von der Weper ab. Nach einiger Zeit erleuchtete der grelle Lichtschein des nächsten Tales den Rand des Waldes. Auf einer Anhöhe hinter dem Tal befand sich der Hof des ersten Kunden. Andrea näherte sich dem Gehöft und bemerkte sogleich hektisches Treiben. Aufgeregt rannte Bauer Bornefeld mit Frau und Knecht in den Stall.

Als Andrea den Hof erreichte, blieb sie vor der Scheune stehen und wartete, dass jemand heraustrete. Nach einiger Zeit kam der Bauer schwitzend, aber mit zufriedenem Gesichtsausdruck hinaus und erkannte sie sodann.

„Grüß dich, Andrea! Du bringst bestimmt die Bürsten von deinem Vater. Ich hoffe, du hast nicht zu lange warten müssen, aber es hat gerade Nachwuchs gegeben“, verkündete er stolz und wischte sich mit dem Unterarm den Schweiß von der Stirn, „komm doch erst einmal in den Stall und schau dir unseren Nachkömmling an.“

Drinnen sah Andrea ein kleines Fohlen auf dem Boden liegen, das gerade von der Bäuerin mit einer Handvoll Stroh abgerieben wurde. Die Stute drehte den Kopf zu ihrem Fohlen, um es abzulecken. Das schwarze, noch etwas glitschige Füllen versuchte tapfer, sich auf die Beine zu stellen.

„Oh, wie ist das Kleine süß", schwärmte Andrea, „es ist eine Stute?" Frau Bornefeld nickte. Andrea streichelte das Fohlen, bis der Bauer sie an den Grund ihres Kommens erinnerte:

„Lass uns ins Haus gehen, um das Geschäftliche abzuwickeln. Du kannst mir alle Bürsten geben, ich habe das Geld für die ganze Lieferung. Mein Nachbar ist heute mit einem seiner Pferde zum Bader gegangen, weil es ständig unter Koliken leidet, so war er gestern hier und hat den Betrag für deinen Vater bei mir hinterlegt. Dieser Weg bleibt dir heute also erspart und du bist zeitiger wieder zu Hause."

Andrea schob den Beutel von ihrer Schulter und schüttete den Inhalt auf den Küchentisch. Der Bauer suchte die für ihn bestimmten Bürsten heraus, legte die anderen für seinen Nachbarn beiseite und reichte dem Mädchen einen Beutel mit Münzen:

„Das ist die Summe, die mit deinem Vater abgesprochen ist. Nun stärke dich noch ein wenig und pass auf, dass du auf deinem Rückweg nicht von Diebesgesindel überfallen wirst." Dann stellte er ihr einen Holzbecher mit frischer Milch auf den Tisch.

Der Freund

Die Büttel brachen gemeinsam mit den Hundeführern und ihren Bluthunden auf, um den flüchtigen Martin zu jagen. Doch als sie in seine Nähe kamen, wurde er durch das Gekläffe der Köter rechtzeitig gewarnt und machte sich aus dem Staub. Martin musste den nahen Wald erreichen, um sich dann zur Weper durchzuschlagen. Noch war der Abstand zu seinen Verfolgern ausreichend, als einer der Büttel brüllte:

„Lasst einen Hund los!“ Sofort nahm das Tier die Verfolgung auf, seine langen Ohren flogen im Wind, die Zunge hing aus seinem Maul und von seiner Schnauze flog weißer Schaum. Mit blutunterlaufenen Augen hetzte das Vieh hinter Martin her.

„Verdammt!“, schrie dieser kurz auf, bevor er den Wald erreichte, denn der Hund war ihm nun schon deutlich näher auf den Fersen als der Rest der Verfolger. In diesem Moment vernahm Martin das Geräusch eines fließenden Baches. Vor dem Gewässer sah er eine kleine Erhebung, hinter der er kurz darauf mit einem beherzten Sprung verschwand. Blitzschnell griff er nach seinem Köcher, zog einen Pfeil heraus, legte diesen in die Sehne des Bogens ein und spannte ihn. Der Bluthund hatte Martin entdeckt und sprang auf ihn los, als der Pfeil auch schon die Sehne verließ, um sich in der Brust des Hundekörpers zu versenken. Das Tier fiel hart zu Boden, jaulte einmal laut und fürchterlich auf, dann rollte es noch ein Stück die Erhebung herab und hauchte den letzten Atemzug aus. Martin hatte Glück, denn wenn seine Verfolger sämtliche Hunde losgelassen hätten, wäre er wohl kaum entkommen.

Er sprang in die flache Weper – das Wasser reichte ihm bis zur Mitte seines Unterschenkels – und rannte flussabwärts, doch er stolperte und fiel, seine Knie schlugen auf, wurden von am Grund des Flüsschens liegenden Ästen und Steinen aufgeschabt. Die Hose riss auf, seine Beine bluteten und schmerzten, aber er musste weiter, weg von den Bütteln.

Die Männer hatten mittlerweile die Stelle erreicht, an der der tote Hund lag.

„Dieser Hundsfott hat unseren Brutus erschossen!“, brüllte der Büttel Michael.

Die Hunde liefen an die Stelle, an der Martin in die Weper gesprungen war, und rannten aufgeregt am Ufer hin und her. Sie konnten keine neue Witterung aufnehmen und so beschloss man, die Verfolgung nicht fortzusetzen. Den unbeweglichen, faulen Bütteln war die Lust an dieser Jagd ohnehin vergangen – irgendwann würden sie ihn schon aufspüren.

Martin fühlte sich wie ein Stück Treibgut, das den Fluss entlanggespült wurde, um sich irgendwann in den Weiten des Meeres zu verlieren. Ihm war eiskalt und sein Körper zitterte, die klappernden Zähne klangen wie das Hufgetrappel eines Kaltblüters. Allen Widrigkeiten zum Trotz hielt Martin seinen Bogen fest in der Hand. Auf keinen Fall durfte er ihn verlieren! Er rannte weiter, hielt nur ab und an inne und horchte, ob Hundegebell auszumachen war. Schließlich fand er eine geeignete Stelle, um ans Ufer zu gehen. Triefend nass kroch er auf allen vieren den Uferrand empor und verschnaufte erst einmal, bevor er seine Kleidung auswrang.

Er ging noch eine Weile an der Weper entlang, bis er in der Ferne einige Häuser erkennen konnte. Dann war er endlich in Huckengeswage – der Stadt, die sich nicht in den Krallen der Berger befand! Sie war ihm nicht fremd, da er dort schon des Öfteren Waren seines Vaters ausgeliefert hatte. An der Eingangspforte wurde er von einer Wache aufgehalten:

„Wo wollt Ihr hin und warum seid Ihr so nass?“

„Ich möchte zum Schmied Ewald, bin dem Weg der Weper gefolgt, ausgeglitten und hingefallen. Nun will ich mich am Schmiedeofen aufwärmen“, stammelte der immer noch frierende Martin.

Der Wachposten winkte mit der Hand, setzte sich auf einen Stein und war froh, wieder seine Ruhe zu haben, während Martin seinen Weg schon in Richtung Schmiede fortsetzte.

Ewald, der Jungschmied, war ein freundlicher Zeitgenosse und etwa im gleichen Alter wie Martin. Die beiden hatten sich schon bei vielen Gelegenheiten über allerlei weltliche Dinge unterhalten.

Martins Blick schweifte durch die Gasse, empor zu einer kleinen Burg auf einer Anhöhe. Hier regierte das Geschlecht der Arnolds. Dem Grafen Arnold diente die Burg meist nur als Zwischenstation, denn häufig reiste er durch seine Ostgebiete, in denen er weitere Ländereien besaß, die meisten davon in Böhmen. Martins Vater murrte stets:

„Grafen, Herzöge, Könige und Bischöfe – sie reisen ihr Leben lang, um nur nicht den Überblick und die Kontrolle über ihr Reich zu verlieren."

So war auch Graf Arnold nur selten zugegen und überließ das meiste seinem Verwalter.

Nun sah Martin die Schmiede, in der Ewald soeben mit einem großen Hammer auf ein Stück Eisen drosch.

Wie die meisten Handwerksbetriebe war auch die Schmiede offen und frei zugänglich, damit jedermann sehen konnte, was hergestellt wurde, und keine schlechten Waren in den Umlauf kamen.

„Gott zum Gruß, Schmied Ewald! Na, wieder fleißig bei der Arbeit?" Der Schmied blickte hoch und freute sich über den unerwarteten Besuch Martins.

„Auch Euch einen schönen Tag, werter Bogner." Es war stets das gleiche Begrüßungsritual.

„Darf ich mich am Feuer aufwärmen und meine Sachen trocknen? Ich bin am Bach ausgerutscht, dann hat mich die Weper erwischt." Martin sah an sich hinab und bemerkte, dass er in seiner nassen Kleidung tatsächlich einen recht jämmerlichen Anblick bot. Der Schmied grinste ihn an und beide lachten, doch als Martin Bogen und Köcher ablegte, erschrak er, denn er bemerkte, dass er alle Pfeile im Wasser verloren hatte. Er hängte sein Hemd auf einen Haken neben der Feuerstelle und rieb sich die Hände, bis ihm nach und nach wärmer wurde.

Während er Ewald bei der Arbeit zusah, bewunderte er die ausgeprägte Armmuskulatur des Freundes, der seine Gedanken zu lesen schien:

„Dass ich Schmied bin, sieht man gleich, was? Nun ja, wer den lieben langen Tag auf Eisen einhämmert, bekommt eben starke Arme und Hände. Dafür kannst du hervorragend mit Pfeil und Bogen umgehen. So wird eben jeder durch seinen Beruf geprägt."

Martin blieb keine Zeit für weitere Plaudereien, denn er musste schon wieder zurück nach Weperevorthe, um bei Einbruch der Dämmerung seinen Vater zu treffen.

Er nahm seine Sachen, die in der Zwischenzeit schon fast wieder getrocknet waren, stand auf und verabschiedete sich. „Vielen Dank fürs Aufwärmen – bis bald!" Verwundert und nachdenklich schaute Ewald seinem Freund hinterher. Was führt dieser verrückte Kerl wohl im Schilde?" ging es ihm durch den Kopf.

Grausamer Rückweg

Andrea winkte den Bauersleuten zum Abschied noch einmal zu. Obgleich sie sich nicht zu beeilen brauchte, wählte sie für ihren Rückweg eine Abkürzung, die durch ein kleines Wäldchen führte.

Dort angekommen, nahm sie das Rauschen und Gluckern von Wasser wahr. Bald darauf erreichte sie eine Stelle, an der ein kleiner Quellbach entsprang und vor sich hinplätscherte.

Der Bach wurde nicht breiter als fünf bis sechs Ellen, bevor er hinter Weperevorthe in die Weper mündete.

Sie beugte sich nieder, um eine Handvoll von dem kalten, erfrischenden Wasser zu trinken, doch im selben Moment hörte sie ein seltsames Rascheln hinter sich.

Sie sprang auf und drehte sich um – vor ihr stand ein Mann von auffallend hohem, kräftigem Wuchs, der sie wie versteinert anstarrte.

„Karl, hast du mich erschreckt!", sagte sie, als sie den Schmiedesohn des Nachbarn erkannte, „was machst du denn hier?" Zunächst sagte er kein Wort, doch dann raunte er: „Auf dich warten, mein Täubchen." Andrea stutzte einen Moment und versuchte, ihr aufkommendes Unbehagen zu verbergen.

„Geh nach Hause und belästige keine Jungfer im Wald!" Doch er kam auf sie zu und packte sie am Arm.

„Du könntest doch auch einmal so nett zu mir sein wie zu deinem Martin."

„Lass mich los, sonst schreie ich!", entfuhr es ihr, doch Karl hielt sie nur noch fester. „Schrei, so laut du kannst, hier hört dich sowieso niemand." Er zog sie zu sich und begann, an ihren Kleidern zu nesteln. Andrea wehrte sich, kratzte und schlug nach ihm, aber der Schmiedesohn besaß Kräfte wie ein Bulle, ihre Gegenwehr schien ihn nur noch mehr zu reizen. Karl warf sie zu Boden, direkt neben den Bachlauf, und stürzte sich auf sie. „Immer schön ruhig bleiben und etwas freundlicher sein, mein kleines Täubchen, dann passiert dir nichts."

Schwer lag er auf ihr, keuchte, rieb sich stöhnend an ihren Schenkeln und versuchte, ihr Hemd zu öffnen, als Andrea zu schreien begann.

„Halt dein Maul!", rief er und drückte ihr mit der linken Hand den Mund zu.

Sie wehrte sich nach Kräften und biss in seine Hand. Karl

brüllte vor Schmerz, er schlug ihr rechts und links ins Gesicht, und ehe Andrea wusste, wie ihr geschah, hielt er ihr ein Messer an den Hals.

„Ein Laut noch und du bist erledigt!" Mit der anderen Hand riss er ihr Kleid hoch und griff zwischen ihre Beine. Andrea überkam panische Angst. Sie wagte nicht mehr, nach ihm zu schlagen, denn sie spürte noch immer die Klinge, die sich langsam in ihre Haut schnitt. Ihre Hände krallten sich in den Boden – sie bemerkte nicht, wie das eiskalte Wasser des Baches ihre rechte Hand umspülte, die plötzlich einen faustgroßen Findling zu fassen bekam.

Noch hatte sich Andreas Peiniger nicht an ihr vergangen, noch konnte sie sich wehren. Ihre Finger klammerten sich fest um den Stein, dann schmetterte sie ihn mit voller Wucht gegen Karls Schläfe. Es knackte einmal hörbar, Karl verdrehte die Augen und kippte zur Seite. Andrea sprang auf und schaute fassungslos auf den am Boden liegenden Schmiedesohn. Er blutete am Kopf und rührte sich nicht mehr.

Die Trennung

Will packte einige Dinge zusammen, die er seinem Sohn mitbringen wollte. Er musste noch die Dunkelheit abwarten, bevor er losgehen konnte.

„Ich komme mit dir", sagte Adele. Will schüttelte den Kopf.

„Auf keinen Fall, du musst beim Haus bleiben. Falls einer der Büttel kommt, sage ihm, dass ich wegen eines Auftrages unterwegs bin. Man weiß nicht, ob sie uns und unser Haus beobachten."

„Dann umarme unseren Sohn von mir und richte ihm aus,

dass er auf sich achtgeben soll", schluchzte Adele mit Tränen in den Augen.

„Er ist ein anständiger Kerl und wird seinen Weg gehen", tröstete Will seine Frau. Adele nickte.

„Nimm noch ein Brot und etwas Speck mit!"

Er verstaute eine Jacke, eine Decke, Pfeile, Brot, Speck und eine Geldkatze mit seinem gesamten Vorrat an Silberlingen in einem Beutel, ging vor das Haus und hielt erst einmal Ausschau. Es war niemand zu sehen und so machte er sich auf den Weg.

Für Mai war es schon erstaunlich warm, aber im Bergischen konnte das Wetter sehr schnell umschlagen. Als er den Wald betrat, kam Martin aus seinem Versteck hervor. „Guten Abend, Vater!" Will schloss seinen Sohn fest in die Arme, als wüsste er, dass er ihn für lange Zeit nicht wiedersehen sollte. „Martin!" Er klopfte seinem Sohn kräftig auf die Schulter.

„Ich soll dich von der Mutter umarmen. Und hier im Beutel ist alles, was du fürs Erste benötigst."

Dann holte Will die prall gefüllte Geldkatze hervor.

„Pass gut darauf auf, das ist alles, was ich noch habe", mahnte er.

„Aber Vater, all deine Ersparnisse, das kann ich nicht annehmen."

„Du wirst es! Mutter und ich kommen schon zurecht, und wenn die neuen Aufträge rausgehen, werden wir auch wieder einige Silberlinge einnehmen. Denke bei deiner Flucht daran, wie groß der Machtbereich des Grafen von Berg ist. Du hast genügend Geld, um dir ein Pferd zu kaufen. Damit kannst du dich dann vom Acker machen. Achte auch auf die Beutelschneider und das Gesindel, gib nicht mit dem Geld an, öffne den Beutel nur, wenn du allein bist, und verteile einen Teil des Geldes am Körper. Halte dich vom Würfelspiel fern und von

Bier und Wein und von den Spelunken und …" „Vater, es ist genug, ich werde schon auf mich aufpassen", unterbrach ihn Martin. Doch Will fuhr fort:

„Am besten, du begibst dich nach Huckengeswage, in die neutrale Grafschaft des Grafen Arnold.

Solltest du ins Rheinland gelangen, versuche, dich nach Rudensheim durchzuschlagen, denn dort wohnt und arbeitet mein alter Freund Gottfried Fischer. Merke dir seinen Namen! Er ist auch Bogenmacher und hat eine eigene Werkstatt. Gottfried kennt dich aus alten Zeiten, als du noch klein warst. Wir haben zusammen verschiedene Märkte besucht. Vielleicht kann er dich für einige Zeit beschäftigen. Außerdem gibt es in Rudensheim hervorragenden Wein."

„Vater, ich dachte, ich soll mich vom Wein fernhalten."

„Probieren ja, saufen nein", lächelte Will. Dann wurde er wieder ernst.

„Schicke deinen Eltern, wenn möglich, ab und zu eine Nachricht über dein Befinden."

„Das werde ich", versprach Martin, „nicht allzu weit entfernt, hier im Wald, habe ich eine geschützte Stelle gefunden, wo ich mich etwas ausruhen kann, bevor ich morgen aufbreche. Bestell der Mutter liebe Grüße – sie soll sich keine Sorgen machen!" Dann verabschiedeten sich Vater und Sohn voneinander.

Flucht aus dem Wald

Völlig aufgelöst rannte Andrea nach Hause, Tränen und Schnodder liefen über ihr Gesicht. So schnell wie möglich musste sie aus diesem Wald hinaus!

Sie hatte Karl erschlagen – wie sollte sie es nur den Eltern beibringen? Und was war mit Martin? Jetzt würden sie beide von den Schergen des Grafen verfolgt. Andrea hatte den Wald hinter sich gelassen, lief durch das kniehohe Gras der Wiese und nahm nichts um sich herum mehr wahr. Überall sprangen Heuschrecken hoch und versuchten eilig, sich in Sicherheit zu bringen. Weiter und weiter rannte sie, fühlte sich elend und beschmutzt. Sie durchquerte ein zweites Wäldchen, dann sah sie endlich das Tal, in dem ihr Elternhaus lag.

Zu Hause angekommen, riss Andrea die Eingangspforte auf, lief an der Mutter vorbei durch den Wohnraum in ihre Schlafkammer und warf sich weinend auf das Bett.

Waltraud Berghaus ließ sofort ihre Arbeit liegen und folgte der Tochter.

Der Vater war in seiner Werkstatt, er hatte von all dem nichts bemerkt.

„Um Himmels willen, was ist geschehen?", fragte die Mutter, setzte sich zu Andrea auf das Bett und streichelte ihren Kopf. Das Mädchen schluchzte.

„Willst du mir nicht sagen, was los ist? Komm, jetzt setz dich hin und wisch dir erst einmal den Rotz aus deinem Gesicht."

Waltraud zog einen Leinenlappen aus ihrer Tasche, Andrea griff mit zitternden Händen danach und schnäuzte sich kräftig, dann begann sie, stotternd und unter Tränen zu erzählen.

„Auf dem Rückweg von Bauer Bornefeld hatte ich die Abkürzung durch den kleinen Wald genommen. Und als ich am Bach gerade etwas Wasser trinken wollte, stand plötzlich Karl, der Schmiedesohn hinter mir. Dieser Dreckskerl!" Während sie sprach, hatte Waltraud erschrocken die Blutergüsse und das eingerissene, mit Schmutz und Lehm verkrustete Kleid ihrer Tochter gemustert.

„Er hat mich auf den Boden geworfen und sich auf mich

gestürzt. Ich habe noch versucht, mich zu wehren, aber er war zu kräftig. Geschlagen hat er mich und mit einem Messer bedroht, damit ich ihn an mich heran lasse. Ach Mutter, ich dachte, ich müsste sterben!" Das Mädchen rang nach Luft.

„Plötzlich hatte ich diesen Stein in der Hand, es ging alles so schnell, ich habe ihn gegen seine Schläfe geschlagen – dann ist er zur Seite gefallen und hat sich nicht mehr gerührt." „Um Himmels willen, Kind!" Die Mutter nahm ihre Tochter in den Arm. Eine Weile saßen sie schweigend so da. Dann sagte Waltraud:

„Quäle dich nicht, du musstest dich doch zur Wehr setzen. Und sag, hat er es etwa besser verdient? Fürwahr, er war immer schon ein seltsamer, grobschlächtiger Klotz. Nie wusste man, was in ihm vorging." Die Mutter stand auf.

„Ich bringe dir jetzt eine Schüssel mit Wasser, damit du dich reinigen kannst, und dann ziehst du dir ein anderes Kleid an. Mit Vater werde ich später sprechen." Kurz darauf kam die Mutter mit dem Waschzeug zurück. Andrea wusch sich besonders gründlich von Kopf bis Fuß und legte sich auf ihr Bett, um etwas Schlaf zu finden.

Gemeinsamer Aufbruch

Auf der einen Seite des Tales verschwand die Nacht hinter den Gebirgszügen des Bergischen Landes, von der anderen Seite erhob sich rot glänzend der neue Morgen, der erneut einen schönen Tag versprach. Die ersten Vögel stimmten ihren Gesang an und durchbrachen die frühe Stille. Ein Rehbock mit seinen Ricken trat aus dem Wald hervor, um ein Plätzchen zu suchen, auf dem sich das Rudel zur Äsung niederlassen konnte.

Andrea hatte sich die ganze Nacht unruhig auf ihrem Strohsack hin und her gewälzt.

Nach kurzem Schlaf wachte sie auf, denn es drängte sie zum Bach, um sich dort zu erleichtern. Sie lief durch das hohe, nasse Gras und raffte ihren Rock hoch, den sie mit beiden Händen festhielt. Als sie sich kurz darauf hinhockte, hörte sie plötzlich jemanden husten und zuckte zusammen. Sofort dachte sie wieder an das schreckliche Erlebnis des Vortages.

„So früh schon auf?", flüsterte Martin, der sich einige Schritte neben ihr im Gras versteckt hielt.

Andrea schoss Schamesröte ins Gesicht, hatte er sie doch bei ihrem Morgengeschäft beobachtet.

„Wie kannst du mich so erschrecken?"

„Ich muss dringend mit dir sprechen, es sind fürchterliche Dinge geschehen!" Sie ging zu ihm, schlang den Rock um ihre Beine und kauerte sich nieder.

„Auch ich muss mit dir reden", sagte sie, „aber du zuerst!" Martin berichtete, was sich in den letzten Tagen an Unheil über ihm zusammengebraut hatte. Schließlich meinte er: „Deshalb kann ich nicht hierbleiben. Wir sind jung, komm, lass uns gemeinsam fortgehen!" Andreas Gedanken überschlugen sich.

„Und wie stellst du dir das vor?"

„Ich kann für uns sorgen, auch wenn manches schwierig werden mag. Doch ich muss weg von hier – und ich gehe nur mit dir."

Das Mädchen war gerührt; auch sie hatte in der vergangenen Nacht ähnliche Gedanken gehegt. Nun winkte Martin mit einem schweren Beutel, in dem Münzen klimperten.

„Mein Vater hat mich mit allem Notwendigen versorgt und einen Fluchtplan habe ich auch", versuchte Martin, sie zu überzeugen.

„Das ist aber eine Menge Geld, die du da bei dir trägst!", staunte Andrea.

„Es wird schon für eine längere Zeit reichen und zwischendurch kann ich sicher auch Arbeit finden. Wir gehen in die nächste Ortschaft, nach Huckengeswage, dort sind wir erst einmal sicher. Und später kann uns vielleicht ein Freund meines Vaters in Rudensheim weiterhelfen. Wenn erst einmal Gras über die Sache gewachsen ist, sehen wir weiter." Martin war ein junger, kräftiger Bursche – und eben das ermöglichte es ihm, eine solche Entscheidung zu treffen. Andrea zögerte nicht lange, denn auch auf sie wartete vielleicht schon der Kerker.

„Warte auf mich, ich bin gleich wieder da." Sie erhob sich und ging ins Haus. Schon nach kurzer Zeit sah Martin sie mit einem gepackten Bündel zurückkommen. Andrea lächelte ihn an und ergriff seine Hand.

„Lass uns gehen – bevor ich es mir anders überlege." Dann verließen sie ihr grünes Tal in Richtung Huckengeswage.

Der Schmied

„Ab jetzt sind wir für alle Leute ein glücklich verheiratetes Paar, damit wir keine Probleme bekommen und niemand dumme Fragen stellt", sagte Martin. Dann hielt er einen Moment ein und lächelte.

„Dass du so kurzerhand mitkommst …" In diesem Moment wusste Andrea, dass sie ihr schreckliches Erlebnis im Wald nicht mehr lange verschweigen konnte. Wachsam nach Verfolgern Ausschau haltend, gingen sie durch Wiesen und Wälder, bis sie in der Ferne die ersten Häuser der kleinen Stadt Huckengeswage sahen.

Diesmal stellte der Wachposten keine Fragen und so gingen sie an ihm vorbei, weiter durch eine kleine, enge Gasse, bis sie das helle Geräusch eines Schmiedehammers vernahmen und kurz darauf Ewalds Werkstatt erreichten.

„Bogner, du bist ja schon wieder hier – und dieses Mal sogar in hübscher Begleitung!" Andrea und Martin freuten sich über die nette Begrüßung.

„Darf ich dir meine Frau Andrea vorstellen?" „Willkommen in meiner Schmiede!", erwiderte Ewald. Martin fuhr etwas verlegen fort:

„Hör zu, ich brauche deinen Rat. Ich stecke bis zum Hals in Schwierigkeiten und könnte etwas Hilfe gebrauchen."

Ewald legte den schweren Hammer zur Seite und trat näher.

„Es ist wie mit deinen Pfeilen – schieße los! Wenn ich etwas für euch tun kann, so mache ich das gerne."

Nun berichtete Martin ausführlich von den Bütteln, dem Reh, der Verfolgung, dem erschossenen Bluthund und seiner Flucht bis zur Ankunft in der Schmiede. Ewald hatte die ganze Zeit gebannt zugehört, dann meinte er:

„Da hast du aber gehörig Scheiße an den Hacken! Kann es sein, dass du einen Feind in deinem Tal hast, der dir die Seuche an den Hals wünscht?"

Jetzt hielt es Andrea nicht länger aus.

„Es ist Karl, der Sohn des Schmiedes aus unserem Tal! Er ist tot – ich, ich habe ihn gestern erschlagen", kam es über ihre Lippen. Sie war froh, sich endlich offenbart zu haben. Martin wurde blass und brachte kein Wort heraus.

„Willkommen im Klub der Gesetzlosen", unterbrach Ewald die Stille. Martin schaute Andrea immer noch ungläubig an.

„Was hat er getan? Was ist passiert?" Während sie erzählte, was ihr widerfahren war, wurde sie von Martin unterbrochen:

„Hat er dich ...?"

„Bevor es dazu kommen konnte, habe ich ihn mit dem Stein erschlagen. Oh Martin, es war furchtbar! Und auch auf mich warten nun Strick oder Kerker, darum bin ich sofort mit dir gegangen."

Der Schmied grübelte, dann gab er zu bedenken:

„Es war zwar eindeutig Notwehr, aber wie ist das zu beweisen? Erst einmal seid ihr hier sicher, aber auf Dauer bekommen die Büttel oder irgendwelche Wegelagerer sicher mit, dass ihr euch hier versteckt haltet. Dann werden sie wie die Krähen vor der Stadt nach euch Ausschau halten. Vielleicht sind auch schon Kopfprämien auf euch ausgesetzt. Huckengeswage wird von unserem Burgvogt verwaltet, da Graf Arnold in seinen Ostländereien weilt, aber Erzbischof Engelbert von Köln, der ja auch gleichzeitig der Graf von Berg ist, lauert vor den Toren der Stadt. Nach dem Tod seines Bruders Adolf, der auf dem Kreuzzug bei Dammiette gefallen ist, hat er sich sofort die Burg Neuenberge einverleibt. Mit dem ist wahrlich nicht zu spaßen."

Nach diesen Worten musterte Ewald seine Freunde, als sähe er sie zum ersten Mal, und fuhr fort:

„Zunächst müsst ihr euer Aussehen ändern, sonst haben eure Häscher leichtes Spiel. Du, Martin, bist in deiner Kluft leicht als Bogner auszumachen und Andrea erkennt man schon von Weitem an ihrem langen, strohblonden Haar. Ich werde in meine Hütte gehen, um zu sehen, was ich für euch finden kann. Wartet einen Augenblick!"

Martin und Andrea saßen zusammengekauert auf einer schweren Eisenbank. Nach einiger Zeit kam Ewald mit einem Bündel in der Hand zurück.

„Hier, probiert das einmal an!", forderte er die Freunde auf und warf ihnen einige Kleidungsstücke zu. Martin nahm eine Hose aus grober, rauer Wolle und ein beigefarbiges Baumwollhemd, Andrea verbarg ihr langes Haar unter einer Kopfhaube, die sie unter dem Kinn zusammenbinden konnte und wohl ehemals von Ewalds Mutter getragen worden war.

„Nun gib mir deine Bognerkluft, ich werde sie für dich bis zum richtigen Tage aufbewahren. Und der Bogen und die Pfeile bleiben auch hier!“, bestimmte Ewald.

„Wenn ihr fertig seid, folgt dem Verlauf der Gasse, bis ihr an eine Weggabelung kommt, dann geht links die steile Straße bergan, sie führt direkt zur Burg, und nach fünfzig Schritten seht ihr rechts den Gasthof *Zur Linde*. Dort fragt nach dem Wirt Otto und sagt ihm, dass ich euch schicke. Er soll euch eine gute Kammer geben. Etwas weiter oberhalb gibt es noch einen zweiten Gasthof mit Namen *Zum hölzernen Fass*.

Doch lasst die Finger davon, denn es ist eine Spelunke, in der sich nur Spieler, Huren und Gesindel herumtreiben!

Heute Abend komme ich zu euch und dann besprechen wir, wie es weitergehen soll.“ Während Martin und Andrea die Schmiede verließen, versteckte Ewald schon Ausrüstung, Bogen und Pfeile an einem sicheren Platz.

Freund Otto

Am späten Nachmittag verschloss Ewald seine Werkstatt mit Holztoren und schweren Eisengittern. Nachdem er sich hinter dem Gebäude den Tagesschweiß mit einigen Eimern Brunnenwasser abgespült hatte, ging er in die Hütte, um mit den Eltern zu sprechen. Sein Vater war durch die lange und harte Arbeit in der Schmiede körperlich stark mitgenommen und verbraucht. Er konnte seinem Sohn nicht mehr zur Hand gehen, war aber froh, in ihm einen würdigen Nachfolger gefunden zu haben. Die Mutter, die um einige Jahre jünger war als der Vater, hatte schon seit Langem Probleme mit ihrem Augenlicht, das sich zunehmend verschlechterte.

Während er sich umzog, erzählte Ewald den Eltern von dem Besuch seiner Freunde, ohne jedoch näher auf die Lage einzugehen, in der sie sich befanden. Er brach sich noch einen Kanten Brot ab, strich mit einem großen Messer Butter darauf, verabschiedete sich und machte sich auf den kurzen Weg zum Gasthof.

Dort angekommen, öffnete er die Tür und sah sogleich den Wirt, der gerade mit einer großen Kanne vor einem Holzfass stand, um Dünnbier abzuzapfen.

„Gott zum Gruß!", rief Ewald.

„Ah, der Schmied, sei mir gegrüßt!", murmelte Otto und ließ weiter Bier in den Krug laufen.

„Du wartest bestimmt auf deine Freunde. Sie sind noch in ihrer Kammer, wollten aber gleich herunterkommen. Setze dich schon einmal an den Tisch, ich bringe dir gleich ein frisches Bier."

Ewald ließ sich auf seinem Stammplatz nieder und schaute sich im Schankraum um. In einer Ecke sah er drei Tagelöhner beim Zechen, die ihre kleinen Einnahmen versoffen. „Zum Wohle, der Herr!" Mit den üblichen Worten stellte Otto ihm ein kühles Bier auf den Tisch. Durch die Arbeit am Schmiedefeuer war Ewalds Kehle fortwährend ausgetrocknet, seine Zunge klebte regelrecht am Gaumen und löste sich erst immer nach einigen Krügen Flüssigkeit, wobei er Bier den Vorzug gab. Danach stieg des Schmiedes Laune stets beträchtlich.

Er hatte den Krug schon halb leer getrunken, als seine Freunde die Schankstube betraten. „Jetzt haben wir aber einen Bärenhunger!", verkündete Andrea, als sie sich zu ihm setzten. Martin verlangte ebenfalls ein Bier und Andrea einen Krug mit frischem Wasser.

„Guter Wirt, was hast du denn noch auf deinem Feuer stehen?", fragte Martin gut gelaunt. „Ich kann euch Getreidebrei oder gebratene Eier mit Brot anbieten."

„Wir nehmen zweimal das Zweite", antwortete Martin.

Danach hatten die Freunde endlich Zeit für ein ausführlicheres Gespräch.

„Und wie stellst du dir das nun vor?", wandte sich Martin an Ewald. Dieser nahm kein Blatt vor den Mund:

„Tagsüber seid ihr bei mir in der Schmiede. Andrea kocht eine warme Mahlzeit am Tage – für uns und meine Eltern. In der restlichen Zeit kann sie für euch einiges an notwendiger Kleidung schneidern, vorausgesetzt natürlich, sie ist geschickt darin. Und du hilfst mir beim Schmieden mit Arbeiten, die ich dir beibringen werde. Als Gegenleistung fertige ich dir ein Schwert, damit du dich nicht mehr so nackt fühlst, und nach getaner Arbeit werde ich dich lehren, wie du mit der Waffe umzugehen hast. Die Kosten für die Verpflegung und das Schwert übernehme ich. Das wäre mein Vorschlag."

In diesem Moment brachte Otto das Essen und Ewalds Freunde griffen sofort nach ihren Löffeln, um sich über Eier und Brot herzumachen.

„Also", sagte Martin schmatzend, „ich bin einverstanden." Auch Andrea nickte zustimmend. Nachdem Martin und Ewald sich noch einige Krüge Bier genehmigt hatten, wurden ihre Zungen schwer. „Kommt", sagte Andrea, „es wird Zeit, schlafen zu gehen." Draußen zog ein Gewitter auf, das nach den warmen Tagen für Abkühlung sorgen würde, wie es im Bergischen keine Seltenheit war.

Verzweifelte Liebesmüh

In der Kammer überprüfte Martin zunächst seinen Geldbeutel, der noch an seinem Hals hing. Danach warf er sich auf das Bett und verschränkte die Arme hinter seinem Kopf.

„Na, meine Liebe, so komm doch und umarme deinen Bogner!“, lallte er mit schwerer Zunge.

Doch Andrea schien seine Worte gar nicht wahrgenommen zu haben.

„Jetzt kann ich mir noch nicht einmal die Haare kämmen! Als Tochter eines Bürstenmachers habe ich in der Eile doch tatsächlich Bürste und Kamm vergessen!“, beklagte sie sich.

„Uns fehlt es ohnehin an fast allem. In den nächsten Tagen werde ich das Notwendigste besorgen.“

Als sie sich zu Martin umdrehte, war ihr Held schon vom Schlaf übermannt worden und in seinen Träumen gewiss wieder auf Fasanenjagd. Andrea lächelte, wickelte sich in ihre Decke und war kurze Zeit später auch eingeschlafen.

Aufregungen

Will stieß seine Frau an.

„Lass uns aufstehen, wir haben verschlafen, es ist schon fast Vormittag! Das kommt von diesem tristen Regenwetter, wenn es überhaupt nicht mehr richtig hell wird. Schau, der Nebel hängt wie eine Dunstwolke über dem Tal“, murrte er.

Der Bogner stand auf und ging zu einem kleinen Fenster, welches mit einem gegerbten Stück Leder verhängt war. Er schob es beiseite und starrte in den Himmel.

„Was für eine Suppe da draußen!“

Am Himmel türmten sich zahlreiche Wolkenschichten in allen erdenklichen Grautönen. „Vielleicht reißt es ja heute Nachmittag noch einmal auf. Ich gehe jetzt erst einmal in die Werkstatt, um Bögen zu richten und zu spannen, danach werde ich sie einschießen." Er öffnete die knarrende Holztür und trat hinaus, doch er begab sich nicht direkt in seine Werkstatt, sondern zuerst zum Bach, um sich zu erleichtern. Danach wollte er weiter aufwärts nachsehen, ob sich einige Fische in seinem Fangkorb finden ließen. Als er den selbst geflochtenen Weidekorb aus dem Wasser zog, entdeckte er darin vier Forellen und drei Krebse. Mit einem kurzen Knüppel, der hier immer parat lag, schlug er den Fischen einmal kräftig auf den Kopf, sodass er ihr Zucken in seiner Hand spüren konnte, die Krebse ließ er vorläufig am Leben. Er steckte die Tiere in einen Leinensack, um sie seiner Adele zu bringen. Damit hatten sie für heute ihr Abendessen sicher.

Auf dem Rückweg zur Hütte sah er, wie ihm die Bürstenmachersfrau Waldtraut auf der gegenüberliegenden Weperseite wild fuchtelnd bedeutete, zu ihnen herüberzukommen. Durch ein Handzeichen ließ er sie wissen, dass er verstanden hatte, ging zu seiner Frau und sagte:

„Adele, wirf dir den Mantel über, wir sollen zu den Berghäusern kommen!"

Sie gingen über die kleine Brücke und wurden am Haus ihrer Nachbarn sogleich hereingebeten.

„In unserem Tal ist die Hölle los!

Soeben gingen hier die beiden Büttel mit vier Waldarbeitern vorbei und brachten eine Trage mit einer leblosen Person darauf ins Haus der Grünebergs", berichtete Wolfgang aufgeregt, „von hier aus kann man alles beobachten. Wir wollten euch schnell Nachricht geben, denn vielleicht ist es auch für euch von Bedeutung."

Nun meldete sich seine Frau zu Wort.

„Es ist etwas Furchtbares geschehen – Andrea ist spurlos verschwunden! Karl hat ihr gestern im Wald aufgelauert, als sie von einer Auslieferung zurückkam. Er ist auf sie los und wollte ihr Gewalt antun – das arme Kind hat sich gewehrt, einen Stein zu fassen bekommen und Karl erschlagen. Er ist es, den die Waldarbeiter eben ins Haus des Schmieds getragen haben. Oh, welch ein Unglück!" Verzweifelt fasste Waltraud sich mit beiden Händen an den Kopf, Adele seufzte tief auf und legte tröstend ihren Arm um sie. „Immer langsam mit den wilden Pferden. Lasst uns erst einmal für Klarheit sorgen, bevor wir irgendwelche Vermutungen anstellen", gab Will zu bedenken, „Andrea und Martin haben sich ganz sicher zusammengetan. Die zwei lieben einander, ihr glaubt doch nicht, dass unsere Kinder getrennte Wege gehen würden. Ich werde mir die Sache mal genauer ansehen."

Mit diesen Worten stand er auf und schritt zielstrebig zur Schmiedehütte.

Dort machte er sich erst gar nicht die Mühe anzuklopfen, denn drinnen ging es zu wie in einem Taubenschlag.

Bodo Grüneberg jammerte über den Verlust seines Sohnes, der jüngste Sohn Bruno schrie nach Rache, die Waldarbeiter schenkten sich teilnahmslos Bier aus einem Holzkrug ein und die beiden Büttel sprachen aufgeregt miteinander. Erst jetzt bemerkte Will, dass Karl noch lebte, denn dieser gab tierische Laute von sich, grunzte wie ein Schwein. Seine linke Gesichtshälfte war bläulich-grünlich verfärbt und auf das doppelte Maß angeschwollen, sodass das Auge auf dieser Seite nicht zu erkennen war, das andere hingegen blickte wild und unkontrolliert durch den Raum.

„Jetzt haben wir auch noch einen kranken Vollidioten im Haus", zeterte die Magd, „um den kümmere ich mich nicht auch noch!“

Bodo Grüneberg saß mit kalkweißem Gesicht da. Gerade hatte er sich noch schwermütigen Gedanken hingegeben, doch die Worte seiner Magd brachten ihn jetzt derart in Rage, dass er nicht mehr an sich halten konnte und ihr seinen Handrücken ins Gesicht schmetterte. Die Magd flog lang hin und lag heftig blutend am Boden. Will wusste, dass man die Hand eines Schmiedes besser nicht herausforderte. Mühsam raffte sich Elspeth auf, wischte sich das Blut aus ihrem Gesicht und stolperte aus dem Haus.

„Diese Magd hatte immer schon ein loses Mundwerk. Nehmt meinen Jungen mit und bringt ihn in das Zisterzienserkloster nach Altenberg, dort sollen die Mönche versuchen, ihn gesund zu pflegen!“

„Das kostet aber einige Silberlinge“, hörte man den habgierigen Michael sagen, der unverzüglich seine Hand aufhielt. Bodo Grüneberg gab ihm eine Handvoll Münzen.

„Hier, nimm!“ Will klopfte Bodo auf die Schulter und verabschiedete sich.

„Gebt mir Bescheid, wenn ich etwas für euch tun kann oder es etwas Neues gibt. Und lasst die Köpfe nicht hängen!“

Wie im alten Rom

„Schwertkampf, immer nur Schwertkampf! Ich kann meinen Arm vor Schmerzen nicht mehr heben“, stöhnte Martin.

Nach getaner Arbeit in der Schmiede hatte Ewald sich seinen Freund vorgenommen, um ihn hinter der Werkstatt in verschiedenen Kampftechniken zu schulen.

„Höre mit dem Jammern auf, nur die Übung macht den Meister! Von dem, was ich dir beibringe, bekommst du so kräftige

Arme wie einst die Gladiatoren im alten Rom", scherzte er.

Ewald griff Martin mit wilden Schlägen an, um ihn in die Verteidigung zu zwingen, dieser konnte die Schwerthiebe kaum noch abwehren und geriet immer weiter in die Defensive. Wie ein Berserker schlug Ewald auf Martin ein, trieb ihn über den Hof, bis dieser mit dem Rücken an der Werkstattwand stand und die Schwertspitze seines Gegners an der Kehle spürte. Jetzt hielt Ewald inne.

„Mach dir den Vorteil deiner Jugend zunutze! Wenn du gegen einen älteren Gegner kämpfst, ziehe dich beim Kampf ruhig etwas zurück und lass ihn sich austoben. Sei dir deiner besseren Ausdauer bewusst. Soll er sich doch bis über seine Grenzen müde schlagen. Sein Schweiß und sein Gesicht verraten dir, wann er nachlässt – dann ist deine Zeit für den Gegenangriff gekommen. Nun treibst du deinen Gegner in die Enge und wartest auf die Möglichkeit, den gezielten, entscheidenden Stoß anzubringen. Du musst die Schwachstellen deines Feindes kennen, die Kehle, den gesamten Halsbereich. Den tödlichen Schlag setzt du nur, wenn du ihn zwischen Kinn und Schulter triffst, denn an dieser Schwachstelle schützt ihn seine Kettenhaube nicht."

Ewald lehrte ihn, wie man Scheinattacken führt, den gefährlichen Dachschlag platziert oder einem Gegner von hinten die Sehnen der Kniekehlen durchtrennt.

Martin war sehr gelehrig, schnell und ausdauernd.

„Einen erfahrenen Ritter wirst du sicherlich nicht besiegen können, aber wenn wir noch etwas üben, dann dürfte es reichen, um einige Wegelagerer und Strolche zu vertreiben. In den nächsten Tagen wirst du dir vieles einprägen, neue Techniken probieren und dann den Dolch sowie das Schild einsetzen. Außerdem müssen wir dein Schwert fertigstellen, denn das wird dich in Zukunft beschützen – mit ihm solltest du die

Übungen am besten beherrschen. Doch lass uns jetzt schauen, wie weit Andrea mit dem Abendessen vorangekommen ist, denn ich habe Hunger wie ein Ochse!"

Martin und Ewald gingen zurück zur Schmiede, wo Andrea am Feuer stand, das einen einstweilig angebrachten Notofen beheizte, und gerade mit einem Holzlöffel die frische Gemüsesuppe im großen Eisentopf umrührte.

„Das riecht aber gut!", freute sich Martin und ließ eine Hand über seinen Bauch kreisen. Andrea lächelte.

„Wir können essen, wenn ihr euch die Finger gewaschen habt, ihr Ferkel! Doch zuerst bringe ich Ewalds Eltern eine Schüssel Suppe, danach können wir es uns gut gehen lassen." Ewald stellte drei tiefe Holzteller auf den Tisch und legte Löffel daneben, Martin ließ sich auf einen Hocker fallen und klagte immer noch über Schmerzen, denn Oberarm, Schulter und Nacken brannten wie Feuer. Nach dem Essen ließen sie den Tag langsam mit einem Becher gewürzten Weines ausklingen, dann erhob Ewald sich und wünschte eine gute Nacht.

Bei Otto hatten Martin und Andrea nicht länger bleiben können, denn es wäre zu kostspielig geworden. Bereits nach wenigen Tagen waren sie daher in die Schmiede umgezogen und hatten sich dort in einer freien Ecke ihr Nachtlager eingerichtet. Einige mit Stroh gefüllte Säcke dienten ihnen als Schlafunterlage und Kopfkissen, zwei Schafwolldecken schützten gegen die Kälte. An Nachtgewänder war nicht zu denken; sie schliefen in der Kleidung, die sie auch am Tage trugen.

Die Dämmerung war bereits angebrochen – und je mehr der helle Tag der anbrechenden Nacht wich, desto forscher und mutiger wurde Martin.

Er kroch auf seinen Strohsack und betrachtete Andrea, die sich im Halbdunkel ihr langes, offenes Haar mit einer neuen Bürste kämmte.

„Was für ein hübsches, wohlgewachsenes Mädchen sie doch ist, fast schon eine reife Frau“, dachte er. Martin spürte, wie sein Gemächt an die rauen Beinkleider stach. Aus Rücksicht auf ihre Erlebnisse im Wald war er Andrea eine Weile nicht mehr nahegekommen, aber heute wollte er einen neuen Anlauf wagen.

Ein Jahr war vergangen, seit Martin zum ersten Mal die Liebe kennengelernt hatte. Damals brachten er und sein Vater mit ihrem alten Gaul Elisa eine größere Lieferung an Bögen und Pfeilen nach Colonia, der großen Stadt am Rhein.

Die Reise war nicht ungefährlich, denn Strauchdiebe überfielen und beraubten Händler, Kaufleute und andere reiche Pfeffersäcke, sodass einige von ihnen sogar Söldner zu ihrem Begleitschutz einstellten.

Der Vater hatte einiges in der Stadt zu erledigen und so schlenderte Martin allein durch die vielen schmalen Gassen der größten Stadt, die er jemals gesehen hatte. Vor einem alten Haus hielten sich mehrere Mädchen auf, die ihn recht freundlich fragten, ob sie ihm helfen könnten und ob er sich verlaufen habe. Eines der Mädchen stellte sich als Gertrude vor und nahm ihn an die Hand.

„Komm mit mir ins Haus, ich möchte dir etwas zeigen“, hauchte sie ihm ins Ohr, „ein paar Silberlinge, und du wirst ein wunderbares Erlebnis haben, das du so schnell nicht vergisst.“ Etwas später stand er wieder auf der Straße – von den paar Silberlingen war zwar nichts übrig geblieben, doch immerhin war er der Liebe begegnet.

Zwielichtige Gestalten

Dunkel und schmutzig war es in dem Gasthof *Zur alten Schmiede* in Weperevorthe, die stehende Luft konnte man geradezu mit dem Messer schneiden.

Das Lokal war mit einigen grob gehobelten, runden Tischen ausgestattet, an denen schäbige Stühle standen, auf dem Boden klebten allerlei Essensreste.

Schwach beleuchteten einige Talglichter die mystische Atmosphäre. An einem Ecktisch saßen, in ein Gespräch vertieft, fünf Gestalten beisammen. Es waren die beiden Büttel, Michael und sein Spannmann Franz, sowie drei weitere heruntergekommene Figuren. Einen bulligen, breitschultrigen, hellhäutigen Kerl mit langem, rotem, grob nach hinten gekämmtem Haar und sommersprossigem Gesicht nannten sie Knut, er musste ein Nordmann sein. Ein anderer hieß Bert; abgesehen von einer ausgeprägten Glatze wirkte er mit seiner mittelgroßen, schlanken Gestalt in dieser Runde beinahe unauffällig. Der Anführer war ein gefährlich aussehender Kämpe. Anstelle des dritten, vierten und fünften Fingers bildeten drei gerade, wie mit einer Axt abgetrennte Stümpfe den kümmerlichen Rest seiner rechten Hand, offensichtlich die Folge einer Leibesstrafe für schweren Diebstahl. Sein fettiges, schon ergrauendes Haar fiel ihm bis auf die Schultern. Alle drei Männer waren mit Schwertern und Dolchen bewaffnet.

Der Büttel Michael wandte sich nun an den Anführer, den er Berthold nannte.

„Es könnte ein schönes Sümmchen für euch herausspringen, wenn ihr meiner Anordnung Folge leistet, aber ihr dürft keinesfalls auf eigene Faust handeln. Ich wette, dass der Wilddieb nach Huckengeswage geflüchtet ist. Wahrscheinlich hat er sogar diese Tochter des Bürstenmachers bei sich. Jedenfalls konnten wir bisher keinen von beiden in unserem Gebiet ergreifen. Bedauerlicherweise verfügen wir in dieser Stadt jedoch über keinerlei Befugnisse. Es wäre also rätlich, wenn ihr euch dort umschauen würdet, um herauszufinden, ob sie sich dort aufhalten", raunte er, „vielleicht können wir den beiden auch den Überfall auf den Schmiedesohn anhängen, schließlich gibt es ja keinen anderen Verdächtigen. Wenn ihr sie finden solltet, versucht unbedingt, sie zum Verlassen der Stadt zu bewegen, damit wir vor dem Stadttor zuschlagen und sie dem Burgvogt von Weperevorthe übergeben können!"

Falsche Liebesmüh

Andrea hatte Martins musternde Blicke bemerkt und kicherte etwas verlegen, als sie sich auf dem provisorischen Nachtlager in seinen Arm legte. .

Er streichelte sie und fühlte, wie sie unter seinen Händen erzitterte.

Andrea erwiderte seine Liebkosungen, seine Küsse, beide gaben sich ihrem Liebesspiel hin. Martin drängte es, mit ihr zu verschmelzen, doch in seiner jugendlichen Ungeduld ging er so hastig vor, dass sich seine Körperflüssigkeit vorzeitig zwischen ihren Beinen ergoss und auf das grobe Leinengewebe des Strohsacks rann.

In der Schmiede war es stockdunkel, sodass Andrea nicht sah, wie Martin errötete.

Dennoch hatte ihn beim Abgang seines Saftes ein unbändiges Glücksgefühl überkommen. Nach einer kurzen Zeit versuchte er es erneut und nun leiteten ihn ihre zarten Hände so geschickt, dass er tief in sie eindrang.

Andrea krallte sich an seinen Schultern fest und stöhnte

leise, als er ihr die Unschuld nahm. In solchem Maße hatte Martin noch nie empfunden.

Für einen Moment erinnerte er sich wieder an seine Kölner Gertrude. Was war er doch für ein Narr gewesen, ein Volltrottel, ein Hundsfott! Seine ganzen Silberlinge hatte er an das Mädchen verloren, obgleich er sie nur zwischen ihre Schenkel stieß.

Andrea und Martin sanken in ihre Decken und wurden bald darauf vom Schlaf überwältigt. Als es am nächsten Morgen hell wurde, beobachtete Martin die schlafende Andrea neben sich und erneut packte ihn die Lust, doch dann erblickte er zwischen ihren Beinen einen kleinen Blutfleck und ein schlechtes Gewissen erwachte in ihm.

Schelmenspiel

In der Schmiede wurde fleißig gearbeitet. Die gelben Funken flogen im hohen Bogen durch die Werkstatt und der Blasebalg schnaufte. An der Farbe des glühenden Eisens, erkannte Ewald die richtige Temperatur des Materials. Mit einer schweren Schmiedezange hielt er mit seiner linken Hand das glühende Stück Eisen fest. Jetzt schlug er mit dem Hammer zu, brachte somit Schlag für Schlag das Metall in die richtige Form. Heute war ein besonderer Tag, denn Martin sollte sein erstes eigenes Schwert erhalten. Bereits am Morgen nach der Ankunft seiner Freunde hatte der Schmied mit den Arbeiten dafür begonnen, ein Eisen in Form geschlagen und es anschließend in der heißen Schmiede unermüdlich mit einem schweren Hammer bearbeitet – einerseits musste das Material hart genug werden, damit es sich auf Dauer nicht verböge, andererseits sollte es hinreichend flexibel sein, um später im Kampfe nicht zu brechen.

Nach dieser mühsamen, schweißtreibenden Prozedur hatte Ewald die Klinge noch tagelang mit unterschiedlichen Poliersteinen messerscharf geschliffen. Der ungeduldig wartende Martin musste lernen, dass eine gute Politur der Klinge zwar einen perfekten Schliff verleihen, eine schlechte diese jedoch ebenso ruinieren konnte – jedes Schwert zeugte letztendlich vom Grad der Kunstfertigkeit seines Schmiedes.

Es war beinahe Abend, als Ewald es endlich feierlich überreichte.

„Hier, Freund, versuche es!"

Stolz schritt Martin mit seinem neuen Schwert vor die Schmiede.

„Na, wie liegt es in der Hand?", wollte Ewald wissen. Martin schlug nach allen Seiten, ging in die Hocke, nahm Verteidigungspositionen ein und übte den Kopfschlag.

„Einfach großartig!", strahlte er. Nun holte auch Ewald sein Schwert und sie übten noch eine Weile, während Andrea am großen Eisentopf stand und das Abendessen zubereitete.

Alle drei hielten inne, als plötzlich fröhliche Musik von der Burggasse herüberklang. Kurz schob sie den Topf vom Ofen und lief darauf bis zur kleinen Grenzmauer und sahen, dass eine Gruppe von Spielleuten, Gauklern und Musikanten heraufkam.

„Na, nun halten endlich wieder Freude und Kurzweil Einzug in Huckengeswage! Die fröhliche Truppe nennt sich Schelmenspiel", erklärte Ewald den Freunden, „die Gaukler sind zwei- bis dreimal im Jahr hier, um ihr Programm auf dem Burgplatz vorzuführen. Es ist stets ein großes Vergnügen, ihnen zuzuschauen."

Von allen Seiten kamen Erwachsene und Kinder gelaufen, riefen und winkten den Gauklern zu. Ein Barde brüllte ins Publikum:

„Hört, Ihr Leut´, heute Abend ist es so weit! Drei Tage lang werdet Ihr auf dem Burgplatz ein großes Spektakel erleben! Täglich um die Mittagszeit sowie vor dem Dunkelwerden bietet Euch die berühmte Gruppe Schelmenspiel das neue Stück ‚Des Pfarrers Kreuzzug' dar und auch an Musik und Tanz wird es nicht fehlen! Mühsal und Plackerei prägen Euer Leben, drum lasset uns in fröhlicher Gemeinschaft feiern! Und denket immer daran: Die Kirchenmänner verdammen wohl Eure Exzesse und Ausschweifungen, aber es siegt doch stets die Lebenslust über die Moral!" Eine Person in farbenfrohem Schellengewand, einige Schauspieler, Possenreißer, Gaukler sowie zwei singende und tanzende Mädchen machten sich mit ihren von Pferden gezogenen Planwagen auf den steilen Weg zur Burg hinauf.

„Das möchte ich mir auch gerne anschauen", sagte Andrea und zog Martin am Arm „bitte, bitte, lasst uns morgen hingehen!" Und so vereinbarten die Freunde, sich die Gruppe am nächsten Tag um die Mittagszeit einmal näher anzusehen.

Die Darbietungen sollten auf dem Vorplatz der von den Grafen zu Huckengeswage im Jahre 1198 aus Bruchstein erbauten Burg stattfinden, den seit dem Jahr 1210 ein beeindruckender Bergfried, im Volksmund auch Schelmenturm genannt, dominierte. Erwartungsvoll sahen Ewald, Martin und Andrea den Gauklern bei ihren Aufbauarbeiten zu, als einer von ihnen sie ansprach:

„Darf ich mich den edlen Leuten vorstellen? Ich bin Harald, der Leiter dieser fröhlichen Gruppe, und ich hoffe, Ihr werdet euch köstlich unterhalten."

„Ich sah bereits eine Darbietung im letzten Jahr und war sehr angetan – ich hoffe, es wird auch heute wieder ein Erlebnis werden", sagte Ewald.

„Wohlan, mein Herr, es wird Euch schon erquicken, denn wir haben Vortreffliches im Gepäck!“

Nach einem Pfiff auf seinen Fingern ließen die Leute ihre Arbeit liegen und kamen herüber.

„Ich möchte Euch meine Truppe präsentieren: Da wären Edwin, der Feuertänzer, und Ranulf, der Starke, dessen Frau Lore Tamburin und Trommel schlägt, sowie Robert, der Spielmann mit seiner Sackpfeife, und Robin, unser Jongleur. Außerdem gibt es da noch unsere hübschen Seherinnen Maria und Freia.“ Als sich dann auch noch alle höflich vor den drei Besuchern verneigten, beschlich Andrea das Gefühl, einer Privatvorstellung beizuwohnen. Dann legte Harald los:

„Jeder Papst ruft seine Schäfchen zu einem neuen Kreuzzug ins Heilige Land auf – Kaisern, Königen, Rittern und sogar Bauern und Handwerkern verspricht er die Befreiung von ihren Sünden, aber er selbst frönt mit seinen Geliebten einem ziemlich unchristlichen Leben in Rom. Den Kreuzfahrern geht es doch nicht um Gott, sondern nur ums Plündern und Vergewaltigen. Wie war das denn bei den letzten Kreuzzügen? Schon beim Aufbruch aus deutschen Landen schlachtete man auf dem Weg nach Outremer , alles ab, was nicht christlich war, alle Katharer – und jüdischen Siedlungen machte man dem Erdboden gleich.

Und über allem stand der Aufruf ‚Gott will es!‘ Wir zeigen eine etwas andere Geschichte und lassen den Papst einen Kreuzzug nach Jerusalem auf einem Esel anführen.“

Nach den letzten Worten brachen alle in Gelächter aus.

„So, nun müssen wir unseren Aufbau vorantreiben, damit wir nachher mit der ersten Aufführung beginnen können. Kommt früh genug, dann halte ich Euch in der ersten Reihe Plätze frei!“

Die Vorführung

Die Freunde gingen zurück zur Schmiede, um ihre verbliebenen Arbeiten zu erledigen, anschließend stärkten sie sich, machten sich frisch, kleideten sich um und gingen voller Vorfreude die Gasse zur Burg hinauf.

Dort hatten sich bereits einige Menschen eingefunden, die Ewald allesamt zu kennen schien, denn er begrüßte jeden Einzelnen mit freundlichen Worten. Es war tatsächlich eine Holzbank in der ersten Reihe frei gehalten worden und so ließen sich Martin, Andrea und Ewald darauf nieder. Innerhalb kürzester Zeit füllte sich der gesamte Burghof mit Besuchern.

Auf dem Platz wurde es so laut, dass Harald, der gerade die Bühne betrat, einen Moment warten musste, bis er das Publikum begrüßen und in Kürze die Handlung des Stückes erläutern konnte.

Nun kamen die Spielleute in ihren Kostümen hinzu und wurden mit kräftigem Handgeklapper begrüßt. Die Vorführung begann, danach war noch vereinzelt hier ein „Ah!“, dort ein „Oh!“ zu vernehmen, manchmal ging ein Raunen durch die Menge und dann und wann wurde auch herzhaft gelacht. Die Zuschauer waren begeistert, und als das Stück kurz vor Einbruch der Dunkelheit endete, klatschten die Menschen so lange Beifall, dass es eine Weile dauerte, bis es wieder ruhiger wurde und sich die Ersten langsam von ihren Holzbänken erhoben.

„Wenn es Euch, guten Leuten, gefallen hat, dann spendet einige Münzen für uns!“ Zwei der Spielleute drehten ihre Runden, um mit ihren Blechtöpfen Münzen einzusammeln.

Auch Martin, Ewald und Andrea hatten ihre Freude an der Vorführung gehabt, gaben einen angemessenen Obolus und machten sich anschließend auf den Heimweg.

„Die haben ja alles durch den Dreck gezogen – Könige, Grafen, Herzöge, Ritter, Bauern, vor allem die Kirche und sogar den Papst!“, lachte Andrea.

„Es scheint, dass das Stück vielen einfachen Leuten aus der Seele spricht – eine vortreffliche Manier, die Wahrheit über die oberen Herren zu sagen, ohne gleich aus der Stadt gejagt zu werden. Hier und da habe ich sogar den Burgvogt lachen sehen, also hat auch er sich vergnügt“, meinte Ewald, „aber beileibe nicht alle Vögte oder Grafen sind so einsichtig wie der unsrige. Stellt euch nur einmal vor, die würden diese Geschichte beim Erzbischof von Colonia, dem Grafen Engelbert von Berg dem Ersten, aufführen! Der würde entweder vor Scham aus dem Fenster springen oder die Spielleute in den Kerker werfen lassen.“

Nun meldete sich Martin zu Wort: „Da soll sich noch einer auskennen, wo doch bald alle Grafen, Herzöge oder Bischöfe die gleichen Namen haben!

Da gibt es Adolf den Ersten, Adolf den Zweiten, Adolf den Dritten – Engelbert der Zweite ist der Graf von Berg, aber gleichzeitig auch Erzbischof von Colonia, und hier ist er dann plötzlich wieder Engelbert der Erste von Berg. Die Erstgeborenen heißen wie ihre Väter, was danach auf die Welt kommt, stecken sie in irgendein Kloster zu den Mönchen, um Gott zu preisen. Ich bin zwar kein Meister im Rechnen, aber in tausend Jahren haben wir hier wohl Adolf den Achtundneunzigsten!“

Die drei hielten sich die Bäuche vor Lachen.

„Lasst uns noch auf ein Bier zu Otto gehen, bevor wir uns auf den Strohsack hauen!“, schlug Ewald vor.

Schon kurz darauf betraten sie das Gasthaus, in dem nur noch zwei Männer von der Stadtwache an einem Ecktisch saßen und sich nach ihrem Dienst ein Bier gönnten.

„Ich grüße euch! Was ist euer Begehr? Flüssiges oder Festes? begrüßte Otto die neuen Gäste.

„Bringe uns einen großen Krug von deinem köstlichen Bier!“, antwortete Martin. Sie setzten sich an einen klotzigen, schweren Holztisch.

„Ich muss mit dir reden“, wandte sich Martin nun mit ernster Miene an Ewald, „wir können dir nicht ewig auf der Tasche liegen. Auch wird es auf Dauer für uns alle zu gefährlich, denn die Büttel werden uns irgendwann auf die Schliche kommen und uns beim Schopfe packen. Du bist wahrhaft ein guter Freund, doch Andrea und ich sollten bald unseres Weges gehen.“

„Wenn die Lage anders wäre, könntet ihr für immer hierbleiben, das weißt du. Wir würden zusammen arbeiten und vielleicht sogar die Schmiede vergrößern, denn das Schmiedehandwerk steht dir gut zu Gesicht, Martin. Doch unter diesen Umständen hast du vielleicht recht, auch wenn ich mich euretwegen sorge, weiß ich doch nicht, was aus euch werden wird.“ Dann schaute Ewald Andrea an, die seine Frage zu ahnen schien. „Oh, ich würde sehr gerne bleiben, aber ich denke ebenso wie Martin. Doch was auch kommen mag, wir sehen uns sicherlich eines Tages wieder.“

Plötzlich unterbrach das laute Knarren der Eingangstür ihr Gespräch.

Die Spielleute kamen herein, vorneweg Harald, der direkt auf die drei Freunde zuging. Ewald erhob sich, klopfte ihm anerkennend auf die Schulter und lud die Gruppe zu sich an den Tisch.

„Lasst uns morgen weiterreden“, raunte er Andrea und Martin noch zu, bevor Harald und seine Leute einen weiteren Tisch und einige Stühle dazuschoben und man sich zu einer großen Runde zusammensetzte. „So“, verkündete Harald,

„noch zwei Tage Vorstellung, dann ziehen wir weiter in Richtung Lennep.“ „Auch, mit dem Stück, das wir heute gesehen haben?“, fragte ihn Andrea.

„Ihr müsst wissen, dass wir recht vielseitig sind, wir spielen nicht nur Theater, sondern beherrschen auch allerlei Musikinstrumente. Überdies haben wir mit Maria und Freia zwei Seherinnen, Edwin ist ein Meister im Feuertanz, dann sind da noch die Kraftvorführungen des starken Ranulf, zudem tanzen Freia, Maria und Lore vortrefflich“, erklärte Harald stolz. Lore war mit dem starken Ranulf verheiratet, doch Freia und Maria schienen noch nicht vergeben – ein Umstand, der Ewald offensichtlich nicht ungelegen kam, denn er behielt die schöne Maria stets im Blick. Sie war etwa im gleichen Alter wie er; ihr langes, kastanienbraunes Haar umrahmte ihr hübsches Gesicht, und wenn sie lachte, funkelten ihre grünen Augen und es bildeten sich zwei kleine Grübchen auf ihren Wangen.

„Schade, dass ihr morgen schon wieder weiterziehen wollt“, kam es Ewald aus tiefster Seele über die Lippen.

„So ist das eben. Gern würden wir an manchen Orten länger bleiben, aber ohne Gastspiele gibt es kein Brot“, schmunzelte Harald, „man weiß nie, was einen in der nächsten Stadt erwartet, manchmal lieben uns die Leute, manchmal müssen wir schnell wieder verschwinden. Auf unseren Reisen kommen wir weit herum und lernen eine Menge Menschen kennen – leider nicht immer nur gute. So nehmen wir uns vor Plünderern und Wegelagerern in Acht und reisen mit unseren Planwagen und Pferden ausschließlich tagsüber, denn zum Kampfe sind wir wahrlich nicht geboren; niemand von uns kann wirklich mit einer Waffe umgehen.

Wir spielen, weil es uns Freude macht, und unsere Einnahmen teilen wir ehrlich miteinander.“

Während Harald erzählte, bemerkte Martin, dass Maria das ein oder andere Mal verschämt zu Ewald hinüberschaute und ihm ein reizendes Lächeln schenkte, doch für eine Liebschaft waren zwei Tage fraglos eine sehr kurze Zeit. Erneut brachte der Wirt einige Krüge mit Bier und es wurde noch ein feuchtfröhlicher Abend.

Der Störenfried

Das Zisterzienserkloster zu Altenberg, ehemals Stammsitz der Grafen von Berg, lag nahe der Stadt Colonia, in unmittelbarer Nähe des kleinen Flüsschens Dünn und war den Mönchen durch eine Schenkung der Grafen überlassen worden; im Kloster befand sich auch die letzte Ruhestätte derer von Berg.

Als man den Schmiedesohn Karl dorthin gebracht hatte, waren die ehrwürdigen Mönche nicht eben glücklich über die Pflege dieses groben, schwerfälligen Patienten, doch da der Abt eine angemessene Summe für die Krankenbehandlung erhalten hatte, blieb den Brüdern Bertram und Klaus nichts anderes übrig, als ihrer Christenpflicht nachzukommen und sich um den notorischen Dauernörgler zu kümmern.

Es sah nicht danach aus, als ob sich eine baldige Besserung Karls einstellen würde, obgleich die Mönche seine Verletzungen kühlten und auch verschiedene selbst hergestellte, abschwellende Salben auftrugen. Wegen der lauten, Furcht einflößenden Grunzlaute des Patienten betraten die Brüder die Krankenkammer stets zu zweit und hielten sich dort auch nie länger als erforderlich auf, denn sie waren sicher, dass der Teufel persönlich in den jungen Mann gefahren war.

„Am liebsten würde ich dem Kerl, wie einem Hund, einen

Fressnapf vor die Türe stellen", brummte Bertram. Doch eines Tages besserte sich Karls Zustand, er begann zu sprechen und stammelte seither recht wirre Worte von Rache und Vergeltung. So genau wussten auch die Mönche nicht, was in seinem Kopfe vor sich ging – und ob sein Geisteszustand sich jemals erhellen würde, lag allein in Gottes Hand.

Begegnungen

Ewald war schon früh am Morgen losgezogen, um geschmiedete Eisennägel an einen Wagenbauer auszuliefern.

Andrea saß hinter der Hütte und war damit beschäftigt, ein Huhn zu rupfen, das sie zwischen ihre Beine geklemmt hatte; ein zweiter toter Vogel, noch in vollem Federkleid, lag neben ihr auf dem Boden. Einige Schritte vor ihr befand sich ein tiefes, etwa mannshohes Loch für Unrat, das Ewald vor einiger Zeit ausgehoben hatte. Immer wenn sie Abfälle in die Grube warfen, schaufelten sie anschließend etwas Erde darüber, um keine Ratten anzulocken, und bis jetzt hatte sich auch noch kein einziges Exemplar bei ihnen sehen lassen.

Die meisten Bürger von Huckengeswage jedoch warfen ihren Dreck einfach aus den Fenstern in die Gassen und scherten sich nicht um die zahlreichen Nager, obwohl die Kunde ging, dass diese die Pest verbreiteten.

Nach einer Weile saß Andrea inmitten gerupfter Federn – die besten legte sie für Martins Pfeilenden beiseite, die anderen kamen in die Grube. Das erste Huhn war gerupft. Andrea sah es schon vor sich, wie es in der Eisenpfanne schmoren und goldbraun werden würde.

Martin fegte gerade die Schmiede aus; danach mussten noch die Werkzeuge, vornehmlich Zangen und Hämmer, zurückgehängt werden. Zu diesem Zweck hatte Ewald große Nägel als Halterungen in die Wand geschlagen, zwischen denen die Werkzeuge eingeklemmt wurden; jeder Zange und jedem Hammer war ein eigener Platz zugedacht.

Gerade hatte Martin alle Eisenspäne zusammengefegt, als er jemanden pfeifen hörte. Er schaute zur Gasse hinüber und sah, wie drei Reiter vom Stadttor zur Schmiede ritten. Einer von ihnen hob den Arm und winkte ihm zu. Martin verstand, dass man ihn sprechen wollte, stellte den Besen an die Wand und ging den Reitern bis zur Begrenzungsmauer der Gasse entgegen.

„Gott zum Gruße, Schmied!“, rief einer der Männer, der wohl der Anführer war, „wir suchen einen Bogner, etwa in deinem Alter, der sich hier in Huckengeswage aufhalten soll. Bei ihm ist wahrscheinlich ein junges Mädchen mit langem, blondem Haar. Hast du die beiden gesehen?“

Martin schluckte, denn um ein Haar hätte er erwidert, dass der Schmied aus dem Hause sei. Sein Mund wurde plötzlich staubtrocken, doch nach kurzem Zögern fragte er mutig: „Was wollt ihr denn von denen?“

„Es sind Geächtete, die überall gesucht werden“, hörte man den Anführer sagen. „Und es gibt ein hübsches Sümmchen pro Kopf, wobei mir bei dem Mädchen ein anderer Körperteil deutlich lieber wäre“, lachte der Dritte hämisch aus einem sommersprossigen Gesicht. Dabei schnalzte er mit der Zunge und bemerkte nicht, wie Martin seine aufsteigende Wut zu beherrschen suchte.

„Es tut mir leid, wenn ich euch nicht weiterhelfen kann, aber bei dem Lärm in meiner Schmiede bekomme ich kaum mit, was sich so in den Gassen abspielt“, gab er zurück. „Nichts für ungut, dann schauen wir uns eben weiter um“, tönte der Anführer und hob zum Abschied kurz die Hand. Martin sah, dass an ihr drei Finger fehlten.

Als die drei Männer von dannen ritten, brach ihm der Schweiß aus.

„Verdammt!“, entfuhr es ihm. Er wartete, bis die Reiter außer Sichtweite waren, dann rannte er zur Hütte, um Andrea zu warnen, die sich zum Glück nicht hatte blicken lassen. „Bleib bloß, wo du bist!“, rief er ihr zu. Andrea sah ihn mit großen Augen fragend an. „Wir sind aufgeflogen! Unsere Verfolger wissen, dass wir in der Stadt sind. Wir müssen so schnell wie möglich weg von hier“, fuhr er aufgeregt fort, „drei zwielichtige Figuren sind hinter uns her, sie sprachen mich vor der Werkstatt an und hielten mich, gottlob, für den Schmied. Doch lange wird es nicht dauern, bis sie die Wahrheit herausbekommen.“ Andrea stockte vor Schreck der Atem.

In diesem Moment kam Ewald zurück und sofort schilderte Martin auch ihm, was geschehen war.

„Schließlich mussten wir eines Tages damit rechnen“, meinte Ewald, „jetzt heißt es klug überlegen und schnell handeln.“

Er legte die Stirn in Falten, kniff die Augen zusammen und rieb sich sein kantiges Kinn. „Los, kommt mit, ich zeige euch etwas!“

Ewald ging vor den Freunden her und blieb nach einigen Schritten am großen, hölzernen Scheunentor eines Stalles stehen, den Andrea und Martin bisher noch nie betreten hatten. Ewald öffnete das Tor und die beiden folgten ihm in das Halbdunkel der Scheune. Dort wies er auf einen alten Planwagen.

„Dieses alte Gefährt zieht ihr gleich heraus und staubt es ordentlich ab. Bereitet alles für eure Flucht vor und legt das Verdeck von dort hinten über das Dachgerippe.“ Andreas und Martins Blicke wanderten zu einer zusammengefalteten Dachplane, die in der Stallecke lag.

„Das alte Fuhrwerk habe ich schon lange nicht mehr benutzt, und bevor er hier vor sich hinmodert, könnte er euch noch gute Dienste leisten, denn bisher lief er noch immer ganz hervorragend. Nun spuckt in die Hände und bringt alles auf Vordermann! Ich habe eine Idee, doch dafür muss ich noch einmal fort. Wenn ich zurückkomme, erkläre ich euch alles." Und mit diesen Worten entschwand Ewald auch schon durch das Scheunentor. Andrea umklammerte mit beiden Händen ihr Holzkreuz, das sie seit dem Tag auf der Lichtung nicht mehr abgelegt hatte. Ewald kam noch einmal zurück.

„Martin, was hast du noch an Silberlingen von deinem Vater?", fragte er.

„Beinahe alles, ich habe bisher nur einen kleinen Teil für die Unterkunft im Gasthaus gebraucht." Ewald streckte die Hand aus.

„Gib mir den Beutel, ich benötige etwas Geld für meinen Plan, den Rest bekommst du zurück!" Martin zögerte.

„Nun gib schon her und vertraue mir!", brummte ihn Ewald ungeduldig an. Martin nahm seinen Lederbeutel, den er ständig bei sich trug, und hielt ihn Ewald hin. Dieser schnappte sich das Geld, drehte sich um und rannte davon.

Genialer Plan

Am frühen Nachmittag verzogen sich die letzten Schleierwolken und es wurde erneut ein wunderschöner, sonniger Julitag.

Andrea und Martin hatten die Plane aufgezogen, den Wagen gesäubert und ihre wenigen Habseligkeiten darin verstaut – ein paar alte Beinkleider, Hemden sowie seinen Bogen. „Bei Gelegenheit sollte ich mir dringend neue Pfeile zulegen", sagte er zu Andrea.. Ewalds Eltern gaben ihnen noch zwei Schaffelldecken und ein Esspaket für die Reise mit.

„Ich weiß, was er mit meinem Geld anstellt: Er kauft einen Gaul für den Wagen", brummte Martin vor sich hin und legte sein Schwert und einen Dolch hinter den Kutscherbock. Anschließend holte er die Strohsäcke aus der Schmiede, die sie als Schlafunterlage benötigen würden, und warf sie auf die Ladefläche. Seine Laune war ausgesprochen übel, denn nachdem Andrea und er sich in den letzten Wochen recht gut eingelebt hatten, wären sie gern geblieben, doch es gab keine andere Wahl als zu fliehen, wenn sie sich retten wollten.

Als das Geräusch von Pferdehufen an seine Ohren drang, lugte Martin vorsichtig um die Ecke der Scheune, weil er befürchtete, ihre Verfolger könnten zurückgekehrt sein. Da er die Burggasse von dort jedoch nicht einsehen konnte, eilte er zur Hütte, um einen Blick auf Schmiede und Gasse zu werfen. Doch es näherte sich keine zwielichtige Gestalt: Es war Ewald, der ein Pferd – einen schwarz-weißen Zelter – an seiner Hand führte.

„Mann, hast du mir einen Schrecken eingejagt!", knurrte Martin, als Ewald an der Hütte angekommen war. Doch dieser zog nur eine Grimasse und bedeutete dem Freund mit einer kurzen Armbewegung, ihm zu folgen, und so gingen beide zur Scheune, wo Andrea schon wartete. „So, der gehört nun euch beiden", sagte Ewald schließlich und drückte Martin die Zügel in die Hand, „wie ich sehe, seid ihr fertig. Ach ja, und hier ist der Rest des Geldes und zwanzig neue Pfeile habe ich dir besorgt."

Martin nahm den Lederbeutel entgegen und stellte zu seiner großen Erleichterung fest, dass sich dieser immer noch recht schwer anfühlte.

„Habe einen guten Kauf getätigt, weil mir jemand noch

einen Gefallen schuldig war", grinste Ewald, „und wie man mit einem Pferd umzugehen hat, weißt du ja sicherlich. Also kommt, wir spannen den Gaul vor den Wagen!"

Als alles zur Abreise bereitstand, setzte sich Ewald auf den Boden und winkte Martin und Andrea zu sich.

„Bevor ich den Gaul gekauft habe, war ich oben bei den Spielleuten, die, wie ihr ja wisst, heute in Richtung Lennep aufbrechen. Ich habe mit Harald abgesprochen, dass sie euch mitnehmen. Denn das ist mein Plan – hört gut zu:

Wenn die Gaukler später die Burggasse hinunterfahren, kommen sie mit allen sechs Wagen wieder an der Schmiede vorbei. Nach dem dritten Karren werden sie eine Lücke lassen, in die ihr euch unbemerkt einreihen könnt."

Ewald griff unter sein Hemd, zog eine bunte Gauklermütze hervor und gab sie Martin. „Die setzt du dir auf deinen Kopf und am Stadttor wird man dich für einen der Spielleute halten. Und du, Andrea, lässt deine langen Haare unter einem Tuch verschwinden. Wir lassen Pferd und Wagen hier stehen, gehen hinüber zur Hütte, von wo aus wir die Gasse beobachten können, und holen den Wagen erst, wenn wir die Truppe kommen sehen." Andrea seufzte.

„Es ist furchtbar, dass wir uns auf diese Weise verabschieden müssen", sagte sie und nahm Ewald in den Arm, „nochmals tausend Dank für deine Hilfe!"

Ewald räusperte sich kräftig. „Schon gut, schon gut, vielleicht brauche ich ja eines Tages euren Beistand."

Am Nachmittag war es dann so weit.

„Schwingt euch auf den Kutschbock", rief Ewald, „sie kommen!"

Der erste, zweite, dritte Wagen rollte an ihnen vorüber, dann ließ der vierte die erwartete Lücke frei, in die Martin und Andrea nun hineinfuhren. Um keine Aufmerksamkeit zu erregen, verzichtete Ewald auf ein Winken, drehte sich um und verschwand in Richtung Schmiede. Unter dem Gejohle der Kinder verließen die Gaukler die Stadt.

„Mit deiner Gauklermütze siehst du aus wie ein Hahn mit geschwollenem Kamm!“ Andrea bemühte sich, Martin ein wenig aufzuheitern, doch dann näherten sie sich schon der Torwache. Mit einem langen Speer in der Hand stand der Posten rechts des Weges vor dem Durchlass und betrachtete skeptisch die vorbeiziehenden Wagen, machte aber keinerlei Anstalten, diese anzuhalten oder gar zu kontrollieren, sodass sie das Tor ungehindert passieren konnten. Hinter dem Stadttor atmeten Martin und Andrea erst einmal tief durch.

Die Kolonne folgte der Straße, die nun nach links bog und parallel zur Weper in Richtung Lennep führte, wo sie am morgigen Abend eintreffen wollten.

Vor Andrea und Martin fuhr Ranulf, der Starke, mit seiner Lore, davor Edwin, der Feuertänzer; ganz vorn der Trossführer Harald. Hinter den beiden schlossen sich die Seherinnen Maria und Freia an, dicht gefolgt von Robert und dem Jongleur Robin am Ende des Trosses. Linker Hand, auf einem Bergsporn, war noch der Stadtrand von Huckengeswage zu sehen, rechter Hand floss die Weper, dahinter breiteten sich weite Felder aus, auf denen Bauern in der Nachmittagssonne arbeiteten.

„Hat unser Pferd eigentlich auch einen Namen?“, wollte Andrea plötzlich wissen. Martin lachte auf. „Lisa heißt es“, antwortete er, „eine gutmütige Stute mittleren Alters.“ Andrea zwickte Martin übermütig in den Bauch, dann deutete sie auf seine Kopfbedeckung. „Put, put, put, put!“ Er grinste, griff nach der Mütze und pfefferte sie nach hinten in den Wagen.

Der Weg vor ihnen war so ausladend, dass entgegenkommende Gespanne ohne Ausweichmanöver passieren konnten, und überdies sehr gut befahrbar, da die Steine und der festgefahrene Lehm einen recht harten Untergrund bildeten, obwohl die zahlreichen Wagenräder mit der Zeit tiefe Rinnen im Boden hinterlassen hatten. Seit einigen Tagen war es ausgesprochen heiß. Bei Regen würde ihr Tross jetzt sicherlich im Schlamm stecken bleiben, doch bei diesen Wetterverhältnissen drohten keine Probleme – mit Achsenbrüchen oder dergleichen war also nicht zu rechnen.

Langsam verschwanden die letzten Felder aus ihrem Blick und die Kolonne zog in einen immer dichter werdenden Wald hinein. Harald, der sie anführte, kannte den Weg genau. In den vergangenen Jahren war er ihn schon oft gefahren und so wusste er eine geeignete Stelle, wo sie ihr Nachtlager aufschlagen konnten. Im Wald war es angenehm kühl, die Tageshitze hatte allen zu schaffen gemacht.

„Mein Hemd klebt schon am Hintern fest. Sicherlich stinke ich wie ein Fischotter", murrte Martin.

„Ein Lagerplatz an der Weper käme mir für eine Erfrischung auch gelegen", stimme Andrea ihm zu.

Schon nach kurzer Zeit hielt Harald den Wagen an und stieg ab. Die anderen taten es ihm gleich, dann kamen alle an einem schmalen Weg zusammen und gingen hinunter zur Weper, an dessen Ufer sich ein idealer Nachtlagerplatz befand.

„Lasst uns die Wagen vorsichtig hinunterfahren und sie hier unten gleich wenden. Wir stellen sie so auf, dass wir morgen früh in Fahrtrichtung aufbrechen können", tönte Harald. Langsam und vorsichtig manövrierten sie gemeinsam Wagen für Wagen, bis alle das Ufer erreicht und ihre Plätze eingenommen hatten.

Maria und Freia wurden von Harald losgeschickt, um trockenes Holz für ein Lagerfeuer zu sammeln, währenddessen kümmerten sich die anderen um die Pferde. Als schließlich das Feuer brannte, stellte Lore einen dreibeinigen Kessel über die Flammen, um Wasser zu erwärmen. Martin und Andrea machten es sich auf dem Boden bequem und aßen etwas von ihrem eingepackten Reiseproviant, den ihnen Ewalds Eltern mitgegeben hatten – etwas Käse, ein Stück Schinken und ein Kanten Brot sollte für den Abend ausreichen. Die Frauen der Truppe putzten Gemüse und schnitten es klein, um daraus eine kräftige Suppe zu kochen, und bereits kurze Zeit später zog ein verführerischer Duft durch den Wald. Martin und Andrea hatten sich schon gestärkt, als der Rest der Gruppe Holzteller und Löffel aus den Wagen holte, um sich die Suppe genüsslich einzuverleiben.

Nach dem Mahl setzten sich die Spielleute im Kreise um das Lagerfeuer herum und erzählten allerlei spannende Geschichten. Es war ein schöner, lauer Sommerabend.

Als sich später alle in ihre Wagen zurückzogen, sagte Martin: „Ich werde mich noch einmal in die Weper stürzen, um mir den Dreck und den Schweiß des Tages abzuspülen. Kommst du mit?“ Andrea war sofort begeistert.

„Oh ja, das ist eine prächtige Idee!“ Hand in Hand gingen die beiden die Weper entlang, um ein geeignetes Plätzchen zu finden, an dem sie ungestört sein würden. Es dauerte nicht lange, da erreichten sie eine Flussbiegung, hinter der sie aus den Blickwinkeln der anderen verschwinden konnten, und ließen sich auf dem noch warmen Waldbogen nieder. „Endlich allein“, flüsterte Martin und schloss Andrea in seine Arme. Sie küssten sich leidenschaftlich, spürten, wie ihre Lippen die warme Haut kühlten. Martin hatte gerade die erste Schlaufe ihres Kleides gelöst, da knuffte Andrea ihn in die Seite.

„Dir ist wohl die Hitze zu Kopf gestiegen, ich dachte, wir wollten uns abkühlen, nicht aufheizen!“

„Wie du willst, dann gehe ich jetzt eben ins Wasser. Los, komm doch mit!“

Martin entledigte sich seiner Kleidung und lief, wie Gott ihn geschaffen hatte, in die Weper.

„Ah, tut das gut!“ Er tauchte unter, kam prustend wieder hoch und bespritzte Andrea mit dem kühlen Nass. Sie lachte, zog sich bis auf ihr Unterkleid aus und folgte ihm.

Beide legten sich nebeneinander ins Wasser, hielten sich an einem großen Findling fest und genossen, wie die Hitze nach und nach aus ihren Körpern glitt. Nach einer Weile stellte Martin fest, dass seine Männlichkeit in einem Maße geschrumpft war, dass er es vorzog, das Bad abzubrechen, bevor Andrea ihn näher mustern konnte. Als sie den Fluss verließen, betrachtete Martin ihr langes, nasses Haar, das sich an ihren Rücken schmiegte, und sah, wie sich die Form ihres wohlgeformten Busens durch das Unterkleid abzeichnete. Von dem zeitweiligen Schwund seiner Manneskraft schlagartig kuriert, sagte er: „Ich denke, du solltest dein nasses Unterkleid ausziehen, sonst erkältest du dich noch.“ Er streifte das Kleidungsstück über ihren Kopf, bedeckte ihre nackte Haut zärtlich mit Küssen und zog Andrea auf den Waldboden. Ihr heller Körper brach das letzte Licht vor der einbrechenden Dunkelheit, als er begann, ihre Brüste zu streicheln. Kühl glitten Andreas Hände an ihm herab, dann nahm sie sein erigiertes Glied, das unter dem leichten Druck schier zu bersten schien. Er küsste ihre Brustwarzen, danach sogen seine Lippen immer stärker an ihnen; er war jetzt nicht mehr so ungestüm wie beim ersten Mal, ließ Andrea und sich Zeit, was sie mit allen Sinnen zu genießen schien. Seine Hand wanderte suchend an ihrem Oberschenkel empor, dann erforschten seine Finger ihre feuchte Höhle, massierten sanft ihre Scham.

„Komm!“, stöhnte sie leise auf, und während sie ihre Beine spreizte, zog sie ihn fest zu sich. Gefühlvoll drang er in sie ein, gab mit leichten Stoßbewegungen einen Rhythmus vor, bereitwillig übernahm sie seinen Takt, suchte den Gleichklang mit dem Geliebten. Martin konnte nicht genug von ihr bekommen, fühlte seinen Höhepunkt wie einen nicht enden wollenden Rausch.

Erschöpft sank er neben ihr nieder, eine Weile blieben sie noch eng umschlungen liegen, doch bald wurde ihnen kalt und sie kleideten sich an, um zum Wagen zurückzugehen.

Als sie auf die Plattform kletterten, hörten sie von irgendwo Haralds Stimme:

„Na, ihr Turteltauben, ihr denkt doch noch daran, dass wir direkt nach Sonnenaufgang aufbrechen müssen?"

Söldnerschweine

Ewald war betrübt, die plötzliche Trennung von seinen Freunden fiel ihm schwer. Zu gern wäre er mit ihnen auf die Reise gegangen, zu gern hätte er auch Maria näher kennengelernt, doch schließlich musste er sich um seine Eltern kümmern, die auf die Einnahmen in der Schmiede angewiesen waren. Er konnte sich kaum auf seine Arbeit konzentrieren, fühlte keinen rechten Antrieb, doch dann raffte er sich auf, schürte das Feuer und hielt mit einer Zange ein Stück Eisen in die Glut, um einen Dolch zu schmieden, der sicherlich bald seinen Abnehmer finden würde.

In seine Arbeit vertieft, bemerkte Ewald zunächst nicht, dass zwei Männer die Werkstatt betraten.

„Soso, du bist also der Schmied! Wir suchen den jungen Burschen, der sich hier gestern für dich ausgegeben hat. Und wenn du keinen Ärger haben willst, dann rück mal schön raus mit der Sprache!", schnauzte einer der beiden ihn an.

Ewald fuhr ein gehöriger Schreck in die Glieder; schlagartig wurde ihm klar, dass dies nur die Söldner sein konnten, die nach Martin und Andrea suchten. Doch von ihm sollten sie nichts erfahren – nein, seine Freunde würde er niemals verraten!

„Ich weiß nicht, wovon du redest“, log er.

„Bürschchen, stell dich nicht blöder an, als du bist! Wir haben uns hier umgehört und man sagte uns, dass der entlaufene Bogner sowie seine allerliebste Freundin bei dir gearbeitet haben. Nun sind sie aber nicht mehr hier. Hast du sie in deiner Kate oder sonst wo versteckt oder sind sie vielleicht schon getürmt?“

Ewald brach kalter Schweiß aus, seine Augen durchforsteten unruhig die Schmiede nach seinem Schwert.

„Suchst du etwa das hier?“, fragte der Zweite grinsend und hielt Ewalds Schwert in die Luft, „nun, das gehört jetzt wohl uns!“ Der Kerl war wahrlich ein ekelhafter Heringsfresser und sah mit seinen Sommersprossen aus wie ein hässlicher Käfer. Jetzt ergriff der Anführer das Schwert und drückte es Ewald mit der linken Hand an die Kehle.

„Ich würde mich nur sehr ungern wiederholen“, raunte der Kämpe.

In diesem Moment betrat der dritte, kahlköpfige Söldner die Schmiede durch den Hintereingang, in der Hand hielt er einen blutverschmierten Dolch.

„Im Stall und in der Hütte waren sie nicht. Doch ich habe mich vorzüglich mit des Schmiedes Eltern unterhalten, allerdings wollten die alten Herrschaften ums Verrecken nicht verraten, wo sich die zwei verstecken.“

„Du Drecksschwein!“, brüllte Ewald und wollte sich gerade auf den Glatzkopf stürzen, da spürte er einen fürchterlichen Schlag auf seinem Hinterkopf. Er verdrehte die Augen und schlug hart auf den Boden auf, hinter ihm stand der Heringsfresser mit einer schweren Schmiedezange in der Hand.

„War das ein Volltreffer!“, grölte er, doch der Anführer war stinksauer.

„Du bist ein elender Hohlkopf!“, pfiff er den Kahlköpfigen an, „seine Eltern hätten wir noch gut als Druckmittel gebrauchen können, aber du musst sie ja gleich abschlachten!“

„Was machen wir jetzt mit ihm?“, versuchte der Glatzkopf abzulenken und deutete auf den am Boden liegenden Schmied. Ewald war auf die Seite gefallen, sein Kopf lag in einer Blutlache, die immer größer wurde.

„Den lassen wir hier liegen, dem kann ohnehin keiner mehr helfen“, sagte der Anführer. „Bist du sicher, dass er tot ist?“, fragte ihn der Sommersprossige.

Der Kämpe beugte sich herunter und legte die Finger seiner linken Hand an Ewalds Hals. „So tot wie eine zertretene Kirchenmaus!“ Dann erhob er sich und sah sich um, bis sein Blick auf den Ofen fiel.

„Lasst uns etwas von der Glut nehmen und damit Hütte und Scheune anzünden. Wenn sie dann alle herbeieilen, um den Brand zu löschen, haben wir genügend Zeit, dieses Nest in aller Ruhe zu verlassen.“

Nun meldete sich der Heringsfresser zu Wort. „Und wie soll es nun weitergehen?“, wollte er wissen.

„Wir müssen mit den Bütteln die nächsten Schritte besprechen. Aber keine Sorge, wir werden das flüchtige Pack schon noch erwischen!“

Die Rast

„Raus aus den Federn, ihr faulen Säcke, Essen fassen, die Pferde ins Geschirr und dann nichts wie auf!“, brüllte Harald gut gelaunt in die Runde.

Edwin, der Feuertänzer, maulte und auch Ranulf begann, vernehmlich zu murren.

„Bei dem herrlichen Wetter könnte man doch auch für ein oder zwei Tage eine kleine Rast einlegen. Nach Lennep kommen wir noch früh genug, mehr als zwei oder drei Gastspiele sind in dem Dorf sowieso nicht drin. Ihr wisst doch noch vom letzten Jahr, wie weit die Gutshöfe dort auseinanderliegen – bis sich herumgesprochen hat, dass wir da sind, dauert es mindestens einen Tag. Komm, Harald, sei nicht so streng mit uns!"

Maria versuchte ihr Glück auf ihre Weise und raspelte Süßholz:

„Sei ein lieber Truppführer und gönne deiner Mannschaft eine Verschnaufpause! So hätten wir auch Gelegenheit, das neue Stück zu proben. Außerdem wäre es nicht schlecht, im Fluss zu baden und die Kleider einmal gründlich zu waschen."

Nun meldete sich auch Martin zu Wort: „Und ich könnte mich vielleicht nützlich machen, indem ich Fische für uns fange", schlug er vor und senkte plötzlich seine Stimme, „oder etwas Wild jage, denn gestern Abend sah ich hier im Wald Spuren von Wildschweinen. Ich würde gern mein Glück mit Pfeil und Bogen versuchen."

„Nun gut", gab sich Harald geschlagen, „ihr habt mich überzeugt. Trotzdem werden jetzt erst die Pferde versorgt." Robert und Robin kümmerten sich um die Tiere und brachten sie zum Tränken an den Fluss, währenddessen kramten die Frauen auf den Ladeflächen nach verschmutzter Kleidung und brachten sie zum Waschen ans Weperufer.

Gefährliche Begegnung

Gegen Mittag nahm Martin seinen Bogen, warf den Köcher über die Schulter, bedachte Andrea mit einem hastigen Kuss und brach zur Jagd auf.

„He, lass dich nicht von einem Waldgeist erwischen!", rief ihm Robert hinterher. Als Martin den Heerweg erreichte, ging er zunächst zu der Stelle, wo er am Vortag die Spuren gesehen hatte. Der Untergrund war eindeutig von einer Rotte Schwarzwild nach Essbarem durchwühlt worden. Martin wusste, dass Wildschweine Würmer, Insekten, Eicheln oder Kastanien bevorzugten, als Allesfresser aber letztlich nichts verschmähten, was sich vertilgen ließ. Er folgte weiter ihren Spuren, die ins dichte Unterholz führten.

Martin war mit sich und der Welt zufrieden. Lange, viel zu lange hatte er auf die Jagd verzichten müssen. Ohne die Spur aus den Augen zu verlieren, kroch er unter Büschen und Sträuchern hindurch, sodass sich einige kleine Äste, Blätter und Spinnweben in seinem Haar verfingen. Nach einiger Zeit überquerte er einen kleinen Bach, denn die Wildschweinspuren setzten sich auf der anderen Seite fort und zeigten in Richtung eines Eichenwaldes, der sich in einiger Entfernung breit vor Martin auftat. Er durchquerte ein grünes Tal; Gras und Wildkräuter reichten ihm bis an sein Knie. Vorsichtig pirschte er auf den Waldrand zu. Immer wieder hielt er inne, um zu lauschen. Er wusste, dass das Grunzen einer fressenden Rotte schon in einiger Entfernung gut auszumachen war.

Als er den Wald betrat, sah er, dass der Boden auch hier von den Schwarzkitteln durchwühlt worden war.

Martins Sinne waren gespannt, er nutzte die dicken Eichen zur Deckung, um tiefer in das dunkle Gehölz vorzudringen. Nach einigen Schritten blieb er hinter einem Baum stehen, um erneut zu horchen, da nahm er neben einem dumpfen Grunzen auch ein helles Quieken wahr. Er war sich bewusst, wie gefährlich eine Bache werden konnte, wenn sie Frischlinge mit sich führte. Weiter die Deckung der dichten Bäume nutzend, folgte er den Lauten des Rudels. Der Wind stand noch immer günstig, als er eine Bache mit ihren fünf Frischlingen entdeckte. Martin hatte Glück, dass sich die Rotte im Wald verteilt hatte und die Bache, die gerade lautstark den Boden umpflügte, ihn nicht gewittert hatte. Mit ihrer Nase trieb sie tiefe Rinnen in den Untergrund, wühlte Laub und schwarzen Mutterboden auf. Vorsichtig ging Martin noch einige Schritte weiter, um sich dann hinter einer alten, knorrigen Buche zu verstecken.

Die Distanz war geradezu perfekt, er zog einen Pfeil aus seinem Köcher und wartete. Ein Frischling kam auf ihn zu. Als das Tier ihm auch noch die Breitseite präsentierte, spannte er die Sehne seines Bogens, der Pfeil zischte durch die Luft und drang hinter dem Kopf des Tieres tief in dessen Leib ein. Das Geschoss hatte sein Ziel perfekt getroffen. Für einen kurzen Moment blieb das Junge wie erstarrt stehen, zitterte am ganzen Körper, bis ein markerschütterndes Quieken aus ihm hervorbrach. Dem Maul des Tieres entwich ein leises Röcheln, danach fiel es zur Seite und versuchte noch einmal vergeblich, mit den vorderen Hufen etwas Erdboden aufzukratzen.

Für Martin schien das Abendessen bereits gesichert, doch er hatte nicht mit der Bache gerechnet, die die Schreie ihres Jungen sofort vernommen hatte und nun durch das Dickicht auf Martin zustürmte. Sein Herz schlug ihm bis zum Hals. Es blieb ihm nur noch ein winziger Augenblick, um zu reagieren, andernfalls würde die Sau ihn töten. Doch Martin war ein Waldläufer, ein Jäger. Er sprang auf den ersten dickeren Ast der alten Buche und wähnte sich schon in Sicherheit, hatte aber die Sprungkraft der wütenden Wildsau unterschätzt. Geschwind zog er sich noch einige Äste höher; hier war er vorerst sicher vor dem tobenden Schwein, das nun seine ganze Wut am Stamm der Buche ausließ.

Bogen und Pfeile lagen noch auf dem Waldboden verstreut, als Martin es sich für unbestimmte Zeit auf dem Baum einrichtete. Die Mutter des Tieres trauerte um ihr Junges und schien ganz und gar nicht gewillt, diesen Ort alsbald zu verlassen. Immer wieder stupste sie mit der Nase ihrem Frischling in die Seite, das sich nicht mehr erhob.

Das Feuer

Vor der Ankunft der ersten Gäste kehrte Otto noch schnell den Eingang vor seinem Gasthaus. Mit gesenktem Kopf fegte er den Unrat die Treppe hinunter, bis dieser in der Gosse landete. Gerade wollte der Wirt wieder ins Haus gehen, da nahm er einen beißenden Geruch wahr, und als er aufblickte, sah er dichte Qualmwolken gen Himmel steigen.

„Feuer! Feuer! Es brennt in Ewalds Haus!“, brüllte er.

Seine Köchin Ruth, die gerade die Mahlzeiten für den Abend vorbereitete, eilte aus der Küche herbei.

„Feuer! Feuer!“, schrie Otto erneut. Von seinen Rufen aufgeschreckt, liefen nun immer mehr Menschen aus ihren Häusern auf die Gasse, einige hatten sich geistesgegenwärtig Holzeimer gegriffen und rannten zur Schmiede.

„Schnell, vielleicht können wir noch helfen!“, rief ein Weber.

„Die Kate und die Scheune stehen in Flammen!“, tönte ein anderer.

Sie kamen nicht nahe genug an die brennenden Gebäude heran, um noch irgendetwas ausrichten zu können, denn die

Hitze wurde immer unerträglicher.

„Wo ist Ewald, wo sind seine Eltern?", rief Otto, der ebenfalls herbeigelaufen war.

„Hier ist nichts mehr zu machen, lasst uns zur Schmiede gehen, vielleicht haben sie sich dorthin gerettet!", brüllte der Weber. Dort angekommen, sahen sie erleichtert, dass die Werkstatt noch kein Feuer gefangen hatte. Otto ging als Erster hinein.

„Da liegt der Schmied! Was in Gottes Namen ist hier geschehen?" Er kniete sich neben Ewald auf den Boden. „Ist er tot?" Der Weber starrte Otto fragend an. Doch dieser antwortete nicht, stattdessen wandte er sich an Ralf, den jungen Fleischergehilfen, der hinter ihm stand.

„Los, Junge, renne los, treibe einen Bader, einen Mönch oder eine Kräuterfrau auf und komme dann zu meinem Gasthof!" Dann sagte er zu den anderen: „Fasst mit an, wir bringen ihn hinauf zu mir!"

Vier Männer packten Ewald an Armen und Beinen und trugen ihn die Gasse zu Ottos Taverne hinauf, ein anderer lief vorweg, um die schwere Holztür aufzuhalten.

„Hole ein paar Decken, einen Eimer Wasser und einige Leinentücher!", rief Otto Ruth zu, die daraufhin sofort in der Küche verschwand.

Behutsam legten sie Ewald auf einen großen Holztisch; Gesicht, Haare und Hemd waren über und über mit Blut beschmiert. Der Weber legte zwei Finger auf die Innenseite von Ewalds Handgelenk. „Mann, der lebt noch", jubelte er, „er ist nicht tot, ich kann einen schwachen Pulsschlag fühlen!"

„Gott sei Dank!", seufzte Otto. In dem Moment kam die Köchin mit Wasser, Decken und Tüchern zurück. Vorsichtig hoben sie Ewald an und zogen eine Decke unter ihm durch, eine zweite wurde zusammengerollt und unter seinen Kopf geschoben.

„Nein, nein, nehmt die Decke wieder weg und dreht seinen Kopf zur Seite! Und zieht ihm das Hemd aus, damit wir ihn waschen können!“, ordnete Otto an.

„Schaut her“, sagte Ruth, „hier am Hinterkopf ist eine riesige Platzwunde. Die muss unbedingt zugenäht werden. Grundgütiger, das sieht ja übel aus – der arme Kerl! Und seine Eltern sind womöglich auch noch in der Hütte verbrannt!“ Otto warf ihr einen strengen Blick zu.

„Lamentieren hilft jetzt nicht, wir müssen dem Jungen helfen. Wo bleibt nur der Bader?“ Ruth inspizierte immer noch die Verletzung an Ewalds Kopf. „Ein dicker Grind hat sich über der Wunde gebildet, er muss sehr viel Blut verloren haben. Dass er das überhaupt überlebt hat!“, sagte sie zu den anderen, die um den Tisch herum standen.

„Der Bader ist da!“, hörte man nun jemanden rufen. Der Bader Hermann war eine kleine, gedrungene Erscheinung und im Dorfe wegen seiner Heilkunst sehr beliebt. Er stellte eine abgegriffene Ledertasche auf den Boden und schaute sich den Patienten an.

„Ich muss ihn genauer untersuchen“, murmelte er in seinen Kinnbart. Und da er seiner Arbeit stets sehr sorgfältig und gewissenhaft nachging, dauerte es eine ganze Weile, bis er konstatierte:

„Abgesehen von der Kopfverletzung scheint alles in Ordnung zu sein, aber der Grind muss entfernt werden. Das wird erst einmal zu einer erneuten Blutung führen. Du, Ruth, nimmst das Blut mit einem Leinentuch auf, während ich versuche, die Wunde zusammenzuziehen!“ Er öffnete seine Tasche, nahm Nadel und Faden in die Hand und verlangte nach einer Schüssel mit Wein, in die er alles hineinlegte, anschließend entfernte er mit einem Messer die Haare an Ewalds Hinterkopf. „So lasst uns beginnen!“

Gewalttätig

Bruder Bertram und Bruder Klaus, die beiden Zisterziensermönche, standen vor dem großen, schweren Schreibtisch des Abtes. Mit schmerzverzerrtem Gesicht wies Bruder Klaus auf seine linke Schulter, die er kaum mehr bewegen konnte.

„Als wir dem Patienten das Essen brachten, schrie er wie ein Tier und warf einen Kerzenständer nach uns, der dann Bruder Klaus' Schulter traf", beklagte sich Bruder Bertram, „verehrter Vater, wir können unmöglich weiterhin in diese Hölle!"

Der Abt runzelte die Stirn und überlegte, was zu tun sei.

„Nun gut, meine Brüder, ich werde euch nicht weiter dieser Gefahr aussetzen." Durch derlei Worte ermutigt, meldete sich jetzt auch Bruder Klaus zu Wort:

„Verzeiht, Vater, aber er ist kein Mensch mehr und wird auch keiner mehr werden, in ihm lauert der Satan in Person! Keiner unserer Brüder wagt es noch, seine Kammer zu betreten."

Bruder Bertram nickte bestätigend. „Erst in der vergangenen Woche hat der Schmiedesohn versucht, Bruder Anton zu erwürgen, der die Kammertür zum Krankenzimmer abschließen wollte. Wir mussten ihn mit drei Brüdern vor dieser Bestie schützen!" „Meine Brüder", fragte der Abt, „wer aus unserem Kloster ist gut zu Fuße und könnte einen längeren Botengang erledigen?"

Bruder Bertram antwortete sofort: „Am ehesten der junge Novize Rufus; er ist groß, schlank und muskulös und ein ausdauernder Läufer."

„Dann lasst ihn zu mir kommen. Ich werde ihm eine Botschaft geben, in der geschrieben steht, dass der Vater seinen Sohn Karl wieder abholen soll. Rufus wird sich morgen nach dem Frühgebet auf den Weg nach Weperevorthe machen, um dem Vater die Nachricht zu übermitteln. Gebt dem Novizen ein Esspaket mit und etwas Geld für die Übernachtung in einer Herberge! Damit ist die Sache abgeschlossen", verkündete der Abt.

Zurück im Lager

Es dauerte eine geraume Weile, dann machte sich die Bache mit ihren restlichen Jungen endlich davon und Martin konnte den Baumsitz in der alten Buche verlassen; sein Rücken und sein Hintern schmerzten fürchterlich.

Aufmerksam schaute er sich nach allen Seiten um, sammelte Bogen und Pfeile ein, klemmte das Ferkel unter den Arm und begab sich wieder auf den Rückweg. So ganz traute Martin dem Frieden jedoch nicht. Sogar nachdem er den Wald verlassen und das Tal bereits wieder erreicht hatte, blickte er ständig zurück, um sich zu vergewissern, dass die Bache ihn nicht doch noch verfolgte; gleichzeitig hielt er nach Bäumen Ausschau, um sich im Notfall schnellstens in Sicherheit bringen zu können.

Als er mit seiner Beute den Lagerplatz erreichte, war der Jubel groß.

„Zündet das Feuer an, es gibt Schweinebraten zum Abendessen!", rief Martin stolz und voller Vorfreude, „wir brauchen zwei Astgabeln und einen Stab, den wir vom Maul bis zum Hintern durch das Ferkel stecken können, um es über dem Feuer zu drehen."

Maria und Andrea nahmen Martin das Tier ab und gingen damit zum Weperufer, um es auszunehmen, dann wurde das Ferkel mit Kräutern und Zwiebeln gefüllt und notdürftig zugenäht. Nachdem genügend Glut vorhanden war, brannten Robert und Robin die Borsten ab und salzten das Schwein

ein. Martin stieß den Holzstab der Länge nach durch das Ferkel und hievte die überstehenden Enden in die Astgabeln.

Er ließ es sich nicht nehmen, sein erstes selbst erlegtes Ferkel eigenhändig auf dem Spieß zu grillen, setzte sich neben das Feuer und behielt alles im Auge.

„Es wird einige Zeit in Anspruch nehmen, bis der Bursche gar und knusprig ist", lachte er. Harald setzte sich zu ihm auf den Boden.

„Trotzdem müssen wir sehr vorsichtig sein, dass der Duft nicht neugierige Schnüffler anlockt. Sollten wir jemanden hören, müssen wir das Ferkel schnell verschwinden lassen." Martin grinste. „Ja, das ist mir klar, ich habe wegen derlei Geschichten schon genug Ärger am Hals."

„Edwin, nimm die Schippe vom Wagen und grabe mit Ranulf ein Loch im Wald, wo wir später die restlichen Knochen verbuddeln können, damit nichts von dem Schwein übrig bleibt", rief Harald, „wer nichts vorfindet, kann auch nicht anklagen."

Einer nach dem anderen setzte sich zu Martin an das Lagerfeuer, um den kostbaren Braten zu bewundern.

„Da gibt es doch jetzt dieses neuartige Gewürz, habt ihr schon davon gehört? Es soll fast so teuer sein wie Gold!", hörte man Freia sagen. „Du meinst sicherlich dieses Pfefferzeugs, das die Kreuzritter von ihren Feldzügen aus dem Heiligen Land mitgebracht haben. Es ist wahrlich kostspielig, nur die adeligen Herrschaften und einige reiche Kaufleute können es sich leisten, weshalb man sie ja auch gerne als Pfeffersäcke bezeichnet", gab Harald zum Besten.

„Ich meine, wenn Salz aus dem Meer und aus der Erde kommt", fuhr Freia fort, „woher kommt Pfeffer?" „Ich sah es einst bei einem Markthändler in Colonia – es sind grüne, rote sowie kleine schwarze Körner. Er erklärte mir, dass das Gewürz in entfernten, sehr warmen Ländern auf Bäumen wachsen soll. Ähnlich wie bei einer Weinrebe bilden sich an den Stängeln des Pfefferbaumes kleine grüne Beeren. Dieser Pfeffer ist noch recht mild, doch lässt man ihn weiterreifen, wird er rot, danach schwarz und nimmt dabei an Schärfe stetig zu. Die reichen Adeligen pulverisieren die Körner in einem Mörser, um in kleinen Prisen zu würzen. Sonst noch Fragen?", grinste Harald.

„Hört auf, über teure Gewürze zu lamentieren, ich bleibe lieber bei Salz und Zwiebeln, bevor ich mir mit diesem Pfeffer das ganze Maul verbrenne", meinte Martin, „Robert, Ranulf und Lore – wollt ihr uns nicht ein wenig Musik vorspielen?"

„Ach ja", baten nun auch die anderen, „das wäre jetzt schön!"

Ranulf ging zum Wagen, griff nach seiner Laute und dem Schellenring seiner Frau, Robert holte die Sackpfeife herbei und dann kamen auch Maria und Freia hinzu.

Die Sackpfeife gab den Ton an, die anderen stimmten ein und nach einem kurzen Vorspiel erklang Gesang. Martin und Andrea lauschten gespannt, denn sie hatten diese Musik noch nie gehört: Bänkel- und Minnesang sowie alte Volksweisen über ein Burgfräulein, das schmachtend auf ihren Ritter wartete, oder einen Helden, der durch die Lande zog und sämtliche Turniere gewann, um dann doch in Einsamkeit zu sterben. Auch die vieldeutigen Texte, die stets mit einer Prise Spott gewürzt waren und die hohen Herren durch den Dreck zogen, begeisterten die beiden so sehr, dass Martin beinahe vergaß, das Schwein über dem Feuer weiterzudrehen. Ein guter Braten, dazu Musik und prächtige Laune – was wollten sie mehr?

Lennep

Unverkennbare Aufbruchsignale hallten über den Lagerplatz. Harald war wie immer als Erster auf den Beinen und brüllte:

„Auf, ihr Nachtmützen, richtet alles zur Abreise, damit wir heute noch in Lennep ankommen!"

Etwas später wurden die Pferde vor die Wagen gespannt, was einige Zeit in Anspruch nahm, dann war jeder startbereit. Ein Wagen nach dem anderen wurde zum Heerpfad gezogen, und als alle sieben Gespanne ihre ursprüngliche Position eingenommen hatten, gab Harald das Handzeichen für die Anfahrt.

Zunächst ging es noch ein Stück die Weper entlang, dann führte der Weg nach links und von da an stetig bergauf, doch schon gegen Mittag hatten sie die Anhöhe hinter sich gelassen, um der Route nun durch einen flacheren Abschnitt zu folgen. Drei Händler mit ihren Gespannen kamen ihnen entgegen, man grüßte sich freundlich und das Ausweichen bereitete keinerlei Probleme.

Nach einigen Stunden erreichten sie eine kleine Erhebung, von dort aus sahen sie im Tal Lennep liegen, durch dessen Mitte der kleine Bach Linnepe floss.

Die Ortschaft bestand aus einer Ansammlung von Gutshöfen, in deren Zentrum eine respektable Kirche stand, die dem heiligen Nikolaus, dem Schutzpatron der Reisenden und Kaufleute, geweiht war. Das Lenneper Gotteshaus wurde umringt von Bongarts, Weiher, Pallartz, Webers und vom Kortensgut, gehörte jedoch zum Kirchenspiel Lutmenychusen, einer weiteren kleinen Ortschaft, die sich ganz in der Nähe befand. Die Einwohner des Dorfkerns und der umliegenden Gutshöfe von Lennep hofften, in nächster Zeit die Stadtrechte zu erhalten, weshalb einige von ihnen bereits emsig damit beschäftigt waren, eine Stadtmauer zu errichten, zumal der Ort an verschiedenen Handelsrouten lag.

Der Tross erreichte nun die Dorfmitte und machte vor einer kleinen Kirche halt, die den Namen Sankt Kunibertus trug. Hier hatten einige Händler ihre Wagen mit allerlei Gütern aufgestellt, denn die Kaufleute wussten, dass sie vor den Kirchentoren einen wilden Markt betreiben konnten. Es war ihnen sogar erlaubt worden, ihre Waren über Nacht im Gotteshaus einzuschließen.

Harald und seine Leute bekamen einen Platz am Marktrand zugewiesen, wo sie auch ihre Bühne aufbauen durften.

Überall wurden Tücher, Stoffe und Körbe, aber auch Werkzeuge, Eisenwaren sowie Besen, Bürsten und Pinsel dargeboten. Überdies gab es eine Garküche und die Möglichkeit, frisches Brot zu kaufen. Das großzügige Warenangebot des kleinen Dorfes konnte sich wahrhaft sehen lassen. Harald rief seine Leute zusammen.

„Ich habe gerade gehört", raunte er, „dass der Markt bis zum Sonntag andauern wird. Mit etwas Glück und Fleiß könnten wir gute Geschäfte machen. Obendrein spielt das Wetter mit und die Menschen, man sieht es an ihren Gesichtern, sind uns hier offensichtlich gewogen."

Die Genesung

Otto hatte in seinem Gasthaus ein Zimmer zur Verfügung gestellt, in dem Ewald gepflegt werden konnte. Der Bader war mit seiner Arbeit zufrieden, da kein Blut mehr aus der Wunde trat, und kümmerte sich abwechselnd mit Otto und Otilia, dem Kräuterweib, um den Patienten. Langsam, sehr langsam kehrte Ewald in die Gegenwart zurück.

Die verkohlten Körper seiner Eltern waren inzwischen von den Dorfbewohnern auf dem Friedhof begraben worden, doch Ewald wusste noch nichts davon, denn bisher war er nur für kurze Momente zur Besinnung gekommen.

Mit viel Glück und dank seiner starken Natur hatte er diesen fürchterlichen Schlag auf seinen Hinterkopf überlebt, allerdings konnte zu diesem Zeitpunkt noch niemand sagen, ob Ewald je wieder der Alte würde.

Die Kräuterfrau kam täglich, um nach ihm zu sehen. Da sie schon weit über sechzig Lenze zählte, ließ sie sich von niemandem reinreden, wenn sie ihre geheime Kräutersalbe auf Ewalds Kopf strich. Und schließlich gab der Erfolg ihr recht, denn die Wunde schien gut zu verheilen.

„In einigen Tagen ist er wieder bei Sinnen", sagte sie zu Otto, „doch er wird noch böses Kopfweh bekommen. In zwei bis drei Wochen sollte es ihm aber besser gehen." Otto staunte über das bemerkenswerte Wissen der Alten, die mit ihrem verschrumpelten Gesicht und einem leicht krummen Rücken einer Hexe glich, stets jedoch nur Gutes tat. Auch an diesem Tag schaute er noch eine Weile hinter ihr her, als sie mit ihrem Kräuterkorb den Gasthof verließ.

Die Rückführung

Jemand klopfte an die schwere Klostertür. Als der Abt sie öffnete, stand Bodo Grüneberg mit seinem Sohn Bruno vor dem Portal.

„Gott zum Gruße, ehrwürdiger Vater! Ich habe Eure Mitteilung bekommen und bin hier, um meinen Sohn Karl abzuholen."

„Gott zum Gruße, so folget mir!“

Schlürfenden Schrittes ging der Abt voran und geleitete die Besucher in eine geräumige Zelle, in dessen Mitte sich ein schlichter Tisch aus Fichtenholz befand, vor den man eine schmale Holzbank gestellt hatte. Der Abt bat die Gäste, darauf Platz zu nehmen, ging träge um den Tisch herum und ließ sich auf einen gepolsterten Stuhl sinken.

„Ja, ja, meine Herren, es ist nicht immer einfach in Gottes Welt. Unser Herr hat seinen Sohn Karl zu sich gerufen, aber eben nicht ganz, sondern nur einen Teil von ihm. Sein Körper verweilt noch auf Erden, doch sein Geist ist von ihm gegangen – und wie wir vermuten, nicht ins himmlische Paradies, sondern geradewegs in die Hölle. Fürchterliche Dämonen haben sich in seinem Kopf festgesetzt und wollen nicht mehr weichen. Der Teufel, der Satan und alle Dämonen dieser Welt haben sich seiner ermächtigt.

Geradeheraus gesagt: Er ist verrückt, wahnsinnig, wir können in unserem Kloster nicht mehr für ihn sorgen. Ständig leben meine Brüder in Angst, sie weigern sich, seine Zelle zu betreten, da er immer häufiger gewalttätig wird. Er gefährdet Ordnung und Sicherheit in unserem Stift, daher muss ich Euch dringend bitten, ihn wieder mitzunehmen, und hoffe auf Eure Einsicht.“

Ratlos schauten sich Vater und Sohn an.

„Bitte lasst ihn im Kloster! Ich lasse mich auch nicht lumpen und gebe Euch noch einige Silberlinge dazu“, stöhnte Bodo. Ein leichtes Zögern trat in das Gesicht des Abtes, doch dann sagte er entschlossen: „Nicht für alle Silberlinge dieser Welt! Das ist mein letztes Wort.“ Dann nahm er eine kleine Glocke, die auf dem Tisch stand, und läutete vernehmlich. Kurze Zeit später betrat Bruder Bertram den Raum, senkte den Blick und fragte: „Ihr habt geschellt, verehrter Vater?“

„Bringe die beiden in Karls Zelle und sorge dafür, dass sie ihn mitnehmen!“ Der Abt erhob sich, begleitete die Gäste bis vor die Tür und verabschiedete sich.

Bruder Bertram bedeutete den beiden, ihm zu folgen. Über einen langen Gang verließen sie den Trakt und gingen in ein anderes Gebäude. Nach einigen Schritten blieb der Mönch vor einer Zelle stehen und sagte:

„Seid auf das Schlimmste vorbereitet. Euer Sohn sieht noch aus wie ein Mensch, ist aber unberechenbar. Man weiß nie, wie er im nächsten Augenblick reagieren wird.“

Er entriegelte das eiserne Schloss und öffnete die Tür. Karl lag auf einer Pritsche und starrte an die Decke.

„Gottes Wege sind unergründlich!“, rief Bruder Bertram, drehte sich blitzartig um und schlug die Tür mit einem lauten Knall zu.

Bodo und sein Sohn Bruno waren nun allein mit Karl.

„Mein Sohn!“, rief Bodo und ging mit ausgebreiteten Armen auf ihn zu, „ich bin es, dein Vater, und ich habe deinen Bruder mitgebracht. Wir holen dich nach Hause.“

Karl stand auf und schaute seinen Vater mit starrem Blick an. „Mit nach Hause“, stammelte er, „alle totmachen, Karl mit nach Hause nehmen.“ „So“, sagte Bruno in beschwichtigendem Ton und fasste vorsichtig an den Arm seines Bruders, „dann wollen wir jetzt gehen.“

Karl folgte ein paar Schritte, doch plötzlich blieb er stehen, schaute seinen Bruder erbost an und verpasste ihm eine schallende Ohrfeige.

„Du nicht nach Hause!“ Bruno wusste nicht, wie ihm geschah.

„Der spinnt doch, Vater! Was machen wir bloß mit ihm?“

„Ich weiß es nicht, mein Junge, aber wir können ihn nicht wie ein Tier verrecken lassen, er gehört immer noch zur Familie.

Also nehmen wir ihn erst einmal mit."

„Schöne Familie", brummte Bruno und rieb sich die Wange, „sollte er mich noch einmal schlagen, dann schlage ich zurück, auch wenn er verrückt ist!" Nun ging der Patient brav mit Vater und Bruder in den Hof, wo der Planwagen abgestellt war. Sie setzten Karl hinten auf die Ladefläche und gaben ihm einen Apfel, dann fuhren sie langsam zum Ausgang des Zisterzienserklosters. Bedächtig rollte der Wagen durch das gewaltige Klostertor, als er plötzlich zu schwanken begann. Die beiden Brüder hatten sich bereits in die Haare gekriegt und die ersten Fäuste flogen. Dann erklang laut die Stimme ihres Vaters: „Hört endlich auf, ihr Idioten."

Der Hinterhalt

Nervös trommelte Berthold mit den drei Fingern seiner rechten Hand auf die Tischplatte. Zum wiederholten Male trafen sich er und seine Kumpane mit den Bütteln im Gasthof *Zur alten Schmiede*.

„Wie schon gesagt konnten wir ihre Spur in Hückeswagen aufnehmen", raunte der kahlköpfige Bert, „und einen Tag später haben wir ihre Unterkunft ausfindig gemacht. Sie waren bei einem Schmied untergetaucht, doch als wir sie uns holen wollten, hatte man sie offensichtlich schon gewarnt. So ist es ihnen gelungen, noch im letzten Moment zu flüchten. Es versteht sich von selbst, dass wir uns den Schmied und dessen Eltern zur Brust genommen haben, aber die drei waren nicht gerade redselig. Bedauerlicherweise mussten wir unter diesen Umständen etwas grober werden, aber wir haben sie unauffällig beseitigt und können versichern, dass es keine Zeugen gibt."

„Für die Sauereien, die ihr am Rande veranstaltet, halte ich nicht den Kopf hin, das ist ganz allein eure Angelegenheit“, gab der Büttel zu verstehen, „langsam läuft die Sache zu sehr aus dem Ruder. Spürt sie auf und bringt sie zu mir, dann werdet ihr eure Kopfprämien erhalten. Viele Fluchtmöglichkeiten haben sie ja nicht.“

Dann schaute er eine Weile aus dem Fenster und fuhr fort: „Was ist eigentlich an dem Tag, als ihr sie aus den Augen verloren habt, noch geschehen?“ Nun mischte sich der sommersprossige Knut ein:

„An dem Tag sind doch die Spielleute abgereist, vielleicht hatten sie sich auf ihre Wagen versteckt?“

„He, du bist ja gar nicht so blöd, wie ich dachte“, grinste Berthold und klopfte seinem Kumpanen kräftig auf die Schulter. Dieser lehnte sich zurück und verschränkte triumphierend die Arme vor der Brust.

„Ja, wie ihr seht, ist Fisch eben gut fürs Gehirn!“

„Also gut“, sagte Michael, „dann macht euch auf die Fährte der Gaukler. Viele Wege können sie mit ihrer Kolonne nicht befahren. Zurück nach Weperevorthe kommen sie sicherlich nicht, aber auf der Route von Huckengeswage nach Lennep oder Lutmenychusen, immer dem Heerweg folgend, müsstet ihr auf sie stoßen. Ich will, dass ihr sie lebend abliefert, sonst erhaltet ihr keine Prämien! Meinethalben könnt ihr euch vorher mit dem Mädchen vergnügen. Aber denkt daran: Sobald etwas schiefgeht, habe ich mit der ganzen Sache nichts mehr zu tun!“

Jetzt wandte er sich an Berthold: „Und wenn ihr die beiden gegriffen habt, gib mir durch einen deiner Leute Nachricht, wo die Übergabe stattfinden soll. Am besten wäre es vor den Toren von Weperevorthe.“ Michael und Franz erhoben sich, nickten kurz mit dem Kopf und verließen den Gasthof.

Die Vorstellung

Auf dem Lenneper Wochenmarkt herrschte buntes Treiben. Nachdem die Bühne aufgebaut war, verkündete Harald:

„Kommt, Leute, wir gehen zur Garküche und essen uns satt! Mit gefülltem Bauch singt und spielt es sich besser. Ich habe gesehen, dass sie da herzhafte Eierkuchen braten." Andrea zog Martin beiseite.

„Was haben wir denn noch an Silberlingen übrig?" Sie huschten hinter ein Zelt, dort holte Martin den Lederbeutel mit den Münzen hervor, griff mit zwei Fingern hinein, zog den Riemen auseinander und prüfte den Inhalt.

„Wenn wir sparsam leben, wird es bis zum Winter reichen. Gepränge sitzt sicherlich nicht drin, aber einen kleinen Eierpfannkuchen können wir uns schon gönnen."

Sie folgten den anderen zur Garküche, stellten sich dort in die Reihe wartender Menschen und freuten sich, als sie endlich die duftende, warme Mahlzeit in Händen hielten. Dann gingen alle zurück zu den Wagen und setzten sich auf die Bühne, um genussvoll ihre Pfannkuchen zu verzehren. Nach dieser schmackhaften Pause meinte Harald:

„So, mit dem restlichen Aufbau sind wir bald fertig. Edwin, du weißt, was du nun zu tun hast. Also mache dich auf die Beine, ihr anderen nehmt die gewohnte Position ein!"

Sie hatten Wagen und Pferde hinter der Bühne postiert, deren ausladende, mit einem farbenfrohen Landschaftsmotiv bemalte Rückwand einen Teil der Gespanne verbarg. Links neben der Spielfläche standen die zwei Zelte der Wahrsagerinnen Maria und Freia. Nun kam Edwin zurück, hielt eine brennende Fackel in der Hand, stellte ein Gefäß mit Flüssigkeit auf den Boden und hielt eine lautstarke Ansprache.

„Ihr lieben Leut´ von nah und fern, ich möchte Euch ein

einmaliges Ereignis ankündigen!" Er nahm einen Mundvoll Flüssigkeit aus dem Gefäß, hielt die Fackel vor seine Lippen und spie die Flüssigkeit so kräftig in die Luft, dass ein beeindruckender Feuerstrahl gen Himmel stieß. Ein Raunen ging durch die Menge.

„Ihr Händler, Kaufleute, Handwerker, Jungfrauen und Bürger von Lennep! Im Anschluss an meine Darbietung wird Euch eine einzigartige Vorführung geboten!" Mit einer weit ausholenden Armbewegung wies er zur Bühne, auf der sich die anderen Gaukler versammelt hatten.

„Ich bin kein Herold, der edle Ritter ankündigt, nein, ich bin nur ein bescheidener Feuertänzer oder vielleicht ein Herold der Spielleute, die ich nun präsentieren darf. Vor Euch steht die berühmte Gruppe Schelmenspiel!

Leiter der Truppe ist unser Meister Harald, erfahren auf allen Bühnen in deutschen Landen." Harald verbeugte sich tief und das Publikum spendete kräftiges Handgeklapper. „Daneben seht Ihr den starken Ranulf, kräftig wie ein fränkischer Ochse, doch auch als Spielmann nicht zu verachten, und zu seiner Rechten Robin, den Jongleur, der mit allem jongliert, was man balancieren kann!" Bei diesen Worten schaute Edwin tief in den Ausschnitt einer prallen Bauersfrau, sodass sich die Menschen auf dem Platz vor Lachen die Bäuche hielten. „Und keinem Weib", fuhr er fort, „ist es je gelungen, ihm ein Eheversprechen abzuschwatzen.

Bewundert des Weiteren Robert und Lore, unsere begnadeten Schauspieler und Musikanten – gebt ihnen ein Instrument und sie werden ihm die zauberhaftesten Töne entlocken!

Dann sind da noch unsere beiden bildhübschen Seherinnen Maria und Freia, schwarz wie die Nacht die eine und blond wie Bierschaum die andere, die Euch einen Blick in die Zukunft gewähren!

Zu guter Letzt wäre da noch meine Wenigkeit zu nennen: Edwin, der Herold der Gaukler!" Er stieß erneut einen Feuerstrahl in die Luft. „Ihr guten Leut´, der Eintritt ist frei, aber vergesst nicht, dass auch wir und unsere Pferde von etwas leben müssen, deshalb geizt nicht und spendet! Später werde ich durch die Reihen gehen, um Eure milden Gaben in Empfang zu nehmen", grinste er ins Publikum und begab sich hinter die Bühne.

Einige Neugierige zog es zu den Zelten der Wahrsagerinnen.

Martin und Andrea wollten nur zu gern wissen, was dort vor sich ging, und drückten ihre Ohren an Freias Zelt, um zu lauschen, als eine rundliche, rothaarige Bauersfrau hineinging. Innen befanden sich ein kleiner Tisch, zwei Holzstühle und ein Standregal mit einigen geheimnisvollen Utensilien.

„Gute Frau, was möchtet Ihr wissen, was kann ich Euch weissagen?", fragte Freia die Bauersfrau.

„Schaut doch auf mein Leben, vier Kinder habe ich zur Welt gebracht, gearbeitet von früh bis spät. Was bringt mir die Zukunft, was hat der Herr noch mit mir vor?"

„Gebt mir bitte Eure rechte Hand!" Die Frau streckte bereitwillig ihre Hand aus, Freia drehte diese sanft, sodass sie die Innenfläche betrachten konnte, und fuhr mit dem Zeigefinger die Linien entlang. Tiefe Furchen durchzogen die rissige Haut, deren ausgeprägte Schwielen von harter Arbeit auf dem Felde zeugten. Doch auf die Mühsal der Bäuerin ging Freia nicht näher ein, denn sie wusste, dass die meisten Bauern Leibeigene waren und Frondienste leisten mussten, wollten sie ihr tägliches Brot verdienen. Freia ließ die Hand wieder los und griff in das kleine Regal neben ihr, um ein Leinensäckchen hervorzuholen.

„Das sind heilige Reliquien, mit denen ich Euch die Zukunft voraussagen kann. Nehmt diesen Beutel und schüttet den Inhalt vor Euch auf den Tisch!" Die Bäuerin schaute erstaunt, doch sie tat, wie ihr geheißen. Etwa fünfzehn kleine Knochen fielen auf die Tischplatte.

„Oh mein Gott, was ist das?“, stammelte sie.

„Wenn ich Euch weiterhelfen soll, so ist das nur mit diesen Knochen möglich. Sie stammen von den Nonnen der heiligen Ursula von Colonia, es sind Röhrenknochen ihrer Finger.“ Während der ganzen Zeit versuchten Martin und Andrea, dem Gespräch zu folgen, aber sie konnten nicht alles verstehen, denn Freia sprach mal laut, mal flüsterte sie. Doch jetzt hörten sie sie sagen: „Gute Frau, richtet Euch danach und lasset Euch nicht alles von Eurem Gatten bieten.“ Die Bäuerin erhob sich und schob einige Münzen über den Tisch. „Ich danke Euch von ganzem Herzen!“ Dann eilte sie hinaus.

Martin und Andrea gaben sich so unauffällig wie möglich, als die Bäuerin an ihnen vorbeiging.

„Jetzt könnt ihr ruhig hereinkommen“, tönte eine Stimme aus dem Zelt. Die beiden schauten sich an, traten verlegen ein und sahen Freia mit einem Pendel in der Hand vor einem der Stühle stehen.

„Na, meine Freunde, habt ihr ein wenig gelauscht?“ Andrea wurde rot.

„Wir waren doch so neugierig.“

„Setzt euch, ich werde euch in ein paar kleine Geheimnisse meiner Kunst einweihen.“ Sie ließen sich auf den zwei Holzstühlen nieder, während Freia im Zelt auf und ab schritt. „Menschen, die zu mir kommen, sind oft von Sorge erfüllt und vertrauen sich einer Fremden eher an als Freunden. Ich höre unbefangen zu, nehme mich ihrer an, versteht ihr? Zuerst betrachte ich die Kundschaft genau, um mir ein Bild zu machen. Ich schaue in Gesicht und Augen, auf Hände und Statur, dann stelle ich einige Fragen und schon sprudelt es aus den meisten nur so heraus. Sie kehren ihre Seelen nach außen und ich spüre, wie wohl es ihnen tut. Anschließend benutze ich ein paar Hilfsmittel, wie Knochen, Karten und Pendel, oder ich lese aus der Hand.

Aus dem, was die Menschen von sich preisgeben, gewinne ich allerhand Einsichten, danach weiß ich, welche Worte ich wählen muss. Die harte Wirklichkeit des Lebens kennen doch alle schon zur Genüge – ich stimme entschlossen und hoffnungsvoll auf die Zukunft ein. Außerdem kommen nur zufriedene Kunden wieder."

„Das verstehe ich, aber woher hast du die Knochen der Nonnen aus Colonia?", fragte Andrea. „In Weperevorthe kenne ich einen Bauern mit einer Hühnerzucht ..." Freia zwinkerte ihr zu und lächelte, dann fragte sie: „Kannst du lesen, Andrea?"

„Meine Mutter hat es mir beigebracht, so weit sie es eben konnte", antwortete Andrea. „Lies in einem Buch der heiligen Hildegard von Bingen, dann lernst du etwas über den Gebrauch von Kräutern, die oft auf erstaunliche Weise zu heilen vermögen. Wenn man wirklich an etwas glaubt, wie an den heiligen Jacobus von Santiago de Compostela oder an andere Heilige kann das Berge versetzen. So ähnlich ist das auch mit der Wahrsagerei", erklärte Freia, „entscheidend ist der Glaube an das Mittel oder an sich selbst."

Wieder auf Reisen

Es waren erfolgreiche Tage in dem Dorf an der Lennepe, die Gaukler konnten ihre Vorräte auffüllen und sogar noch ein paar Silberlinge untereinander aufteilen.

Auf dem Markt hatten sie sich noch mit etwas Werkzeug für die gelegentlich notwendigen Reparaturen an den Wagen und der Bühne eingedeckt, die Frauen hatten Kochgeschirr,

Stoffe und sogar ein wenig Tuch von exquisiter Qualität erstanden. Am Sonntag machten sich die Spielleute schon sehr früh zur Weiterreise bereit, als der Pfarrer zu ihnen kam und sie bat, doch noch am Gottesdienst teilzunehmen.

Haralds Leute schauten zwar verwundert drein, einige verzogen auch ihre Mienen, doch schließlich willigte man ein und tat dem geistlichen Herrn die Freude.

„Aber nicht die ganzen Einnahmen der letzten Tage in die Klingelbeutel werfen!“, mahnte Harald.

Einige Händler waren schon abgereist, neue waren zwischenzeitlich angekommen, und da die meisten Kaufleute das Angebot des Pfarrers nutzten und ihre Waren gegen eine kleine Spende über Nacht in der Kirche verstauten, bedeutete dies für ihn und seine Gemeinde eine regelmäßige, willkommene Einnahmequelle.

Am frühen Nachmittag zog die Gruppe weiter in Richtung Lutmenychusen. Nach einiger Zeit hielt Harald die Gruppe an und rief:

„Lasst uns sehen, was im Dorf los ist, dann entscheiden wir, ob wir dort eine Vorstellung geben oder weiter in eine größere Stadt ziehen.“

„Wohin geht es denn überhaupt in den nächsten Tagen?“, wollte Martin wissen.

„In dieser Gegend gibt es zwei bis drei Dörfer, wo wir jeweils einmal auftreten werden, doch in jedem Fall geht es weiter in Richtung Rheinland. Die Stadt Colonia ist so groß, dass wir dort an verschiedenen Plätzen auftreten können, danach wäre eine Weiterfahrt zur alten Kaiserstadt Aachen denkbar. Und dann sollten wir auch die Jahreszeit im Blick behalten und uns allmählich überlegen, wo wir einen Platz zum Überwintern finden“, erklärte Harald. Eine Zeit lang fuhren sie durch ein Waldgebiet, bis sich eine Talsenke vor ihnen auftat. Von

Weitem sahen sie einige kleine Katen und die Spitze eines Kirchturms. Vorsichtig steuerten sie ihre Wagen den Hang hinunter, bis sie den Dorfplatz erreichten.

Die Spurensuche

Eilig verließen drei Reiter die Stadt Weperevorthe und preschten, nachdem sie das Stadttor passiert hatten, den Heerweg entlang in Richtung Huckengeswage. Vorn ritt ihr Anführer Berthold, gefolgt vom kahlköpfigen Bert und dem sommersprossigen Knut. Vor den Toren der Stadt zügelte Berthold sein Pferd und stieg aus dem hölzernen Sattel, die anderen taten es ihm gleich.

„Zusammen sollten wir uns dort nicht mehr zeigen, das wäre zu auffällig. Knut, du reitest in die Stadt und hörst dich nach Neuigkeiten um“, ordnete er an, „Bert und ich werden hier vor dem Tor auf dich warten.“

Der Nordmann machte sich gehorsam auf und ritt den Weg zur Burg hinauf, während seine Kumpane eine Pause an der Weper einlegten.

Nach einer knappen Stunde kam Knut zurück und berichtete.

„Ich habe mit einigen Leuten gesprochen. Die alten Herrschaften sind vergraben worden, aber der junge Schmied soll noch am Leben sein, siecht wohl irgendwo mit eingeschlagenem Schädel vor sich hin. Und du meintest, er sei tot!“

Berthold lief rot an vor Wut, stampfte mit dem Fuß auf und fluchte: „Dieser Hundsfott!“ Bert und Knut kannten den Jähzorn ihres Anführers und gaben angesichts seiner Stimmung keinen Laut mehr von sich; so saßen alle auf und ritten weiter in Richtung Lennep.

Sie hatten die Hälfte der Strecke zurückgelegt, da pfiff Knut laut auf seinen Fingern. „Kommt zurück, ich habe etwas entdeckt! Hier führen Wagenspuren hinunter zum Fluss. Lasst uns nachsehen, wohin der Weg führt."

Doch das, was sie am Weperufer vorfanden, war nicht geeignet, Bertholds Laune zu verbessern.

„Das kann doch wohl nicht wahr sein: Schaut euch die tiefen Radspuren und die Asche auf dem Feuerplatz an – das Volk hat doch tatsächlich hier übernachtet! Und wir Hohlköpfe sind auf dem Heerweg ahnungslos an ihnen vorbeigeritten. Ich habe es langsam satt, mich von denen an der Nase herumführen zu lassen."

Eine Weile standen sie schweigend da, dann sagte Berthold:

„In Lennep gibt es doch einen freien Markt. Und wohin zieht es Gaukler und Spielleute? Ich sage euch: Heute oder morgen werden wir sie ergreifen!"

Peter

„Lasst uns lieber weiterziehen, ich glaube nicht, dass wir hier mit nennenswerten Einnahmen rechnen können", brummte Harald, als sie auf dem menschenleeren Dorfplatz eine Pause einlegten.

In dem Moment stürmte eine lustige, schreiende Kinderschar auf sie zu.

„Gaukler! Die Gaukler sind gekommen!", riefen sie fröhlich und tanzten um die Spielleute herum.

„Wie schön! Werdet ihr singen, spielen und tanzen?", wollte ein Mädchen wissen. Ein alter Mann trat hinzu, er war offensichtlich der Dorfälteste, denn er begrüßte die Gaukelspieler mit den Worten:

„Willkommen in Lutmenychusen! Das nenne ich eine schöne Überraschung. Spielleute verirren sich sonst nur selten in unser Dorf. Bleibt doch gleich hier auf dem Marktplatz und tragt etwas vor!"

„Wir wollten eigentlich gar nicht spielen, sondern alsbald weiter ins Rheinland ziehen", gab Harald freundlich zurück.

„Ich verstehe", entgegnete der Mann enttäuscht, „hier gibt es für euch ja auch nichts zu holen, sind wir doch alle nur Leibeigene des Grafen von Berg. Was sucht man schon in einem Dorf, das fast nur noch arme Frauen und Kinder zählt, weil die Männer mit dem Grafen Adolf auf den Kreuzzug nach Ägypten ziehen mussten und dort, wie der Graf selbst, gefallen oder am Fieber verstorben sind?"

Zwei kleine Mädchen waren zu Maria auf den Kutschbock geklettert und durchbohrten sie mit Fragen. Auch Freia und Lore unterhielten sich mit einigen Kindern.

„Geld haben wir keines, aber vielleicht könnten wir euch doch mit einem Vitalienpaket für eine kleine Vorstellung entlohnen?", beharrte der Alte.

Harald ließ sich nicht erweichen. „Wir kommen gerade aus Lennep und haben uns zur Genüge mit Wegverzehr eingedeckt."

„Du hast ein Herz aus Stein, sei gnädig und lass uns etwas für die Kinder aufführen!", bat Freia nun eindringlich. Martin und Andrea verfolgten die Unterhaltung, hielten sich aber im Hintergrund.

„Oh ja! Bitte, bitte!", riefen die Kinder. „Na schön", überwand Harald sich schließlich, „in Gottes Namen. Dann baut die Bühne – aber ohne Rückwand! – und ein Zelt auf, das dürfte wohl reichen. Es gibt aber allenfalls eine kleine Vorstellung, danach brechen wir wieder auf und ziehen weiter."

Die Kinder hüpften vor Freude und liefen grölend auf dem

Platz umher, ein größerer Junge bot sogleich seine Hilfe bei den Aufbauarbeiten an.

Von dem Krakeel angelockt, füllte sich der Platz allmählich mit Dorfbewohnern. Maria versuchte, die Kindermeute zu beruhigen.

„Ihr setzt euch jetzt alle lieb auf den Boden und schaut zu, wie wir alles herrichten, und wenn ihr schön brav seid, dann singen und spielen wir ein besonderes Kinderlied für euch!"

Die Kleinen drängelten nach vorn und ließen sich dann artig im Halbkreis um die Bühne nieder. Als Edwin später den ersten Feuerstrahl über die Köpfe der kleinen und großen Zuschauer spie, wurde es mucksmäuschenstill. Überall sah man staunende Gesichter und offene Münder.

Etwas abseits stand ein kleiner Junge und beobachtete gespannt die Szene. Mit seinem verschmierten Gesicht und seiner zerlumpten Kleidung war er Maria sofort aufgefallen. Da er ihr leidtat, stupste sie Freia an und sagte:

„Schau mal, der Kleine dort drüben, wie verwahrlost und einsam das Kerlchen aussieht." „Ja, ich habe ihn auch schon bemerkt", antwortete Freia.

Maria ging zu dem Kind hinüber und sprach es an. „Na, mein Freund, wie heißt du denn?" „Peter, ich bin der Peter", gab der Junge zur Antwort.

„Und wo sind deine Eltern, Peter?"

„Meine Mama lebt nicht mehr, sie ist im letzten Jahr am Fieber gestorben – und mein Papa ist in Ägypten, aber er kommt bestimmt bald wieder." Maria wusste, dass Peters Hoffnung auf die Rückkehr des Vaters aussichtslos war.

„Und wer passt jetzt auf dich auf?", wollte sie wissen. „Der Bauer Feldmann, aber er ist sehr streng. Wenn ich mein Tagwerk nicht schaffe, wird er böse. Dann schlägt er mich und ich bekomme nichts zu essen."

Nun hakte die Seherin nach: „Und seine Frau?" Der Junge senkte den Kopf.

„Die muss auch schwer arbeiten und darf sich nicht um mich kümmern, sonst verdrischt er sie."

„Magst du mir denn sagen, wie alt du bist?" Das Kind überlegte einen Moment, dann antwortete es verlegen: „Genau weiß ich es nicht, aber ich glaube, ich müsste jetzt schon neun Jahre alt sein."

„Das sind ja Geschichten, komm mal mit!", forderte Maria den Kleinen auf, nahm ihn an die Hand und ging mit ihm zum Rand der Bühne. „So, hier hast du den besten Platz, von hier aus kannst du alles wunderbar sehen." Der Kleine strahlte über das ganze Gesicht. Dann gab Maria ihm noch einen Kanten Brot und der Junge machte sich hungrig darüber her.

Augenblicklich ertönte Musik, vor der Bühne hatte die Truppe mit einem Tanzspiel für die Kinder begonnen, die sofort begeistert in ihre Händchen klatschten. Da Maria nun gebraucht wurde, ließ sie ihren Schützling allein, doch noch bevor die Darbietung beendet war, hörte sie den Jungen aufschreien. Ein düster dreinblickender Mann hatte Peter gepackt und wollte ihn soeben an den Haaren hinter sich herziehen. Aufgebracht eilte Maria hinzu.

„Was fällt dir ein, das Kind so zu behandeln?", fauchte sie den Fremden an.

„Andere Jungen arbeiten und treiben sich nicht bei Gauklern auf Jahrmärkten herum – und ich darf diesen Nichtsnutz auch noch durchfüttern!" Marias Augen blitzten. Dieser grobe Kerl konnte nur der Bauer Feldmann sein, von dem Peter erzählt hatte.

„Er ist noch ein Kind! Dir geht es doch nur um billige Arbeitskräfte fürs Feld und am Ende sparst du auch noch am Essen für sie!"

„Leute wie ihr reden doch nur dummes Zeug und reisen durch die Weltgeschichte, ihr habt doch keine Ahnung, was harte Arbeit bedeutet!", schnauzte sie der Mann an.

Dann ließ er den Jungen plötzlich los.

„So nimm du ihn doch, diesen Taugenichts!"

„Genau das werde ich auch tun, denn ihr richtet ihn zugrunde." Entschlossen ergriff sie die Hand des Knaben und ging mit ihm zu den anderen zurück, dort steuerte sie direkt auf Harald zu, zog diesen am Ärmel und sagte:

„Darf ich dir unseren neuen Begleiter vorstellen? Er heißt Peter und ich werde mich ab jetzt persönlich um ihn kümmern." Haralds Blicke wanderten erstaunt zwischen der Seherin und dem Kind hin und her.

„Was soll denn das heißen? Maria, ich bitte dich, du bist wohl nicht bei Trost!" Doch Maria ließ sich nicht beirren, warf den Kopf in den Nacken und verkündete energisch:

„Wenn du ihn nicht aufnehmen willst, dann ist es für mich wohl an der Zeit, die Truppe zu verlassen!"

„So beruhige dich", versuchte Harald, sie zu besänftigen.

„Kannst du dich noch daran erinnern, wie du Freia und mich vor vielen Jahren aufgenommen hast? Uns ging es damals ähnlich wie dem kleinen Peter und du hast dich um uns gekümmert. Gab es seither einen Moment, in dem du diesen Schritt bereut hast?"

Ohne eine Antwort abzuwarten, drehte Maria sich um, ließ Harald stehen und ging mit dem Jungen zu ihrem Wagen. Der Bauer war weit und breit nicht mehr zu sehen.

„Wenn du dich anständig benimmst, kannst du vielleicht mit uns kommen. Was hältst du davon?" Peter schaute sie aus großen Kinderaugen an.

„Und was ist mit dem Bauern Feldmann?", fragte er. Maria strich ihm über den Kopf. „Mit dem haben wir ab sofort nichts mehr zu tun!" „Dann komme ich mit!" entfuhr es dem Jungen sogleich.

Die Gaukler waren schon wieder mit Abbauarbeiten beschäftigt, als sich der Alte, der sie bei ihrer Ankunft auf dem Dorfplatz begrüßt hatte, mit einem Laib Brot, zwanzig Eiern sowie einem Stück Käse für die Vorstellung bedanken wollte. Doch Harald klopfte dem Mann auf die Schulter und sagte:

„Behaltet die Sachen, ich glaube, hier werden sie dringender benötigt." Der alte Mann schenkte ihm ein herzerwärmendes Lächeln, dann ging er von dannen.

Kurz vor der Abreise rief Harald seine Truppe zusammen und berichtete von Peter und Marias Plänen.

„Nun, ihr habt gehört, worum es geht. Ich denke, es wäre das Beste, wenn wir abstimmen, schließlich betrifft es uns alle. Wer also dagegen ist, dass wir den Jungen mitnehmen, der zeige es jetzt an." Harald hob als Erster die Hand, danach Robin und Robert. Gerade wollte Ranulf es ihnen gleichtun, da zischte seine Frau ihn an:

„Wag es nur! Solltest du jetzt deine Hand erheben, wird diese mich fortan nicht mehr berühren." Jetzt meldete sich Martin zu Wort.

„Ist unsere Stimme auch gefragt?" „Ihr gehört zu uns. Was also ist eure Meinung?", erwiderte Harald. Noch bevor Martin irgendetwas sagen konnte, preschte Andrea vor.

„Wir sind beide dafür, dass Peter bei uns bleibt!" Harald kratzte sich am Kopf; nun blieb ihm nichts anderes übrig, als widerwillig das Ergebnis zu verkünden:

„Da es nur drei Gegenstimmen gibt, darf der Junge also mit uns kommen." Dann wandte er sich direkt an Peter: „Dass du dich ja benimmst, Bursche, sonst zieh ich dir den Hosenboden lang!"

Wie aus dem Nichts tauchte plötzlich der Bauer Feldmann auf.

„Und was kriege ich für den Jungen? Mir fehlt jetzt schließlich eine Arbeitskraft!“ Martin platzte der Kragen. Er rannte zu seinem Wagen, holte Pfeil und Bogen, spannte ihn und schritt geradewegs auf den Bauern zu.

„Was du bekommen wirst, wenn du nicht sofort von hier verschwindest, kann ich dir sagen: einen Pfeil – und zwar genau zwischen deine Augen! Ein Federbusch an dieser Stelle schmückt dich sicher ungemein!“, brüllte er ihn an. Der Bauer schien nicht im Geringsten an Martins Absichten zu zweifeln, denn er suchte umgehend das Weite und verschwand so schnell, wie er gekommen war.

„Gut gemacht, Martin! Den sind wir ein für alle Mal los“, frohlockte Maria. „Ach, bevor wir aufbrechen“, fuhr sie fort, „muss ich noch dringend etwas erledigen.“ „Ich auch“, stimmte Andrea mit ein und beide eilten in verschiedene Richtungen davon.

Maria suchte den Pfarrer auf, um ihm ihr Anliegen vorzutragen.

„Hochwürden, ich bräuchte dringend ein neues Beinkleid und ein Hemd für einen Jungen“, bat sie, neigte den Kopf zur Seite und streckte eine Hand flach aus, „er ist etwa so groß. Könntet Ihr mir nicht helfen?“ Der Geistliche versprach, sich umzuhören. Anschließend ging Maria zurück, holte ein Stück Leinentuch aus dem Wagen und ging mit dem Jungen zum Dorfbrunnen.

„Jetzt wirst du erst einmal gründlich gewaschen. Seife wäre gut, aber wer kann sich das schon leisten?“ Während sie Peter einer gründlichen Reinigung unterzog, die dieser nicht eben erfreut, aber geduldig über sich ergehen ließ, kam der Pastor mit einem Bündel Kleidung unter dem Arm zu ihnen.

„Ich denke, das wird fürs Erste reichen."

„Oh, vielen Dank! Was bin ich Euch schuldig?", fragte Maria.

„Lass mal gut sein, Mädchen. Möge der Herr Euch beschützen!", sprach er und machte sich schon wieder auf den Rückweg.

Bereits bei ihrer Ankunft in Lutmenychusen war Andrea ein Bürstenmacher und Besenbinderstand aufgefallen. Dorthin lief sie nun, betrachtete die Auslagen und stellte fest, dass die Ware eine ähnlich gute Qualität wie die ihres Vaters aufwies.

„Was darf es denn sein, junge Frau?", fragte der Mann hinter der Holztheke.

„Es tut mir leid, aber ich möchte nichts kaufen, mich interessiert vielmehr, wohin Euch die Reise als Nächstes führt." Der Handwerker musterte sie verwundert.

„Von hier aus nach Weperevorthe, danach in Richtung Dortmund und nach Essen zum Nonnenstift. Aber warum fragt Ihr?

Andrea fasste sich ein Herz. „Würdet Ihr mir einen großen Gefallen erweisen und meinen Eltern in Weperevorthe eine mündliche Nachricht übermitteln? Ihr müsst wissen, mein Vater Wolfgang Berghaus ist Bürstenmacher und Besenbinder wie Ihr." „Wer kann einer so hübschen Dame schon ihren Wunsch abschlagen? Was soll ich Euren Eltern denn mitteilen?"

„Sagt ihnen nur, dass es ihrer Tochter gut geht, und sie bräuchten sich keine Sorgen zu machen. Das wäre schon alles." „Wohl ausgebüxst, was? Keine Angst, ich verrate nichts", grinste der Besenbinder und legte bestätigend den Zeigefinger über seinen Mund. Andrea lächelte.

„Vielen Dank und gute Geschäfte noch! Ach, jetzt hätte ich es doch beinahe vergessen: Unser Haus steht neben drei anderen

Gebäuden auf einer kleinen Anhöhe am Ortseingang, im Tal links vom Fluss."

Am frühen Nachmittag des letzten Sonntags im August brachen die Spielleute zur Weiterreise auf. Die Fahrt ging Richtung Solengen – in einen alten Wallfahrtsort namens Greverode, der dank einer heiligen Marienikone im dortigen Augustinerinnenkloster eine durchweg beachtliche Zahl von Pilgern verzeichnen konnte. Da es abends schon recht früh dunkel wurde, wollten die Gauklerspieler zeitig einen geeigneten Platz für die Nacht aufsuchen. Nach einer knapp zweistündigen Fahrt trafen sie am Ende eines Weizenfeldes auf einen schmalen Weg, der nach rechts in ein dichtes Waldgebiet führte. Harald hob die Hand und stoppte den Wagenzug. „Lasst uns hier abbiegen und unser Lager aufschlagen."

Entscheidungen

Ewald war wieder vollständig bei Bewusstsein und befand sich auf dem steten Weg der Besserung. Der Wirt hatte die Schmiede verschlossen und zwei vom Burgvogt persönlich abgestellte Soldaten der Stadtwache hatten zum Schutz vor Plünderungen vor der Werkstatt Posten bezogen.

„Was machst du denn da, bist du nun vollkommen verrückt geworden?", schimpfte Otto, „Aufstehen ist strengstens verboten, vor allem, solange du dich noch ständig erbrechen musst. Der Bader hat gesagt, dass es noch gute zehn Tage dauern kann, bis die Übelkeit nachlässt, und bis dahin darfst du das Bett nicht verlassen. Jetzt sei endlich vernünftig und lege dich wieder hin."

Ewald murrte, doch schließlich gab er nach.

„Übermorgen will der Bader wiederkommen und die Fäden ziehen, danach werden wir wissen, wie es mit dir weitergeht", beruhigte ihn der Wirt.

„Ich habe dieses ständige Herumliegen satt. Schließlich muss ich die Mörder meiner Eltern ausfindig machen, bevor sie über alle Berge sind", beharrte Ewald.

„Gemach, das wirst du schon, doch wen willst du denn bitte in deinem jetzigen Zustand aufhalten? Zuerst musst du deine Kräfte zurückgewinnen. Werde erst wieder ganz gesund", bremste ihn Otto.

Ewald schossen Tränen in die Augen, bisher hatte er nicht einmal das Grab seiner Eltern aufsuchen können. Er verbarg sein Gesicht in einem Kissen und begann, bitterlich zu schluchzen.

„Warum tun Menschen nur so etwas? Meine Eltern waren zu jedermann freundlich, haben niemandem Böses getan und ihr Leben lang nur ihre Pflicht erfüllt." „Weine dich ruhig aus, mein Freund, das befreit die Seele." Leise verließ Otto das Zimmer, zog die Tür ins Schloss und überließ Ewald seiner Trauer.

Kölner Klüngel

Jeder der Spielleute wusste, was er zu tun hatte. Wie immer wurden zuerst die Pferde versorgt und danach die Wagen platziert. Harald befestigte mit dem neu erworbenen Werkzeug gerade eine Holzplanke an seinem Wagen, als Maria ihm zurief:

„Ich gehe mit dem Jungen los, um Holz zu sammeln." Die beiden machten sich mit einem großen Weidekorb auf den Weg. Plötzlich hielt Peter inne und fragte:

„Bist du jetzt meine Mutter?“ Maria lächelte ihn an. „Deine Mutter kann ich wohl nicht sein, denn sie ist ja beim lieben Gott im Himmel. Aber dafür geben Freia und ich nun auf dich acht und sind vielleicht so etwas wie deine großen Schwestern. Solange du noch klein bist, werden wir auf dich aufpassen. Ist das in Ordnung?“

Der Kleine überlegte einen Moment. „Und wenn ich groß bin, schickt ihr mich dann wieder fort?“ Maria legte ihren Arm um den Jungen.

„Wenn aus dir ein Mann geworden ist, brauchst du uns nicht mehr. Dann hast du eine eigene Familie mit Frau und Kindern und einen Beruf.“ Eine Weile gingen sie schweigend nebeneinander her, dann meinte Peter entschieden: „Wenn ich groß bin, heirate ich dich oder Freia!“

Sein Magen knurrte vor Hunger; immer wieder dachte Harald an das schmackhafte Ferkel, das Martin vor einiger Zeit erlegt hatte, und das Wasser lief ihm im Mund zusammen.

„He, Waldläufer, willst du nicht noch einmal dein Jagdglück versuchen? Nichts gegen die Gemüsesuppe der Frauen, aber etwas Fleischiges zum Abendessen wäre auch nicht zu verachten. Schau, wenn man diesem Weg folgt, gelangt man nach einiger Zeit an ein kleines Tal, in dessen Mitte sich ein See befindet. Dort könntest du doch etwas Feines für unser Lagerfeuer schießen.“ Das ließ Martin sich nicht zweimal sagen, er griff nach Pfeil und Bogen und war schon kurz darauf verschwunden.

„Es wird ständig kühler, allzu lange können wir nicht mehr umherreisen“, meinte Edwin zu den anderen.

„Das ist wohl richtig. Wenn wir unsere Aufführungen in Greverode beendet haben, sollten wir schleunigst zusehen, dass wir nach Colonia kommen. Im Rheinland ist das Klima weitaus milder als hier im Bergischen Land“, fügte Ranulf bestätigend hinzu.

„Außerdem“, mischte sich nun Harald in das Gespräch, „können wir dort, sofern das Wetter mitspielt, noch einige Auftritte absolvieren, denn immerhin ist Colonia mit fast zwanzigtausend Einwohnern eine der größten Städte im ganzen Frankenreich. Hinzu kommen die vielen Pilger, die schon seit siebzig Jahren die Stadt bevölkern, um die Gebeine der Heiligen Drei Könige zu bestaunen, die der Erzbischof Reinald von Dassel von Mailand dorthin verbringen ließ. Da können wir uns bestimmt den ein oder anderen Pfennig schnappen, bevor wir in unser Winterlager ziehen.“

„Wie weit ist man denn dort mit dem Bau der neuen Stadtmauer?“, wollte Ranulf wissen. „Das dauert in Colonia sicher noch ewig, genau wie bei ihren Kirchen. Im letzten Jahr planten sie sogar, die karolingische Kathedrale, die immerhin aus dem neunten Jahrhundert stammt, abzureißen, um Platz für einen neuen Dom zu schaffen. Immer wieder tauchen in der Stadt neue Reliquien auf – mal sind es Fingerknochen oder eine Elle, dann ein heiliger Schädel oder ein Splitter vom Kreuz Jesu. Diese ganzen Reliqien werden dann in wertvollen, goldenen Monstranzen verpackt, die von den Pilgern angebetet werden. Auf diese Weise werden stets weitere Pilger angelockt, damit noch mehr Geld für den Dom ins Stadtsäckel fließt.“

Edwin hatte aufmerksam zugehört und schüttelte nun den Kopf. „Was die geistlichen Herren so alles veranstalten. Erinnert ihr euch noch an den Erzbischof Dietrich von Hengebach, der vor elf Jahren einfach seinen Bischof von Münster gefangen genommen und eingekerkert hat – und das alles im Namen Gottes und der Kirche?“ Haralds Gedanken kreisten immer noch um den neuen Dom zu Colonia. .

„Übrigens soll auch Engelbert von Berg, seines Zeichens

Erzbischof von Colonia und Graf der Burg Neuenberge, ein Verfechter des Dombaus sein. Dabei gibt es in der Stadt ja wohl genug Kirchen. Doch Schluss mit dem Palaver, kommt jetzt, Leute, wir haben noch zu tun!", beendete Harald das Gespräch. Gerade wollten sie ihre Arbeiten wieder aufnehmen, da rief Edwin: „Hört doch, ich glaube, es kommen Reiter!"

Der Überfall

Einen Augenblick später jagten drei Reiter auf sie zu. Staub wirbelte auf, als die Männer ihre Pferde direkt vor der Gauklergruppe zum Stehen brachten.

„Da ist ja unser fahrendes Volk!", rief der Anführer. Alle drei waren schwer bewaffnet, zwei zogen sofort ihre Schwerter. Die Spielleute wussten nicht, wie ihnen geschah, verharrten erschrocken auf der Stelle. Harald erfasste die Situation als Erster und ging auf die Männer zu:

„Was wollt ihr von uns? Hier ist nichts zu holen, wir sind nur fahrende Künstler." Bert und Knut stiegen von ihren Pferden, um die Gaukler mit vorgehaltenen Waffen in Schach zu halten, während Berthold wieder das Wort ergriff.

„Und ob hier was zu holen ist! Ihr sollt nicht nur hübsche Frauen, sondern auch einen bestimmten Bogner bei euch haben." Harald stockte vor Schreck der Atem. Die Männer hatten es also auf Martin abgesehen. „Der hat uns bereits vor Tagen verlassen", antwortete er geistesgegenwärtig.

Mit einem Speer in seiner linken Hand stieg nun auch Berthold von seinem Pferd, schritt geradewegs auf Harald zu und hielt ihm die Speerspitze an die Kehle.

„Knut, sieh nach, ob sich noch jemand in den Wagen versteckt hält." Der Nordmann tat, wie ihm geheißen, ging zu den Fuhrwerken und durchwühlte sie.

„Da ist niemand, aber schaut, was ich gefunden habe!“, rief er kurz darauf und hielt einige Weinschläuche in die Höhe. „Dann müssen wir uns wohl erst einmal mit den hübschen Mädels hier begnügen. Du, du und du“, tönte Berthold und wies auf Lore, Freia und Andrea, „ihr kommt einmal ein wenig näher! Und seht, wen wir da haben! Wenn das kleine blonde Täubchen mit den langen Haaren mal nicht die Freundin des Bogners ist. Für dich winkt uns eine nette Belohnung.“

Ranulf der Starke kochte vor Wut, doch trotz seiner Kräfte konnte er momentan nichts gegen die drei bewaffneten Männer ausrichten. Was für eine Chance hatte er schon gegen zwei Schwerter und einen Speer? Und auf die anderen Gaukler konnte er nicht zählen, sie waren Zirkusleute, Künstler und Feingeister. Bisher hatten sie immer gedacht, ohne Waffen auskommen zu können, doch nun mussten sie feststellen, dass sie völlig wehrlos waren. Der Einzige, der mit einer Waffe umzugehen verstand, befand sich gerade auf der Jagd.

„Schnappt euch jeder eine Braut und dann ab aufs Pferd!“, brüllte Berthold. Ranulf stellte sich mit ausgebreiteten Armen vor seine Lore, um sie zu beschützen.

„Finger weg von meiner Frau!“, schrie er.

„Oho, du willst mir doch nicht etwa drohen?“, höhnte Knut. Ranulfs Kopf lief rot an, seine Muskeln spannten sich wie die eines Raubtieres vor dem Angriff. Mit bloßen Händen fasste er jetzt nach dem Schwert, hielt es an seiner Klinge fest , dass dem Nordmann vor Staunen der Mund offen blieb. Doch Ranulf hatte nicht den Dolch gesehen, den Knut ihm nun blitzschnell in die Schulter rammte. Ranulf ließ das Schwert los und sank zu Boden. Lore schrie auf, kniete sich neben ihren Mann und weinte, Robert presste ein Stück Stoff auf die blutende Wunde. „Hört auf“, dröhnte Haralds Stimme, „so hört doch endlich auf!“

Die Söldner griffen sich die Frauen und zogen sie auf ihre Pferde.

„Solltet ihr uns folgen, werden wir keinen Augenblick zögern, den Weibsbildern die Kehlen durchzuschneiden“, rief Berthold noch, dann stießen die drei ihre Fersen in die Flanken der Tiere und preschten davon.

Maria und Peter hatten den Weidekorb randvoll mit Brennholz gefüllt und schon fast das Lager erreicht, als sie Schreie hörten. Die Seherin zog den Jungen hinter einen Holunderbaum und bedeutete ihm, sich flach auf den Bauch zu legen.

„Mäuschenstill!“, flüsterte sie. Maria konnte zwar nicht genau erkennen, was am Lagerplatz vor sich ging, doch sie nahm fremde, laute Männerstimmen wahr und ahnte nichts Gutes. Als es stiller wurde, reckte sie ihren Kopf aus dem Versteck und sah drei Reiter, die sich in Windeseile vom Lagerplatz entfernten.

Sie wartete noch einen Moment, dann nahm sie Peter an die Hand und lief mit ihm zu den anderen, die sofort aufgeregt erzählten, was geschehen war. „Mein Gott, was ist denn hier passiert?“ rief sie erschrocken.

„Wir sind von drei gefährlich aussehenden Wegelageren überfallen worden Maria, du verstehst doch etwas von Kräutern“, sagte Edwin, „kannst du dir nicht Ranulfs Schulter ansehen?“ Maria beugte sich über den immer noch am Boden liegenden Mann, um die Stichverletzung zu untersuchen.

„Immer feste den Lappen aufdrücken, ich bin gleich zurück!“ Eilig schritt sie den Feldweg ab, schaute links und rechts nach bestimmten Heilpflanzen. Wieder am Lagerplatz angekommen, rief sie Peter und Robin zu sich.

„Geht und sucht zwei faustgroße Steine, damit wir das

Kraut zerreiben können, sodass ich es auf die Wunde auftragen kann!" Die beiden machten sich sofort auf den Weg. „Ich habe Schafgarbe gefunden", sagte Maria, „es hat eine reinigende, blutstillende Wirkung und lässt die Wunde verheilen. In den nächsten Tagen müssen wir den Kräuterbrei immer wieder erneuern."

In diesem Moment kehrte Martin aus dem Wald zurück. „Schaut, was ich euch mitgebracht habe!", jubelte er und warf drei Enten und einen Fasan auf den Boden. Dann stutzte er. „Was macht ihr denn für Gesichter?"

Die Verfolgung

Martins Blick richtete sich erschrocken auf Ranulf. Harald berichtete ihm von dem Überfall und der Entführung der Frauen.

„Ihr habt nichts dagegen unternommen und lasst euch einfach die Frauen stehlen? Ihr seid doch keine Männer, ihr seid Schwächlinge!", schrie Martin sein Entsetzen hinaus. Dann versuchte er sich zu konzentrieren, einen klaren Gedanken zu finden.

„Wie lange ist das her?"

„Ungefähr eine halbe Stunde," erwiderte Robin.

„Harald, kannst du mir deinen Sattel leihen?", fragte Martin. Harald schaute ihn verwundert an.

„Was hast du vor?"

Doch er erhielt keine Antwort, stattdessen holte Martin sein Schwert und die restlichen Pfeile, die noch übrig waren. Harald brachte ihm seinen lederüberzogenen Holzsattel.

„Du weißt, dass es bald dunkel wird."

„Die Dunkelheit kann auch mein Vorteil sein", gab Martin

zurück, sattelte sein Pferd und galoppierte ohne ein weiteres Wort davon.

Als er den Heerweg erreichte, sah er, dass tiefe Hufabdrücke in Richtung Solengen wiesen. Langsam ritt er den ihm unbekannten Weg weiter, ab und zu hielt er an, um zu lauschen. Die Söldner hatten einen gehörigen Vorsprung, den er nicht so schnell aufholen konnte, aber irgendwann würden sie vielleicht ihr Nachtlager aufschlagen – das wäre dann eine günstige Gelegenheit, die Frauen zu befreien. Sollten die Übeltäter jedoch bis nach Solengen gelangen, würde die Sache komplizierter werden. Er wusste noch nicht einmal, wie weit er von dort noch entfernt war. Mittlerweile wurde es dunkel, Licht und Schatten verschwammen immer mehr in der Dämmerung. Martin überließ es nun seinem Pferd, dem Weg zu folgen.

Er musste Andrea und die beiden anderen Frauen unbedingt finden! Ein Jäger und Waldläufer gab nicht auf, bevor er sein Ziel erreicht hatte. Der Heerweg war noch frei von Laub, sodass er fast lautlos vorwärts kam und die Geräusche, die vereinzelt aus dem Wald an seine Ohren drangen, gut wahrnehmen konnte. Er hörte den leichten Wind durch die Blätter wehen, irgendwo schrie ein Käuzchen auf.

Nach einer Rechtsbiegung sah Martin einen Lichtschein durch die Bäume schimmern. Er stoppte sein Pferd, horchte, dann ritt er noch ein Stück weiter und stieg von seinem Zelter. Auf einem Pfad, der vom Heerweg in den Wald führte, pirschte er sich in seinen leichten Wildlederschuhen nahezu geräuschlos an das Licht. Es war ein Lagerfeuer, in dessen Schein er einige Personen ausmachen konnte. Vorsichtig näherte er sich dem Platz. Eine Frau lag zusammengekrümmt auf dem Boden; es war Lore, die verletzt zu sein schien. Ihr Gesicht wurde zur Hälfte von ihrem langen, dunklen Haar verdeckt, sie zitterte am ganzen Leib und gab leise Stöhnlaute von sich. Die drei Söldner saßen am Feuer, vor ihnen lagen zwei ausgetrunkene Weinschläuche, den dritten hielt Knut in seinen Händen. Jetzt endlich sah Martin auch Andrea und Freia, die man geknebelt und an eine Birke gefesselt hatte.

Der Glatzköpfige schlug sich auf den Schenkel.

„Mann, die hat sich ja gewehrt wie eine wilde Raubkatze, das Luder hat mir Gesicht und Hände zerkratzt." Knut öffnete den dritten Weinschlauch.

„Gleich werde ich die Schwarzhaarige losschneiden, damit ich auch auf meine Kosten komme!" Nun stand der Kahlkopf auf.

„Ich muss mal pinkeln, es geht aber gleich weiter mit uns beiden", hörte man ihn zu Lore sagen und seine Kumpane lachten hämisch auf. Er ging noch einige Schritte zu einem Strauch, um Wasser zu lassen. Das war Martins Gelegenheit. Gerade als der Glatzkopf die Hose herunterließ, spannte Martin einen Pfeil in seinen Bogen. Genau in dieser Stellung sollte der Mistkerl sterben! Martin ließ die Sehne durch seine Finger gleiten. Aus der kurzen Distanz drang das Geschoss mit einer gewaltigen Wucht durch Berts Hals, seinem Mund entwich noch ein leises Röcheln und mit seinem Ding in der rechten Hand, fiel er auf die Knie und dann der Länge nach auf sein Gesicht. „Mensch, ist der betrunken, der kann ja nicht mal mehr auf den Beinen stehen", höhnte Knut, „ich schau mal nach ihm." Der Kerl hatte wahrlich verdient zu sterben, doch jetzt wurde die Situation für Martin brenzlig. Blitzschnell legte er den nächsten Pfeil auf. Der Nordmann beugte sich über den Glatzkopf. „He, steh auf, du betrunkener Halsabschneider!" Er stieß ihn mit der Stiefelspitze in die Seite, doch der Kahlköpfige blieb regungslos liegen. Dann entdeckte Knut den Pfeil im Hals seines Kumpanen und schrie: „Berthold, komm schnell, der ist tot!“ Er zog seinen Dolch und starrte in die dunkle Nacht.

„Kommt raus, ihr Feiglinge!“ Berthold sprang auf und griff nach seiner Waffe. Knut präsentierte Martin seine Breitseite wie auf einem silbernen Tablett. Dieser zögerte nicht und ließ den nächsten Pfeil fliegen, der den Nordmann mitten ins Herz traf und ihn wie einen nassen Sack zu Boden gehen ließ. Berthold erstarrte vor Schreck und entschied sich blitzartig zur Flucht. Er schwang sich auf sein Pferd und brüllte:

„Wir sehen uns noch, Bogner!“ Dann verschwand er in der Dunkelheit.

Martin lief zu den Frauen, zerschnitt die Fesseln mit seinem Dolch und entfernte die Knebel. Er nahm Andrea fest in seine Arme und küsste sie. Freia rannte zu Lore.

„Es ist vorbei, wir sind gerettet! Martin hat uns befreit!“ Sie kniete sich hin, legte Lores Kopf in ihren Schoß und streichelte ihn.

„Kommt, wir müssen zurück ins Lager, es liegt noch ein weiter Weg vor uns – nehmt die beiden Pferde!“ Martin zog Lore hoch und hievte sie sacht auf eines der Tiere. Mit merkwürdig krächzender Stimme bat sie:

„Kein Wort zu Ranulf, versprecht mir das!“ Die anderen nickten. Freia und Maria setzten sich auf die beiden Pferde der Wegelagerer., und nachdem Martin sich noch die zwei Schwerter der Söldner umgehängt hatte, gingen Andrea und er mit den Frauen zu der Stelle, wo ihre brave Stute wartete. Als sie an den zwei toten Männern vorbeikamen, raunte Martin: „Wer sich wie ein Teufel aufführt, braucht keine christliche Beerdigung!“

Zum Manne geworden

Im Lager wurden Martin und die Frauen stürmisch begrüßt.

„Wie, um Himmels willen, ist dir das nur gelungen?“ Harald machte kein Hehl aus seiner Bewunderung für Martins Rettungsaktion. Lore ließ sich vom Pferd gleiten.

„Wie geht es Ranulf?“, fragte sie Maria ängstlich.

„Ich glaube, es sieht schlimmer aus, als es ist. Ich habe die Stichwunde mit Kräutern versorgt, sie ist nicht so tief, wie wir anfangs dachten.“ Maria fiel auf, dass mit Lore etwas nicht stimmte, doch sie sagte nichts und führte sie zu Ranulf, den sie in seinen Wagen gelegt hatten. Lore schob die Plane beiseite und entschwand zu ihrem Mann.

Alle anderen hatten sich nun um das Feuer versammelt. In allen Einzelheiten musste Martin schildern, was geschehen war, und er berichtete ausführlich, doch ohne eine einzige Übertreibung. Der kleine Peter hatte nicht so lange wach bleiben können, er schlief bereits tief und fest.

Der Morgen dämmerte bereits, als Harald sich erhob und sagte: „Ich denke, wir gönnen uns allen ein paar Erholungstage, bevor wir wieder aufbrechen. Lasst uns jetzt noch etwas schlafen.“

Ein neuer Anfang

Otto, der Bader und das alte Kräuterweib standen an Ewalds Bett.

„Das Leben hat dich zurück! Die Fäden sind gezogen, die Wunde ist gut verheilt und die Übelkeit verschwunden. Und auch die Kopfschmerzen werden in den nächsten Tagen abgeklungen sein“, verkündete der Bader.

Otto streckte die Hand aus. „Schlag ein, alter Eisenfresser, da bist du dem lieben Gott wohl noch einmal von der Schüppe gesprungen!“

„Es wird Zeit, dass ich mich von Herzen bedanke“, meinte Ewald bewegt, „ich weiß nicht, was ohne euch aus mir geworden wäre.“ Der Bader und die Kräuterfrau wünschten ihm alles Gute und verabschiedeten sich. Ewald stand auf und ging in dem kleinen Raum auf und ab. „Was wirst du als Nächstes tun?“, wollte Otto wissen.

„Ich habe noch etwas zu erledigen“, brachte Ewald nach einer Weile hervor, „heute Abend bin ich wieder zurück.“ Dann steckte er seinen Dolch in den Gürtel und machte sich auf den Weg zur Werkstatt.

Vor dem Gebäude saßen die beiden Soldaten der Stadtwache. Der Schmied bedankte sich für ihre Dienste und die Wachen zogen von dannen – froh, diesen eintönigen Auftrag hinter sich gebracht zu haben. Im Eingang seiner Schmiede hielt Ewald inne und schaute sich um. Auf dem Boden sah er seine große, eingetrocknete Blutlache. Nein, hier konnte er nicht mehr arbeiten! Er wollte auch die verbrannten Überreste seines Elternhauses hinter der Werkstatt nicht mehr sehen.

Ewald nahm eine Leiter und kletterte durch das offene, spitz zulaufende Balkenwerk in das Dach der Schmiede, in dessen Mitte sich der kreisrunde Rauchabzug befand. Er stieg bis zum wuchtigen Ringbalken hinauf, duckte sich und balancierte auf einem breiten Balken bis zur Dachecke. Dort löste er einige lose Bretter und zog einen langen Gegenstand heraus, der mit einem Öl getränkten Leinentuch und einem dünnen Lederriemen umwickelt war. Behutsam legte Ewald ihn frei und kurze Zeit später hielt er ein prächtiges, glänzendes Schwert in seiner Hand – ein wahres Meisterstück der Schmiedekunst. Es war der ganze Stolz seines Vaters gewesen;

schon vor Jahren hatte er es hier oben versteckt.

Ewald wollte sich gerade umdrehen, da fiel sein Blick auf einen Tonkrug, den er zuvor noch nie gesehen hatte. Als er ihn hochnahm, bemerkte er, wie schwer dieser war. Er hob den Deckel des Gefäßes und traute seinen Augen nicht: Der Krug war randvoll mit Silberlingen! Er staunte nicht schlecht. Sein Vater musste dieses Depot im Laufe der Jahre angesammelt haben, erwähnt hatte er es jedoch nie.

Welch ein Glück! Nun musste er sich nicht mehr um die nahe Zukunft sorgen. Er würde einen neuen Lebensabschnitt beginnen können – weg von hier und den schrecklichen Erinnerungen. Ewald spürte eine tiefe Dankbarkeit und endlich auch wieder etwas Zuversicht. Er nahm den Krug und das Schwert, dann stieg er die Leiter hinab, ließ seinen Blick noch einmal durch die Werkstatt schweifen, ging hinaus und verschloss die Schmiede zum letzten Mal. Niemals würde er sie wieder betreten, und was aus ihr werden würde, es war ihm zu mindestens im Moment vollkommen gleichgültig.

Mit dem Schwert an seiner Seite fühlte sich Ewald nun nicht mehr so nackt und hilflos wie zuvor. Einen Teil des Geldes hatte er sich in einem Beutel um den Hals gehängt, den anderen in seiner Geldkatze am Gürtel verstaut. Er durchquerte den Ort, passierte das Stadttor, ging zum Heerweg hinaus, dann weiter zur Weper, überquerte dort einen kleinen Steg und ging in das große Tal. Danach durchstreifte er ein Waldstück und eine kleine Wiese, auf der unzählige Tautropfen glitzerten, die ihm schnell nasse Füße bescherten. Über einem großen Brennnesselstrauch tanzten Mücken wie Kobolde. Die Vorboten des Herbstes zogen bereits übers Land, einige Birken verloren schon die ersten Blätter. In den Spitzen der Gräser und Blumen glänzten Spinnweben, in denen sich Wassertropfen und Insekten verfangen hatten.

Endlich rückte Ewalds Ziel näher: In einiger Entfernung erkannte er ein Gehöft mit mehreren Scheunen und einer großen Koppel. Der Bauer war bekannt für seine Pferde, die er auf verschiedenen bergischen Märkten anbot. Als Ewald das Anwesen erreichte, trat gerade ein Mann mittleren Alters aus einem Schuppen.

„Bist du der Bauer Hans?", sprach Ewald ihn an.

„Wie man es nimmt. Mit dem Bauern ist es nicht so weit her, aber wenn du einen Pferdezüchter suchst, bist du bei mir schon richtig", entgegnete dieser in einem Dialekt, der aus den alten Gebieten der Sachsen zu stammen schien.

„Ich brauche ein gutes, ausdauerndes Reitpferd", entgegnete Ewald.

Der Bauer trat etwas zurück und musterte ihn. „Der größte Teil meiner Pferde geht an den Adel. Aber komm mit, es könnte sein, das ich etwas Passendes für dich habe."

Hinter einer Scheune befand sich eine zweite Koppel mit mehreren Pferden. „Schau", sagte Hans, „wie wäre es mit einem dieser Zelter?" Ewald trat an die Einzäunung heran und besah sich die Tiere.

„Der Schwarze da drüben am Gatter gefällt mir!" Man wurde sich schnell einig. Zwar war der Bauer zu keinen Preisfeilschereien bereit, doch er gab noch einen gebrauchten Sattel dazu und so ritt Ewald schon kurz darauf nach Hückeswage zurück, wo er zunächst das Grab seiner Eltern aufsuchte, bevor er am frühen Abend wieder in Ottos Wirtshaus eintraf.

Aufbruch

Die Sonne war längst aufgegangen, als die ersten Gaukler am nächsten Tag ihre Wagen verließen. Der kleine Peter indes war schon quietschfidel, hüpfte vergnügt am Wiesenrand umher und sang ein Lied, das nur er zu kennen schien.

Währenddessen bereiteten die Frauen das Frühstück zu. Sie schnitten große Scheiben von einem Laib Brot, etwas Käse und mehrere Streifen geräucherten Specks.

Immer wieder musterte Freia die arme Lore, die immer noch verstört und benommen wirkte. Freia ahnte, welches Leid der Freundin widerfahren war, und suchte nach einem Weg, ihr zu helfen.

„Lore, Andrea, Maria! Habt ihr Lust, nach dem Frühstück mit mir zum See hinunterzugehen und einen ausgiebigen Badetag einzulegen?“, fragte sie. Und tatsächlich war Lore die Erste, die zustimmte, denn sie verspürte einen starken Drang, sich die Schmach der vergangenen Nacht vom Leibe zu waschen.

Martin ging zu Harald hinüber.

„Wie geht es nun weiter?“, wollte er wissen.

„Ich denke, wir sollten noch einige Tage hierbleiben, zumindest aber so lange, bis es Ranulf wieder besser geht. Dann reisen wir nach Greverode und anschließend geht es weiter nach Colonia. In der Stadt kenne ich einen Händler, dessen Lager den Winter über leer steht. Vielleicht können wir dort unsere Wagen unterstellen.“

Nun kam Ranulf hinzu. „Geht es dir wieder etwas besser?“, fragte Edwin. „Ja, ich denke schon, der Schlaf hat mir gutgetan“, gab Ranulf zu Antwort, „aber wo sind eigentlich die Frauen?“

„Die legen heute einen Badetag am See ein. Ich muss zugeben, dass ich gern dabei wäre“, grinste Edwin und wurde sogleich von Harald zur Raison gerufen. „Du alter Lüstling!“ „Lüstling hin oder her – im nächsten Jahr, das verspreche ich euch, werde ich auch ein Mädchen bei mir haben.“

„Du kannst dich ja mal in Colonia umschauen, da soll es

viele Novizinnen geben. Sicher warten sie alle nur darauf, mit einem Gaukler wie dir durch die Lande zu ziehen", lachte Martin.

Auf der Suche

Ewald war schon bei Sonnenaufgang auf den Beinen und sattelte sein Pferd, das er Wotan nannte, für die Abreise. Er verzurrte einen zusammengerollten Tellermantel, eine Schlafdecke sowie einen Wasserschlauch hinter dem Sattel und befestigte noch zwei Taschen mit Wegproviant daran. Heute sollte Ewalds neues Leben beginnen! Insgeheim hoffte er sogar, eines Tages wieder auf Maria zu treffen, die ihm seit ihrer Begegnung nicht mehr aus dem Kopf ging. Zunächst jedoch hatte er einige wichtigere Dinge zu erledigen. Und so verabschiedete er sich herzlich von seinem Freund Otto, stieg auf sein Pferd, blickte noch einmal zurück und ritt dann zum Heerweg in Richtung Weperevorthe. Er wollte Martins Eltern aufsuchen, denn nur so würde er erfahren, wie die unsägliche, tragische Geschichte ihren Anfang genommen hatte.

Am Stadttor von Weperevorthe fragte er nach dem Bogenbauer Falkenstein.

„Will Falkenstein? Ja, den Bogenbauer kennt hier jeder", antwortete der Wachposten, „er wohnt vor der Stadt. Reitet ein Stück zurück, bis Ihr am großen Felde angekommen seid, dann weiter über die Wiese und einen kleinen Holzsteg, bis Ihr auf einer leichten Anhöhe die Katen seht. Die erste ist die des Bogners."

Als Ewald dort eintraf, war er offensichtlich schon bemerkt worden, denn sogleich traten eine Frau und ein Mann aus dem Haus.

„Bin ich hier richtig bei der Familie Falkenstein, den Eltern von Martin?", fragte er. Adele fasste sich erschrocken an den Kopf und rief: „Um Himmels willen, ist unserem Jungen etwas geschehen?"

Ewald bemühte sich, die Frau zu beruhigen. „Nein, nein, ihm und Andrea geht es gut. Ich bin hier, weil ich dringend mit Euch sprechen muss."

„Komm erst einmal herein", bat Will und führte den Gast in das Haus. Drinnen stellte Adele drei Holzbecher und einen Krug mit frischem Wasser auf den Tisch. Dann erzählte Ewald ihnen ausführlich, was sich seit Martins Weggang aus Weperevorthe alles zugetragen hatte. Während er sprach, hingen Adele und Will an seinen Lippen, sie unterbrachen ihn nicht, stellten keine Fragen. Als Ewald schließlich von dem Überfall und der Mordtat an seinen Eltern berichtete, schauten sie sich fassungslos an und schüttelten ungläubig die Köpfe. Danach schwiegen sie eine Weile, bevor Will erzählte, was Martin und Andrea vor ihrer Flucht widerfahren war.

„Also hat Andrea diesen Schmiedesohn gar nicht getötet?", fragte Ewald erstaunt.

„Nein, seit einiger Zeit ist er sogar wieder zu Hause, doch er ist und bleibt ein Idiot – ein brüllendes, stöhnendes Tier. Der arme Vater kann einem leidtun, denn eigentlich ist er ein guter Mensch. Er weiß nicht, was Karl Andrea angetan hat und glaubt, sein Sohn sei überfallen worden. Und obwohl wir sicher sind, dass dieser Kerl unserem Jungen obendrein das gewilderte Reh im Wald untergeschoben hat, haben wir dem Vater nichts gesagt. Dabei sollte es vorerst auch bleiben, denn mit diesem Sohn ist der Arme schon genug gestraft", erklärte Will.

„Auf alle Fälle haben die verdammten Büttel nicht nur die Hetzjagd eröffnet, sondern uns auch die Söldner auf den Hals gehetzt", entfuhr es Ewald, „das werden sie büßen!" „Wir werden morgen früh weitersehen. Heute Nacht kannst du in Martins Kammer schlafen", schlug Will vor, „doch jetzt werde ich erst einmal Andreas Eltern benachrichtigen, denn auch sie sind schließlich in Sorge."

„Wo sind die Kinder jetzt?", wollte Adele noch von Ewald wissen.

„Sie haben sich einer freundlichen Schaustellertruppe angeschlossen und sind von Huckengeswage nach Lennep gezogen. Von da sollte es nach Lutmenychusen und weiter nach Solengen gehen, das Ziel für den Winter wird wohl Colonia sein. Und dann erzählte Martin mir noch von einem Bogner in Rudensheim, den er und Andrea aufsuchen wollten." „Ja", bestätigte Will, „es ist ein alter Freund aus Jugendtagen, Gottfried Fischer. Ich hoffe, dass sie ihn finden werden."

Am Abend kamen Andreas Eltern zu ihnen und Ewald erzählte seine Geschichte bereitwillig ein zweites Mal. Es war bereits weit nach Mitternacht, als man sich schließlich zur Ruhe legte.

Die Nachricht

Will tat die ganze Nacht kein Auge zu, er grübelte unentwegt darüber nach, wie sie nun vorgehen sollten. Am nächsten Morgen bedeutete er Ewald, ihm in die Werkstatt zu folgen. „Ich habe dir einen Vorschlag zu machen, wie wir an die Büttel herankommen können. Zunächst solltest du aber dein Schwert ablegen, denn damit erweckst du zu viel Aufmerksamkeit. Nur Ritter oder Wachen tragen eine solche Waffe. Dann hüllst du dich in deinen schwarzen Mantel, ziehst die Kapuze über den Kopf und gibst dich bei den Torwachen als armer Pilger aus."

Er holte einen mannshohen Eichenstab aus der Ecke. „Nimm noch diesen Wanderstab! Aber gib darauf acht, denn er gehörte einst meinem Vater.“ Dann fuhr er fort: „Unser einziger, doch vielleicht entscheidender Vorteil besteht darin, dass die Büttel dich nicht kennen, sie haben dich noch kein einziges Mal gesehen. Also gehst du jetzt in die Stadt, suchst den Büttel Michael auf und übergibst ihm eine Nachricht. Sag ihm, ein Fremder habe dich damit beauftragt.“ Will nahm eine Schiefertafel und kratzte mit einem Nagel eine Botschaft darauf: „Heute Abend bei Dämmerung am Wepersteg.“ Er umwickelte das Schriftstück mit einem Stückchen Sackleinen, band ein Lederband darum und überreichte Ewald das Päckchen. Der zögerte nicht, warf sich den Mantel über, nahm Schiefertafel und Stock und marschierte geradewegs zum Stadttor von Weperevorthe.

Er überquerte die Wiese und kam an den Steg, wo er sich heute Abend mit dem Büttel treffen würde. Schon jetzt schaute er sich nach einem geeigneten Versteck um und machte eine dicke Eiche aus, die ihm geeignet zu sein schien.

Als er das Stadttor erreichte, fragte er die Wache: „Wäret Ihr so freundlich, mir zu sagen, wo ich den Büttel der Stadt finden kann?“

Der Mann stellte sich gewichtig in die Mitte des Tores und erklärte den Weg in allen Einzelheiten, wobei er seine Beschreibungen mit ausladenden Gebärden unterstützte. Ewald bedankte sich und erreichte nach etwa zehn Gehminuten ein großes Bruchsteingebäude mit einer schweren Holztür, die ein imposanter Türklopfer in Gestalt eines eisernen Löwenkopfes mit einem schweren Ring zierte.

Ewald klopfte zweimal und musste einige Zeit warten, bis sich die Tür endlich öffnete. Vor ihm stand der Stadtschreiber. „Gott zum Gruße! Was habt ihr für ein Anliegen?“

Ich muss den Büttel Michael sprechen, denn ich habe eine dringende Nachricht für ihn", antwortete Ewald wahrheitsgemäß.

„Gebt sie mir, ich werde sie weiterreichen!", meinte der Schreiberling missmutig und verzog sein Gesicht.

„Es tut mir leid, aber sie muss unter allen Umständen persönlich übergeben werden." „Dann wartet hier!", knurrte der Stadtschreiber und verschwand, kehrte aber schon kurz darauf zurück. „So folgt mir!" Er brachte Ewald in einen Raum mit einem schäbigen Schreibpult, einem kleinen Tisch und vier Stühlen.

„Setzt Euch, der Büttel wird gleich hier sein." Daraufhin ging er zum Pult und tat, als ob er dort furchtbar Wichtiges zu verrichten habe.

Plötzlich flog die Tür auf und der Büttel trat ein. „Was gibt es denn so Wichtiges?", fragte er Ewald ungeduldig. Dieser erhob sich und hielt ihm die Schiefertafel hin.

„Diese Nachricht soll ich Euch persönlich übergeben." Michael warf einen flüchtigen Blick auf die Tafel, dann reichte er sie an seinen Schreiber weiter.

„Nun sag schon, was steht drauf?" Der Schreiber las die Botschaft vor und Michael wiederholte sie, als könne er die Nachricht nur auf diese Weise verstehen.

„Wer hat dich beauftragt?" „Ein Fremder", log Ewald. Der Büttel wurde neugierig. „Wie sah er aus?"

„Es war ein Reiter, mit einem Schwert und einem Dolch bewaffnet." „Und sonst ist dir nichts aufgefallen?" Blitzartig schoss Ewald ein Gedanke durch den Kopf. „Vielleicht doch – an seiner rechten Hand fehlten drei Finger." Der Büttel Michael schien zufrieden. „Es ist gut, du kannst gehen."

Kunst und Kampf

Nach dem ausgiebigen Bad fühlte sich Lore etwas besser. Nicht nur, dass sie sich ausgiebig hatte reinigen können, auch die aufmerksame Fürsorge der Freundinnen half, die Erinnerung an die schrecklichen Erlebnisse zu bewältigen.

Als die Frauen das Lager erreichten, ging Maria sogleich zu Ranulf, um eine neue Kräuterpackung aufzulegen, und fand dort auch Harald vor.

„Sollte es ihm morgen wieder besser gehen, würde ich gern weiterreisen, denn die Nächte werden zunehmend kühler und es scheint sich ein Wetterwechsel anzukündigen," gab er zu bedenken.

„Mach dir um mich keine Gedanken, ich bin wieder – au, du tust mir weh! – einsatzbereit", tönte Ranulf.

Für den kleinen Peter waren es die unbekümmertsten Tage seines bisherigen, kurzen Lebens. Er war den Gauklern ans Herz gewachsen und umgarnte alle mit seinem Liebreiz. Selbst Harald erfreute sich daran, mit dem Kleinen im Wald Pilze und Beeren sammeln zu gehen.

„Nun schau dir nur an, wie friedlich der alte Brummbär geworden ist!", sagte Maria und stupste Andrea in die Seite, „zuerst wollte er den kleinen Kerl partout nicht aufnehmen und jetzt scheint er ihn nicht mehr missen zu wollen." Andrea lächelte und nickte. „So sind sie eben, die Männer."

Martin hielt die zwei erbeuteten Schwerter in seinen Händen. „Wer will sie zuerst ausprobieren?", rief er erwartungsvoll, doch niemand meldete sich.

„Wenn wir sie schon besitzen, dann sollten wir auch damit umgehen können. Robert und Edwin – an die Waffen! Ich bin zwar kein Meister, aber ich kann euch zeigen, was mir Ewald beigebracht hat."

Murrend erhoben sich die beiden, nahmen die Schwerter, prüften deren Gewicht und schlugen sie durch die Luft. Doch nur einen Augenblick später warf Robert die Waffe angewidert auf den Boden.

„Was für eine grausame Vorstellung, eine solche Klinge durch einen Körper zu bohren! Nein, Martin, das ist wahrlich nichts für mich. Dafür bin ich nicht geschaffen, ich lebe für Tanz und Gesang!“ Martin grämte sich, kam jedoch schnell zu der Erkenntnis, dass Robert mit seinem künstlerischen, eher weiblichen Wesen wohl wirklich nicht zum Kämpfer taugte, war er doch alles andere als ein Haudegen. Nun probierte er sein Glück bei Robin. „Vielleicht versuchst du es einmal?“ Nachdem dieser sich überreden ließ, brachte Martin ihm und Edwin die ersten Übungen bei, die sie so geschickt absolvierten, dass die anderen begeistert zusahen und sie wie bei einem Buhurt anfeuerten.

„Für heute reicht es, ich kann meinen Arm kaum noch heben“, stöhnte Edwin nach einer Weile. „Mir geht es nicht anders“, pflichtete ihm Robin bei, „doch ich hätte nie gedacht, dass Schwertkampf solchen Spaß macht.“

Die Abrechnung

Will war in seiner Werkstatt mit dem Schleifen eines Bogens beschäftigt, als Ewald zur Tür hereinkam. Sofort wollte der Bogner wissen, wie es ihm ergangen war.

„Prächtig, der Büttel ist uns voll auf den Leim gegangen!"

„Allein wird er heute Abend sicherlich nicht auftauchen. Meistens hat er seinen Helfer, den schlaksigen Franz, im Schlepptau", gab Will zu bedenken, „sie sind zwar keine Kämpfer, doch durchtrieben und hinterlistig. Daher sei auf der Hut!"

„Wenn diese Sache überstanden ist, werde ich die Gaukler suchen. Andrea muss so schnell wie möglich erfahren, dass sie Karl nicht getötet hat. Ich werde mich überall durchfragen, doch spätestens in Colonia müsste ich die Truppe finden", sagte Ewald.

In diesem Moment trat Adele herein. In der einen Hand hielt sie einen Holzteller mit duftenden Pfannkuchen, in der anderen einen Tontopf mit Mus. Die Männer stärkten sich und besprachen ihren Plan.

Gegen Abend band Ewald sich sein Schwertgehänge um die Hüfte. Will trat zu ihm und fasste ihn an den Arm. „Bitte gib auf dich acht, ich würde dich ja gerne begleiten, aber die beiden kennen mich." „Es wird schon werden, keine Sorge", antwortete Ewald und machte sich auf den Weg. Ruhigen Schrittes ging er über die Wiese zum Wepersteg. Von den Bütteln war noch nichts zu sehen und so nutzte er die Zeit, um sich noch einmal die Umgebung einzuprägen, falls es zu einem Kampf kommen würde. Er lehnte sich an den Stamm der alten Eiche, atmete tief durch und ging im Geiste noch einmal alle denkbaren Möglichkeiten durch. Jetzt musste er seinen Verstand gebrauchen, durfte nicht an seine Eltern denken und sich von Hassgefühlen leiten lassen, das wusste er. Dann nahm er Schritte wahr und sah die beiden Büttel den Weg hinaufkommen. Er trat auf die Planken des Stegs, um auf sie zu warten. Nun deutete der Büttel Franz mit dem Finger auf ihn.

„Da steht jemand!"

„Ja doch, ich sehe ihn, aber wer ist das?", entgegnete Michael.

„Keine Ahnung, Berthold ist es jedenfalls nicht. Vielleicht hat er uns einen neuen Spannmann geschickt."

„Sei gegrüßt!", rief Michael Ewald zu, „was willst du von uns?"

„Vor allen Dingen Aufklärung über die Taten eines wahrlich dreckigen Lumpenpacks, wie ihr es seid", schrie sie Ewald an.

„Wie kannst du es wagen! Spricht man so mit einem Büttel, der für die Grafschaft tätig ist?", konterte Michael.

„Ihr Hohlköpfe seid der Lügengeschichte des eifersüchtigen Schmiedesohns Karl aufgesessen", fuhr Ewald erregt fort, „jagt seit Monaten einen unschuldigen Bogner und dessen Freundin durch die Lande. Ihr habt die drei Söldner angeheuert, die meine Eltern brutal und feige ermordet, ihnen eiskalt die Kehle durchtrennt und unser Haus niedergebrannt haben. Dafür werde ich euch zur Rechenschaft ziehen!"

„Einen Dreck wirst du!", brüllte Franz und wollte gerade sein Schwert ziehen. Doch genau damit hatte Ewald gerechnet. Bevor der Büttel wusste, wie ihm geschah, schlug Ewald ihm seine rechte Faust mitten ins Gesicht und streckte ihn zu Boden und schnell merkte Franz, dass ihn die Faust eines Schmiedes erwischt hatte. Entsetzt starrte Michael auf seinen Spannmann, der mit blutendem Gesicht auf der Wiese lag und vor Schmerz aufschrie.

„Er hat mir die Nase gebrochen, dieser Hundsfott!"

Ewald stellte sich drohend vor Michael. „Greif erst gar nicht nach deiner Waffe, sonst bist du schneller tot, als du dir vorstellen kannst!"

Michael wurde kreidebleich, kalter Schweiß stand ihm auf der Stirn. „Glaube mir, ich habe das alles nicht gewusst! Die drei sollten den Bogner und das Mädchen unverletzt bei mir abliefern. Mit Mord haben wir beide nichts zu schaffen", winselte er.

Franz kauerte noch immer im Gras und hielt die Hände vor das Gesicht, aus Nase und Mund tropfte Blut auf sein Hemd. „Ihr werdet sofort die Verfolgung einstellen und die Söldner zurückpfeifen. Habt ihr das verstanden?", herrschte Ewald den Büttel weiter an, „und die unbescholtenen Eltern, die dort drüben ihrer Arbeit nachgehen, werdet ihr fortan nicht mehr belästigen! Sollte mir auch nur die kleinste Beschwerde zu Ohren kommen, bin ich sofort wieder hier, um euch beiden den Bauch aufzuschlitzen. Wenn dir dein Leben lieb ist, teilst du deinem Burgvogt mit, dass die Gesuchten spurlos verschwunden sind und ihr die Suche aufgegeben musstet. Habe ich mich deutlich genug ausgedrückt?"

„Oh ja, selbstverständlich! Und die Sache mit deinen Eltern bedaure ich zutiefst", gab Michael kleinlaut zurück.

„Spar dir dein Mitgefühl und halte dich lieber an unsere Vereinbarung, sonst wird dich der Leibhaftige holen!" Dann drehte Ewald sich um und kehrte zurück zur Werkstatt des Bogners.

„Wie mir scheint, bist du mit ihnen einig geworden", grinste Will, doch seine Erleichterung war ihm deutlich anzumerken.

„Die Hosen hatten sie voll! Die lange Bohnenstange musste feststellen, welcher Druck in einer ausgefahrenen Schmiedefaust steckt. Und der aufgeblasene Michael versprach mir, wenn auch nicht ganz freiwillig, keine weiteren Untersuchungen anzustellen. Sollten sie Euch zukünftig in irgendeiner Form drangsalieren, so lasst es mich wissen, ich werde mich darum kümmern", gab Ewald zu verstehen.

Dann setzte er sich und reckte seine Glieder. „Könnte ich die Nacht vielleicht noch einmal hier bei Euch verbringen?"

„Natürlich, Martins Freunde sind auch unsere Freunde", meinte Will, „komm, lass uns noch ein kleines Nachtmahl einnehmen, bevor wir schlafen gehen. Du willst doch sicherlich morgen in aller Frühe aufbrechen."

Herkules

„Diese elenden Raben und Elstern", murrte Martin, den die Vögel wieder einmal aus dem Schlaf gerissen hatten. Er drehte sich zu Andrea, legte den Arm um sie und knabberte an ihrem Ohrläppchen.

„Lass uns lieber aufstehen, ich habe fürchterlichen Hunger", sagte sie etwas verschlafen, „außerdem sind die anderen bestimmt schon wach."

„Erst gibst du mir einen Kuss", beharrte Martin.

„Oh, das kenne ich, dabei bleibt es bei dir nie! Aber wir sind nicht allein, sondern umgeben von all den anderen Wagen."

Martin drehte sich auf den Rücken. „Ja, ja, du hast ja recht, immer stehen wir unter Beobachtung."

„Höre doch mit dem Gejammer auf. Es kommen noch genug andere Tage, wenn sie denn überhaupt noch kommen."

Martin verstand nicht, was Andrea mit ihrem letzten Satz hatte sagen wollen, doch bevor er fragen konnte, kletterte sie schon aus dem Wagen. Er folgte ihr nach.

„Ich gehe mit unserer Lisa noch auf die Wiese, damit sie etwas Gras fressen kann", sagte er.

„Ja, aber bleib nicht zu lange fort, wir brechen bestimmt gleich auf!“ Nach dem Frühstück empfahl Harald seinen Leuten, die Planen der Wagen mit Schweinefett einzuschmieren. „So perlt das Wasser besser ab, falls wir in einen Regenschauer kommen.“

Am späten Vormittag fuhren die Gespanne zurück auf den Heerweg in Richtung Greverode. Harald sollte mit seiner Befürchtung recht behalten, denn schon bald bauten sich bedrohliche, schwarze Wolken vor ihnen auf. Der Regen ließ nicht lange auf sich warten. Zunächst fielen einzelne, dicke Tropfen, dann öffnete der Himmel seine Schleusen und es ergossen sich wahre Sturzbäche auf die Erde. Der Weg weichte mehr und mehr auf, wurde schlammig und rutschig.

„Solange wir auf dem Höhenpass sind, wird es keine Probleme geben, aber wenn wir bergab in die Talsenken fahren, müssen wir höllisch aufpassen, nicht ins Rutschen zu kommen“, tönte Harald.

Wind und Regen peitschten ihnen ins Gesicht, die Pferde leisteten Schwerstarbeit.

„Mir wird übel“, stöhnte Andrea plötzlich, sprang vom Kutschbock und erbrach sich sogleich.

„Halt!“, brüllte Martin und stoppte seinen Wagen. Die anderen taten es ihm gleich. Maria und Freia kamen herbei und kümmerten sich um Andrea. Bleich und angeschlagen kletterte sie eine Weile später zurück auf den Wagen. „Diese verfluchte Wackelei macht einen ganz krank.“ Nass bis auf die Knochen kamen sie am Spätnachmittag in Greverode an. Auf einem kleinen Marktplatz inmitten der Stadt stellten sie ihre Wagen im Halbkreis auf. Oberhalb, auf einer Anhöhe, war das Augustinerinnenkloster und eine Kirche zu sehen. Der Ort war menschenleer und glich einer Geisterstadt, die Einwohner hatten sich bei diesem Wetter in ihre Häuser und Hütten verzogen.

Harald rief alle zusammen.

„Bei dem Sauwetter sollten wir einen Zahn zulegen. Männer, ihr bringt die Pferde in den Mietstall! Robin weiß den Weg. Ich werde mit den Frauen zum Kloster hinaufgehen, denn ich kenne die Mutter Oberin, vielleicht kann sie ihnen Unterschlupf für die Nacht gewähren." Er klatschte in die Hände. „Auf, auf, beeilt euch, damit wir ins Trockene kommen. Ich möchte hier nur ungern feuchte Damen sehen!" Er zwinkerte mit seinem rechten Auge und zog sich sofort einen strafenden Blick von Freia zu. „Wenn ihr fertig seid, treffen wir Männer uns hier im Gasthof."

Mit Peter und den Frauen eilte Harald den kleinen, steilen Berg hinauf. Am Kloster angekommen, schlug er mit seiner Faust mehrere Male kräftig gegen die Holztür. Zuerst tat sich nichts, doch dann vernahmen sie schlürfende Schritte. Eine kleine Klappe in der oberen Türhälfte öffnete sich und eine freundliche Stimme sagte: „Gott zum Gruße! Was führt Euch zu so später Stunde noch hier her?" „Ist die verehrte Mutter Oberin zu sprechen, Schwester?"

„Da müsstet Ihr Euch einen Moment gedulden." Sprach´s und verschloss die Klappe. Die Frauen schlotterten vor Kälte, den kleinen Peter hatten sie in ihre Mitte genommen. Nach einigen Minuten öffnete sich die Tür, vor ihnen stand eine Frau im Augustinerinnengewand. „Ihr wolltet mich sprechen?"

„Mein Name ist Harald, ich bin der Anführer der Schauspieler- und Gauklertruppe Schelmenspiel. Vielleicht erinnert Ihr Euch noch an mich, verehrte Mutter. Ich brachte Euch in den letzten Jahren des Öfteren verschiedene Dinge von meinen Reisen für Euer Kloster mit. Wir sind den ganzen Tag durch dieses sau... – entschuldigt! – furchtbare Wetter gefahren und alle nass wie die Fische, deshalb möchte ich Euch bitten, unsere Frauen im Kloster übernachten zu lassen."

„Der hilfsbereite Spielmann – ich kann mich noch gut an Euch erinnern", sagte die Oberin, „vor zwei Jahren wart Ihr wohl zum letzten Mal hier."

„Das ist richtig, verehrte Mutter. Es liegt daran, dass wir unterschiedliche Reisestrecken befahren; somit kommen wir nicht jedes Jahr in dieselben Städte", antwortete Harald. „Hattet Ihr nicht getrocknete Kräutersträuße und einige Setzlinge für unseren Klostergarten mitgebracht? Schwester Ulrike sprach neulich noch davon."

„Oh, es freut mich, dass sie immer noch bei Euch ist", gab Harald zurück, „als sie damals ins Postulat eintrat, war sie noch ein junges Mädchen."

„Ja, ja, nach sechs Monaten begann ihr Noviziat und im vorigen Jahr legte sie dann ihr Gelübde ab. Sie ist eine Bereicherung für unseren Orden und in unserem Augustiner- Chorfrauenstift tätig. Mit Freude leitet sie die Krankenabteilung", erklärte die Oberin.

„Ich hätte noch eine Bitte", hörte man nun Harald sagen, „könntet Ihr vielleicht in puncto Herrenbesuche eine Ausnahme machen und diesen im Kampf erprobten Mann aufnehmen?" Er schob den kleinen, schmächtigen Peter vor sich, dann wies er auf Maria. „Dieses Mädchen hier kümmert sich liebevoll um ihn. Doch auch alle anderen möchten ihn nicht mehr missen."

„Männer in unserem Kloster, na so etwas", lachte die Oberin. Die Nonne streichelte Peters Kopf und nahm ihn an die Hand. „Auf geht's, kleiner Herkules! Dann folgt mir, wir haben im Kloster einen großen Gästeraum. Unsere Schwestern werden das Kohlebecken anzünden, wo Ihr Eure Kleider trocknen könnt, und später werde ich Euch eine heiße Suppe kommen lassen. Und Ihr, Harald, dürft Euch jetzt verabschieden."

Harald ging zurück zum Dorfplatz, um sich mit den Männern zu treffen.

„Ihr seid ja durchnässt bis auf die Knochen", stellte er fest, als er in die Runde blickte. „Das schon, aber dafür sind unsere Kehlen furztrocken", gab Edwin von sich. Harald hatte verstanden.

„Die Frauen sind im Kloster bestens versorgt. Wir sollten die Gelegenheit beim Schopfe packen und uns heute ein bis zwei Gläschen erlauben."

„Da werdet ihr ohne mich auskommen müssen, so recht auf dem Posten bin ich wohl doch noch nicht. Ich hau mich lieber aufs Ohr und schlafe mal richtig aus", meinte Ranulf. Dann marschierte der Rest der Gaukler zielstrebig in den nächsten Dorfkrug.

Auf der Suche

Bevor Ewald zur Rückreise aufbrach, hatte Adele ihm noch etwas Wegverzehr eingepackt. „Ihr werdet sehen, alles wird gut", sagte er zum Abschied, winkte noch einmal und ließ den Zelter laufen. Nach einem strammen Ritt war er schon in kürzester Zeit zurück in Huckengeswage und betrat Ottos Schankstube. Der wollte sofort wissen, wie es dem Freund ergangen war, und so schilderte Ewald sein Erlebnis mit den Bütteln.

„Nicht schlecht, nicht schlecht, ich hoffe, sie werden sich an deine Worte halten", meinte Otto, „doch heute wirst du deine Reise nicht fortsetzen können, es wird wohl noch heftigen Regen geben." Der Wirt ging vor die Tür und richtete einen skeptischen Blick gen Himmel. „Dann bleibe ich über Nacht hier und wir sehen morgen weiter. Ein wenig Zeit zum Überlegen kann mir nicht schaden“, dachte Ewald laut, „doch morgen früh geht es weiter, ich muss Martin und Andrea finden.“

Otto gab sich zuversichtlich. „So eine Schauspielertruppe sorgt doch immer für viel Aufmerksamkeit. Du musst dich nur von Stadt zur Stadt durchfragen, dann wirst du sie in einigen Tagen schon aufgespürt haben.

„Ob ich auch die schöne Maria wiedersehe?“, setzte Ewald hinzu.

„Als Weissagerin wird sie es ja wissen. Vielleicht ahnt sie auch schon, dass ihr einmal fünf Kinder haben werdet“, grinste Otto. „Was du nur redest! Ich gehe lieber zu meinem Wotan und sehe nach, wie es ihm geht.“

Armer Ranulf

Wankend verließen die Männer die Gaststube. Robert und Edwin stützten sich gegenseitig und versuchten, ein vierstimmiges Lied zu zweit anzustimmen. Auch Harald torkelte ein wenig, bemühte sich jedoch trotz schwerer Zunge, den laut tönenden Männern Einhalt zu gebieten.

„Verschreckt mir die Leut nicht, sonst kommt morgen keiner mehr zur Vorstellung!“ Martin hielt einen leeren Becher in der Hand, drehte diesen um und schüttelte ihn, bis ein letztes Tröpfchen herauslief. „Mist, schon wieder leer“, lallte er.

„Ich muss dringend pinkeln, sonst platzt mir gleich die Blase“, meldete sich Edwin. Die fünf stellten sich nun nebeneinander vor die Abwasserrinne und entschwanden anschließend schnell in ihre Wagen.

Am nächsten Morgen ließ der Regen endlich nach. Die ersten Dorfbewohner wagten sich wieder vor die Tür und fünf verkaterte Gaukler krochen mit dicken Schädeln aus ihren Wagen.

„Wenn auch der Kopf brummt, wir müssen mit dem Aufbau beginnen, sonst verlieren wir noch die heutigen Einnahmen“, drängte Harald.

„Robert, treib irgendwo ein Brot und eine Kanne Milch zum Frühstück auf! Ihr anderen macht euch an die Arbeit! Ich gehe zum Kloster und hole die Frauen und den Jungen. Wir brauchen jede Hand, die zufassen kann.“

Auf halbem Weg kamen ihm die Frauen bereits entgegen, Maria hatte Peter an die Hand genommen. Zum wiederholten Male fragte er: „Was ist denn nun ein Herkules?“

„Das erkläre ich dir später, dazu ist jetzt keine Zeit.“ Maria wandte ihren Kopf zur Seite und raunte Andrea zu.

„Weißt du vielleicht, was das Wort bedeutet?“ „Ich hörte einmal, dass Herkules ein Halbgott mit enormen Kräften gewesen sein soll.“

„Was du alles weißt!“, staunte Maria. Dann trafen sie auf Harald. „ Einen guten Morgen, großer Anführer! Um Eurer Neugier zuvorzukommen: Ja, die Nonnen haben sich bestens um uns gekümmert, das Feuer hat uns gewärmt und die Suppe wohlgetan. Sonst noch Fragen, der Herr?“, lachte Maria.

Sie und Freia lagen Harald besonders am Herzen. Als Waisenkinder sollten sie seinerzeit in das Kinderhaus eines Klosters gebracht werden, doch er hatte sie bei sich aufgenommen und wurde ihnen mit der Zeit wie ein Vater. Er war zwar stets um Strenge bemüht, doch die beiden wussten um seine herzensgute Seele. Haralds Frau war sehr jung am Fieber verstorben, und da sie kinderlos geblieben waren, betrachtete er die Mädchen als seine Töchter.

Am Dorfplatz angekommen, ging Lore zu ihrem Mann, um nach ihm zu sehen. Kurz darauf hörte man sie rufen:

„Bitte kommt schnell!" Alle eilten sofort herbei, Harald stieg als Erster in den Wagen. „Verdammt, er hat hohes Fieber! Der Kerl hat sich doch gestern tatsächlich in die feuchten Felle eingewickelt. Sein ganzer Körper ist nass geschwitzt. Wir müssen ihn schnell ins Kloster bringen, damit die Nonnen sich seiner annehmen können. Sie wickelten Ranulf in trockene Decken; er war zu schwer, um ihn die Anhöhe hinaufzutragen, und so rannte Robin zum Mietstall, um eines der Pferde zu holen, das sie schon kurz darauf vor den Wagen spannten.

Erneut klopfte Harald an die schwere Klostertür und wieder hob sich die Klappe.

„Ihr schon wieder?", fragte die Nonne.

„Wir haben einen Notfall! Im Wagen liegt einer von uns, der dringend Eure Hilfe benötigt, Schwester." Sie öffnete das große Tor, schritt zum Wagen und schob die Plane beiseite. „Das sieht wirklich nicht gut aus. Fahrt direkt in den Hof, ich hole die Mutter!" Einen Augenblick später eilten die Oberin und Schwester Ulrike herbei. Unter anderen Umständen wäre Harald sehr erfreut gewesen, die junge Ordensfrau wiederzusehen. „Folgt mir und tragt ihn in die Krankenstation!", ordnete die Mutter an. Die Männer trugen Ranulf durch einen langen Gang, an dessen Ende sich ein großes Krankenzimmer befand. In dem Raum standen fünf Liegen an jeder Längsseite, zwei davon waren belegt, auf eine dritte betteten sie nun Ranulf. Leise und unbemerkt waren zwei Novizinnen hinzugekommen. Die eine hielt einen Stapel sauberer Tücher in Händen, die andere einen Eimer mit Wasser.

„Wascht ihn kalt ab und legt ihm anschließend Wadenwickel an, ich werde einen Kräutertee zubereiten. Vergesst nicht, die Wickel regelmäßig zu wechseln, damit das Fieber sinkt!", sagte Ulrike und verschwand. Nun wandte sich die

Oberin an Harald:
„Ihr könnt hier nichts mehr für ihn tun. Ich werde Euch auf dem Laufenden halten.“

Die Idee

Als die Aufbauarbeiten beendet waren, trommelte Harald seine Truppe zusammen.

„In den vergangenen Tagen haben wir viel erlebt. Es steht heute wohl niemandem von uns der Sinn nach einer Aufführung, aber wir brauchen jede einzelne Münze. Also lasst uns ans Werk gehen!“

Der Markplatz füllte sich mit Besuchern und auch Marias und Freias Zelte wurden bereits von den ersten Neugierigen aufgesucht. Andrea kümmerte sich um den kleinen Peter. „Weißt du, was ich mir wünsche?“

„Nein, aber du wirst es mir gleich gewiss verraten“, lächelte Andrea.

„Ich würde so gerne einmal auf einem richtigen, großen Pferd reiten!“ Andrea überlegte kurz, dann sagte sie: „Na, dann komm, wir holen die gute Lisa aus dem Stall!“

„Au ja!“ Peters Augen strahlten. Sie gingen in die Scheune, wo die Pferde untergebracht waren, und Andrea zäumte die Stute auf. Dann hob sie den Jungen hoch, der flink wie ein Wiesel auf den breiten Pferderücken kletterte. Andrea führte die brave Stute am Zügel zum Dorfplatz, wo sie mehrere Runden drehten.

„Das ist großartig!“, rief Peter begeistert. Es dauerte nicht lange, da erweckte er bei der anwesenden Kinderschar mehr Aufmerksamkeit als die Spielleute.

„Darf ich mal?“, rief ein kleiner Bursche. „Oh bitte, ich

möchte auch!", bettelte ein Mädchen. Ein anderer Junge fragte: „Wie viel kostet das?" Edwin, der gerade vorbeikam, schaute dem Treiben belustigt zu.

„Hör zu, alter Herold", sprach Andrea ihn an, „die Kinder möchten so gerne reiten. Warum machen wir damit nicht ein kleines Geschäft? Du könntest es doch gleich in deiner Ansprache verkünden."

„Keine schlechte Idee, versuchen wir es doch einfach", stimmte er zu, „ich werde das gleich mit Harald besprechen und mir etwas Passendes einfallen lassen."

Knapp eine Stunde später kam Edwins großer Auftritt. Er betrat die Bühne und rief ins Publikum:

„Die Kinder hier von nah und fern,
die spielen und die reiten gern,
für wenig Geld seid ihr dabei
bei dieser Kinderreiterei."

Der Andrang war so groß, dass Harald noch ein zweites Pferd aus dem Stall holen ließ und Lore bat, Andrea bei den Kindern zu unterstützen.

„Das klingelt die Kasse!", freuten sich die Gaukler und auch Harald war begeistert von der neuen Idee. Am späten Abend verkündete er:

„Das sollten wir jetzt generell anbieten. Die Bauern hier haben zwar nur wenig Geld, weil sie eine Hälfte ihrer Erträge als Zehnt an die Kirche und die Grafschaft abtreten müssen, aber dafür ist unser Vorrat an Brot, Eiern, Käse, Schinken und Speck wieder aufgefüllt." Andrea hakte nach:

„Warum sind die Bauernkinder eigentlich so versessen auf das Reiten?" „Wenn du denkst, sie hätten eigene Pferde auf dem Hof, irrst du. Im besten Fall besitzen sie ein oder zwei

Ochsen. Einen Ackergaul können sich nur die wenigsten erlauben, obwohl ein Arbeitspferd doppelt so viel leistet wie ein Rindvieh und auch viel umgänglicher ist", erklärte Harald. Nun meldete sich Lore zu Wort. „Wenn wir fertig sind, würde ich gerne zum Kloster gehen und nach Ranulf sehen." Harald nickte. „Natürlich, geh ruhig! Den Rest schaffen wir auch ohne dich."

Schlechte Neuigkeiten

Schwester Ulrike öffnete Lore das Tor.

„Ihr seid die Frau unseres Patienten, nicht wahr? Folgt mir bitte! Es steht leider nicht gut um ihn, er liegt in hohem Fieber und wir können es zurzeit nicht senken. Die Wunde hat sich entzündet und Eiter gebildet, überdies ist wohl auch eine Lungenentzündung hinzugekommen. Schwester Erika und ich sind ständig bei ihm. Alles andere liegt nun in Gottes Hand, wir können nur noch beten."

Lore setzte sich auf einen Hocker neben Ranulfs Bett und hielt seine Hand.

„Liebster, bitte verlasse mich nicht!" Ulrike beugte sich zu ihr hinab und flüsterte:

„Ihr könnt gern bleiben, doch ich fürchte, dass er Euch nicht hören kann."

„Er hatte immer Kräfte wie ein Ochse, hat Gewichte und Baumstämme gehoben – und jetzt liegt er hier und stirbt womöglich", schluchzte Lore.

„Wir Sterblichen verstehen so vieles nicht, Gottes Wege sind eben unergründlich." Ulrike war bemüht, die Arme zu trösten, doch diese war verzweifelt, wollte die Worte der Schwester nicht hören.

„Zürnt meiner nicht, aber das ist doch stets die Phrase der Kirche, wenn sie die Antwort selbst nicht kennt."

Mit einem nassen Tuch tupfte sie Ranulfs Stirn ab. Nun drang ein leises Röcheln aus seinem Mund an ihr Ohr. „Das ist der Schleim aus den Atemwegen. Geht besser wieder zu den anderen und lenkt euch ab! Hier könnt Ihr nicht helfen, wir können nur warten und beten. Sollte sich eine Veränderung ergeben, werde ich Euch umgehend einen Boten schicken," sagte Ulrike und begleitete Lore hinaus.

Bei ihrer Ankunft am Dorfplatz bestürmten die anderen Lore mit Fragen nach Ranulfs Befinden. „Es geht ihm leider sehr schlecht. Wir müssen mit dem Schlimmsten rechnen, denn er fiebert hoch und ist nicht bei Bewusstsein", erklärte sie den bestürzten Freunden, „fahrt morgen wie geplant nach Colonia, ich bleibe hier bei meinem Mann und wir treffen uns dann später im Winterlager."

Lange saßen sie beisammen und sprachen über Ranulf und die unheilvollen Ereignisse der letzten Zeit, bevor sie schlafen gingen.

Martin und Andrea lagen noch lange wach.

„Denkst du, er wird es schaffen?", fragte sie traurig. Tröstend nahm er sie in den Arm.

„Ich hoffe es inständig. Lore tut mir unendlich leid; zuerst wird ihr Mann niedergestochen, danach vergehen sich die Kerle an ihr und nun liegt Ranulf vielleicht auch noch im Sterben. Es ist nicht gut, dass sie mit niemandem über ihre Nöte spricht. Aber ich habe heute auch an unsere Eltern gedacht. Ob die Büttel sie bedrängen werden? Und ob sie mittlerweile deine Nachricht erhalten haben?"

„Ich weiß es nicht, es liegt alles bei Gott", antwortete Andrea. Martin schaute sie verliebt an. „Ich wollte dir noch sagen, dass ich sehr stolz auf dich bin; deine Idee mit dem Kinderreiten war wirklich großartig. Und ordentlich Einnahmen hat es auch noch gebracht. Wenn es so weitergeht, mag es für die Gruppe reichen, um gut über den Winter zu kommen."

Nach Sonnenaufgang sollte es losgehen. Lore kehrte zum Kloster zurück, die anderen brachen in Richtung Colonia auf. Das Wetter hatte sich beruhigt, es regnete nicht mehr, doch der Weg war aufgeweicht und schlecht befahrbar. Nur mühsam kamen sie voran, zunächst hofften sie jedoch, noch bis zum Abend ihr Quartier erreichen zu können. Stolz saß Peter neben Martin auf dem Kutschbock, Andrea hatte sich zu Maria und Freia gesellt. „Hast du ihm noch nichts gesagt?", wollte Maria wissen.

„Kein Wort, er denkt immer noch, ich hätte einen nervösen Magen", lachte Andrea, „ihr müsst mir versprechen, dass ihr ihm nichts verratet!"

Nach einer Stunde brachte Harald sein Pferd zum Stehen.

„Leute, das wird nichts mehr. Auf dieser schlammigen Strecke kommen wir heute sicher nicht bis nach Colonia. Wir nehmen eine andere Route, ziehen durch Solengen und dann zum Kirchenort Leichlingen. Dort gibt es manch kleines Gut und einige Ritter- und Herrensitze. Außer Ackerbau und Viehzucht ist da zwar nicht viel los, aber der Weg ist besser beschaffen, zumal wir wieder im Tal der Weper reisen."

Sie bewältigten einen langen, mühsamen Anstieg, von dort ging es durch einen dichten Buchenwald hinab zur Weper. Erneut hob Harald den Arm, bedeutete der Truppe zu halten und wies auf die nächste Anhöhe. Martin staunte nicht schlecht: Auf einem Bergsporn in der Ferne sah er eine prächtige, beeindruckende Ritterburg. .

„Das ist die Festung des Grafen von Berg. Wenn er jetzt aus seinem Turmfenster schaut, springt er gewiss sofort auf sein Pferd, kommt herübergeritten und holt dich!“, rief Harald Martin zu, der die Bemerkung mit einem breiten Grinsen bedachte. Ein Bauwerk solchen Ausmaßes hatte er tatsächlich noch nie zuvor gesehen.

„Wir kommen noch näher heran, wenn wir unten im Tal sind. Es ist eine aufstrebende Stadt, in der Eisenerz für den Waffenbau gefördert und sogar eine Waffenschmiede im Auftrag des Grafen betrieben wird. Am Fuße der Anhöhe haben sich einige Handwerker angesiedelt. Der Graf hat sie dazu verdonnert, einen Zehnt an ihn abzutreten, dafür erhalten sie bei Gefahr Zuflucht in der Burg.

Doch von uns Gauklern bekommen die Adeligen gewiss keine Steuer, da können sie lange warten. Sie holen uns zwar oft und gern zu ihren Burgfesten, aber bevor sie auf krumme Gedanken kommen können, sind wir schon wieder weg“, tönte Harald.

„Hast du den Grafen je gesehen?“, wollte Martin wissen. Nun geriet Harald in Fahrt.

„Oh ja! Engelbert der Zweite ist schon eine imposante Erscheinung, überragt alle um mindestens eine Kopfgröße. Eigentlich war eine rein kirchliche Karriere für ihn vorgesehen. Er hat es ja auch bis zum Erzbischof von Colonia geschafft, doch nach dem Tod seines Bruders Adolf musste er dessen Grafschaft und damit auch politische Aufgaben übernehmen. In Südfrankreich kämpfte er gegen die Albigenser, konnte aber unverletzt zurückkehren. Kaiser Friedrich der Zweite persönlich hat ihn zu seinem Freund und Stellvertreter und damit zum mächtigsten Mann im Deutschen Reich nördlich der Alpen gemacht.“

„Und jeder der Herren war oder ist Kreuzritter?“

„Richtig, sein Bruder ist vor fünf Jahren in Ägypten zu Tode gekommen. Keiner weiß jedoch genau, woran er starb. Die einen sagen an Sumpffieber, andere meinen an Cholera und einige behaupten, er sei gefallen."

Sie steuerten die Wagen dicht hintereinander einen kleinen Steilhang hinab. Als sie die Weper erreichten, suchten sie nach einer seichten Stelle, um auf die andere Seite des Flusses zu gelangen.

„Hier ist es zu tief!", rief Edwin.

„Dort drüben ist jemand, den wir fragen können", schlug Robin vor. Etwa dreißig Schritte entfernt stand ein Fischer, der mit Arbeiten an einer Reuse beschäftigt war. Harald stieg vom Wagen und schritt auf den Mann zu. „Gott zum Gruße, guter Mann, wir sind Fahrensleute und wollen den Fluss überqueren. Könnt Ihr uns sagen, wo es günstig wäre?"

Der Mann hob den Kopf und blickte Harald unfreundlich an. „Blöde Viecher, diese Fische, wollen einfach nicht in die Reuse", murmelte er, „dort drüben hinter dem Flussbogen wird es flacher, versucht es doch da." Sie zogen an dem Fischer vorbei, ohne ihn weiter zu beachten, bis sie die genannte Stelle fanden.

„Der Kerl hatte recht", meinte Harald, „hier müsste es gehen. Am besten sitzen wir ab und nehmen die Pferde am Zügel, dann können wir sie besser führen." Die Männer gingen in das kalte Wasser. Auch Freia schloss sich ihnen an. So zogen sie dicht hintereinander durch den Fluss. Peter saß noch immer auf dem Kutschbock und hatte einen riesigen Spaß. „Gleich sind wir durch!", rief Robert. Im selben Augenblick rutschte er aus und flog der Länge nach in die eisige Weper. Die Strömung zog ihn noch einige Meter mit, dann richtete er sich wieder mühsam auf. Mit weinerlicher Stimme rief er.

„Gute Güte – diese glitschigen, schleimigen Steine! Und seht nur, wie ich aussehe – meine schöne Gewandung, alles hängt an mir herunter, ich bin nass wie ein Aal!“

Die Gaukler schauten einander an und prusteten los. Robert blickte an sich hinab, dann verzog sich sein Gesicht zu einem verschämten Grinsen.

Das rettende Ufer war erreicht. Lärm drang an ihre Ohren, überall wurde gewerkelt und gehämmert. Auf ihrer Weiterfahrt kam ihnen ein kräftiger Mann in Lederschürze entgegen. „Ich grüße Euch! Seid Ihr auf der Durchreise?“ Harald ließ anhalten.

„Auch Euch einen Gruß! Ja, wir haben gerade den Fluss durchquert und sind auf dem Weg nach Leichlingen. Leider hat einer von uns Bekanntschaft mit dem Wasser gemacht, ihm dürfte es etwas kalt geworden sein.“

„Kommt doch mit Euren Leuten zu mir in die Schmiede und wärmt Euch auf! Wir haben hier nur selten Besuch und freuen uns über ein wenig Abwechslung“, lud er sie ein.

„Das ist sehr freundlich. Ich bin Harald, der Anführer dieser Truppe.“ Die riesige Pranke des Schmieds ergriff Haralds Hand und schüttelte diese kräftig. „Angenehm, ich bin Wilhelm, der Schmied.“

Kurze Zeit später betraten sie eine geräumige Schmiede. Martin dachte an Ewald und spürte gerade jetzt, wie sehr sein Freund ihm fehlte. Obwohl das große Tor offen stand, herrschte innen eine brütende Hitze. Drei Gesellen arbeiteten an einem riesigen Ofen und nickten zur Begrüßung herüber. Wilhelm ließ Becher mit warmem Würzwein verteilen. „Bei der Hitze trinken wir immer krugweise – normalerweise zwar kühles Weperwasser, aber heute soll es Wein sein.“

„Ist eigentlich der Graf in seiner Burg?“, fragte Martin. „Oh ja! Habt Ihr nicht die Fahne mit dem Wappen der Berger gesehen? Nur wenn er die Burg verlässt, wird sie eingezogen“, antwortete Wilhelm.

„Und wie ist er so?", hakte Edwin nach.

„Uns behandelt er recht gut. Das Volk lässt nichts auf ihn kommen, aber er hat sich auch viele Feinde gemacht. So fühlen sich die westfälischen Grafen benachteiligt; sie reklamieren die Einkünfte verschiedener Klöster für sich, die Engelbert dem Kölner Erzbistum unterstellt hat. Allen voran hadert sein eigener Neffe Friedrich von Isenberg mit ihm. Der Graf soll auch schon anonyme Drohbriefe erhalten haben und es geht sogar das Gerücht, man wolle ihn umbringen", verkündete Wilhelm. Dann wandte er sich an Harald. „Und wohin geht es nun für Euch?"

Dieser nahm einen kräftigen Schluck des wohlschmeckenden Weines. „Wie schon gesagt, wollen wir über Leichlingen nach Colonia. Dort ist das Klima milder als in den Bergen. Wir werden noch einige Aufführungen absolvieren und danach unser Winterlager beziehen. Im Frühjahr geht es dann weiter. Leider müssen wir auch gleich wieder aufbrechen – aber nicht, ohne uns gebührend für Eure Gastfreundschaft zu bedanken." Sie holten ihre Musikinstrumente aus den Wagen und trugen noch einige lustige Lieder vor. Die harten Schmiedegesellen erfreuten sich sichtlich an dieser unterhaltsamen Ablenkung und klatschten laut und vernehmlich in ihre großen Hände. Einer der Schmiede tanzte und hüpfte auf der Stelle zur Freude aller.

Zukunftspläne

In monotonem Gleichklang rollten die Wagen den Weperweg entlang. Andrea war wieder in Martins Wagen geklettert.

„Mir ist erneut so flau im Magen."

„Das kommt sicher von dem Gepolter der Räder. Wenn wir in

Colonia sind, wird es dir besser gehen", sprach Martin ihr zu.

„Sag einmal, werden wir bei der Truppe bleiben oder planst du, weiter nach Rudensheim zu ziehen?" Martin überlegte nicht lange. „Die Strecke von Colonia nach Rudensheim könnten wir noch gut vor Wintereinbruch schaffen. Überdies hat es mir mein Vater ans Herz gelegt. Vielleicht nimmt mich sein Freund Gottfried Fischer ja tatsächlich als Geselle bei sich auf, dann könnte ich etwas Geld verdienen.

Eine Zeit lang schwiegen sie, dann hob Andrea an: „Außerdem sollten wir irgendwann ans Heiraten denken,was meinst du? Ich möchte nicht dauerhaft in wilder Ehe leben." Martin schaute sie überrascht an und lächelte.

„Wenn ich in Rudensheim als Bogenbauer unterkomme, hindert uns niemand daran." „Glaubst du, dass wir irgendwann wieder nach Weperevorthe zurückkehren werden?", fragte Andrea.

„Ich wünschte, ich wüsste eine Antwort. Vielleicht sollten wir einfach alles auf uns zukommen lassen. Die Hauptsache ist doch, dass wir zusammen sind."

Harald hielt die Gruppe an und deutete auf eine Ansammlung von Hütten und Scheunen, die nun in ihr Blickfeld gerieten.

„In diesem Gut und Herrensitz wohnt der bekannte Kreuzritter Thomas Grimbergen. Seine Tapferkeit und Treue zum letzten Grafen Adolf dem Dritten ist in aller Munde. Mit ihm und den fränkischen Rittern ist er auf Kreuzzug in Ägypten gewesen und hat die Stadt Dammiette im Nildelta erobert. Der Ritter kennt den Kaiser Friedrich persönlich und man erzählt sich, dass der Staufer ihn in Italien zum Reichsritter geschlagen hat. Graf Engelbert gab ihm das Gebiet Leichlingen, wo wir uns gerade befinden, als Lehen."

„Wann wollen wir denn unser Nachtlager aufschlagen?",

unterbrach ihn Martin ungerührt. „In Bürrig, das zur Erzdiözese Colonia gehört, aber noch auf Berger Gebiet liegt. Dort, wo die Dhünn in die Weper fließt, kenne ich einen sicheren Platz in der Nähe der Kirche“, erwiderte Harald, „es wird eine kurze Nacht werden, denn wir müssen beizeiten aus den Fellen. Dann geht es an Hitdorf vorbei und wir sind schon so gut wie angekommen. Im Übrigen könnt ihr morgen sehen, wie unsere geliebte Weper in den Rhein mündet.“

Falsche Fährte

Ewald war das lange Reiten nicht gewohnt, sein Hinterteil schmerzte höllisch. Er band sein Pferd an einen Baum, ging auf direktem Weg zu einem Quellbach, entledigte sich seines Beinkleides und setzte sich in den eiskalten Bach. Die Abkühlung linderte zumindest vorübergehend seine Beschwerden. Danach polsterte er seinen Holzsattel mit einigen Büscheln Moos aus und setzte seine Reise fort.

Unterwegs fragte er mehrmals nach den Spielleuten und erhielt viele hilfreiche Hinweise, denn fast allen, denen er begegnete, waren die Gaukler irgendwo aufgefallen. Ein Bauer in Lutmenighusen hatte ihn allerdings einmal in die falsche Richtung geschickt, sodass er beinahe in der Stadt Essen gelandet wäre. Doch noch rechtzeitig genug war es ihm seltsam erschienen, dass keiner der entgegenkommenden Händler die Truppe gesehen haben wollte. So war er wieder nach Lutmenighusen zurückgekehrt und hatte die Route in Richtung Colonia genommen.

In Solengen suchte er sich ein Zimmer für die Nacht, die er wieder einmal auf dem Bauch liegend verbrachte, und ritt früh am nächsten Morgen weiter. Ewald durchquerte die

Weper und erreichte die Handwerkersiedlung unterhalb der Burg Berge, wo er auf den Schmied traf, der gerade aus seiner Werkstatt kam.

„Soso, du bist also auf der Suche nach den Gauklern", sagte dieser, nachdem Ewald ihm sein Anliegen geschildert hatte, „sitz ab und komm herein, wir wollen etwas zusammen trinken! Deine Freunde waren meine Gäste; es sind nette, rechtschaffene Leute." Als Ewald die große Schmiede betrat, schossen ihm Tränen in die Augen, die er in einem unbemerkten Moment wegwischte. Er begrüßte die Gesellen und schaute sich in der Werkstatt um. Es war eine perfekte Waffenschmiede. Wilhelm stieß ihn an und hielt ihm einen Becher Wein hin.

„Du musst wissen, ich bin selbst Schmied", sagte Ewald nicht ohne Stolz. Dann senkte er den Kopf.

„Aber vor einiger Zeit haben Schergen meine Eltern erschlagen und unser Haus niedergebrannt. Ich wurde verletzt, doch Freunde haben mich gefunden und gesund gepflegt. Und obwohl meine kleine Schmiede noch steht, ist es mir seither nicht mehr möglich, dort zu arbeiten." „Nein, diese Lumpenpack diese Verbrecher! Da hast du ja böse Dinge erlebt, Kamerad.

Unser Graf Engelbert hat dem Raubrittertum den Kampf angesagt und geht rigoros gegen jeden Wegelagerer vor. Wer geschnappt wird, wandert zum Galgen", tönte Wilhelm. Mittlerweile hatte Ewald seinen Becher leer getrunken.

„Ich muss nun weiter. Vielen Dank für die Bewirtung!" Er reichte dem Schmied die Hand und dieser schlug kräftig ein.

„Halte Ausschau nach dem Ort Hitdorf am Rhein! Ich vermute, dass sie von dort ans andere Ufer übersetzen konnten. Viel Glück, mein Freund!"

Die Überfahrt

„Dort drüben, wo die Boote liegen, muss die Fährstation sein. Vielleicht haben wir Glück und man kann uns so gleich übersetzten. Ich werde versuchen, einen vernünftigen Preis mit den Bootsleuten auszuhandeln. Wartet hier auf mich!“

Harald und Edwin gingen zum Anleger, die anderen stiegen von ihren Wagen und schauten ihnen nach.

„Je teurer die Überfahrt wird, desto mehr müssen wir in Colonia verdienen“, murrte Freia. Martin hegte andere Bedenken.

„Für unsere Gespanne brauchen wir bestimmt zwei oder drei Lastkähne. Und hoffentlich spielen die Pferde bei der Überfahrt nicht verrückt.“

„Mein Gaul kennt die Prozedur, hat er sie doch schon zweimal unbeschadet überstanden. Aber vielleicht solltest du deiner Lisa zwei Eimer voll Bier hinstellen, damit sie sich Mut ansaufen kann“, lachte Robin.

In dem Moment winkte Harald alle zu sich.

Die Lastkähne sahen aus wie riesige Schaufeln. Die Bootsführer lenkten die Boote direkt auf das seicht abfallende Ufer. Am Heck des Schiffes befand sich ein Seitenschwert zum Steuern und zwei Schritte davon entfernt stand ein hölzerner Mast, um den ein Segel gewickelt war. Harald baute sich vor seinen Leuten auf.

„Löst die Pferde aus ihrem Geschirr, dann bringt zwei Wagen rückwärts auf den Kahn und sichert sie sofort mit Bremsklötzen ab! Ich steuere an der Deichsel und zwei Leute schieben an jeder Längsseite!“

Mehrere Bootsmänner standen bis zu den Knien im Wasser, um den Kahn waagerecht zu halten. Als der erste Wagen in seiner Position stand, schnürten sie ihn mit dicken Hanfseilen fest. Auch beim zweiten Karren erschallten Haralds Anweisungen.

„Jetzt noch die beiden Gäule, aber langsam, sprecht mit ihnen und beruhigt sie!“ Nervös begannen die Tiere zu tänzeln. Als Edwins Pferd sich zögerlich auf den Kahn traute, folgte alsbald auch Marias.

„Haltet die Mähren während der Überfahrt an ihren Halftern fest! Edwin und die Frauen fahren mit dem ersten Lastkahn, der Rest der Mannschaft belädt das nächste Boot!“ Die Bootsleute schoben den Lastkahn in die Fluten des Rheins und nach kurzer Zeit hatten sie die Mitte der Strömung erreicht.

Währenddessen begannen die Männer mit der Beladung des zweiten Bootes. Das erste Gefährt war bereits fest verzurrt, als das Unglück seinen Lauf nahm. Der zweite Wagen kam auf den glitschigen Schiffsplanken ins Rutschen, einer der Bootsmänner wollte noch einen Bremsklotz unter das Rad schieben, glitt aber auf dem nassen Boden aus und geriet mit seiner linken Hand unter das hölzerne Karrenrad. Ein fürchterlicher Schmerzensschrei erklag aus seiner Kehle. Winselnd lag er auf dem Boden und hielt sich mit der Gesunden die zerquetschte Hand fest.

„Holt den Mann vom Boot und sichert den Wagen!“, schrie Harald. Zwei der Gehilfen trugen den Verletzten an Land. Er war weiß wie ein Kalkfass.

„Verflucht, jetzt sind die Frauen nicht mehr hier!“, schimpfte Harald.

„Der Bootsmann hat schwere Quetschungen, mehrere Finger scheinen gebrochen zu sein“, rief er dem Bootsführer zu, „wo finden wir in der Nähe einen Bader?“

„In Hitdorf gibt es einen“, antwortete dieser. Harald griff in seinen Geldbeutel und gab dem anderen Bootsmann ein paar Münzen. „Hier, nimm das und bring ihn schnell zum Bader!“

Sie verluden die letzten Wagen und die übrigen Pferde, danach legten die überladenen Lastkähne mit enormem Tiefgang vom Ufer ab. Schwer manövrierbar glitten die Boote in die Stromschnellen. Die Bootsführer entschieden, keine Segel zu setzen, um eine Schräglage der Kähne zu verhindern, und sie stattdessen mit der Strömung zum anderen Ufer gleiten zu lassen. Die Pferde verhielten sich ruhig, als witterten sie die Gefahr. Das erste Boot war bereits entladen, als die anderen gut dreihundert Schritte davon entfernt mit dem Bug aufs Land stießen. Edwin und ein Bootsmann waren den treibenden Kähnen am Ufer gefolgt, die Bootsführer warfen ihnen die Taue zu, und nachdem die Boote vertäut waren, begannen sie mit der Entladung.

Die Frauen hatten die ersten Pferde schon eingespannt und erreichten die Männer kurze Zeit später. Mit vor Aufregung glühenden Wangen saß Peter zwischen Maria und Freia auf dem Kutschbock – das spannende Treiben hatte ihm großes Vergnügen bereitet. Mit welchen Gefahren die zweite Überfahrt verbunden gewesen war, ahnte er erst, als Andrea zu Martin eilte und ihn in die Arme schloss.

„Ich hatte schon Angst, ihr geht mit Mann und Maus unter! Der Kahn lag so tief im Rhein, dass wir seinen Rumpf vom Ufer nicht mehr erkennen konnten. Es sah aus, als würden Wagen und Pferde über das Wasser schweben."

„Grundgütiger, das war ein Tanz auf dem rohen Ei", erwiderte Martin, dem die Anspannung noch deutlich anzumerken war.

„Lasst uns aufbrechen!", rief Harald, „wir sind ziemlich weit nördlich abgetrieben worden. Wenn wir uns beeilen, holen wir den Zeitverlust wieder auf und treffen heute noch am Eigelsteintorbogen ein, von da ist es nicht mehr weit bis zum Kaufmannsviertel."

Sie fuhren den Rhein entlang. Die Strahlen der Herbstsonne verwandelten den Fluss in einen goldenen Strom, hier und da wiegte sich Schilfrohr sanft im Wind. Überall gab es kleine, ausgespülte Sandbuchten, in denen Boote lagen, die meisten waren mit Fässern und allerlei Waren beladen. Je näher sie dem Tor kamen, desto geschäftiger wurde das Treiben.

Bald erreichten sie die riesige Befestigungsanlage der Stadt Colonia. Eine gigantische Ringmauer mit zwölf Toren und zweiundfünfzig Türmen trennte die Stadt vom Umland, zur Flussseite hin schützte die Rheinmauer, die allein sechzehn Tore besaß.

Am Eigelsteintorbogen hielten einige Soldaten gelangweilt Wache und winkten die Gaukler kurzerhand durch. Noch nie hatte Andrea eine solch große Stadt gesehen. Sie staunte über die Vielzahl von Menschen und war entsetzt über den Schmutz und Unrat in den Gassen.

„Puh, hier stinkt es wie im Schweinestall", klagte sie.

„Im Sommer, wenn es heiß wird, ist es noch schlimmer. Das liegt an dem Abfall in den Gassen. Hier leben mehr Ratten als Menschen, dazu kommen noch etliche streunende Hunde. Nur da, wo die Pfeffersäcke leben, hält man die Straßen sauber. Dort gibt es Kloakenreiniger und Hundefänger", erklärte Martin.

Einige Wege waren gepflastert, doch die meisten bestanden aus nicht mehr als einer dürftigen Lehmdecke. In der nächsten Gasse standen mehrere Hübschlerinnen, lasziv an eine Hüttenwand gelehnt.

„Worauf warten die Frauen?", wollte Andrea wissen. „Ja, worauf wohl?", grinste Martin, „sie halten nach zahlungskräftigen Männern Ausschau!"

„Und was verkaufen sie?" Nun konnte er vor Lachen nicht mehr an sich halten.

„Ihren Körper, mein Liebes!“ Andrea hatte anscheinend verstanden, denn sie verlor kein Wort mehr darüber.

Dann kamen sie zu einem kleinen Marktplatz, auf dem einige Händler zu sehen waren. Ein Löffelschnitzer saß hinter einem wackeligen Tisch und bot seine Ware feil. Sein Nachbar zur Linken warb mit selbst geflochtenen Weidenkörben. Und überall lungerten Bettler und Tagediebe herum.

„Passt auf“, warnte Harald seine Leute, „das sind organisierte Bettlerbanden und Langfinger, die schneller sind, als ihr euch umdrehen könnt – haltet Augen und Ohren offen!“

Andrea verzog das Gesicht: „Mir wird schon wieder speiübel, am liebsten würde ich diese Stadt wieder verlassen.“

„Das werden wir auch, mein Schatz, aber lass uns zuerst am Winterlager ankommen.“

Kinder rannten lärmend durch die Gassen und trieben Holzreifen mit einem Stock neben sich her. Ein alter, verlumpter Mann trug einen langen Stecken auf seinen Schultern, an dem tote Ratten hingen.

In diesem Moment neigte Andrea ihren Kopf zur Seite und erbrach sich während der Fahrt in die Gosse. Martin ergriff ein Leinentuch reichte es ihr. Maria, die hinter ihnen herfuhr, rief:

„Halte durch, Andrea, es ist nicht mehr weit bis zu unserem Quartier!“ „Setze dich lieber in den Wagen, dann wird es dir besser gehen“, riet Martin. Andrea kletterte nach hinten und legte sich hin.

Etwas später fuhren sie durch einen hohen Torbogen und erreichten einen großen Platz, der von Speichern der Kaufmannsgilde gesäumt war. Gewaltige Holztore ermöglichten den Handelswagen, zum Be- und Entladen direkt in die Gebäude zu fahren. Ein auffallend gut gekleideter Kaufmann mit schwarzem, gepflegtem Vollbart und langem Haar hatte die

Spielleute entdeckt und trat auf sie zu, um sie zu begrüßen. Seine vornehme, farbenprächtige Kleidung aus dem Morgenland hob sich deutlich von den schlichten Gewändern der Gaukler ab. Nun reichte er Harald seine Hand.

„Willkommen zurück in Colonia, alter Wandergesell! Habt ihr euer Heu für dieses Jahr eingefahren?"

Die Männer umarmten sich herzlich. „Ich grüße dich, Johann! Es war wie immer ein Auf und Ab. Und die Fahrt über den Rhein wird von Jahr zu Jahr teurer, die Fährleute nehmen es wahrhaft von den Lebendigen. Welch ein Segen, dass wir da erneut auf deine Großzügigkeit zählen dürfen! Wie lange können wir die Hallen in diesem Winter nutzen?" „Bis Ende März ungefähr, aber vergesst nicht die Weihnachtsfeier im Dezember", erwiderte der Kaufmann.

„Nein, nein, wie könnte ich! Mein Wort darauf, dass wir für die Kaufmannsgilde wieder ein erstklassiges Weihnachtsspiel aufführen werden."

„Das freut mich", hörte man den Kaufmann zufrieden sagen. Er riet den Spielleuten, sich in den nächsten Tagen nach diversen Feierlichkeiten wie Bauernhochzeiten oder Erntedankfesten umzuhören, die in den verschiedenen Ortsteilen anstünden und noch den ein oder anderen Auftritt verschaffen könnten.

„Bei derlei Festivitäten sitzen die Münzen meist lockerer als sonst", meinte er, „doch nun baut erst einmal in aller Ruhe auf. Sollte noch irgendetwas sein, so findet ihr mich im Kontor." Mit diesen Worten verabschiedete er sich und entschwand.

Da es in dem großen Gebäude gelegentlich etwas zugig war, stellten Harald und seine Leute die Wagen so eng aneinander auf, dass diese möglichst viel Wind abhielten, die Zwischenräume deckten sie mit Planen ab. Der Kaufmann Overstolz erlaubte ihnen zudem die Benutzung von Feuerkörben, die er ihnen zur Verfügung gestellt hatte. An der Rückseite der Lagerhalle führte ein Gang in einen Gartenbereich und weiter zu den Pferdeställen. Hier waren die Tiere gut untergebracht und wurden von drei Stallburschen des Kaufmanns versorgt. Außerdem hatte dieser noch etliche Ballen Stroh für die Pferde besorgen lassen. Als Gegenleistung für all diese Privilegien gestalteten die Gaukler eine besondere Weihnachtsfeier, die sich über ein gesamtes Wochenende erstreckte und stets monatelang in aller Munde war. Mit seinen Gauklern, konnte der Kaufmann bei der Weihnachtsfeier angeben wie mit einem Sack voller Flöhe.

Am Abend, als alle beisammen saßen, ging Harald zu seinem Wagen und kehrte mit einer kleinen Holzkiste unter dem Arm zurück.

„So, Leute, jetzt wird geteilt!“ Er kippte den Inhalt auf einen Tisch, zählte die Münzen und häufte sie anschließend zu acht Stapeln auf. „Das sind eure Anteile, den von Ranulf und Lore verwahre ich bis zu ihrer Ankunft in Colonia. Was wir hier noch einnehmen werden, teilen wir am selben Abend auf. Martin geht, wie vereinbart, leer aus, aber Andrea erhält einige Münzen für ihre hervorragende Idee mit dem Kinderreiten.“ Andrea strahlte.

„Vielen Dank! Das ist mein erstes selbst verdientes Geld“, sagte sie stolz, und als die anderen Beifall klatschten, errötete sie leicht.

Der Stadtrundgang

Am nächsten Morgen zogen Edwin, Robin und Robert los, um sich in der Umgebung umzuschauen, und auch Martin, Andrea und Maria brachen zu einem Rundgang durch die

Stadt auf.

„Ich komme mit", rief der kleine Peter, „und passe auf die Frauen auf!" Als sie den Platz verließen, wehte ein kühler Herbstwind und blies gelbe und braune Birkenblätter durch die Gassen. Ein paar Pilger mit Wanderstöcken kamen den Gauklern entgegen. Seit man die Gebeine der Heiligen Drei Könige von Mailand nach Colonia gebracht hatte, kamen Gläubige aus der ganzen Welt, um hier zu beten. Neben Jerusalem, Rom und dem Jakobsweg war Colonia – von seinen Bürgern auch ***De hillige Stat van Coellen*** genannt – zum christlichen Zentrum geworden und die Pilgerscharen brachten jede Menge Geld in die Kassen, womit man den neuen Dombau zu finanzieren gedachte.

Langsam schlenderten die vier durch die Stadt – stets bemüht, dem Unrat in den Gassen auszuweichen. Vor ihnen tat sich ein kleiner Platz auf. Dort hatte sich eine Traube von Menschen um einen Stuhl herum versammelt, auf dem ein Mann mit weit aufgerissenem Mund saß. Die Leute johlten und lachten. Ein Zahnreißer macht sich gerade an dem bedauernswerten Kerl zu schaffen, immer wieder rutschte die verrostete Zange vom Zahnstumpen ab. Die Zuschauer trieben ihre Späße mit dem Gepeinigten, aus dessen Kehle laute Schmerzensschreie ertönten.

Maria und Andrea verzogen ihre Gesichter.

„Wie furchtbar, und der arme Mann muss dafür auch noch Geld bezahlen", meinte Maria.

Die Stimmung auf dem Platz erreichte ihren Höhepunkt, als zwei Männer den Gepeinigten auch noch an beiden Armen festhielten. Nach erneutem, kräftigem Rütteln mit der Zange konnte der Zahnreißer den Mann von seinem faulenden Zahn befreien. Triumphierend wurde das gezogene Objekt in die Höhe gehalten, was lauten Beifall hervorrief, während der nun Erlöste fortwährend Blut spuckte.

Geschäftstüchtig hielt ein betagtes Weib kleine Beutel in die Luft und rief:

„Asche, gute Asche, zum Pflegen Eurer Zähne, das entfernt den gelben Belag!"

Hätte die Alte noch ein Gebiss besessen, wären ihre Bemühungen vielleicht sogar erfolgreich gewesen; so jedoch kam ihre Verkaufsstrategie nur schlecht an und erntete nichts als Spott und Gelächter.

„Wollen wir nicht besser weitergehen?" fragte Maria. „Das ist mir auch lieber", gab Andrea zurück und nahm Peter an die Hand, dessen Gesicht nach der Begegnung mit dem Zahnreißer kreidebleich geworden war.

Ein paar Gassen weiter sagte Martin plötzlich:

„Irgendwie habe ich ein komisches Gefühl, hier wird es immer dreckiger und düsterer. Wir scheinen in einer unguten Gegend zu sein."

In dem Moment bogen einige graue, zerlumpte Gestalten um eine Häuserecke. Leise sagte er zu den anderen: „Achtung, Lumpengesindel." Kaum hatte er das Wort ausgesprochen, wurden sie auch schon von den Bettlern umkreist. Sie rochen widerlich, waren allesamt zahnlos, gingen barfuß und trugen zerrissene, verdreckte Kleidung. Manche von ihnen hatten die Kapuzen ihrer Mäntel über die Gesichter gezogen.

„Ihr Herrschaften, gebt uns einige Almosen, wir haben Hunger", flehten die Bettler und hielten ihre Hände auf. Einige waren so dreist, dass sie begannen zu grapschen. Der kleine Peter wich sofort zur Seite, denn er bekam es mit der Angst zu tun.

„Schöne, gepflegte Haare und weiche Haut haben die Damen!", rief ein altes Weib und griff nach Andrea und Maria.

„Und welch schöne Kleider sie tragen!“, raunte eine andere. Auch Martin wurde ständig befingert.

„Gebt uns ein paar Münzen, Almosen für uns Arme!“ Dann platzte ihm der Kragen und er zog seinen Dolch, den er vorsichtshalber eingesteckt hatte.

„Haut endlich ab oder es passiert ein Unglück!“, brüllte er die Bettler an. Drohend hielt er die Klinge in seiner Hand und drehte sich im Kreis. Andrea schrie vor Angst: „Hilfe, Räuber, Lumpenpack! Kann uns denn niemand helfen?“ Als daraufhin zwei Männer, die gerade aus einem Haus traten, zu ihnen eilten, rannten die Bettler mit lautem Gejohle davon.

„So etwas habe ich noch nicht erlebt“, stöhnte Martin, „meine Güte, was für ein Gesindel.“ Er bedankte sich bei den beiden Bürgern, dann sagte er zu den Frauen:

„Lasst uns etwas essen gehen und dann machen wir uns auf den Rückweg. Für mich war das heute genug.“ Auch Freia und Andrea waren seiner Meinung, der kleine Peter sowieso.

Nach einem kurzen Fußmarsch kamen sie in eine bessere Wohngegend. Sie suchten sich eine kleine Taverne und gingen hinein. Innen duftete es vielversprechend – ein Topf mit frischer Gemüsesuppe stand auf dem Herd und so bestellten sie vier Portionen davon. „Ich zittere immer noch am ganzen Leib“, meinte Freia.

Es dauerte nicht lange und der Wirt brachte die Suppe auf den Tisch. „Lasst es Euch munden!“

Sie langten tüchtig zu und bald waren alle Teller leer gegessen. Doch als Martin daraufhin nach seinem Geld greifen wollte, fuhr ihm ein gehöriger Schreck in die Glieder.

„Verflucht“, rief er, „das Bettlerpack hat mich bestohlen – der Beutel ist weg!“ „Mit unserem ganzen Geld?

Andrea begann zu weinen. „So ist es leider“, antwortete Martin.

„Und wie sollen wir jetzt unser Essen bezahlen?“, fragte Andrea schluchzend.

„Ich habe noch etwas Geld dabei und kann das übernehmen“, schlug Freia vor. Sie bezahlte die Zeche, dann gingen sie bedrückt zum Lager.

Dort hatte man es sich in der Zwischenzeit recht gemütlich gemacht. Als Martin mit Peter und den Frauen ankam, brannte ein Feuerkorb, drum herum waren Bänke mit Fellen aufgestellt.

„Setzt euch zu uns! Habt ihr Spaß gehabt in der Stadt?“, wollte Robin wissen. Martin und die Frauen ließen sich auf einer Bank nieder. „Spaß gehabt? Ausgeraubt hat uns das Lumpenpack, alles gestohlen – meine gesamten Ersparnisse sind weg!“

Maria stand auf und schilderte gestenreich, was ihnen widerfahren war. „Dann haben sie hier gezogen und da gezupft, ins Gesicht gegriffen und an den Haaren gezogen. Es war einfach nur ekelhaft. Dazu kam noch, dass sie stanken wie die Schweine.“

Aus dem Halbdunkel trat nun der Kaufmann Overstolz ins Licht der Scheune.

„Guten Abend“, begrüßte er die Gruppe, „ich habe euch eine Weile zugehört. Den Schilderungen zufolge seid ihr bei eurem Spaziergang wohl in der Schmierstraße gelandet. Das ist eine Gegend, in der sich überwiegend Bettler und Hübschlerinnen aufhalten. Ich möchte euch gern helfen, aber dazu müsste ich wissen, ob euch bei dem Raub noch irgendetwas Besonderes aufgefallen ist.“

„Sie sahen fast alle gleich aus und trugen diese grauen Kapuzenmäntel“, erwiderte Martin. „Und barfüßig waren sie“, fügte Andrea hinzu.

„Damit können wir leider nicht allzu viel anfangen“, sagte

der Händler.

Plötzlich trat Peter in ihre Mitte. Leise sagte er: „Aber ich habe etwas gesehen." „Immer frei heraus, kleiner Mann!", ermunterte ihn der Kaufmann. „Also", begann der Junge, „als die Bettler kamen, habe ich Angst bekommen und mich in einer Türnische versteckt. Von da aus habe ich alles genau beobachtet und gesehen, wie ein Mann nach Martins Beutel griff und ihn festhielt, während ein anderer von hinten die Schnur mit einem Messer durchtrennte. Der Mann mit dem Messer ist mir aufgefallen, weil er ein großes Loch in seiner Kapuze hatte, durch das ich seine roten Haare sehen konnte."

„Das hast du sehr gut gemacht, damit lässt sich doch etwas anfangen!", lobte ihn der Kaufmann, griff in seine Tasche und reichte dem Jungen einen Apfel, „morgen früh gehe ich zum Büttel und werde mit ihm reden."

Martin zog Andrea am Ärmel. „Hoffentlich sind die Büttel hier nicht genauso korrupt wie in Weperevorthe", flüsterte er ihr ins Ohr.

„Hört zu, Leute, wir können uns in Colonia diese Betrügereien und Plünderungen nicht mehr länger gefallen lassen. Dem muss dringend Einhalt geboten werden, sonst machen Händler und Kaufleute in Zukunft einen großen Bogen um unsere Stadt. Das Bettlerpack wird in letzter Zeit immer dreister. Morgen früh werde ich mit einigen Herren des Stadtrates sprechen. Ich denke, dass ich gegen Mittag zurück bin. Danach wissen wir, was zu tun ist. So, und nun wünsche ich trotz allem eine angenehme Nachtruhe", sagte der Kaufmann und verschwand.

Dummer Martin

Zeitig am Morgen, als alle noch schliefen, hörte Martin in der Lagerhalle Hufgeklapper. Johann Overstolz hatte sich schon früh sein Pferd vom Stalljungen satteln lassen und brach nun zum Stadthaus auf. Martin rüttelte Andrea an der Schulter.

„Wach auf, du Schlafmütze, mein Magen schreit nach einem kräftigen Frühstück!"

„Lass mich noch ein wenig schlafen", bat Andrea.

„Weißt du, worauf ich mich freue?", fragte er sie.

„Du wirst es mir gleich schon sagen."

„Ich freue mich auf die Zeit, wenn wir wieder allein sein werden und nicht ständig flüstern müssen, damit niemand versteht, was wir miteinander reden. Und zueinanderkommen können wir hier auch nicht. Ach, wie war es im Sommer an der Weper doch schön!"

„Kaum schlägst du die Augen auf, hast du schon wieder diese Gedanken, aber damit wirst du wohl noch einige Zeit warten müssen", sagte sie und lächelte in ihr Schaffell.

„Wenn wir Colonia verlassen haben", meinte Martin, „könnten wir uns ein schönes Plätzchen suchen, wo wir ungestört sind." Zärtlich streichelte er ihr Haar.

„Du Dummkopf, bekommst du denn gar nichts mehr mit?", scherzte sie und schaute ihn verliebt an.

„Was meinst du – war es nicht schön für dich, war ich etwa zu grob? Sage mir bitte, wenn ich etwas falsch gemacht habe!"

„Ach Martin, das ist es nicht, aber wir werden bald ohnehin nicht mehr allein sein."

„Du planst, den kleinen Peter mit nach Rudensheim zu nehmen, nicht wahr? Ich hatte es mir schon gedacht. Aber er hängt doch so sehr an Maria und ich glaube nicht, dass sie damit einverstanden wäre." Andrea blickte ihm tief in die Augen.

„Wir bekommen unseren eigenen kleinen Peter. Verstehst du nun endlich?"

Martin verschlug es beinahe die Sprache. „Willst du etwa damit sagen, dass ich ...?" „Ja! Im April oder Mai wirst du Vater werden, mein großer Waldläufer."

Alle wussten Bescheid

Edwin legte einige Holzscheite in den Feuerkorb, um mit der Restglut ein neues Feuer zu entfachen. Freia schnitt einige Scheiben Schinken, danach holte sie ein paar Eier aus ihrem Wagen und stellte eine alte Gusspfanne auf die Glut. Einige von ihnen kamen aus dem Stall, wo sie sich an der Pferdetränke Hände und Gesicht gewaschen hatten. Spätestens in dem Moment, als ein herzhafter Bratengeruch durch die Halle zog, verspürten alle, wie hungrig sie waren. Freia wendete mit einem Holzspachtel das Essen in der Pfanne, derweil schnitt Maria mit einem scharfen Messer eine Brotscheibe nach der anderen vom Laib und reichte sie weiter.

Martin und Andrea setzten sich auf eine Bank.

„Heute Morgen kann ich euch eine wichtige Neuigkeit mitteilen und ich glaube, es wird eine große Überraschung für euch sein", verkündete er, „Andrea und ich bekommen nämlich ein Kind!" Die Gaukler stopften sich Eier und Schinken in den Mund und nickten Martin freundlich zu, ohne ein einziges Wort zu verlieren. Andrea lächelte, doch Martin rief entrüstet: „Interessiert euch das etwa nicht?"

Nun brach lautes Gelächter aus. „Weil wir es bereits seit Langem wissen! Jeder außer dir hat es in den letzten Wochen bemerkt. Wenn eine Frau sich regelmäßig übergibt, dann ist sie entweder krank oder schwanger", belehrte ihn Freia.

Und Andrea fügte hinzu: „Manchmal frage ich mich, was in deinem Kopf so vor sich geht." Gekränkt verschwand Martin im Innenhof. Harald folgte ihm, und nachdem sie eine Weile miteinander gesprochen hatten, war Martins Freude über das Vaterwerden doch größer als seine Verstimmtheit über den Spaß, den sich die Freunde mit ihm erlaubt hatten. Die beiden Männer kehrten zu den anderen zurück, Martin setzte sich wieder auf die Bank und schmunzelte. „So eine Nachricht erhält man ja schließlich auch nicht jeden Tag. Aber habe ich euch schon erzählt, dass es ein Frühlingsbote wird?" „Nein, Martin, aber auch das wissen wir schon alle", lachte Maria.

Gerechtigkeit

Am frühen Nachmittag ritt Johann Overstolz über den Hof zur Lagerhalle. Ein Stallbursche kam ihm entgegen und nahm das Pferd in Empfang. Der Kaufmann ging direkt auf die Gaukler zu und berichtete ihnen von seinem Gespräch mit den Stadträten.

„Morgen Mittag treffen wir uns mit zehn bewaffneten Stadtsoldaten. Ich würde gern Martin, Harald und Edwin mitnehmen."

Robert fiel ein Stein vom Herzen. „Ein hoher Herr vom Rat wird uns begleiten. Gemeinsam gehen wir in die Schmierstraße, an dessen Ende fünf Wachen stationiert werden. Von der anderen Seite treiben wir die Bettler vor uns her und kesseln sie ein. Wenn ihr Waffen habt, tragt sie für den Notfall bei euch. Da keine anderen Wege in die Gasse führen, können die Bettler nicht entkommen. Sobald sie umringt sind, halten die

Wachen sie mit ihren Speeren auf Abstand und wir versuchen, die Strauchdiebe, die euch belästigt und bestohlen haben, herauszufischen. Wäre doch gelacht, wenn wir die Beutelschneider nicht ergreifen würden!", tönte Johann Overstolz und war auch schon wieder entschwunden.

„Macht euch noch einen schönen Nachmittag, aber lasst euch nicht erneut ausrauben", sagte Harald zu seiner Truppe.

„Wo ist denn Peter?", wollte Maria wissen. „Er ist mit Robin zu den Stallburschen gegangen, weil er unbedingt den Umgang mit Pferden lernen will", antwortete Andrea. Maria war beruhigt. „Na, dann ist er ja in guten Händen."

Martin und Andrea schlenderten Hand in Hand umher, blieben aber in der Nähe der Lagerhallen. Von größeren Erkundigungen wollten sie vorerst Abstand nehmen.

„Wie ist deine Planung? Was wollen wir als Nächstes tun?", fragte ihn Andrea.

„Das werden wir gemeinsam entscheiden. Ich wäre dafür, dass wir sobald wie möglich aufbrechen, um nach Rudensheim zu gelangen. Sollte ich dort eine Arbeit finden, könnten wir uns ein Zimmer suchen und bis zur Geburt unseres Kindes in der Stadt bleiben. Außerdem ist es im Frühjahr am Rhein schon recht mild. Das wird unserem Kind gut bekommen."

„So hatte ich es mir auch gedacht. Wir müssen aber noch abwarten, ob die morgige Aktion gegen die Bettler erfolgreich sein wird und wir einen Teil unseres Geldes zurückbekommen, denn ansonsten brauchen wir erst gar nicht loszufahren."

„Bis zur Geburt haben wir ja auch noch etwas Zeit." Nach einer Weile hob Andrea an:

„Sag mal, sollten wir nicht vorher heiraten? Ein unverheiratetes Paar mit Kind bekommt doch an allen Ecken und Enden nur Schwierigkeiten. Lass uns nachher einmal mit Harald darüber reden. Möglicherweise weiß er ja eine Lösung."

Der Ratsherr war eine hochrangige Persönlichkeit und erschien am nächsten Morgen mit zehn Stadtsoldaten an den Lagerhallen. Kaufmann Overstolz, Edwin, Harald und Martin erwarteten ihn bereits. Martin stellte fest, dass der Kaufmann ein perfekt geschmiedetes Schwert trug. Edwin und Harald hatten sich mit den von Martin erbeuteten Schwertern bewaffnet, er selbst bevorzugte seinen guten alten Bogen.

Der Ratsherr Althaus hielt eine deutliche Ansprache. Er war von eher kleiner Statur und trug einen dunkelroten Brokat, doch die stechenden, blauen Augen und seine markante Hakennase verliehen dem Mann ein imposantes Aussehen. Zwei der Wachen hatten große, kräftige Hunde dabei, mit dehnen man sich wohl besser nicht anlegte.

Nachdem der Ratsherr die genaue Durchführung des Planes bekannt gegeben hatte, brachen die ersten fünf Wachen mit einem Hund auf, um sich an einem Ende der Schmierstraße zu postieren. Die übrigen Männer nahmen einen anderen Weg und gingen zum gegenüberliegenden Ende der Gasse. Man veranschlagte für die Strecke etwa zwanzig Minuten. Keiner von ihnen sollte die Schmierstraße vorher betreten, damit die Bettler nicht gewarnt würden. Der Ratsherr wollte ein Zeichen geben und zum Angriff winken.

So zogen sie in ihre Schlacht gegen die Bettler.

„Was für ein Aufstand wegen eines Diebstahls! Und das alles habe ich verursacht", sagte Martin zu Edwin und Harald. Trotz seiner Wut auf den Dieb drückte ihn nun ein schlechtes Gewissen.

„Ich sehe das anders. Der Diebstahl deines Geldbeutels war nur der berühmte Tropfen, der das Fass zum Überlaufen brachte. So geht es doch nun wirklich nicht weiter in den Straßen

Colonias. Die Bettler und Diebe sollen wissen, dass sie nun mit drastischeren Strafen rechnen müssen. Johann Overstolz hat mir berichtet, dass die bisherigen Strafen – wohl aus Mitleid – stets recht milde ausgefallen sind, obgleich die Wegelagerer schon des Öfteren verwarnt wurden. Irgendwann muss Schluss sein – du brauchst dir wahrlich keinerlei Vorwürfe zu machen", gab Harald zurück.

„Dieses Lumpenpack geht ganz schön geschickt vor, um sich das Mitgefühl der Bürger zu erschleichen. Sie ziehen ein Bein nach, humpeln, gehen an Krücken, sind angeblich einarmig, wobei jedoch ein Arm unter ihrem Mantel am Körper festgebunden ist, oder täuschen Blindheit vor. Wenn sie dann von einem Büttel oder einer Wache kontrolliert werden, werfen sie plötzlich die Krücken fort und sind – wie durch ein Wunder – geheilt. Und was glaubt ihr, wie die Lahmen und Blinden dann laufen können!", fügte Edwin hinzu. Und Harald fuhr fort:

„Viele von ihnen sind gebrandmarkt. Ihnen fehlt entweder ein Ohr oder die Ohren sind geschlitzt, manch einem wurden auch Finger abgehackt – alles Strafmaßnahmen für ihre ständige Klauerei. Vor einigen Jahren, hier in Colonia, musste einer von denen durch die Straßen laufen mit einer Eisenkrone auf dem Kopf, auf der ***König der Diebe*** stand. Anschließend hat man ihn gehängt."

„Ich denke, wir sind gleich da. Edwin, dich kennt hier niemand. Du gehst gleich in die Gasse und siehst nach, wie viele sich dort herumtreiben", ordnete Johann Overstolz an. „Und halte dich nicht zu lange auf, damit sie keinen Verdacht schöpfen!", rief er ihm nach. Nach einigen Minuten kehrte Edwin zurück.

„So fünfundzwanzig bis dreißig Bettler habe ich gesehen. Ich denke, sie haben keinen blassen Schimmer von dem, was hier gleich passiert."

Der Ratsherr trat nach vorn. „Seid ihr bereit?" Alle nickten. Er stellte sich mitten in die Gasse und schwenkte eine weithin sichtbare Flagge an einer langen Stange. Mit gezogenen Waffen schritten sie nebeneinander durch die Gasse. Überall lag Unrat, ein fürchterlicher Gestank lag in der Luft.

Es dauerte nicht lange, bis sie entdeckt wurden. Vor den ersten heruntergekommenen Häusern standen einige Hübschlerinnen, plauderten und warteten auf Kunden. Als sie die Wachen kommen sahen, trat eine Hure mit langem, braunem Haar zu einem der Soldaten, baute sich vor ihm auf und präsentierte ihren prallen Busen, der unter dem tiefen Ausschnitt mehr als nur zu erahnen war.

„Na, mein strammer Kerl", raunte sie im zu, „möchtest du nicht einmal bei mir vorbeischauen?" Der Ratsherr Althaus wurde Zeuge dieses eindeutigen Angebotes und fauchte sie an. „Halte dein Maul, sonst lasse ich dich auf der Stelle festnehmen und werfe dich in den Kerker!" Die Frau kehrte auf dem Absatz um und verschwand.

Jetzt erblickten auch die Bettler die Wachen und liefen eilig die Straße herunter – vorbei an den Hurenhäusern, einem von Nonnen betriebenen Armenhospital und einer der billigsten Pensionen Colonias, die häufig von Pilgern aufgesucht wurde. Sie riefen den Wachen laute Schmährufe zu, verstummten jedoch abrupt, als sie bemerkten, dass ihnen auch von der anderen Seite Wachmänner entgegenkamen.

„Sie sind umstellt!", rief der Ratsherr. Einige Nonnen standen vor ihrem Hospital und schauten dem Treiben ängstlich zu, lautes Hundegebell ertönte. Als sich der Ring um die Bettler enger zog, gaben diese ihren Widerstand zähneknirschend auf.

„Auf den Boden mit euch", brüllte der Ratsherr, „in den Straßendreck, aus dem ihr kommt!" Spätestens jetzt wussten die Bettler, dass jeglicher Fluchtversuch zwecklos war, denn dann hätte man auch noch die Hunde auf sie gehetzt. Um die zwanzig Wegelagerer kauerten beisammen und wurden von den Wachen mit Spießen in Schach gehalten. Martin, Edwin und Harald steckten ihre Waffen zurück in die Scheiden.

„Runter mit den Kapuzen, ihr Lumpenpack!“, schrie der Ratsherr. Einer nach dem anderen folgte seiner Anordnung.

Martin stieß Harald in die Seite. „Schau einmal, da sitzen doch tatsächlich zwei von den Rotfüchsen!“ Der Kaufmann Overstolz hatte es gleichzeitig bemerkt und rief:

„Ihr zwei mit den roten Haaren, erhebt euch und kommt zu mir!“ Die Rothaarigen stellten sich vor dem Kaufmann auf. „Wie sind eure Namen?“, fragte er die beiden. „Ich bin Gerhard Steiner und das ist mein Bruder Friederich“, antwortete der Größere.

„Durchsucht sie!“, befahl der Ratsherr. Sofort führte einer der Wachen die Anweisung aus. „Da braucht man ja Handschuhe, so dreckig, wie die sind“, sagte er. Die langen Mäntel der Bettler wurden vor der Brust durch eine rostige Fibel gehalten.

„Legt die Mäntel ab!“, sagte der Kaufmann nun ruhig, aber bestimmt.

„Sieh an, was haben wir denn hier?“ In der Innenseite eines Mantels hatte der Wachmann ein tiefes, von Hand eingenähtes Taschenversteck ausgemacht. Er griff hinein und holte den gestohlenen Lederbeutel hervor. Martin erkannte ihn sogleich.

„Da ist ja mein Geldbeutel!“ Der Kaufmann nahm ihn in Empfang und reichte ihn an Martin weiter. „Prüfe bitte, ob etwas genommen wurde!“ Martin zog den Lederriemen auseinander und kontrollierte den Inhalt.

„Es fehlen einige Münzen, aber der Großteil ist noch vorhanden.“ „Bindet die beiden Diebe und führt sie ab! Euch anderen sollte das eine Lehre gewesen sein. Kommt mir so etwas erneut zu Ohren, lasse ich die gesamte Gasse räumen und ihr landet im Kerker und bekommt die Hände abgehackt. Und nun verschwindet!", ertönte des Ratsherrn Stimme.

Der Kaufmann und die Gaukler gingen zu den Lagerhallen zurück, Ratsherr Althaus und die Wachen nahmen die beiden Festgenommenen mit. Bis zur Verurteilung würden sie nun im Kerker schmoren. Harald unterhielt sich angeregt mit dem Kaufmann, Martin und Edwin trotteten hinterher. Am Lager angekommen, wurden sie neugierig von den anderen begrüßt. An Gesprächsstoff herrschte auch an diesem Abend erneut kein Mangel.

Neue Arbeit

Auf der anderen Rheinseite angekommen, suchte Ewald überall nach den Gauklern, doch niemand hatte auch nur einen von ihnen gesehen oder etwas von der Gruppe gehört. Zu allem Übel wusste er auch nicht, wo sich ihr Winterquartier befand. Vielleicht hatten sie ihre Pläne auch geändert und sich für einen anderen Weg entschieden. Alles lag nun in Gottes Hand.

Dann fand Ewald eine Anstellung in einer althergebrachten Schmiede südlich von Colonia. Da sein kleines Vermögen nicht ewig ausreichen würde, war er dankbar für dieses Angebot und entschied, erst einmal an diesem Ort zu bleiben, um seinen Geldbeutel aufzufüllen. Außerhalb der Arbeit wollte er weiterhin versuchen, die Spielleute ausfindig zu machen. Der Schmiedemeister besorgte ihm eine Unterkunft und auch das Essen war frei. Bis auf den heiligen Sonntag musste Ewald sehr hart arbeiten, doch über die Bezahlung konnte er sich wahrlich nicht beklagen. Der Meister brachte ihm überdies einige neue Techniken der Schmiedekunst bei. Ewald war wissbegierig und fleißig, aber gleichzeitig stand für ihn fest, dass seine gegenwärtigen Lebensumstände nur eine vorübergehende Lösung darstellten. Immer wieder schweiften seine Gedanken in die Ferne – zu Maria und den Freunden.

Gute Planung

„Komm, setze dich zu mir", forderte Harald Martin auf, „ich habe lange mit Johann Overstolz gesprochen. Wenn ihr einverstanden seid, könnte er die Hochzeit kurzfristig arrangieren. Was hältst du davon?

„Und wie soll das vonstattengehen?", hakte Martin nach.

„Der Kaufmann kennt einen Priester, der euch trauen könnte. Meine Leute und ich schmücken die Lagerhalle mit bunten Bändern, Sträuchern und Blumen für ein kleines, aber feines Fest. Wir wären zu elft: unsere Truppe, der Kaufmann nebst Gattin und der Priester."

„Wer soll das denn alles bezahlen?", fragte Martin. „Gar so teuer wird es nicht. Den Abend gestalten wir mit unseren Leuten und der Kaufmann hat mir zugesagt, dass er einiges zur Feier beisteuern wird. Vom Bauern kaufen wir ein Schwein, das wir grillen können, dazu essen wir Kraut und Brot. Du müsstest nur für die Getränke sorgen."

„Das klingt gut, ich werde mit Andrea darüber sprechen." Martin hatte sich gerade erhoben, doch dann setzte er sich sogleich wieder. „Sag einmal, warum ist der Kaufmann Overstolz eigentlich so überaus freundlich zu uns?"

„Ich kenne ihn schon seit vielen Jahren. Bevor er das Kontor seines Vaters übernahm, wollte er nur zu gerne mit mir durch die Lande ziehen. Sein Traum als junger Mann war es, mit fahrendem Volk zu reisen. Einen Teil dieser Sehnsucht kann er sich als reisender Kaufmann erfüllen. Die lange Winterzeit zwingt ihn allerdings zu mehr Sesshaftigkeit, deshalb ist ihm etwas Ablenkung durch uns willkommen. Er liebt Theater und Musik, den Jahrmarkt und natürlich das Weihnachtsfest, auf dem wir fast alljährlich spielen. Wenn wir vor den Kaufleuten eine gute Aufführung abgeben, ist das wie Wasser auf seine Mühlen." „Ich habe verstanden", sagte Martin, „nun muss ich wohl nur noch mit meiner Braut verhandeln."

Nachdem der Priester schon einige Tage später einen Termin für die Trauung mitgeteilt hatte, wurden eifrig alle Vorbereitungen für die Hochzeit getroffen. Da Andrea und Martin keine Leibeigenen waren und somit keine Einwilligung benötigten, stand ihrer Hochzeit nichts im Wege. Es war Dienstag, am Freitag sollte die Hochzeit stattfinden. Ganz in der Nähe der Lagerhalle befand sich eine kleine Stiftskirche, in der die Zeremonie stattfinden sollte. Die Frauen waren damit beschäftigt, die Lagerhalle zu schmücken. Sie besorgten bunte Bänder, Äste und junge Birkenbäumchen. An den Eingangstoren standen bereits Bottiche für die Bäume, die am Tag vor der Trauung festlich mit Blumen und Bändern verziert werden sollten. Johann Overstolz freute sich so sehr auf das Fest, dass er noch weitere Freunde aus der Kaufmannsgilde einlud. Und da er den Großteil finanzierte, blieb Martin und Andrea nichts anderes übrig, als der Gästeliste zuzustimmen, die mittlerweile bereits dreißig Personen zählte.

„Wir brauchen noch zwei Trauzeugen. Hast du da jemanden im Visier?", wollte Martin von Andrea wissen.

„Was meinst du – soll ich mich für Maria oder Freia entscheiden?", fragte sie zurück. „Genau da beginnen die Probleme. Nimmst du die eine, ist die andere möglicherweise beleidigt. Ich werde jedenfalls Harald bitten. Du kannst dich mit deinem Anliegen ja auch an Robert wenden – der gibt bestimmt einen schönen Trauzeugen ab", lachte Martin.

So vergingen die Tage mit vielen Planungen. Am Donnerstagnachmittag fuhr ein Wagen in den Innenhof, der Stühle und Tische lieferte. Darauf folgte ein zweiter Karren und brachte Würzwein, Bier und Starkbier. Die Frauen machten sich daran, die Tische zu schmücken. Überall flatterten bunte Bänder und es roch nach Kräutern und frischen Blumen. Ein dritter Wagen rollte mit Obst, Walnüssen, Bierbrot und Süßspeisen heran. Zwei Stallburschen bauten einen großen Eisengrill auf, auf dem das Schwein gegrillt werden sollte. Alle Arbeiten wurden vom Kaufmann überwacht und kontrolliert, als ginge es um die eigene Hochzeit.

Die Gaukler lernten nun auch seine Frau Esther kennen – eine zierliche Frau von liebevollem Wesen. Sie war freundlich zu jedermann und schaute überall nach dem Rechten. Einen Tag vor der Trauung suchte sie Andrea auf. „Komm mit mir", sagte sie und nahm ihre Hand.

Sie durchquerten die Halle, die Stallungen und den Garten, an dessen Ende sich das Privathaus der Familie Overstolz befand. „Ich möchte dir etwas zeigen", bat Esther. Durch die offene Tür betraten sie den Flur. An der rechten Seite stand eine hölzerne Truhe, darüber hing ein Spiegel. Vom Flur aus ging es in die Wohnstube. Andreas Augen durchstreiften den herrschaftlich anmutenden Raum. An den Wänden hingen schwere Teppiche und beeindruckende Geweihe. In der Mitte stand ein rustikaler Eichentisch mit sechs Stühlen, auf einer Anrichte waren teure Zinnbecher und eine Weinkaraffe zu bewundern.

„Setz dich doch bitte, ich bin gleich wieder da, ich gehe nur kurz ins Schlafgemach." Einen Moment später kam Esther auch schon zurück und hielt ein prachtvolles Kleid im Arm. „Probiere doch einmal, ob es dir passt!" Andrea verschlug es die Sprache.

„So ein kostbares Kleid?"

„Am schönsten Tag in deinem Leben solltest du auch besonders hübsch aussehen. Es müsste dir gut stehen. Bei mir hängt es nur im Schrank, sodass ich es schon mit Lavendel gegen Mottenbefall schützen muss", lächelte Esther.

Andrea zog das Kleid an, es war unterhalb der Brust zu schnüren, von zartgrüner Farbe und hatte weite, orangefarbige Ärmel. „Das passt ja hervorragend und steht dir ganz ausgezeichnet – nun öffne noch dein Haar!" Die Frau des Kaufmanns umkreiste sie, legte zwei Finger ans Kinn und überlegte. „Sehr gut", befand sie, „morgen in der Früh, bevor du in die Kirche gehst, kommst du hier vorbei. Dann binde ich dir einen Blütenkranz ins Haar. Dein Zukünftiger wird seinen Mund vor Staunen nicht mehr schließen, das kannst du mir glauben!" Andrea trieb es Tränen des Glücks in die Augen. Sie konnte nicht anders, als ihre großzügige Gönnerin herzlich zu umarmen. „Vielen Dank für alles – ich weiß gar nicht, was ich sagen soll."

Der Freudentag

Die Trauung war für neun Uhr angesetzt. Schon zwei Stunden vorher saß Andrea in der Wohnstube und trug bereits das Kleid, das Esther Overstolz sorgfältig ausgebürstet hatte. Von der Schwangerschaft war noch nichts zu erkennen. Mit einem groben Kamm fuhr die Kaufmannsfrau Andrea durch ihr langes, blondes Haar, dann bürstete sie es noch mehrfach kräftig durch, bis es golden glänzte, und band einen Kranz hinein, den sie aus dünnen Weidenzweigen geflochten und mit bunten Blumen verziert hatte. Anschließend trat sie einige Schritte zurück und musterte die junge Braut. „Du siehst aus wie ein Engel!“, rief sie entzückt.

Im Innenhof warteten bereits Bräutigam und Gäste. Freia drückte dem kleinen Peter einen Weidenkorb in die Hand, der mit Herbstblüten gefüllt war. „Wenn wir die Kirche verlassen, darfst du vor dem Brautpaar herschreiten und die Blüten auf dem Kirchhof verteilen!“ Der Junge strahlte und bekam vor lauter Aufregung rote Ohren. Doch auch Martin verspürte Herzklopfen. Für diesen besonderen Tag hatte Harald ihm seine guten Schuhe und Robin sein bestes Hemd geliehen, dazu trug er den Bognerhut mit einer Fasanenfeder, den er von den Gauklern zu Hochzeit geschenkt bekommen hatte.

Maria, die von Andrea zur Trauzeugin erkoren worden war, und Harald standen im Garten, um die Braut abzuholen.

Endlich öffnete sich die Pforte des Hauses. „Wunderschön!“, kam es aus Marias Mund, als sie Andrea erblickte.

Harald brachte ausnahmsweise kein Wort heraus, bei diesem Anblick blieb ihm die Spucke weg. Esther führte die Braut am Arm und übergab sie den Trauzeugen. Die anwesenden Stallburschen blieben stehen und gafften. Nun wurde Andrea durch die Halle in den Innenhof geleitet, wo die Hochzeitsgesellschaft bereits nach ihr Ausschau hielt. Es gab ein lautes Raunen und Handgeklapper. Auch Martin hatte nur noch Augen für seine Braut, er ging auf sie zu und erfasste ihre Hand. „Du siehst zauberhaft aus“, flüsterte er ihr ins Ohr.

„Ach, könnten das doch unsere Eltern erleben, sie wären sicher sehr glücklich“, seufzte Andrea.

Dann machte sich die Gesellschaft auf den Weg zur Kirche. Die breite Tür stand offen, von dort geleitete sie ein Kirchendiener in das kleine Gotteshaus, das zur Hälfte gefüllt war. Am Altar wartete bereits der Priester und empfing nun die Brautleute. Während der feierlichen Zeremonie lächelte er sie immer wieder freundlich an und sprach schließlich: „Was denn Gott zusammengefügt hat, soll der Mensch nicht scheiden. Hiermit seid ihr nun Mann und Frau. Du darfst die Braut jetzt küssen."

Es war nur ein flüchtiger Kuss, dann schritt das frisch vermählte Brautpaar durch das Spalier der Gäste zum Ausgang, stolz ging der kleine Peter mit seinem Blumenkorb vor ihnen her und verstreute zahlreiche Blüten. Vor dem Kirchenportal blieben Martin und Andrea stehen. Die Gäste bildeten eine Gasse und überschütteten sie mit Getreidekörnern und anderem Saatgut als Sinnbild der Fruchtbarkeit, anschließend wurde noch traditionell die Münze gebrochen. Das Brautpaar schüttelte viele Hände und nahm wohlgemeinte Glückwünsche entgegen, dann machte sich die Gesellschaft auf zu den Lagerhallen. Einige der Gaukler waren vorausgeeilt, um sie mit fröhlichen Liedern zu begrüßen. Mit Flöte, Trommel und Sackpfeife umtanzten sie das Paar.

Nachdem sich die Gäste am Tisch niedergelassen hatten, wurden ihnen kleine Happen gereicht. Es gab Nüsse sowie Schmalz- und Bierbrote. Das Schwein hing bereits auf dem Grill und würde gegen Abend fertig gegart sein, die Feuerkörbe waren mit gut abgelagertem Holz bestückt, das eine angenehme Wärme verbreitete. Bier und Wein flossen reichlich, es wurde getanzt und allerlei Schabernack getrieben.

„Ich muss gerade an den warmen Sommerabend denken, als wir an der Weper lagen", hauchte Andrea ihrem Mann zu und küsste ihn auf die Wange.

„Nur für das Mahl hatte ich seinerzeit selbst gesorgt",

erinnerte Martin sie nicht ohne Stolz.

Jemand betätigte eine Schelle und Harald erhob sich, um eine Rede zu halten. Er erzählte, wie sie sich in Huckengeswage kennengelernt hatten, und trug einige Episoden ihres gemeinsamen Weges vor, wobei er es vermied, auf die traurigen Ereignisse der jüngsten Vergangenheit einzugehen. Danach erscholl kräftiges Handgeklapper. Einer der Stallburschen kam zu Martin und flüsterte ihm etwas ins Ohr. Der Bräutigam bedankte sich bei Harald, Johann Overstolz, dessen Frau Esther und den Gästen, dann schritt er mit einem Messer in der Hand zum Grill hinüber und rief:

„Das Schwein ist knusprig und zum Verzehr bereit!“ Er schnitt zwei saftige Stücke für Andrea und sich ab, legte sie auf zwei Holzteller und übergab das Messer einem Stallburschen, der das Fleisch sodann an die Gäste verteilte. Zusätzlich wurde Brot und warmes Kraut gereicht.

An einem großen Tisch saßen Gaukler und Kaufleute beisammen, man unterhielt sich, aß, trank und prostete sich zu. Die Musik spielte auf und ermunterte den ein oder anderen Gast zu einem Tanz. Nach einiger Zeit bekamen die Ersten schwere Zungen und begannen zu lallen. Immer wieder musste Martin die Geschichte erzählen, wie er die Wegelagerer verfolgt und zwei von ihnen überwältigt hatte. „Also“, sagte ein Kaufmann, „dann läuft ja einer dieser Halunken noch frei herum.“

„Ja, Berthold, ihr Anführer. Besonders auffallend an ihm ist, dass ihm zwei Finger an seiner rechten Hand fehlen. Leider konnte er mir in der Dunkelheit entkommen“, erklärte Martin.

„Glaube mir, man sieht sich mehrmals im Leben. Eines Tages wirst du ihn dir schnappen können“, erwiderte der Kaufmann.

„Entschuldigt, aber nun sollte ich mich um meine Frau

kümmern.“ Martin stand auf, wankte ein wenig und rief seinen Gästen zu: „Hat jemand Frau Falkenstein gesehen?“ „Die schwingt das Tanzbein im Innenhof“, lachte Freia.

Gegen Morgen neigte sich das Fest seinem Ende. Harald saß noch schwatzend mit der Familie Overstolz am Tisch, während Peter schon seit Stunden im Wagen schlief. Nun nahmen Freia und Maria das Brautpaar in ihre Mitte und führten es an das andere Ende der Lagerhallen, wo sie eine Ecke mit Tüchern als Schlafgemach abgeteilt und eine dicke Strohunterlage, auf der Felle und Decken lagen, mit Blumen geschmückt hatten.

„Nee, is dat schön“, lallte Martin, ließ sich darauf nieder und wurde sogleich von einem tiefen Schlaf übermannt. „Ich danke euch beiden von Herzen“, sagte Andrea, legte sich neben ihren Mann und schlief ebenfalls ein.

Einige Kaufleute dösten noch am Tisch, andere schleppten sich heim. Die Gaukler hatten sich in ihre Wagen zurückgezogen und das Ehepaar Overstolz ging mit einigen Freunden in ihr Haus, wo ein Nachtquartier für sie vorbereitet war.

Am nächsten Mittag waren schon einige Gaukler mit Aufräumarbeiten beschäftigt. In der Halle sah es aus wie nach einem Kreuzzug. „Wach auf!“ Andrea stieß Martin an, der seine Augen nur langsam öffnete.

„Wo bin ich? Ich kann mich an den Rest des Abends nicht mehr so recht erinnern.“

„Im Hochzeitsbett“, lächelte sie. Martin setzte sich auf, schaute umher und fasste sich an den Kopf.

„Ach ja, ich erinnere mich. Aber, Frau Falkenstein, wenn ich heute Morgen um etwas mehr Stille bitten dürfte“, grinste er. „Und nicht so laut reden, bis das die Nebelschleier aus meinem Kopf entflogen sind.“, fuhr er weiter fort.

Zwei Stunden später war alles in Ordnung gebracht und man saß beim Frühstück zusammen, doch hungrig war eigentlich niemand.

„Wer kommt da?", fragte Martin plötzlich in die Runde. Sie blickten in den Innenhof und sahen, dass dort gerade ein Wagen vorfuhr.

„Es ist Lore!", rief Harald. „Doch wo ist Ranulf?" Er stand auf und eilte hinüber. Martin, Andrea und die anderen folgten ihm.

„Endlich seid ihr wieder bei uns!", hörte man bald darauf Edwin rufen. Lore stieg vom Kutschbock herunter.

„Schau nur, wie krank unsere Lore aussieht", sagte Andrea zu Freia. „Und dünn ist sie geworden", gab diese zurück. Lore ging auf Harald zu und blieb direkt vor ihm stehen. Aus tief liegenden Augen sah sie ihn an: „Ich bin allein zurückgekommen. Ranulf ist vor einigen Tagen verstorben." „Oh, nicht doch!", rief Harald entsetzt. Die Frauen begannen, bitterlich zu weinen. Martin nahm Lore an die Hand und führte sie zu einer Bank.

„Setze dich erst einmal und erzähle uns, wenn du magst." Nun rannen Tränen über Lores Gesicht.

„Nach eurer Abreise wurde es stetig schlimmer. Er fieberte sehr stark, erkannte mich nicht einmal mehr. Die Nonnen versuchten, ihm Kräutertees einzuflößen, und legten ständig kalte Wadenwickel um seine Beine. Doch es half nichts, sein Zustand verschlechterte sich täglich. Schwester Ulrike versuchte alles, aber schließlich tat er doch seinen letzten Atemzug. Ich bin noch zwei Tage im Kloster geblieben, dann haben wir ihn in geweihter Erde begraben."

„Das muss furchtbar für dich gewesen sein. Wir haben alle gehofft, dass ihr zwei bald wieder bei uns sein würdet", sagte Harald traurig. Es herrschte Stille. Etwas später fuhr er fort:

„Es ist oft schwer zu verstehen, wie das Leben kommt und geht – du sollst wissen, dass Andrea ein Kind von Martin erwartet. Die beiden haben gestern geheiratet."

„Meinen Glückwunsch", seufzte Lore und versuchte zu lächeln. Sie stand auf und drückte die beiden herzlich. Freia legte der Freundin den Arm um die Schulter. „Komm, ich zeige dir das Lager und den Garten." Maria und Andrea schlossen sich ihnen an.

Nach einer Weile saßen nur noch Martin und Harald beisammen.

„Ich möchte noch etwas mit dir klären", hob Martin an, „Andrea und ich würden morgen gerne zu unserem Bekannten nach Rudensheim weiterziehen. Ich versprach es meinem Vater vor unserem Aufbruch."

„Damit musste ich rechnen, denn du hattest es schon vor einigen Monaten angedeutet", erwiderte Harald.

„Nichtsdestotrotz sind wir euch sehr dankbar für die gemeinsame Zeit und die schöne Hochzeitsfeier", fuhr Martin fort. „Wir werden euch vermissen und ich hoffe, dass wir uns eines Tages wiedersehen. Doch wenn ihr schon gehen müsst, solltet ihr zusehen, dass ihr vor dem Winter in Rudensheim ankommt", riet ihm Harald.

„Deshalb möchten wir auch zeitig aufbrechen. Du glaubst gar nicht, wie froh wir sind, dass wir unseren Geldbeutel wiederbekommen haben, denn andernfalls hätten wir die ganze Reise in den Wind schießen können", fügte Martin hinzu.

„Es ist gut möglich, dass wir im kommenden Frühjahr den Rhein entlang ziehen und in Rudensheim vorbeikommen. Es ist eine interessante Wegstrecke mit vielen kleinen Dörfern, Burgen und Klöstern. Wenn ihr morgen früh abreist, dann nehmt die Nord-Süd-Achse von Colonia, die durch das Severinstor führt. Ihr bleibt auf der linken Rheinseite und kommt durch Bonn, Rheineck, Andernach, Koblenz, Boppard und Sankt Goar; von dort ist es nicht mehr weit nach Reichenstein und Bingen. Da überquert ihr den Rhein und seid in Rudensheim – einer sehr schönen Stadt mit hervorragendem Wein“, meinte Harald. „Dann werden wir uns beim Wiedersehen einen solchen genehmigen“, lachte Martin, „und ein Becher wird sicherlich nicht ausreichen. Komm, wir sagen es den anderen!“

Abschied

Der Aufbruch begann früh am Morgen nach der Prim. Das Geläut der Kirchen machte es in Colonia ohnehin unmöglich, länger zu schlafen.

„Euer Reiseweg wird von unzähligen Glocken begleitet werden, auf der Strecke gibt es in jedem Nest eine Kirche", lachte Harald. Beim Abschied wurde umarmt und geküsst, man schwor, sich bald wiederzusehen. Lore und Freia dankten Martin noch einmal für seinen wagemutigen Einsatz bei ihrer Befreiung. Zum Schluss nahm er den traurigen Peter in die Arme. „Gib gut auf die Frauen acht, solange ich fort bin!" Dann stiegen Andrea und er in ihren Wagen, hinter dem Kutschbock lagen Martins Bogen und sein Schwert. Für die nächsten Tage hatten sie genug Wegverzehr dabei, denn von der Hochzeit waren allerlei Speisen übrig geblieben. Als sie losfuhren, winkten ihnen die anderen noch so lange nach, bis der Wagen den Innenhof verlassen hatte. „So, mein Schatz, jetzt beginnt ein neues Kapitel in unserem Leben", sagte Martin.

Sie erreichten die Durchgangsstraße in Richtung Severins tor und sogleich läuteten Glocken. Doch außer dem Geläut war auch ein seltsames Klirren und Rasseln zu hören. Kurz darauf kam ihnen ein Trupp zerlumpter, ausgestoßener Leprakranker entgegen, denen auferlegt worden war, sich mit Klappern und Schellen bemerkbar zu machen. Es war ein trauriger Anblick, der Andrea und Martin die Sprache verschlug. Zügig fuhren sie an der Gruppe vorbei, danach sprachen sie eine ganze Weile kein Wort miteinander.

Später begegneten ihnen Ritter mit ihren Knappen, Söldner und Wachsoldaten, Benediktiner, Franziskaner, Zisterziensermönche, Handwerker und sonstiges Fußvolk – auch Händler und Kaufleute mit prall gefüllten Wagen sowie Pilger, die aus allen Gassen zum Dom strömten. Dann endlich erblickten sie ihn: den alten karolingischen Dom. Das mächtige Bauwerk, das nach dem Vorbild des alten Gerokreuzes aus dem zehnten Jahrhundert errichtet worden war, bestand aus einem Langhaus, das an beiden Enden durch Querhäuser begrenzt wurde.

„Und diesen prächtigen Bau will man abreißen?“, fragte Andrea ungläubig.

„Wie mir Harald erzählte, ist er tatsächlich zu klein, um die ganzen Pilgerströme aufzunehmen. Selbst die Könige, die man in Aachen krönte, zogen in die Stadt, um am Schrein der Heiligen Drei Könige zu beten. Du siehst ja selbst, welch ein Treiben hier herrscht. Und was glaubst du, ist in Colonia erst los, wenn das Osterfest oder die Geburt Christi gefeiert wird?“ Auf einer kleinen Anhöhe stoppte Martin den Wagen, um den Dom und das Gewirr auf dem Vorplatz zu betrachten.

„Schau dir die Gestalten dort hinten an!“, sagte Andrea und deutete auf einen Trupp vermummter Männer, die sich schlugen und auspeitschten. „Ich glaube, das sind Flagellanten. Sie strafen sich, um Buße zu tun“, antwortete Martin.

„Was du alles weißt – komm, lass uns bitte weiterfahren, ich will raus aus dieser Stadt“, bat sie.

Bald schon passierten sie das Tor und ließen die Stadt hinter sich. Ein hässlicher Anblick erwartete sie jedoch noch nach der großen Stadtmauer, wo man zur Abschreckung der Bürger Eisenkäfige aufgehängt hatte, in denen zwei arme, abgemagerte Kreaturen dahinsiechten. Nach ihrer Verurteilung am Pranger wurden die beiden Gesetzesbrecher nun öffentlich präsentiert und mussten auf diese Weise ihre letzten Stunden fristen. Daneben steckten lange Speere im Boden, an deren Spitzen verschrumpelte Köpfe hingen.

Andrea und Martin waren froh, das alles hinter sich lassen

zu können, und setzten ihre Fahrt gemeinsam mit einigen anderen Reisenden fort, denn es war üblich, sich aus Sicherheitsgründen zu einer Wagenkolonne zusammenzuschließen.

Ausgefragt

Ewald stand vor der Schmiede und beobachtete, wie auf der etwa zweihundert Schritte entfernten Straße zahlreiche Fuhrwerke in die große Stadt hinein- und hinausfuhren. Er konnte nicht ahnen, dass sich seine Freunde auf einem der Wagen befanden.

In seinem neuen Umfeld hatte er sich recht gut eingelebt. Der Meister ließ ihn schwer arbeiten, aber er entlohnte auch ausreichend.

Heute, am Tag des Herrn, hatte Ewald frei und beschloss, sein Pferd zu satteln. In einer Gaststube wollte er sich ein gutes Mittagessen gönnen. Etwas später ritt er durch das Severinstor in Richtung Domplatz. Dort gab es eine Schenke, in der man für kleines Geld gutes Essen erhielt. Er band sein Pferd an einem Holzpfahl fest, betrat das Lokal und setzte sich ans Fenster, um seinen Gaul im Auge zu behalten, denn für seinen Geschmack trieb sich hier zu viel Gesindel herum. Er orderte ein Bier und Schweineleber mit Kohl und Brot. Bis auf zwei Tische waren alle Plätze besetzt. Die meisten Gäste waren Pilger und Fremde, die in Colonia ihren Geschäften nachgingen.

Ein Sendbote mit einer Ledertasche über der Schulter betrat nun die Gaststube. Er hielt eine Mitteilung in der Hand und überreichte sie dem Wirt.

Auf seinem Rückweg hielt ihn Ewald am Arm fest. „Setz dich bitte kurz zu mir!“ Der Bote, etwa Anfang zwanzig, nickte und fragte: „Was kann ich für dich tun?"

„Sag, du kommst als Sendbote doch überall herum und kennst sicherlich viele Leute in der Stadt." „Das ist richtig." „Ich suche schon eine ganze Weile nach einer Gauklertruppe mit dem Namen Schelmenspiel. Sie sollen sich in der Stadt aufhalten. Hast du etwas von ihnen gesehen oder gehört?" Der Bote überlegte.

„Also, ich selbst habe keine Spielleute gesehen, aber ein anderer Sendbote, der den Norden Colonias beliefert, sagte mir neulich, dass fahrendes Volk bei dem Kaufmann Overstolz Winterquartier bezogen hätte." „Das müssen sie sein. Komm, trink ein Bier mit mir!", lud ihn Ewald ein. Der junge Mann grinste und leckte sich mit der Zunge über seine Lippen.

In Begleitung

Nun entschwand die Stadt vollends aus ihrem Sichtfeld. Andrea und Martin wussten, dass ihre Reise nicht ungefährlich war; arme wie wohlhabende Leute mussten sich gegen Wegelagerer schützen. Die Händler, die von Dorf zu Dorf zogen, brachten immer neue Informationen mit – ein altbewährtes Nachrichtensystem, das gut funktionierte. Langsam ebbte der Strom an Wagen und Menschen ab.

Da ihre Route parallel zum Rhein verlief, konnten Andrea und Martin beobachten, wie Schiffe ihre Ladung löschten und Matrosen Kisten voller Fische an Land trugen, um sie auf Transportwagen zu verladen. Sie kamen an einem Umschlagplatz für Salzheringe vorbei, was allerdings auch zu riechen war. Als sie weiterfuhren, sahen sie, wie Bauern ihre Wintersaat austrugen. Vereinzelt standen noch Kühe und Schweine auf den Wiesen, die man bis zum Christfest draußen beließ.

Das war die Zeit der Schlachtfeste. Es mangelte an Unterstellmöglichkeiten für das Vieh und Futter war teuer, sodass viele Tiere geschlachtet werden mussten, Zugtiere und Milchkühe verschonte man jedoch. Einen Teil des Fleisches mussten die Bauern an ihren Lehnsherrn abgeben, den Rest behielten sie für die Versorgung ihrer Familien und salzten oder räucherten es, um es haltbar zu machen. Überall auf den Feldern tobten Kinder umher, sammelten Nüsse, Beeren und das letzte Fallobst ein.

„Hier gefällt es mir schon wesentlich besser als in diesem Coelln", sagte Andrea.

„Gegen Abend müssten wir die Stadt Bonn erreicht haben. Südlich davon beginnt das Weingebiet", meinte Martin, „wollen wir dort übernachten?"

„Ja, aber wenn es geht, nicht im Wagen, denn es wird langsam zu kalt. Lass uns eine günstige Herberge suchen, wo auch unsere Lisa gut versorgt wird", bat sie, „es wird nicht mehr lange dauern, bis sich der erste Frost zeigt. Seit Tagen ziehen schon die Vögel gen Süden." Zu ihrer Linken stand eine große Getreidemühle, die meisten dieser Art waren Eigentum von Grundbesitzern. Einige Haushalte verfügten zwar über eine kleine Handmühle, mit der sie für den eigenen Bedarf Getreide mahlen konnten, doch der Besitz großer Mühlen war ihnen meist strikt verboten. Die Spreu wurde als Pferdefutter verwendet, manche heizten auch damit.

Kurz vor Bonn legte Martin eine Pause ein. Der Wagen hinter ihnen stoppte ebenfalls, der Fahrer stieg herunter und kam auf Martin zu.

Mit ausgestreckter Hand sagte er: „Hannes Pettersen, Händler aus Lüneburg, im hohen Norden des Landes, und das ist mein zwölfjähriger Sohn Anselm."

„Martin Falkenstein", stellte sich nun Martin vor, „neben

mir sitzt meine Frau Andrea." Vater und Sohn hatten hellblondes Haar und leuchtende blaue Augen.

„Treibst du auch Handel?"

„Nein, ich bin Bogner und auf dem Weg nach Rudensheim", erklärte Martin.

„Wir müssen nach Frankfurt. Wenn ihr nichts einzuwenden habt, dann lasst uns in diesen unsicheren Zeiten doch ein Stück zusammen weiterreisen", schlug Hannes vor.

„Mir wäre es recht. Mit was handelt ihr eigentlich?", fragte Martin.

„Wir haben Säcke mit Salz im Wagen, auf dem Rückweg nehmen wir dann Weinfässer mit in den Norden. Dort bauen wir zwar keinen Wein an, aber wir trinken ihn dennoch gerne", erwiderte Hannes.

„Also gehe ich davon aus, dass die Fässer auf eurem Rückweg gefüllt sind", lachte Martin. Dann fuhr er fort: „Kennst du eigentlich die Strecke?" „Aber ja, ich bin diesen Weg bestimmt schon zwanzigmal gefahren. Wenn wir uns beeilen, werden wir heute noch an der Godesburg vorbeikommen. Kurz dahinter ist eine nette, kleine Gaststube, wo wir übernachten und essen können." „So machen wir es – dann also nichts wie los!", rief Martin.

Nach kurzer Reisezeit sahen sie in der Ferne die mächtige Burg. Sie ließen sie rechter Hand liegen und hielten nach einigen Minuten vor einer Gaststube an.

„Wartet einen Moment, ich rede mit dem Wirt, wir kennen uns schon seit Langem", sagte Hannes, entschwand durch die Tür und kehrte einen Augenblick später zurück.

„Wir haben zwei Zimmer, die Wagen können wir im bewachten Hof unterstellen und für die Pferde wird auch gesorgt."

„Hervorragend, endlich kann man sich einmal ausstrecken,

vom Sitzen auf dem Kutschbock bekommt man ja einen dicken Bauch!“ Andrea lächelte. „Wer hier dick wird, sei einmal dahingestellt, Herr Falkenstein.“

Der Wirt begrüßte sie und wies ihnen ihre Kammern zu. Nach der langen Fahrt entspannten Andrea und Martin sich eine Weile, dann trieb sie der Hunger in die Gaststube, wo sie bereits von Hannes und Anselm erwartet wurden.

„Nette, kleine Herberge – sauber und einladend“, meinte Martin. Nachdem sie sich frischen Rheinfisch bestellt hatten, sagte Hannes: „Die Getränke übernehme ich. Es würde mich freuen, euch einladen zu dürfen. Hier beginnt die Weinregion, das solltet ihr auskosten.“

Der Wirt kam zu ihnen und stellte einen Tonkrug mit Weißwein auf den Tisch. „Wohl bekomms!“ Martin probierte einen Schluck. „Der Wein ist ja fantastisch“, begeisterte er sich, „er schmeckt ganz anders als bei uns im Bergischen!“ Als der Wirt die Fische brachte, hakte Martin nach. „Sagt, guter Wirt, wieso schmeckt Euer Wein hier so köstlich und bei uns im Bergischen wie dünne Suppe?“

„Weil die Aufkäufer und Händler von uns den reinen Wein beziehen, ihn dann aber panschen und verlängern. Bis der bei Euch angekommen ist, haben sie ihn bereits verdoppelt. Der Zuwachs ist dann ihr Verdienst.“ „Welche Schlitzohren“, meinte Martin. Nun mischte sich Hannes ein: „Das machen doch alle Händler, denn die meisten Leute wissen gar nicht, wie gut der ungepanschte Wein schmeckt. Außerdem würde der Preis von reinem Wein für den Verkauf viel zu teuer werden. Die Einzigen, die schon einmal etwas von dem himmlischen Tröpfchen bestellen, sind doch die reichen Pfeffersäcke.“ „Bitte, wie geht die Reise denn jetzt weiter?“, wollte Andrea wissen und schaute Hannes an.

„Je nachdem, wie wir morgen aus dem Stroh kommen. Wir

fahren durch Rheineck bis nach Andernach – da gibt es übrigens eine schöne, dreischiffige Emporenbasilika – und anschließend zur Moselmündung. Koblenz heißt die Stadt, wo die Mosel in den Rhein fließt. In dieser Gegend könnten wir dann übernachten, wenn es euch recht ist."

„Alles sehr schön, aber lasst uns jetzt das schmackhafte Essen und den guten Wein genießen", erwiderte Martin kauend.

Langsam brannten die Kerzen herunter und die meisten Gäste zogen sich zurück. Auch Martin und Andrea verabschiedeten sich und gingen auf ihr Zimmer.

Am nächsten Morgen regnete es. Der Weg war zwar aufgeweicht, aber noch befahrbar. Hannes betrachtete den Himmel.

„Das Wetter wird wieder besser, da hinten reißt es schon wieder auf." „Lasst uns losfahren, damit wir heute Abend Koblenz erreichen", schlug Martin vor. Sie verließen den Hinterhof der Gaststube und gelangten wieder auf die Uferstraße. Einige Händler waren schon unterwegs, ebenso vereinzelte Pilger.

„Meine Kleider werden sicher bald zu eng – dann hast du eine Frau doppelten Umfangs neben dir", spöttelte Andrea.

„Hauptsache, es geht dir wieder besser. Das Erbrechen hat doch aufgehört?", fragte Martin.

„Im Allgemeinen fühle ich mich sehr wohl, nur habe ich fortwährend Hunger." „Da geht es dir wie mir", erwiderte er.

„Meinst du, sie suchen uns weiterhin?", wollte Andrea plötzlich wissen. „Ach nein, die Hundsfötter haben uns längst vergessen. Kehrten wir aber jetzt ins Bergische zurück, hätten wir wohl wieder die Büttel am Hals. Wir sind jetzt ungefähr sechs Monate fort; lassen wir besser noch etwas Gras über die Angelegenheit wachsen. Wenn unser Kind das Licht der Welt erblickt hat, überdenken wir die ganze Angelegenheit noch einmal. Hier und auch in Rudensheim haben die bergischen Grafen keinen Einfluss auf unser Leben."

Andrea schaute ständig nach beiden Seiten. „Wie sich die Gegend verändert. Die Hänge links und rechts vom Fluss scheinen äußerst fruchtbar zu sein." Sie zeigte auf die Steilwände.

„Sind das alles Weinreben?" Hannes fuhr mit seinem Wagen neben ihnen her. „Du kannst dich schon einmal an dieses Bild gewöhnen, es wird sich bis zu eurem Zielort nicht sonderlich verändern. Bereits vor achthundert Jahren haben die Römer hier Wein angepflanzt, schließlich wollten sie damals nicht auf ihr Lieblingsgetränk verzichten. Aus Italien brachten sie die Pflanzen nach dem damaligen Germanium. Durch das milde Klima und den Schieferboden, der die Wärme im Erdreich speichert, wächst der Wein auch hier hervorragend", erklärte er. „Was du alles weißt!", staunte Andrea. Martin ging dieser Satz langsam auf die Nerven.

„Wäre es dir möglich, zur Abwechslung auch einmal etwas anderes zu sagen? Ich kann das wirklich nicht mehr hören! Außerdem haben unsere Germanenstämme die kleinen, dunkelhaarigen Römer sowieso wieder vertrieben", knurrte er sie an. Sie schwiegen eine Weile, dann nahm Hannes das Gespräch wieder auf.

„Dort drüben fließt der kleine Fluss Mosel in den Rhein. Wenn ihr wollt, fahren wir noch etwas weiter, bis wir die Stadt Boppard erreichen." Martin schaute ihn an und nickte. Einige Zeit später erreichten sie das Kloster Marienberg, eine Benediktinerinnenabtei, in dessen Nähe sie ein Gasthaus aufsuchten.

In den nächsten Tagen fuhren sie nach Sankt Goar, wo die Grafen von Katzenelnbogen regierten, und weiter nach Schönburg, Stanleck und Reichenstein, bis sie Bingen erreichten.

„Dort drüben ist der Rheinknick“, rief Hannes „und der Fluss Nahe mündet in den großen Strom. Hier hat einmal eine große Berühmtheit gelebt. Schon von Hildegard von Bingen gehört?“

„Ja, meine Mutter schätzt ihre Heilkunde sehr“, sagte Andrea. „Es war eine rebellische Nonne, scheute keine Auseinandersetzung. Und alle respektierten sie: Bischöfe, Grafen, Äbte, ja sogar der Papst. Auf dem Rupertsberg gründete sie ihr eigenes Kloster mit Nebenstelle. Aber weithin bekannt wurde sie durch ihre Kräuterheilkunst und einige Erscheinungen. Es gehörte schon Mut dazu, sich als Frau in dieser Zeit durchzusetzen“, erklärte Hannes, „seht ihr da drüben die Lastschiffe liegen? Dort könnt ihr nach Rudensheim übersetzen.“ „Und ihr reist jetzt weiter nach Frankfurt?“, wollte Martin wissen. „Ja, wir werden wohl noch etwas länger unterwegs sein. Es hat mich gefreut, euch kennenzulernen, aber hier trennen sich unsere Wege. Vielleicht sehen wir uns ja eines Tages wieder“, meinte Hannes, danach verabschiedeten sie sich voneinander.

Martin fuhr den Wagen zu einem der Schiffe und stieg ab. Nachdem sie Lisa und den Wagen auf den Kahn gebracht hatten, begann eine schaukelnde Überfahrt.

„Jetzt wird es wahrlich spannend.“ „Wie meinst du das?“, hakte Andrea nach, die sich entschieden hatte, wieder mit ihm zu sprechen.

„Na, ich frage mich, ob wir den Bogner Fischer finden werden. Wer weiß, vielleicht ist er weggezogen oder er lebt nicht mehr.“ Martin sollte seine Antwort schneller erhalten, als er glaubte. „Wenn ihr einen Bogner sucht“, meldete sich nun der Bootsmann zu Wort, „es gibt einen in Rudensheim. Ich kenne ihn und weiß, wo er wohnt.“ Martin ließ sich den Weg erklären; seine Erleichterung über die unerwartete Hilfe war ihm anzumerken. Auf der anderen Rheinseite angekommen, schoben sie den Wagen vom Lastkahn und Martin brachte ihr Pferd an Land. Der Bootsmann hob zum Abschied kurz die Hand machte sich auf den Rückweg.

Verspätet

Gerade wurde es hell, die frostige Kälte der Nacht hatte sich noch nicht verzogen, als Ewald sich schon auf den Weg machte. Heute wollte er den Norden von Colonia nach den Gauklern absuchen. Immer wieder dachte er an Maria. Er trug seine dickste Gewandung, um dem eisigen Wind zu trotzen. Normalerweise war die Stadt am Sonntag voll mit Pilgern und Kirchgängern, doch da es noch sehr früh am Morgen war, kam Ewald gut voran. Er ritt durch das Südtor geradewegs in den Norden der Stadt. Einige Ratten huschten an ihm vorbei, der übliche Gestank hielt sich bei dieser Kälte in Grenzen. Es war kurz vor dem Weihnachtsfeste und der Winter hatte alles fest im Griff. Frost breitete sich aus, Ewald spürte es nur zu deutlich an seinen klammen Fingern.

Als er die Stadtmitte erreicht hatte, hielt er an, um sich in einer Gaststube, die schon geöffnet hatte, einen heißen Würzwein zu genehmigen. Lange hielt er sich nicht auf. Nachdem er sich etwas aufgewärmt hatte, schwang er sich erneut in den Sattel und setzte seine Suche fort. Nach einer Weile erreichte er den Norden Colonias. Nach wie vor waren kaum Leute unterwegs, die er hätte fragen können. Die meisten lagen sicherlich noch in ihren warmen Fellen auf dem Strohsack.

Ein Pfarrer eilte zur Kirche, Ewald stieg vom Pferd und ging auf ihn zu. „Gott zum Gruße, Hochwürden! Könnt Ihr mir vielleicht weiterhelfen?“ „Gott zum Gruße, mein Sohn! Womit kann ich behilflich sein?“ „Ich suche nach Lagerstätten der

Kaufmannsgilde, die hier im Norden der Stadt sein sollen, verehrter Vater." Der Gottesmann überlegte kurz, dann sagte er: „Es gibt viele Händler und Kaufleute hier und fast alle verfügen über eigene Scheunen. Doch am besten, glaube ich, haltet Ihr Euch an die Familie Overstolz. Sie besitzt die größten Hallen." „Das werde ich tun, vielen Dank!" Nachdem der Pfarrer ihm noch den Weg beschrieben hatte, ritt Ewald längere Zeit weiter, bis er ein Schild an einer Hauswand entdeckte. ***Handelskontor Overstolz*** war darauf zu lesen. Er ritt durch einen Torbogen und gelangte in den Innenhof, durch die geöffneten Tore erblickte er sogleich die in der Halle stehenden Wagen. Einige der Gaukler lagen noch im Stroh, nur Freia und Harald waren schon damit beschäftigt, den Feuerkorb anzuzünden und das Frühmahl vorzubereiten. Mit einem Holzscheit in der Hand trat Harald nun auf Ewald zu und rief:

„Leute, wacht auf, raus aus den Wagen, wir haben Besuch!" Daraufhin nahm er ihn in den Arm und schlug ihm zur Begrüßung kräftig auf den Rücken.

„Alter Eisenbieger, was treibt dich nach Coelln?"

„Manch schlimmes Erlebnis, mein Freund."

„Setz dich doch und erzähle uns alles. Und dann haben auch wir eine Menge Neuigkeiten für dich", sagte Harald.

Nun endlich erblickte Ewald Maria, die verschlafen aus ihrem Wagen stieg. „Guten Morgen, Maria!" Verlegen ergriff er ihre Hand. „Gott zum Gruß, Ewald! Wie kommst du hierher?" „Das möchte ich auch wissen, also kommt alle her!" Harald winkte die anderen heran. Als sich alle versammelt und Ewald begrüßt hatten, fragte dieser:

„Sind denn Martin und Andrea nicht mehr bei euch? Und wo ist Ranulf?" Lore traten Tränen in die Augen, als sie sagte:

„Mein lieber Mann ist ermordet worden." Ewald sprang auf.

„Aber warum und von wem?“

„Von den Schergen, die Martin und Andrea verfolgt haben“, antwortete sie.

„Diese Drecksbande, sie haben auch meine Eltern getötet. Was ist mit den anderen beiden – sie sind doch nicht etwa auch ...?“ „Nein, nein, sie sind am vergangenen Sonntag zu einem befreundeten Bogner nach Rudensheim aufgebrochen“, beruhigte ihn Robert.

„Zwei Schergen sind tot, Martin hat sie erwischt! Außerdem haben er und Andrea geheiratet, weil sie ein Kind bekommen“, rief der kleine Peter dazwischen.

„Also jetzt einmal langsam, sonst verstehe ich gar nichts mehr“, meinte Ewald.

Sie saßen noch stundenlang zusammen und erzählten. Schließlich sagte Ewald:

„Dann ist die Flucht der beiden ja vollkommen sinnlos. Von den Bütteln geht keine Gefahr mehr aus, denn die haben die Hosen gestrichen voll. Sie wissen, dass Karl Martin das tote Reh untergeschoben hat und Andrea keine Mörderin ist, denn der Schmiedesohn ist – mehr oder weniger – ja noch am Leben. Das ist doch alles ein fürchterlicher Humbug!“ „Darf ich fragen, was dich nun eigentlich genau zu uns führt?“, wollte Maria plötzlich wissen.

Ewald überlegte, dann nahm er sämtlichen Mut zusammen. „Nach meiner Genesung bin ich euch monatelang hinterhergereist. Immer kam ich zu spät, immer wart ihr gerade weitergezogen. Einmal schickte man mich sogar in die falsche Richtung und auch hier in Coelln hatte ich keinen Anhaltspunkt, bis ich dem Sendboten begegnete. Aber kurzum: Der Hauptgrund für meine Reise bist du!“ Maria errötete.

„Verdammt noch mal, das nenne ich ehrlich und direkt!“, lachte Harald und schlug sich mit der Hand auf den Oberschenkel. „Da steht uns wohl noch eine Hochzeit ins Haus!", rief Robin.

„Jetzt mach hier keine Völkerstämme verrückt und lass die beiden in Ruhe", mischte sich Freia ein, „nur ein Mann kann so begrenzt denken." Alle brachen in Gelächter aus, doch dann fragte Ewald ernst: „Könnte ich fürs Erste bei euch bleiben?"

„Kein Problem – doch du musst wissen, dass wir für unsere Weihnachtsaufführung proben müssen, die in zehn Tagen stattfinden wird. Wir wollen uns ja schließlich nicht blamieren", gab Harald zurück.

Rudensheim

„Am besten fahren wir in die Stadt und fragen nach dem Bogner Gottfried Fischer. Meine Güte, ist das eine Schweinekälte. Pack dich in die Felle ein, damit du dich nicht verkühlst!", riet Martin fürsorglich.

„Na, sind wir jetzt wieder freundlich?", fragte Andrea. Er grinste verlegen. „Ja, sind wir." „Dort drüben kommt jemand, den wir nach dem Weg fragen können!" Der ältere Herr, den sie ausgemacht hatte, schien den Bogner gut zu kennen.

„Dort drüben an der kleinen Kapelle biegt ihr links ab und fahrt dann bis ans Ende der Gasse."

Als sie dort ankamen, sahen sie ein Haus und zwei Scheunen.

„Das muss es sein", vermutete Martin. Der Lärm, den ihr Wagen auf dem Kopfsteinpflaster verursachte, war anscheinend nicht zu überhören, denn nun trat ein kräftiger Mann aus dem Haus und ging auf sie zu.

„Kann ich euch weiterhelfen, sucht ihr jemanden?", fragte er. Martin erinnerte sich an seine Kindheit, damals war er acht oder neun Jahre alt gewesen. Dieser Mann und sein Vater hatten sich regelmäßig auf dem Wochenmarkt in Colonia getroffen, Martin war oft dabei gewesen. Gottfried Fischer hatte sich kaum verändert – ein paar graue Haare und einige Falten mehr, aber immer noch der gutmütige Brummbär.

„Früher nannte ich dich immer Onkel Gottfried und glaubte, dass der Name etwas mit dem Allmächtigen zu tun habe", hob Martin an. Der Bogner stutzte und kratzte sich am Kinn, dann begann er zu lachen.

„Sag bloß, du bist der kleine Martin Falkenstein – ich werde verrückt! Was machst du denn in Rudensheim und wie hast du mich überhaupt gefunden?" Gottfrieds Frau kam heraus. „Grethe, schau, wen wir hier haben: Martin Falkenstein, Wilibalds Sohn!", rief er, „weißt du noch, damals in der Coellner Zeit? Mein Gott, ist das lange her." Nun stieg Andrea vom Wagen und ging auf die drei zu.

„Und das ist Andrea, meine Frau", sagte Martin. „ Und verheiratet ist der Kleine auch schon. "Sie begrüßten sich freundlich und der Bogner bat sie ins Haus.

Als sie eintraten, schaute Gottfried Andrea an.

„Dein Bursche hat mir damals mitten auf dem Marktplatz einen Pfeil in den Fuß geschossen – war zwar nicht so schlimm, tat aber gehörig weh. Er wollte Tauben jagen, ich jedoch verbot es ihm, weil zu viele Menschen zugegen waren, und wies ihn an, den gespannten Bogen auf den Boden zu richten. Er folgte auch brav, verlor jedoch die Kontrolle über die Waffe und schoss mir direkt in den Fuß", lachte Gottfried.

„Ich erinnere mich, es war der rechte", ergänzte Martin grinsend.

In der Stube erzählte er, warum sie hergekommen waren und sagte schließlich:

„Mein Vater riet mir, dich aufzusuchen, weil du mir sicherlich weiterhelfen könntest."

„Da hat er recht! Leider haben wir uns damals durch den Umzug nach Rudensheim aus den Augen verloren. Von hier aus ist es viel zu weit bis nach Colonia. Meine Ware biete ich seitdem auf einigen Märkten in der hiesigen Umgebung an. Doch nun zu euch: Den Wagen und das Pferd könnt ihr im Hinterhof unterstellen. Die eine Scheune ist so gut wie frei, die andere benutze ich als Werkstatt. Allerdings gibt es im Winter kaum Arbeit, die Einnahmen reichen gerade für Grethe und mich. Größere Aufträge kommen frühestens wieder im Frühjahr. Im Moment halte ich mich mit kleineren Reparaturen über Wasser", erklärte er den beiden.

„Du wirst sie doch wohl nicht wieder fortschicken – nach allem, was sie erleben mussten", fauchte ihn seine Frau an.

„Nein, auf keinen Fall! Es wird schon reichen, um uns vier durchzubringen, aber ein Gehalt kann ich Martin frühestens ab März zahlen", rechtfertigte sich Gottfried.

„Es wird für viereinhalb reichen müssen – das Mädel bekommt doch ein Kind!", entfuhr es Grethe. Andrea lächelte verlegen. „Wie weit bist du denn, meine Liebe?", wollte Grethe wissen. „Ich denke, ich werde im vierten Monat sein", gab Andrea zur Antwort.

„Na, das sieht aber eher nach dem fünften aus", meinte Grethe.

„Wenn meine Frau das sagt, hat sie recht, denn sie kennt sich damit aus", erklärte Gottfried stolz. Martin wurde hellhörig. „Ist sie etwa Hebamme?" „Nein", meldete sich die Bognerfrau wieder zu Wort, „aber ich stricke schon seit Jahren Unterzeug und Gewandungen für Neugeborene und Kleinkinder. Das schult das Auge."

Dann wandte sie sich wieder Andrea zu. „Sorge dich nicht, meine beste Freundin hier im Ort ist eine gute, erfahrene Wehfrau." Gottfried erhob sich. „So, jetzt richtet euch erst einmal so gut es geht in der Scheune ein. Heute Abend trinken wir Bier und Wein und reden über die guten alten Zeiten."

Später im Stall wollte Andrea von Martin mehr über ihre Gastgeber wissen. „Es sind sehr warmherzige Menschen, warum haben sie keine eigenen Kinder?"

„Vor einigen Jahren unterhielten sich meine Eltern einmal darüber – ich muss ungefähr vierzehn Jahre alt gewesen sein. Meine Mutter erklärte dem Vater, dass Grethe keine Kinder bekommen könne. Deshalb hat Gottfried an mir wohl auch so einen Narren gefressen; sicherlich hätte er auch gerne einen so niedlichen, kleinen Kerl wie mich zum Sohn gehabt." Andrea verdrehte die Augen.

„Bin ich froh, dass du so gar nicht eingebildet bist! Weißt du, wir könnten den beiden doch bei ihrer Arbeit zur Hand gehen, auch wenn wir keine Silberlinge dafür bekommen. Etwas Essen und ein Dach über dem Kopf ist doch auch etwas."

Grethe und Andrea verstanden sich prächtig und waren mit den Vorbereitungen für das Christfest beschäftigt.

Martin hielt sich meistens in der Werkstatt auf, die bedeutend geräumiger war als die seines Vaters. Viele der Werkzeuge kannte er von zu Hause.

„Mein wichtigster Kunde ist das Grafenhaus von Katzenelnbogen, dessen Gebiet sich in den Limburger Raum hin bis nach Runkel zieht. Dann habe ich noch einige Privatkunden, die sich für erstklassige Jäger halten – irgendwelche Pfeffersäcke mit viel Geld, die jedoch keine Ahnung von der Jagd haben. Ein wenig Zubrot verdiene ich außerdem durch Besenbinderei. Das ist für einen Bogner zwar nicht die richtige Arbeit, aber in der Not frisst der Teufel bekanntlich Fliegen", sagte Gottfried.

Nach dem Abendessen erzählte er Andrea und Martin einiges über die Gegend am Rhein. „Da, wo ihr herkommt, gibt es ja reichlich Waldbestand. Das Bergische Land ist eine perfekte Gegend für uns Bogner. Hier jedoch haben wir so unsere Probleme, denn für den Weinbau hat man viele Bäume und sogar ganze Wälder abgeholzt, um stattdessen Reben zu pflanzen. Mehr als die Hälfte der Bürger in Rudensheim sind Weinbauern, Weinhändler oder Kellermeister – die anderen sind Fischer, Flößer oder arbeiten auf Schiffen. Ich bin der einzige Bogenbauer in der Gegend. Wenn ich Holz benötige, muss ich weit wandern, um an gutes Material zu kommen. Mittlerweile sieht es an der Nahe und der Mosel nicht viel besser aus – überall Weinanbau und kaum noch Wald."

„Aber einen Vorteil hat es: Es gibt zwar weniger Arbeit, aber mehr Zeit, um guten Wein zu trinken", lachte Martin.

„Das hast du von deinem alten Herrn gelernt! Meine Güte, haben wir uns damals in Coelln manchmal einen gegönnt" prustete Gottfried los, „und deine Mutter hat nie etwas bemerkt, weil dein Vater auf dem langen Weg von Colonia ins Bergische meist wieder nüchtern wurde." Martin schüttelte lachend den Kopf. „Ich möchte nicht wissen, was ihr damals noch alles angestellt habt."

Große Liebe

Harald und Ewald saßen in einem Gasthof in der Nähe des Lagers und tranken genüsslich ein Bier.

Drei Dinge muss ich noch dringend erledigen: Martin und Andrea wiedersehen, den dritten Schergen finden und meine Maria erobern", sinnierte Ewald. Harald nickte.

„Ich glaube, die Sache mit Maria steht unter einem guten Stern – so verliebt, wie sie dich ansieht. Und Martin und Andrea werden wir früher oder später wiedersehen. Zumindest wissen wir, wo sie sind. Am schwierigsten dürfte es sein, diesen Drei-Finger-Söldner aufzutreiben. Ich fürchte, da sind wir auf den Zufall angewiesen."

„Ich wünschte, der morgige Weihnachtsauftritt bei der Kaufmannsgilde wäre bereits vorbei, ebenso wie dieser verfluchte Winter mit seiner lausigen Kälte", murrte Ewald.

Die beiden Männer verabschiedeten sich voneinander. Harald hatte noch mit seinen Leuten zu proben und Ewald musste wieder zur Schmiede zurück, um den Meister nicht zu verärgern. Es gefiel Ewald ganz und gar nicht, Maria nur an einem einzigen Tag in der Woche sehen zu können – wie gern würde er mehr Zeit mit ihr verbringen. Zudem war Maria sehr schüchtern, sodass sie sich nur langsam näherkamen. Doch trotz allem konnte er kleine Fortschritte verbuchen, denn immerhin hatte sie ihm schon bei ihrem ersten Spaziergang gestattet, ihre Hand zu halten. Am nächsten Sonntag, das nahm er sich fest vor, würde er sie küssen.

Im Wald

Es waren schöne, besinnliche Feiertage im Hause Fischer. Sie saßen in der warmen Stube beisammen, ließen es sich bei schmackhaftem Essen und vorzüglichem Wein gut gehen und erzählten sich allerlei Geschichten. Der Januar wurde bitterkalt, sogar die Schifffahrt auf dem Rhein musste eingestellt werden.

„Wenn es hier schon so frostig ist", meinte Gottfried, „kann ich mir vorstellen, wie es erst im Bergischen Land aussehen muss."

„Was glaubt ihr, was bei uns an Schnee herunterkommt! In Weperevorthe und Huckengeswage geht da nichts mehr. Vor zwei Jahren bin ich wochenlang nicht aus unserem Tal herausgekommen“, berichtete Martin. „Die Menge, die wir in diesem Winter schon an Brennholz verbraucht haben, geht auf keine Kuhhaut. Die Bestände gehen dem Ende zu.“ Durch das viele Heizen roch es im Haus wie in einer Räucherkammer, sodass es allen ständig Tränen in die Augen trieb. Gottfried sah seine Frau an.

„Morgen früh breche ich mit Martin auf, um Holz zu schlagen, bevor wir hier noch erfrieren. Wir werden den ganzen Tag unterwegs sein.“

Am nächsten Morgen schnürten sie sich mit Fellen ein. Gottfried steckte sich eine Axt hinter seinen Gürtel, Martin nahm seinen Bogen und einige Pfeile mit. „Komm, Junge, wir holen noch die Holztrage und ein Seil aus der Werkstatt“, sagte Gottfried. Sie verließen Rudensheim und bogen in die Weinberge ab. Es war nicht einfach, sie zu erklimmen, ständig rutschten sie auf der vereisten Erde aus. Mitten im Hang blieb Gottfried stehen und zeigte auf die Berge.

„Hier siehst du die Grundlage für den Wohlstand der Einheimischen: Reben, Reben, nichts als Reben – soweit das Auge reicht. Das ganze Land wurde gerodet, um Weinberge anzulegen. Unter unserem Erzbischof Siegfried wurde es sogar noch erweitert“, murrte er. „Und für das Holz müssen wir klettern wie die Bergziegen, bis einem die Zunge auf dem gefrorenen Gugel festklebt“, keuchte Martin. Als sie auf dem Bergrücken standen, sahen sie in weiter Entfernung ein Waldgebiet.

„Da müssen wir noch hin – ist das nicht ein verdammter Weg?“, fluchte Gottfried. „Vielleicht sollten wir unseren Beruf an den Nagel hängen und uns ebenfalls mit Wein beschäftigen?“, fragte Martin.

„Was glaubst du, wie oft mir der Gedanke schon durch den Kopf gegangen ist“, antwortete Gottfried.

Am früher Mittag erreichten sie endlich den Wald. „Zuerst sehen wir uns nach Altholz um, das ist schon abgelagert und stinkt nicht so furchtbar beim Verheizen. Wenn wir nicht genug finden, fällen wir einen Baum“, verkündete Gottfried. Martin deutete auf seinen Bogen. „Kann ich mich hier einmal etwas umschauen?“ Gottfried grinste:

„Schieß alles ab, was dir vor den Pfeil kommt. Bei dem Sauwetter ist sowieso keiner unterwegs.“

Nun war Martin wieder in seinem Element. Da der Waldboden mit einer feinen, weißen Schicht bedeckt war, konnte er die Spuren der Wildtiere erkennen. Er sah eine Fuchsspur, die für seine Absichten uninteressant war, doch bald entdeckte er auch Reh- und Hasenspuren. Fast lautlos ging er vorwärts und blieb immer wieder stehen, um zu lauschen. Er musste eine Lichtung oder eine Wiese finden, denn dort könnten sich einige Tiere aufhalten. Rehe und Hasen, Birkhühner und Fasane hatten die Schneedecke aufgescharrt, um an das darunterliegende Gras zu gelangen. Es wurde immer heller, ein weites Tal tat sich vor ihm auf. Geduckt schlich Martin bis zum Waldrand. In den Baumkronen saßen einige Ringeltauben und gurrten vor sich hin. Man konnte diese Vögel zwar essen, aber viel war da wahrhaftig nicht dran. Er verharrte in der Hocke, seine kalten Füße schmerzten. In dem Moment erblickte er – ungefähr hundert Schritte entfernt – ein kleines Rudel Rehe. Ein Bock und vier Ricken traten auf die Wiese. Scheu und vorsichtig verließen sie den Wald, schauten sich nach allen Seiten um und begannen, die dünne Schneedecke mit ihren Vorderhufen aufzukratzen. Immer wieder blickten sie auf, um nach Gefahren Ausschau zu halten.

Leise wie eine Katze pirschte sich Martin heran – bemüht, jegliches Geräusch zu vermeiden. Stück für Stück kroch er weiter und beobachtete die Tiere, die noch keine Witterung aufgenommen hatten. In diesem Augenblick hätte er schon schießen können, doch er war nicht sicher, ob er auf diese Distanz exakt treffen würde. So versuchte er, sich noch weiter zu nähern. Hinter einer Buche fand er Deckung, legte einen Pfeil ein und spannte den Bogen. Eines der Rehe, offensichtlich ein Jährling, stand äußerst günstig. Martin ließ die Sehne los und mit einem kurzen Zischen drang der Pfeil seitlich in die Brust des Tieres ein und blieb bis zur Hälfte stecken – ein Volltreffer. Wild tobten die Rehe auseinander und flüchteten panisch in den Wald zurück. Martin stutzte. Sollte er so schlecht gezielt haben? Er nahm die Verfolgung auf. Schon nach einigen Schritten erkannte er Blutspuren auf dem Waldboden, dann sah er die tote Ricke. Das Tier war groß genug, um die Versorgung für die nächsten Tage zu sichern. Martin freute sich über diese willkommene Abwechslung zum täglichen Eintopf. Er bückte sich, warf das Reh über die Schulter und hielt es vor seiner Brust an den Läufen fest. Dann machte er sich zufrieden auf den Rückweg, um nach Gottfried Ausschau zu halten.

Als er den Bogner sah, war dessen Holztrage bereits mit Altholz gefüllt.

„Ich bin es, nicht erschrecken!", rief Martin ihm zu. Gottfried, der auf einem Holzstapel saß, erhob sich und riss erstaunt die Augen auf.

„Du heiliger Strohsack, dich hat uns der liebe Gott geschickt! Das löst jeden Knoten im Magen", frohlockte er und nahm Martin das Reh von der Schulter.

„Jetzt müssen wir aber höllisch aufpassen, dass uns niemand sieht. Wie sollen wir das Tier nur ungesehen ins Haus bekommen?" Martin überlegte nicht lange. Er nahm die Trage und kippte das Holz herunter.

„Nimm die Axt und hacke ein Loch in die Erde! Ich weide das Tier mit meinem Messer aus, danach zerlegen wir es.

Einen Teil vergraben wir, den Rest bringen wir auf die Trage und stapeln Holz darüber. Dann legen wir noch ein paar Äste über das vergrabene Reh, damit wir es wiederfinden. Bei der Kälte ist es sicher aufbewahrt und verdirbt auch nicht, sodass wir es in den nächsten Tagen holen können."

„Deine Idee ist nicht schlecht, aber du hast die Füchse und Wildschweine vergessen. Wenn sie Witterung aufnehmen, wühlen sie den Boden um und fressen unsere Kühlkammer leer."

„Da hast recht", erwiderte Martin, „aber was bleibt uns sonst übrig?"

„In das ausgehobene Loch werfen wir die Innereien samt Kopf und Hals und decken es mit gefrorenen Erdplatten und etwas Laub ab. Die anderen Teile nehmen wir mit, warten aber die Dunkelheit ab, damit uns niemand sieht", schlug Gottfried vor.

Sorgfältig legten sie die zerteilten Fleischstücke später auf die Trage und verdeckten sie mit Holz.

„So, das sieht gut aus, jetzt binden wir das Ganze zu einem schönen Paket zusammen, dann kann nichts herunterfallen", meinte Gottfried, „wir nehmen den direkten, abschüssigeren Weg zurück, so müssen wir nicht durch das Dorf, rutschen nur den Weinberg hinunter und kommen direkt im Garten hinter meinem Haus an." Eine Weile verbrachten sie noch mit der Säuberung des Waldbodens, anschließend brachen sie auf.

Gottfried stöhnte:

„Puh, ganz schön schwer, aber der Braten wird uns für die Mühe entschädigen!" Fortwährend hielt er Ausschau nach Fremden. Sie erreichten den Bergrücken und legten eine Pause ein.

„Jetzt wird es spannend", warnte Gottfried und wies auf den steilen Abhang.

„Was denkst du", überlegte Martin, „sollten wir beide vorweg gehen und das Ende der Trage über den Boden schleifen lassen?"

„Wir könnten es versuchen, aber pass bloß auf, dass uns der Braten nicht hinunterrauscht, sonst ist er vor uns zu Hause!", grinste Gottfried.

Vorsichtig machten sie sich auf, um den Berghang zu bewältigen. Ihre Hände waren taub vor Kälte, und ehe sie sich versahen, entglitt ihnen die Trage mitsamt Reh und sauste den Berg herunter. Mit einem gewaltigen Krach landete sie vor Gottfrieds Scheunentor, Holz und Fleischteile flogen durch die Luft. „Oje, oje!", jammerte Gottfried.

Auf ihren Hintern rutschten sie der Holztrage hinterher. Unten angekommen sahen sie sich um. Niemand schien etwas gehört zu haben – außer Grethe, die sich nun vor ihnen aufbaute und mit dem Kopf schüttelte.

„Ihr seid mir vielleicht zwei Figuren", höhnte sie. Eilig öffnete Gottfried den Hintereingang. Hier konnte sie keiner mehr erspähen, denn der Blick in den Innenhof war durch eine Holzwand versperrt.

„Schnell, alles hinein!" Kurze Zeit später betrat auch Andrea den Hof.

„Überraschung!", rief Martin und stapelte gerade das Holz an der Hauswand hoch, als Andreas Blick auf das Fleisch fiel.

„Halleluja!", rief sie, „wenn du damit erwischt wirst, baumelst du am Galgen, mein lieber Mann. Ich hatte mir schon so etwas gedacht, als du heute früh mit dem Bogen über der Schulter fortgingst."

„Weißt du noch, wie wir an diesem schönen Maitag im Gras an der Weper lagen? Da habe ich dir versprochen, immer für dich zu sorgen, auch wenn einmal schlechte Zeiten kommen."

Gerührt nahm Andrea ihn in den Arm. „Nie werde ich das vergessen", flüsterte sie. Abrupt wurden sie von Gottfrieds wildem Freudenschrei unterbrochen: „Bratenduft – ich kann ihn schon geradezu riechen!“

Die Männer zerschnitten einen Teil des Fleisches in kleine Stücke, während die Frauen Zwiebeln und kleine, verschrumpelte Äpfel des letzen Herbstes schälten.

„Wie bereitest du das Reh zu?“, fragte Andrea wissbegierig.

„Zuerst brate ich das Fleisch an, bis es knusprig ist, dann kommen die Zwiebeln dazu, später fülle ich das Ganze mit Wasser auf. Wenn alles gut durchgekocht ist, gebe ich die Äpfel hinzu und eine Handvoll getrockneter Weinbeeren – und natürlich Salz und etwas Wein. Zum Schluss wird nur noch die Soße mit etwas Mehl gebunden“, erklärte Grethe.

Es wurde ein vorzügliches Mahl, das Gottfried mit den Worten beschloss: „Das war noch besser als eine fette Weihnachtsgans – und wie schön, dass noch genug übrig ist!“

Der Sonntagsausflug

An einem Sonntag im neuen Jahr 1224 bereiteten Ewald und Maria ihren Wagen für einen Tagesausflug zum Rhein vor. Es war ein wunderschöner, wolkenloser Wintertag und beide freuten sich darauf, einmal ungestört einen ganzen Tag allein zu verbringen. Die Woche über arbeitete Ewald hart – in der letzten Zeit hatte er sich sogar etwas Geld zurücklegen können – und sein Meister schien recht zufrieden mit ihm zu sein. Heute wollte er Maria zu einem Ausflug und einem gemeinsamen Essen einladen.

Als sie den Kaufmannshof verließen, seufzte er:

„Endlich zu zweit – ohne die vielen anderen Leute um uns herum. Wir fahren jetzt durch das Nordtor auf die Rheinwiesen und dann schön gemütlich am Fluss entlang. Und wenn wir Hunger verspüren, kehren wir in eine nette Herberge ein." Marias Schüchternheit schmolz wie Eis in der Sonne.

„Auch ich freue mich auf die Zeit mit dir!" „Was meinst du – stromabwärts oder stromaufwärts?" „Lass uns doch Richtung Norden fahren", schlug sie vor, „da geht es in die alte Stadt Dormagen." „Wie die Dame wünscht", erwiderte Ewald und zwickte Maria zart in die Seite.

Heute, am heiligen Sonntag, waren nur wenige Schiffe unterwegs. Vereinzelt gab es kleine Fischerboote und hier und da einen Lastkahn zu beobachten, der Güter transportierte. Immer wieder kamen sie an ausgespülten Sandbuchten vorbei, die von hohem, dichtem Riedgras unterbrochen wurden, deren Enden Federbüschen ähnelten..

Die mannshohen, frostig glitzernden Halme bogen sich im Wind hin und her. Aus dem Wirrwarr der Halme drang Entengeschnatter an ihre Ohren.

Ewald stoppte den Wagen. Arm in Arm schauten er und Maria in die Fluten des sich langsam dahinschleppenden Stromes.

„Wie friedlich und ruhig es hier ist. Kein Glockengeläut, keine schreienden Kinder, kein Stadtlärm oder hallendes Hufgetrappel in irgendwelchen Gassen", sagte Maria leise. Ewald nahm ihren Kopf in beide Hände und drehte ihn sanft zu sich herüber, um ihr einen langen Kuss zu geben, den sie innig erwiderte. Eng umschlungen sahen sie auf den großen Fluss, dann sagte sie:

„Wie gut, dass du mir gefolgt bist und mich schließlich gefunden hast."

„Der Abschied von dir und meinen Freunden, damals in Huckengeswage, fiel mir sehr schwer. Aber ich konnte doch Mutter und Vater nicht mit der Schmiede allein lassen. Als meine Eltern tot waren, spürte ich nur noch Wut und Trauer, und nachdem meine Kopfverletzung verheilt war, hielt mich schließlich nichts mehr in dieser Stadt. Das Haus und die Scheune hatten die Schergen in Asche gelegt, meine einzige Rettung war Otto. Wochenlang haben er, der Bader und das Kräuterweib mich gesund gepflegt. Danach stand für mich fest, dass es Zeit für einen Neuanfang war. Und so machte ich mich auf die Suche nach euch und hatte letztendlich Glück." Maria küsste ihn erneut.

„Ich bin so froh, dass du hier bist!"

Ewald beugte seinen Kopf: „Sieh dir mal die Narbe an!"

Maria fingerte Ewalds Haare beiseite und sah die ausgeprägte alte Verletzung: „Meine Güte, war das ein Hieb. Welch ein Wunder, dass du den überlebt hast."

In der Mitte des Flusses war die Strömung am stärksten, zum Ufer hin nahm sie deutlich ab. Es hatten sich dünne, transparente Eisplatten gebildet. Sie fuhren weiter, bis Ewald sagte:

„Mein Magen knurrt. Wollen wir eine Herberge aufsuchen?"

„Sehr gerne, mein Lieber." An einer gepflegten Gaststube mit dem schönen Namen ***Zum Rheinblick*** hielten sie an und banden ihr Pferd an einem Holzpflock fest. Um diese Jahreszeit war das Lokal nur mäßig besucht, außer zwei Händlern saß niemand in der Schankstube. Maria und Ewald bestellten sich eine Fischsuppe mit Brot und im Anschluss noch Eier mit Schinken, zum Aufwärmen gab es heißen, gewürzten Wein. Das verliebte Paar genoss die schönen Stunden zu zweit, mehrere Becher des guten Weins taten ein Übriges.

„Ich glaube, mir ist etwas schwindelig", kicherte Maria. Ewald winkte den Wirt heran. „Guter Mann, habt Ihr ein Gästezimmer für die Nacht?"

„Natürlich, mein Herr", lächelte er und holte einen Schlüssel, „Kammer drei – dort drüben." Ewald nahm Marias Hand und ging mit ihr auf das Zimmer. „Bei dieser Kälte habe ich keine Lust, heute noch zurückzufahren. Wir sollten die Nacht hier verbringen und morgen früh aufbrechen." Zu seinem Erstaunen antwortete sie: „Irgendwann muss es ja geschehen, schließlich will ich nicht als Jungfer sterben."

Die Kammer war spärlich beleuchtet. An der Wand hatte eine Holztruhe ihren Platz gefunden, über der Tür hing ein Kruzifix und ein großes Bett mit gefüllten Strohunterlagen und zwei dicken Decken gegen die Kälte stand in der Mitte des Raumes.

Ewald legte seine Jacke ab und streifte sich sein Hemd über den Kopf. Maria sah seinen entblößten, muskulösen Körper und betrachtete seine kräftigen Arme und Hände, die so behutsam und zärtlich sein konnten.

„Würdest du mir bitte das Kleid aufschnüren?", bat sie ihn. Ewald trat zu ihr.

„Dein erstes Mal?", fragte er zögerlich.

„Ja, wäre ich sonst noch eine Jungfer?", erwiderte sie. Sie hatten sich bis auf die Unterkleider ausgezogen. Maria war groß und schlank gewachsen und nur wenig kleiner als Ewald. Als er ihr Haarband öffnete, fiel ihr langes Haar bis zu den Hüften hinab. Bei ihrem schönen, grazilen Anblick musste er schlucken. Sie legten sich auf das Bett und küssten sich. Ewald erinnerte sich an die Müllerstochter Gertrude aus Huckengeswage, der er des Öfteren beigelegen hatte. Einmal war er auch mit der schönen Magd Gundula im Heuschober zusammen gewesen. Doch beide Beziehungen waren nicht von Dauer.

Nun endlich war es so weit und seine Angebetete lag neben ihm. All seine Träume gingen in Erfüllung. Er liebkoste ihren Hals, danach fuhren seine Finger über ihren Mund, bevor sie sich auf die weitere Suche machten. Eine Weile blieben seine Hände auf ihrem Busen liegen. Als er ihre Brustwarzen berührte, wurden sie hart und traten hervor. Mit einer Flut von Küssen überschwemmte er ihren Körper. Marias Lippen entwich ein leises Stöhnen, als Ewald die Innenseiten ihrer Schenkel streichelte und ihre Scham erreichte. Nun gingen auch Marias Hände auf Wanderschaft, um den Körper des Geliebten zu erkunden. Sie umfassten sein hartes Glied, das Ewald wie ein mit Leben gefüllter Schmetterlingskokon schien, der jederzeit aufzuplatzen drohte. Sanft zog er Maria auf sich. Behutsam drang er in sie ein. Ein leiser Schrei kam aus ihrem Mund, als ihre Jungfernhaut riss. Gleichmäßig nahmen sie einen konstanten Rhythmus auf. Marias Fingernägel bohrten sich in Ewalds breite Schultern und hinterließen rote Kratzer. Sie riss ihren Kopf nach hinten, ihr langes Haar berührte seine Beine. Gleich einer Wildkatze bog und drehte sie sich in seinem Schoß und er entlud sich in ihr wie ein speiender Vulkan. Die Welt schien sich zu drehen und ein Zittern überfiel seinen Körper. Ihre vom Liebesspiel geröteten Leiber versanken eng umschlungen auf dem Strohlager. „Nie hätte ich gedacht, dass es so schön ist“, flüsterte Maria.

Geschafft

Am nächsten Morgen saßen Maria und Ewald in der Schankstube und warteten hungrig auf ihr Frühstück. Der Wirt brachte ihnen eine Schüssel mit warmem Haferbrei und legte zwei Holzlöffel dazu.

„Wünsche, wohl geruht zu haben“, sagte er.

„Oje, heiliger Strohsack“, entfuhr es Ewald in dem Moment und er schaute Maria erschrocken an, „wir haben das Pferd vergessen, es stand die ganze Zeit draußen in der Kälte!“

„Ja, ja, wenn sich die Herzen Liebender öffnen, bleibt der

Verstand schon einmal auf der Strecke. Aber keine Sorge – als ich gestern Abend die Tür verschließen wollte, sah ich draußen den frierenden Gaul und habe mich um ihn gekümmert. Er steht im Stall hinter dem Haus und hat sich an einem Eimer mit gutem Dormagener Hafer und einem Trog klaren Rheinwassers gütlich getan", grinste der Wirt.

Tatsächlich hatten Ewald und Maria in ihrem Liebesrausch alles um sich herum vergessen. „Ich danke Euch sehr, mein Herr! Würdet Ihr mir bitte sagen, was ich Euch für alles schuldig bin?" Ewald folgte dem Wirt zu einem Schanktisch und beglich die Zeche, dann legte er noch eine Münze dazu.

„Für die Versorgung des Gauls", sagte er. „Junger Freund", meinte der Wirt, „wir Männer müssen doch zusammenhalten."

Ewald holte das Pferd aus dem Stall und spannte es vor den Wagen. Maria und er schlugen sich in ihre Decken ein, stiegen auf den Bock und machten sich auf die Heimfahrt, die sie zügig angingen, denn er musste auf dem schnellsten Wege wieder zur Schmiede zurück, wenn er keinen Ärger bekommen wollte.

Als sie bei den Spielleuten eintrafen, wurden sie gleich von Harald begrüßt.

„Na, ihr beiden Turteltauben?", scherzte er. Ewald nutzte die Gelegenheit, um noch ein paar Worte mit dem Gauklerführer zu wechseln, denn ein großes Anliegen brannte ihm auf der Seele.

„Kann ich dich kurz sprechen?", fragte er ihn.

„Natürlich, was gibt es?", erwiderte Harald freundlich.

„Wenn ihr im Frühjahr aufbrecht, würde ich gerne mit euch reisen. Ich weiß, dass ich kein Gaukler bin und auch kein Instrument beherrsche, aber ich könnte euch mit meinem Schwert beschützen und mich um die Reparaturen der Wagen, den

Bühnenaufbau und die Pferde kümmern."

Harald überlegte eine Weile, dann sagte er: „Der Vorschlag klingt gar nicht so übel. Doch wo bringen wir dich unter? Robin, Robert und ich reisen immer in getrennten Wagen, weil wir darin die gesamte Ausrüstung mitführen. Du könntest allenfalls mit Edwin fahren. Wenn Freia allerdings in den Wagen von Lore zöge – unser guter Ranulf weilt ja leider nicht mehr unter uns – wäre auch noch Platz bei Maria und dem kleinen Peter. Besprecht die Angelegenheit mit Freia – wenn sie zustimmt, soll es mir recht sein."

„Das mache ich", freute sich Ewald, „ich danke dir sehr!"

„Je nach Wetterlage werden wir im März oder April wieder auf Reisen gehen", gab Harald noch zu verstehen, bevor Ewald sich auf den Rückweg zur Schmiede machte.

Kunstschmiede

In der Werkstatt angekommen, fing sich Ewald prompt einen scharfen Tadel ein. „Du kommst viel zu spät!", herrschte der Meister ihn an.

„Entschuldigt, ich werde die versäumte Zeit nachholen."

„Das kann ich nur hoffen!" Der Meister war übel gelaunt.

„Hier, sieh dir das an!", murrte er und hielt Ewald eine Zeichnung vor die Nase, „andauernd wollen die Kunden neuen Schnickschnack. Jetzt sollen wir auch noch Kerzenständer, Kronleuchter, Laternen und große, ornamental geformte Schlüssel schmieden – einen solchen will nämlich der Kaufmann Wolfgang von Bentheim. So etwas habe ich doch noch nie hergestellt – und in einer Woche soll das Ding fertig sein."

Ewald sah sich die Zeichnung an.

„Lasst mich nur machen – als Ausgleich für mein Zuspätkommen – ich glaube, das bekomme ich hin."

In den nächsten Tagen war Ewald mit seiner neuen Aufgabe beschäftigt. Immer wieder erhitzte er das Eisen, bearbeite es mit dem Hammer, drehte und bog es, ließ es erneut abkühlen. Mit Argusaugen beobachtete ihn der Meister bei der Arbeit und musste bald zugeben, dass Ewald sein Handwerk beherrschte. Ihm blieb nichts anderes übrig, als ihm nach einigen Tagen schweren Herzens ein Lob auszusprechen. „Gut gemacht, jetzt kannst du es auch selbst abliefern."

Am Morgen des nächsten Tages hing Ewald sich eine Liefertasche über die Schulter, in der sich der Schlüssel befand, holte sein Pferd und machte sich auf den Weg in die Stadt. „Frag nach Wolfgang von Bentheim in der Nordstadt!", mahnte ihn der Schmied. „Ja, Meister", gab Ewald zurück, „ist das wieder frisch hier draußen. In der Schmiede geht man ein vor Hitze, säuft eimerweise Wasser und draußen friert einem der Hintern ab."

„Hier", fuhr der Meister fort, „nimm das Geld und kehre unterwegs in einen Gasthof ein, damit du dich aufwärmen kannst." Ewald hatte verstanden – es war eben die Art dieses groben Klotzes, seine Dankbarkeit zu zeigen.

Da sein Ziel nicht weit von dem Winterquartier der Gaukler entfernt lag, plante Ewald, seiner Maria nach der Auslieferung des Schlüssels einen kleinen Besuch abzustatten. In derlei Gedanken versunken, ritt er nun durch Colonia, als er laute Schreie vernahm, die aus einer kleinen Nebengasse kamen. Sofort bog er ab, um nach dem Rechten zu sehen. Bald darauf sah er einen jungen Burschen am Straßenrand liegen, das Gesicht hinter beiden Händen verborgen. Ewald stoppte sein Pferd und stieg ab.

„Was ist geschehen?", fragte er. „Komm, ich helfe dir." Er

griff dem Jungen unter die Arme, doch dieser stöhnte vor Schmerz auf. „Lass einmal sehen", forderte Ewald ihn auf. Der Bursche nahm seine Hände herunter. Das linke Auge war zugeschwollen und die Lippen aufgeplatzt. Seine Nase schien gebrochen zu sein und aus allen Gesichtsöffnungen trat Blut hervor.

„Ich bin ausgeraubt worden", stammelte er, und während er sprach, bildeten sich kleine Bläschen aus Blut und Speichel auf seinen Lippen, die sodann zerplatzten.

„Sag, ich kenne dich doch, du bist doch der Sendbote!", stellte Ewald erstaunt fest. Der Junge nickte. Ewald stieg in den Sattel und zog den Verletzten zu sich hoch.

„Du kennst dich hier doch gut aus. Weise mir den Weg zu jemandem, der dich versorgen kann. Gib mir ein Zeichen, wenn ich anhalten oder die Richtung ändern soll!" Wieder nickte der Bursche.

Sie ritten eine Weile geradeaus, dann bedeutete er Ewald, nach rechts abzubiegen. Vor einem alten Gemäuer machten sie halt und stiegen ab. Der Junge schritt langsam auf ein großes Holztor zu und schlug mit seiner Faust dagegen. Ein langer, hagerer Mönch öffnete ihnen und sah sie unter seiner tief ins Gesicht gezogenen Kapuze an. Er sagte kein Wort, musterte den Burschen und winkte ihn und Ewald hinter sich her. Sie folgten ihm durch einen dunklen Gang in einen Raum, in dem es nach Kräutern roch. In der Mitte stand eine Liege, die Wände waren voller Regale, auf denen sich kleine und große Tontöpfe befanden, einige waren mit lateinischer Schrift versehen. Von der Decke hingen getrocknete Kräutersträuße herab. Wortlos wies der Mönch den Jungen an, sich hinzulegen, nahm ein sauberes Tuch und tauchte es in einen Krug mit Wasser. Vorsichtig säuberte er das Gesicht des Burschen und inspizierte die Verletzungen. Danach schritt er mit einer

Tonschale an den Regalen entlang und griff mal in den einen, mal in den anderen Topf, holte die verschiedensten Kräuter heraus, die er anschließend mit einem schweren Stößel pulverisierte, und gab noch etwas Schweineschmalz hinzu. Er vermengte alles zu einer dicken Paste, trug diese schließlich auf die verletzten Stellen auf, füllte den Rest in ein kleines Gefäß und übergab es Ewald. Dann geleitete er die beiden zur Tür. Ewald schickte sich an, dem Mönch noch eine Münze für seine Mühe zu geben, doch dieser lehnte ab, und ehe sie sich versahen, standen sie wieder in der Gasse und das Tor hinter ihnen wurde geschlossen.

Mit dem Pferd am Zügel gingen sie zurück in die Hauptgasse, wo sie in eine Schenke einkehrten. Nach dem Schrecken und der Begegnung mit dem seltsamen Ordensbruder brauchte Ewald erst einmal ein großes Bier.

„Jetzt nenne mir einmal deinen Namen – ich bin übrigens Ewald, der Schmied."

„Und ich heiße Georg", antwortete der Junge. „Geht es dir etwas besser? Und kannst du mir sagen, wer der komische Mönch war?", fragte Ewald.

„Der Mann ohne Sprache", antwortete Georg, „er ist Eremit und der beste Mediziner der Stadt. Er trinkt nur Wasser, lebt von Grünfutter oder Suppe und behandelt die Armen von Colonia."

„Nun erzähle mir von dem Überfall!", forderte Ewald den Jungen auf.

„Ich sollte einen Händler aufsuchen und ihm einen Geldbrief übergeben – so etwas gehört zu meinen Aufgaben als Sendbote. Irgendwann merkte ich, dass mir jemand folgte. Dann ritt ein dunkel gekleideter Mann an mir vorbei, ungefähr zwanzig Schritte vor mir hielt er an und stieg ab. Er bückte sich und schaute sich einen Huf seines Pferdes an. Ich dachte, der Gaul hätte sich vielleicht einen Dorn oder einen Nagel eingetreten. Als ich auf gleicher Höhe war, zog der Kerl blitzschnell sein Schwert und schlug mir den Griff mitten ins Gesicht, dabei hat er mich noch mit der Parierstange erwischt."

So ein Drecksack!", fluchte Ewald, „konntest du dir sein Aussehen einprägen?"

„Er hatte etwa deine Größe. Ein Raubritter war es nicht, denn er sah ziemlich heruntergekommen aus", meinte Georg. „Das ist nicht viel", überlegte Ewald.

„Warte, etwas ist mir aufgefallen: Er hielt sein Schwert linkshändig und ich erinnere mich, dass seine rechte Hand verstümmelt war. Auf jeden Fall fehlten ihm zwei oder drei Finger." Ewald schluckte. Konnte das der Mörder seiner Eltern gewesen sein?

„Du solltest es unbedingt der Stadtwache melden. Ich muss nun weiter, weil ich noch wichtige Dinge zu erledigen habe." Ewald stand auf und klopfte dem Jungen auf die Schulter. „Alles Gute, mein Freund!" „Ich danke dir sehr für deine Hilfe!", rief ihm Georg noch hinterher.

Vaterschaft

Es war Anfang April. Aufgeregt gingen Martin und Gottfried vor dem Haus hin und her. Schreie und lautes Stöhnen waren zu hören. Andrea lag in den Wehen, die Geburt des Kindes stand kurz bevor. Grethe und die Hebamme waren bei ihr. Gottfried versuchte, Martin zu beruhigen.

„Das wird schon, mein Junge, die Wehfrau ist sehr erfahren und hat schon halb Rudensheim auf die Welt geholt."

Der Frühling war mit all seiner Kraft über das Land gekommen, doch Martin verschwendete keinen Blick auf Löwenzahn und Gänseblumen, die aus den Mauerspalten emporwuchsen und sich dem Sonnenlicht entgegenstreckten. Die warmen Strahlen erweckten alles Leben in der Erde, die ersten Ameisenstraßen machten sich breit.

„Wie lange dauert es denn noch?“, fragte Martin ungeduldig.

„Meine Frau sagt immer, eine werdende Mutter solle ihr Kind ohne Gram und Ärger auf die Welt bringen.“ Dass jedes zweite Neugeborene schon bei seiner Geburt verstarb, verschwieg Gottfried zu diesem Zeitpunkt lieber.

Währenddessen herrschte reges Treiben im Haus, wo die Hebamme das Kommando übernommen hatte. Andrea saß in einem Badebottich mit heißem Wasser und trank eine kräftige Suppe. „So, meine Liebe, das reicht jetzt. Stell dich hin, wir trocknen dich ab“, ordnete die Hebamme an. Die beiden Frauen halfen Andrea hoch und brachten sie auf den Geburtsstuhl. Daneben stand eine Truhe, auf der sich frische Tücher, eine Kanne mit Wasser, Pinsel, Kamm sowie ein Nähkasten befanden. Das wichtigste Utensil aber war die aus Holz geschnitzte Marienstatue, die bei keiner Geburt fehlen durfte, galt sie doch das Sinnbild für Mutterliebe und Fürsorge. Als die Abstände der Wehen kürzer wurden, salbte die Wehfrau die Geburtswege ein. Gottfrieds Frau stand neben Andrea und gab den Takt der Atmung vor. „Und ein – und aus – jetzt pressen – weiter so!“ „Drücken, drücken!“, rief nun die Amme, „ich kann schon das Köpfchen sehen.“ Dann stieß sie eine Art Gebet aus: „Oh Kind, ob lebendig oder tot, komm heraus, denn Christus ruft dich ans Licht!“ Andrea war schweißgebadet, die Haare klebten ihr im Gesicht, sie schrie und presste. „Gleich haben wir es; weiter, weiter!“, rief die Hebamme. Dann ging alles sehr schnell. Mit einem Schwall Geburtswasser kam das Kind zur Welt und einen Augenblick später hielt die Wehfrau das blutverschmierte Neugeborene in ihren Händen.

„Es ist ein gesunder, strammer Junge!" Erleichtert sackte Andrea in den Stuhl zurück.

„Wir sind noch nicht fertig – wir brauchen einige Tücher, Öl und etwas Salz!", sagte die Hebamme zu Grethe und machte sich daran, die Nabelschnur mit einem Faden abzutrennen. Danach wurde der Kleine behutsam abgetrocknet und mit Salz eingerieben. Er schrie aus Leibeskräften. Nachdem die Blutschmiere entfernt war, rieb die Hebamme den Kleinen mit warmem Öl ein und wickelte ihn in Tücher. Kurze Zeit später lag der kleine Falkenstein in Andreas Armen, wo er selig einschlummerte.

„Ich denke, wir können jetzt den Vater holen", sagte die Wehfrau.

Die beiden Männer saßen auf der Gartenmauer. Martins Nerven waren bis zum Zerreißen gespannt, Andreas Schreie hatten ihn zermürbt. Nervös trommelte er mit seinen Fingern auf die Steine, als sich endlich die Tür öffnete und die Hebamme heraustrat. Blitzartig sprang er auf und lief ihr mit aufgerissenen Augen entgegen.

„Herzlichen Glückwunsch, es ist ein gesunder Knabe! Wenn Ihr wollt, könnt Ihr nun zu Eurer Frau gehen", verkündete sie. Martin und Gottfried eilten ins Haus. Mit dem Kleinen im Arm lag Andrea auf einem Strohsack und sah mitgenommen, aber sehr glücklich aus. Sie hielt Martin ihre Hand entgegen.

„Sieh ihn dir an, das ist unser Junge von der Weper", lächelte sie. Martin nahm Frau und Kind in seine Arme. „Gut gemacht, mein Mädchen", flüsterte er ihr ins Ohr.

„So, Männer, wenn ihr wollt, könnt ihr den Kleinen jetzt pinkeln lassen." Martin schaute Gottfried entgeistert an. „Was meint sie damit?"

„Nun, mein Junge, dürfen wir zur Freude des Tages einen

saufen – und das mit höchster weiblicher Erlaubnis!"

„Nun raus hier, ich habe mit der Mutter noch einiges zu besprechen, dabei kann ich euch nicht gebrauchen!", befahl die Wehfrau und schob die beiden hinaus. Dann wandte sie sich zu Andrea. „Wickel das Kind nicht zu stramm ein, es tut ihm nicht gut! Aber es muss einmal am Tag gesäubert werden. Ich kenne Mütter, die ihre bedauernswerten Kleinen tagelang liegen lassen, bis sie wund sind. Ansonsten reicht es, wenn du den kleinen Körper in eine wärmende Decke packst", erklärte die Hebamme, „sollte deine Milch nicht ausreichen, kannst du ihm zusätzlich Honigwasser aus einem Trinkhorn geben."

Seltene Begegnung

„Er zerbricht schon nicht, du kannst ihn gerne halten. Aber stütze sein Köpfchen ab!", sagte Andrea und hielt Martin seinen Sohn entgegen. Behutsam nahm Martin den Kleinen auf den Arm. Da kein Pfarrer anwesend war, hatte die Hebamme den Jungen nach seiner Geburt getauft. Andrea und Martin hatten sich entschieden, ihren Sohn Max zu nennen. Gemeinsam schlenderte die junge Familie an diesem milden Maitag den Rhein entlang, der träge dahinfloss.

Sie ließen sich auf einen großen Felsbrocken am Ufer nieder, um die Schiffe zu beobachten.

„Der Fluss ist wie eine Lebensader", sinnierte Martin, „was hier jeden Tag so alles rauf- und runterfährt, ist schon beeindruckend." Der kleine Max lag in seinem Arm und schlief fest. Martin schnüffelte:

„Er riecht gerade ein wenig streng. Nun sieh dir diesen Prachtkerl an! Er wird einmal ein guter Bogner werden."

„Wie kommst du denn jetzt darauf?", fragte Andrea. „Na,

so treffsicher, wie er jetzt schon schießt, wird er es sicher auch später mit Pfeil und Bogen zustande bringen.“ Andrea lachte laut auf.

„Du bist mir vielleicht ein Kasper – statt Bogner wärst du besser Komödiant geworden!“

In einiger Entfernung sah Martin einen Jungen am Uferrand spielen. Er kannte ihn flüchtig – ein verwahrloster Bursche, so um die zwölf Jahre alt. Seine Eltern waren verschollen, und seither verdiente er sich ein wenig Geld mit Gelegenheitsarbeiten. Oft gaben ihm die Bürger der Stadt Essensreste, nachts konnte er in ihren Scheunen übernachten. Wenn er nichts zu tun hatte, spielte er am Rheinufer mit den streunenden Katzen. Als der Junge Martin erblickte, stand er auf und ging zu ihm. „Gott zum Gruße, mein Herr! Seid Ihr nicht der Gehilfe des Bogners Gottfried?“ „Wieso fragst du?“, entgegnete Martin. „Weil“, stotterte der Bursche, „weil man Euch sucht.“ Nun wurde Martin unruhig und erinnerte sich an seine Verfolger, die er schon lange aus seinen Gedanken verbannt hatte.

„Hat sich etwa jemand nach mir erkundigt?“ „Es waren vor Kurzem drei Ritter hier, die von mir wissen wollten, wo der Bogner wohnt. Ich denke, sie sind auf dem Weg zu Euch“, antwortete der Junge. Martin klopfte ihm zum Abschied freundlich auf die Schulter, dann ging er zu Andrea zurück. „Komm“, sagte er, „wir sollten zurückgehen und nach dem Rechten sehen.“

Bei ihrer Rückkehr stand Grethe am Herd. Gottfried war in seiner Werkstatt beschäftigt, denn langsam zogen die Geschäfte wieder an.

„Hat jemand nach mir gefragt?“, wollte Martin wissen.

„Nein, nicht dass ich wüsste“, sagte Gottfried. Martin berichtete gerade von der Begegnung mit dem Katzenjungen, da hörten sie jemanden rufen.

„Ist da wer?" Sie zuckten zusammen. Gottfried ging zur Tür und öffnete, Martin folgte ihm. Im Hof standen drei weiß gekleidete Tempelritter mit dem roten Tatzenkreuz auf ihrer Brust. Allerlei Geschichten kursierten über diese berühmten Kämpfer der Kreuzzüge und Martin fragte sich, was gerade diese Templer von ihnen wollten. Einer der Ritter, der möglicherweise ihr Anführer war, trat nun vor. „Im Namen Jesu Christi grüßen wir Euch! Seid Ihr zwei die Bogner von Rudensheim?"

„Ja, mein Herr", antwortete Gottfried und verbeugte sich.

„Mein Name ist William von Gloucester, Tempelritter im Dienste des Herrn, und das hier sind meine Waffenbrüder Jonas vom Falkenberg und Gilbert de Burgund. Letzterer ist Eurer Sprache nicht mächtig." Der Sprecher besaß einen leichten Akzent, er war offensichtlich Engländer, der andere ein Westfranke und vielleicht ein Deutscher.

„Wir kommen im Auftrag des Kaisers. Er plant einen neuen Kreuzzug ins Heilige Land und hat den Templerorden beauftragt, die erforderlichen Vorbereitungen zu treffen. Falls Ihr in der Lage dazu seid, würden wir Euch gerne mit einer Arbeit größeren Umfangs beauftragen. In den nächsten Wochen haben wir geschäftlich hier am Rhein zu tun und brauchen Pfeile und Bögen – so viel, wie Ihr produzieren könnt. Da das Heilige Land zum größten Teil aus Wüste besteht, werden wir unser gesamtes Waffenarsenal dorthin mitnehmen, denn in Jerusalem, Syrien oder Ägypten gibt es zu wenig Holz, um Bögen oder Pfeile in dieser Menge herzustellen. Kurzum: Wir bitten Euch um Eure handwerkliche Unterstützung, damit wir unsere Bogenschützen, die Turkopolen, ausrüsten können", beendete der Templer seine Rede. Gottfried witterte ein großes Geschäft.

„Entschuldigt die Frage, meine Herren, wie sieht es denn mit der Bezahlung aus?" „ Alles, was Ihr abliefert, wird von uns sofort mit barer Münze beglichen", antwortete der Templer.

Der Großauftrag

„Wenn wir jetzt richtig zupacken", freute sich Gottfried, „haben wir in kürzester Zeit das Heu in der Scheune. So einen Auftrag bekommt man nur einmal im Leben! Martin, du kannst schon einmal alles in der Werkstatt vorbereiten. Ich gehe ins Dorf, dort sind einige Jungen, die für uns arbeiten können. Wir schicken sie in den Wald, um in den nächsten Tagen Äste zu schneiden."

Schon am nächsten Morgen zeigte Martin den jungen Burschen in der Werkstatt, wie die Äste beschaffen sein mussten. Er wies auf verschiedene Stellen eines Astes, den er mitgebracht hatte.

„Aus diesem Stück stellt der Bogner den Pfeil her. Wir brauchen also lange, gerade Stücke." Die Jungen nickten, bekamen ein Messer in die Hand gedrückt und verschwanden in den Wald.

„Ach, wenn jetzt nur Ewald hier wäre, der könnte uns helfen", sagte Martin zu Gottfried. „Ist das dein Freund, von dem du mir erzählt hast?"

„Ja, er betreibt mit seinen Eltern eine Schmiede in Huckengeswage." „Da fällt mir ein, dass wir noch den Schmied wegen der Pfeilspitzen benachrichtigen müssen."

In den folgenden Tagen und Wochen waren sie von Sonnenaufgang bis Sonnenuntergang beschäftigt. Für Mai war es schon angenehm warm. Eines Tages um die Mittagszeit standen erneut zwei der Templer vor der Tür – William von

Gloucester mit seinem Schwertbruder Jonas vom Falkenberg.

„Gott zum Gruße!“, sagte der Ritter. „Hattet Ihr erfüllte Wochen?

„Oh, seid willkommen! Wir haben gearbeitet wie die Gäule auf dem Acker“, tönte Gottfried und wies auf die Pfeile, die sie zu Bündeln geschnürt hatten. Ritter Jonas zog einen der Pfeile heraus und hielt ihn hoch, um ihn zu prüfen. Mit geübtem Auge folgte er der geraden Linie des Holzes.

„Gute Arbeit – wenn alle von gleicher Qualität sind, bin ich zufrieden. Ich werde euch Leute schicken, die sie abholen.“ Gottfried trat auf die Ritter zu.

„Darf ich den Herren etwas zum Trinken anbieten? Wir selbst könnten auch eine Pause gebrauchen. An diesem herrlichen Tag darf man sich auch einmal in die Sonne setzen und einen Krug Bier genießen.“

Martin stellte vier Stühle in den Hof. „Für uns bitte nur Wasser, wenn Ihr habt. Alkohol ist uns im Orden nicht gestattet“, gab William von sich. Sie wechselten einige Worte, dann nahm Martin seinen ganzen Mut zusammen.

„Gestattet Ihr mir ein paar Fragen?“ „Aber natürlich, junger Mann“, antwortete der Ritter William.

„Ihr sprecht unsere Sprache hervorragend, aber ich höre einen leichten Akzent heraus. Seid Ihr womöglich Engländer?“

Der Templer lachte. „Richtig, mein Junge, ich stamme aus England, befinde mich aber schon seit Jahren auf dem Festland. Die meiste Zeit jedoch verbrachte ich in deutschen Landen sowie im Heiligen Land.“

Martin war sprachlos und stotterte: „Ihr, Ihr wart im Heiligen Land! Habt Ihr etwa einen Kreuzzug miterlebt?“

Der Ritter sah ihm scharf in die Augen. „Den letzten Kreuzzug, nach Akkon, von da aus nach Dammiette in Ägypten, wo wir zum Schluss den Sarazenen unterlagen.“

Martin starrte ihn an, als stünde der Kaiser persönlich vor ihm. Schon in seiner Kindheit waren die Tempelritter für ihn Helden gewesen.

„Dann kanntet Ihr sicherlich auch den Grafen Adolf von Berg."

„Recht gut sogar, mein Freund und ich unterstanden seinem Kommando", antwortete der Ritter.

„Du fragst dem Herrn ja Löcher in den Bauch", mahnte Gottfried. „Ist recht so!" William ließ sich nicht aus der Ruhe bringen und begann nun seinerseits, Fragen zu stellen. „Woher kennst du denn den Grafen von Berg?", wollte er wissen.

„Das war unser Lehnsherr, jetzt ist es sein Bruder Engelbert von Berg." „Dann kommst du nicht von hier, sondern aus dem Coellner Raum?" „Genauer gesagt aus den Bergischen Landen", erwiderte Martin.

„Wenn das kein göttlicher Zufall ist: Mein bester Freund stammt auch aus deiner Gegend. Vielleicht kennst du den Fluss, den man Weper nennt?"

„An dem bin ich groß geworden", gab Martin zurück.

„Er war Fischer und lebte mit seinen Eltern, bevor man sie erschlug, unterhalb der Burg Neuenberge. Thomas Grimbergen ist sein Name. Er ging mit mir auf den Kreuzzug und wurde dann von Friedrich dem Staufer in Italien zum Reichsritter geschlagen. Jetzt ist er dabei, sich ein eigenes Rittergut in Leichlingen aufzubauen."

„Neuenberge ist mir bekannt und an Leichlingen sind wir vorbeigekommen, da gab es diese stinkenden Färberbetriebe", rief Martin aufgeregt.

„Und was hat dich nach Rudensheim getrieben?", wollte William wissen. „Das ist eine lange Geschichte, die vor einem Jahr begann", erklärte Martin. „Pause beendet", verkündete Gottfried plötzlich, „wir sollten weiterarbeiten!"

Die Ritter erhoben sich. „Wir müssen ebenfalls los. Ich schaue morgen noch einmal vorbei."

„Morgen", sagte Martin, „bin ich mit den Burschen im Wald. Welches Holz wir für die Pfeile brauchen, haben sie gelernt, aber den richtigen Ast für einen perfekten Bogen zu finden, das muss ich ihnen noch beibringen."

William überlegte einen Augenblick. „Hättest du etwas dagegen, wenn ich dich begleite?" Martin suchte den Blickkontakt zu Gottfried, dieser nickte. „Sehr gut", sagte Martin, „treffen wir uns hier bei Sonnenaufgang!"

Gerade wollten die Tempelritter gehen, als William sich noch einmal umdrehte und Gottfried einen Beutel mit Münzen reichte. „Fast hätte ich es vergessen: Das ist für Eure bisherige Arbeit. Im Laufe des morgigen Tages werden zwei Männer vom Orden erscheinen, um die erste Ware abzuholen."

Als Martin die Stube betrat, lag der kleine Max an der Brust seiner Mutter. „Das ist dein Vater", sagte Andrea zu dem Kleinen, „der, der nie da ist und dich daher kaum kennt." Martin schaute sie verstört an. „Ich habe doch nur Spaß gemacht", lachte sie, „du glaubst ja nicht, wie froh ich bin, dass ihr genügend Arbeit habt."

„Wie macht sich denn unser Kleiner?", fragte Martin neugierig. „Prächtig", rief Grethe aus der Küche, die die Unterhaltung von dort verfolgt hatte. „Und er trinkt wie sein alter Herr", fügte Andrea hinzu, „hätte ich als Kind so viel Milch getrunken wie unser Sohn, dann wäre ich heute einen Kopf größer." Martin lächelte. „Ich muss gleich wieder in die Werkstatt zurück. Morgen bin ich übrigens den ganzen Tag mit einem der Templer im Wald, um neue Hölzer zu schneiden."

Andrea stand auf, weil der Kleine beim Trinken eingeschlafen war. Sie ging mit Max durch die Stube und klopfte ihm dabei leicht auf den Rücken um ihm einen Rülpser zu entlocken.

„Was sind das für Leute, diese Tempelritter?“, wollte sie wissen. „Ehrwürdige Herren, die im Namen Gottes Heiden und Ungläubige bekämpfen, die Kirchen und Burgen der Templer stehen in vielen Ländern“, erklärte Martin, „und bezahlt haben sie soeben auch.“ „Wenn sie Geld hiergelassen haben, dann muss ich es Gottfried sogleich abnehmen. Er kann nicht damit umgehen, erst recht nicht in der Gaststube“, meinte Grethe. Lachend verließ Martin das Haus und ging zurück in die Scheune.

Lange Gespräche

Martin rieb sich gerade den Schlaf aus den Augen, da klopfte es auch schon an der Tür. Als er öffnete, stand der Templer William in Alltagsgewandung vor ihm.

„Pünktlichkeit, Anstand und Ordnung wurden uns im Orden zuerst beigebracht“, sagte er lächelnd. „Ihr habt Euren Wappenrock abgelegt?“ „Der ist im Unterholz doch nur störend und hinderlich.“ „Wartet bitte einen Moment, ich bin gleich so weit!“ Martin ging zum Waschbottich und tauchte sein Gesicht in das kalte Wasser. Blitzschnell war er angezogen, griff nach seinem Messer und nahm Pfeil und Bogen. Von den vier Jungen war noch keiner zu sehen.

William und Martin setzten sich auf die Mauer vor Gottfrieds Haus und warteten.

„Wie wird man eigentlich Tempelritter?“, fragte Martin.

„Die Mehrzahl der Brüder stammt aus dem niederen oder mittleren Adel, vereinzelt auch aus dem Hochadel. Es sind aber nicht nur kämpfende Ritter; viele sind Handwerker, betende Brüder oder im Krankendienst tätig. Nur mein Freund von der Weper stammt nicht vom Adel ab, er war ehemals

Fischer. Doch wir alle unterstehen dem Großmeister und der wiederum direkt dem Papst“, gab William zur Antwort.

In diesem Moment trafen die Burschen ein, sodass sie in den Wald aufbrechen konnten.

Dort erläuterte Martin an verschiedenen Bäumen Härtegrad, Haltbarkeit und Flexibilität des Holzes. Die Jungen lauschten aufmerksam und Martin zeigte ihnen, welche Beschaffenheit und Länge die Stöcke aufweisen mussten.

„Die sind fürs Erste beschäftigt“, grinste er und ging mit William zu einem schmalen Bach, an dem sie sich niederließen. Martin betrachtete die Gegend.

„Wie herrlich sind die zarten Blätter der Birke – und überall sprießt frisches Grün. Ich liebe diese sonnigen Frühlingstage.“

„Sanft weht der Westwind, warm zieht die Sonne über den Himmel, die Erde öffnet ihren Schoß und all die Süße fließt“, führte der Ritter an, „Traumdichter bringen seit jeher wunderschöne Naturschilderungen hervor.“ Dann fuhr er fort: „Du hattest nach meinem Freund, dem Fischer, gefragt. Die Grafen und Brüder Adolf und Engelbert von Berg kamen von einem Kreuzzug gegen die Albigenser aus Portugal zurück. Kurz vor der Burg Neuenberge mussten sie mit ihren Pferden den Fluss überqueren. Thomas war mit seinem Vater ganz in ihrer Nähe beim Fischfang, als sie Schreie vernahmen. Adolfs Pferd war in der Mitte des Flusses ins Schlingern gekommen und mit dem Grafen gestürzt. Waffengehänge und Kettenhemd zogen den Mann immer wieder unter Wasser, die Strömung tat ihr Übriges. Thomas und sein Vater warfen ein Netz über den Grafen und konnten ihn so vor dem Ertrinken bewahren. Als Dank für seine Rettung schenkte dieser dem Vater einen wertvollen Dolch und nahm den Sohn als Knappen auf. Thomas wurde auf Neuenberge und im Zisterzienserkloster Altenberg ausgebildet. Adolf nahm ihn auch mit auf den Kreuzzug, wo wir uns dann kennenlernten. Kurz vor Adolfs Tod in Damiette erhielt Thomas von ihm die Schwertleite. Diese wurde jedoch nicht anerkannt, weil es keine Zeugen gab. Außerdem hatte sich Thomas Feinde gemacht, die an allen Fronten gegen ihn intrigierten. Erst viel später erhielt er die Schwertleite erneut – dieses Mal vom Kaiser persönlich, der ihn in Italien zum Reichsritter schlug. Damit ist in groben Zügen alles erzählt."

„Von der Rettung des Grafen habe ich schon gehört. Die Geschichte geistert durchs Bergische Land und weit darüber hinaus."

William lachte auf. „Ich denke, er ist auch der einzige Fischer, den man je zum Ritter gemacht hat!"

Martin sah William eine Weile an und sagte: „Als wir mit der Gauklertruppe an der Weper reisten, kamen wir an dem Rittergut Eures Freundes vorbei. Unser Anführer Harald erzählte uns von diesem Thomas."

„Was hat dich nun eigentlich hierhin verschlagen, warum arbeitest du nicht im Bergischen Land?", hakte William nach. Martin erzählte dem Ritter von der Sache mit Karl und der Wilderei, der Liebe zu Andrea, der Flucht mit den Gauklern, dem Überfall durch die Söldner und der Vergeltung. Auch die Reise nach Colonia und Rudensheim sowie die Geburt seines Sohnes Max ließ er nicht aus.

William wollte mehr wissen. „Zwei Söldner hast du also erwischt?"

„Ich konnte sie des Nachts an ihrem Lagerfeuer stellen und habe sie erschossen, der Dritte ist geflohen. Zum Glück war es mir möglich, die Frauen zu retten."

„Das zeugt wahrlich von großem Mut! Kampferfahrungen hattest du doch sicherlich noch nicht?"

„Nicht wirklich", gestand Martin, „bis dahin hatte ich es auf der Jagd nur mit Federvieh, Hase und Wildschwein zu tun.

Naja, für die Vögel hatten wir die Erlaubnis des Grafen, das Haarwild lief mir zufällig über den Weg.“ William schüttelte den Kopf und grinste.

„Könnte es sein, dass du ein Schlitzohr bist? Aber im Ernst: Mir scheint, du hast ein bewegtes Jahr hinter dir. Wir leben ja auch in einer verworrenen Zeit – an allen Fronten kämpfen wir gegen Ungläubige. Vor neun Jahren, im Jahre 1215, nahm unser Kaiser das Kreuz, bis jetzt hat er den sechsten Kreuzzug hinausgezögert. Zuerst kam ihm der englisch-französische Krieg dazwischen, danach wurde er in Deutschland aufgehalten und im Anschluss daran erkrankte er. Wie ich das sehe, sind wir noch lange nicht im Heiligen Land. Die Einzigen, die wirklich die Stellungen in Outremer halten, sind die Ritterorden – die Johanniter, die Deutschritter und wir, die Templer. Ohne unsere Orden wären die Gebiete längst in Feindeshand.“

Gespannt lauschte Martin jedem einzelnen seiner Worte. „Und Ihr, William, wart auf dem fünften Kreuzzug dabei?“

„Wir trafen uns mit mehreren Verbänden und Anführern: König Andreas von Ungarn, Bohemond der Vierte von Antiochia sowie Hugo von Zypern und der holländische König, dazu das große Heer der Deutschen. Einer der Heerführer war dein früherer Lehnsherr, Graf Adolf von Berg. Unter ihm hat Thomas gedient. Ebenfalls an unserer Seite kämpfte sein Schwertbruder Arnold von Kleve. Beide sind in Damiette gefallen – es war ein großer Verlust für uns.“

William saß noch im Gras, als Martin sich langsam aufrichtete, einen Pfeil aus seinem Köcher zog und in den Bogen legte.

„Nicht bewegen!“, flüsterte er. Der Pfeil flog über Williams Kopf hinweg und traf in einiger Entfernung einen Fasan. Blitzschnell verließ ein zweiter Pfeil die Sehne und bohrte sich in einen weiteren Vogel, der gerade aus dem Gras aufflog. „Zwei Volltreffer!“, rief Martin freudig. William erfasste erst jetzt, was vorgefallen war.

„Meine Güte, du bist ja schneller mit dem Bogen als ein Turkopole, unsere besten Bogenschützen! So was wie dich könnten wir gut gebrauchen.“

„Ich hatte die Tiere schon eine geraume Zeit im Auge. Es geht mir ja nicht um den Braten, sondern in erster Linie um die Federn für Eure Pfeile.“ „Wo hast du gelernt, so schnell und treffsicher zu schießen?“ „Es wurde mir schon als Kind von meinem Vater beigebracht.“ Sie sammelten die Tiere ein und machten sich auf den Rückweg.

Als William und Martin an den Treffpunkt im Wald zurückkehrten, saßen die Jungen bereits vor einem Berg von Stöcken. Martin musterte die Ware. „Ihr wart ja richtig fleißig!“, lobte er die Burschen, schaute sich Ast für Ast an und warf die Stöcke auf drei verschiedene Stapel. Dann sagte er: „Diesen Stapel könnt ihr liegen lassen, aus dem anderen werden Pfeile und aus dem kleinsten können wir Bögen herstellen.“ Was sie mitnehmen wollten, banden sie mit Stricken zu Bündeln und warfen sie sich auf den Rücken. Anschließend gingen sie ins Dorf zurück.

Böse Überraschung

Gottfried erwartete sie bereits. Er zahlte schnell die vier Helfer aus, dann sagte er zu Martin: „Andrea wartet schon auf dich, deinem Jungen geht es nicht gut.“

Martin betrat die Stube. „Da bist du ja endlich!“, rief Andrea, die den kleinen Max in ihren Armen hielt. Martin legte die Stirn in Falten. „Wie geht es ihm?“

„Er hat Fieber und Bauchschmerzen. Die Kräuterfrau aus dem Dorf war bereits hier, doch sie weiß auch nicht, was ihm fehlen könnte. Sie sagte etwas von schmutzigem Wasser und Aderlass und meinte, der Teufel könne in den Kleinen gefahren sein – so ein Humbug!"

Martin legte seine Hand auf die Stirn des Jungen. „Er fühlt sich tatsächlich heiß an." Andrea war verzweifelt. „Mit Kräuterkunde für Erwachsene kenne ich mich etwas aus, aber ich weiß nicht, wie sie bei Säuglingen wirkt. Ach Martin, ich fühle mich so hilflos!"

„Warte einen Moment, ich bin gleich wieder zurück!" Martin eilte zu William in den Hof. „Kann ich Euch bitte kurz sprechen?", fragte er mit aschfahlem Gesicht, „unser Sohn ist ernsthaft erkrankt. Meine Frau und ich wissen uns nicht zu helfen. Viele Eurer Brüder verfügen doch über eine medizinische Ausbildung. Ist auf Eurem Schiff nicht jemand, der sich mit Kräutern auskennt?" William überlegte kurz, dann sagte er: „Darf ich den Kleinen einmal sehen?" „Natürlich, kommt mit!"

Andrea hatte den kleinen Max in eine Decke gewickelt und wiegte ihn in ihren Armen. Als der Ritter eintrat, wollte sie sich zur Begrüßung erheben. „Bitte bleib sitzen", sprach er freundlich, „ich bin Bruder William und würde gern nach eurem Sohn schauen." Er betrachtete das Kind eine Weile nachdenklich, dann sagte er: „Das gefällt mir gar nicht. Zieht euch an und nehmt das Nötigste für eine kleine Schiffsreise mit."

Martin und Andrea schauten sich fragend an. „Ein Boot aus unserer Flotte liegt unten am Ufer. Martin, ich erzählte dir doch von meinem Freund Thomas – wir werden zu ihm fahren, denn seine Schwester Katharina kann euch vielleicht helfen. Sie ist die beste Kräuterfrau, die ich kenne."

„Das wollt Ihr für uns tun? Aber Gottfried braucht mich doch hier, um Euren Auftrag zu erledigen. Allein wird er es kaum schaffen."

William fasste sich mit der Hand ans Kinn. „Wir sind sieben Leute: Ritter Jonas, meine Wenigkeit und fünf Seeleute. Zwei meiner Besatzungsmitglieder sind gute Handwerker und an Bord momentan entbehrlich, sodass sie hier den Bogner unterstützen könnten. Ich gehe voraus, lasse das Schiff klarmachen und ihr kommt so schnell wie möglich zum Anleger hinunter!" Mit diesen Worten drehte sich William um und entschwand.

Andrea und Martin packten noch schnell eine Tasche für die Reise, dann verabschiedeten sie sich von Grethe und Gottfried, der Martin noch seinen Anteil zusteckte. Sie machten sich auf den Weg zur Anlegestelle und erreichten bereits nach kurzer Zeit das Boot. Zwei Seeleute machten sich zum Haus des Bogners auf, während die anderen das Schiff in die Strömung des Rheins schoben. Einer von ihnen übernahm das Steuerruder, der andere kümmerte sich um die Segel. „Wenn wir uns beeilen, sind wir heute Abend am Rittergut Grimbergen", sagte William.

Bei den Gauklern

Seit zwei Monaten waren sie schon wieder auf Reisen. Nach einigen kleineren Gastspielen in den umliegenden Dörfern von Colonia kamen sie nun nach Bonn. Aus Liebe zu Maria hatte Ewald seine Arbeit als Schmied vorerst aufgegeben. Dem Meister war dies gar nicht recht gewesen.

„Wer schmiedet mir denn jetzt all diese neuzeitlichen Sachen, wenn du nicht mehr da bist?" Dennoch war man im Guten auseinandergegangen, zum Abschied hatte der Meister ihm noch hinterhergerufen: „Dann stelle mir deine große Liebe zumindest irgendwann einmal vor!"

Am liebsten wäre Ewald sofort nach Rudensheim gereist, um seine Freunde wiederzusehen, doch Harald verweigerte seine Zustimmung.

„Zuerst müssen wir Geld verdienen! Wenn das Jahr gute Einnahmen bringt, können wir gegen Ende der Reise auch Martin und Andrea in Rudensheim besuchen – so sie denn überhaupt noch dort sind."

„Wie sieht denn dein Plan für dieses Jahr aus?", wollte Ewald wissen.

„Nach den Gastspielen in Bonn reisen wir nach Königswinter, anschließend geht es nach Ahrweiler und Andernach, dann nach Koblenz und bei Bingen überqueren wir den Rhein. Wenn nichts dazwischenkommt, erreichen wir im August Rudensheim", erklärte Harald. Ewald nickte und ging zurück zum Wagen. Die abgesprochene Aufteilung der Fahrgemeinschaften lief reibungslos, der kleine Peter fuhr mal hier und mal dort mit. Und nachdem bereits mehrere Male größere Reparaturen angefallen waren, schätzte sich Harald glücklich, Ewald mitgenommen zu haben. In allen Belangen war er ein tüchtiger Handwerker. Er und Maria genossen es, sich nun nicht mehr trennen zu müssen, nur bot sich selten die Gelegenheit zur Zweisamkeit.

Leichlingen

„Wenn dir übel werden sollte, setze dich in die Mitte des Schiffes, da schaukelt es am wenigsten", riet William Andrea. Sie und Martin machten sich große Sorgen, ob sie die Kräuterfrau noch früh genug erreichen würden. Dem kleinen Max ging es schlechter, er schlief viel und schrie, sobald er erwachte.

Andrea weinte. „Ich fühle mich schrecklich hilflos und würde so gern etwas tun, um Max zu helfen.“ „Bete zum Herrn! Wenn er will, dass ihm nichts geschieht, wird er ihn dir nicht nehmen“, sagte William. Dann ging er zum Steuermann. „Wir müssen in dieser Gegend besonders auf Untiefen und Strömungen achten, manchmal tauchen mitten im Fluss kleine Inseln auf“, erklärte ihm der Steuermann.

Auf einem Hügel am östlichen Rheinufer sahen sie nun die Burg Ehrenfels, die von Philippe von Bolanden dreizehn Jahre zuvor erbaut worden war, mittlerweile aber dem Mainzer Erzbistum gehörte. Doch in dieser Situation stand niemand der Sinn nach einer schönen Landschaft.

Am späten Nachmittag erreichten sie ihr erstes Ziel.

„Jetzt müssen wir überlegen, woher wir einen Wagen für den Rest der Strecke bekommen“, meinte der Templer, „Martin, du übernimmst jetzt das Kommando, denn in dieser Gegend kenne ich mich zu wenig aus!“

„Wir folgen nur der Weper, sie führt uns nach Leichlingen“, erwiderte Martin. Als das Boot am Anleger vertäut war, verließen sie das Schiff.

In der Ferne nahm William ein Wagengespann wahr. Er lief auf den Fahrer zu und begann, mit ihm zu verhandeln. Dieser wollte sich zwar nicht von seinem Gefährt trennen, war aber bereit, die Gruppe mit dem kleinen Max für einen guten Preis zum Rittergut zu fahren. Ritter Jonas blieb mit den Seeleuten an Bord, William, Martin und Andrea setzten sich auf den Fuhrwagen. Mit hochrotem Kopf lag Max in den Armen seiner Mutter.

„Wir werden mitten in der Nacht ankommen und wohl alle aus dem Schlaf reißen“, meinte William. Der Fuhrmann – ein freundlicher, älterer, grau melierter Herr – war mit der Strecke bestens vertraut. Er kannte den Ritter Thomas und hatte schon viel Gutes über seine Schwester Katharina gehört. „Sie ist beim Volke aufgrund ihres Wissens über die Heilkräfte der Kräuter und wegen ihrer Hilfsbereitschaft sehr beliebt, wir nennen Sie auch gerne die Katharina von Bingen."

Kurz nach Einbruch der Dunkelheit kamen sie endlich am Gutshof an, der sich immer noch im Aufbau befand. William sprang vom Wagen und ging auf die schwere Holztür des Haupthauses zu. Mit seiner Faust schlug er mehrere Male kräftig dagegen. Es dauerte eine Weile, bis sie schlürfende Schritte aus dem Inneren des Gebäudes wahrnahmen. Nun hörte man eine weibliche Stimme rufen:

„Wer ist da zu so später Stunde?" „Ritter William von Gloucester, Freund deines Herrn!" Die Magd schob einen Eisenriegel beiseite und zog die Tür auf.

„Oh, Sir William, welch hoher Besuch! Da wird sich Euer Freund sicherlich freuen." „Schnell, Traudel, sag ihm Bescheid und wecke bitte auch seine Schwester Katharina. Wir haben ein krankes Kind bei uns – es ist dringend!"

„Um Himmels willen! Kommt herein und setzt Euch in den Rittersaal, ich werde die Herrschaften holen."

Die Wände des Saales waren mit verschiedenen Jagdszenen bemalt, dazwischen hing ein schwerer Teppich mit einem eingewobenen Bild der Johanniterburg Krak de Chevaliers – einer der größten Festungen im Heiligen Land. Krak war die mächtigste Festung in Syrien. An den Längsseiten standen mehrere, mit Eisenscharnieren beschlagene Truhen, in einer Ecke befand sich ein großer Kamin und in der Raummitte ein massiver Eichentisch mit schweren Stühlen. Auf dem Tisch ragte ein achtarmiger, schmiedeeiserner Kerzenständer empor. Die vier angezündeten Kerzen tauchten den Saal in ein schwaches, warmes Licht.

William dachte an die Zeit, die er gemeinsam mit Thomas

im Heiligen Land verbracht hatte – an die furchtbare Niederlage in Damiette, die gewonnenen und verlorenen Schlachten, Elend, Verstümmlung und Tod. Die schrecklichen Erlebnisse lagen schon einige Jahre zurück, Thomas war nun auch Ritter und im Laufe der Zeit erwachsen geworden.

Nun trat Thomas in den Raum und schritt mit ausgebreiteten Armen auf William zu.

„Ich traue meinen Augen nicht – William, mein alter Schwertbruder! Was verschlägt dich auf mein Gut?“ William ging seinem Freund entgegen. Sie umarmten sich und klopften sich auf die Schultern.

„Ich bin im Auftrag unseres Großmeisters aus dem Frankenland unterwegs, um Vorbereitungen für den nächsten Kreuzzug zu treffen.“

„Werdet ihr Templer denn nie des Kampfes müde?“, fragte Thomas. „Über all diese Dinge können wir uns später unterhalten. Im Moment braucht diese junge Frau für ihren kleinen Sohn dringend die Hilfe deiner Schwester.“

Jetzt erst schien Thomas die anderen Besucher wahrzunehmen. William deutete auf den kleinen Max: „Das ist unser Sorgenkind, er scheint hohes Fieber zu haben.“

„Meine Schwester wird jeden Augenblick hier sein, um sich deinen Sohn anzusehen“, sagte Thomas zu Andrea, „solange der Kleine krank ist, seid ihr selbstverständlich meine Gäste.“

Nun stellte Martin seine kleine Familie vor. „Das sind meine Frau Andrea und mein Sohn Max, ich bin der Bogner Martin aus Weperevorthe.“

„Soso, dann sind wir ja fast so etwas wie Nachbarn“, lächelte Thomas freundlich. In dem Moment eilten seine Frau Sibylla und seine Schwester Katharina in den Rittersaal. Katharina sah sich den kleinen Max sofort an und sagte:

„Kommt bitte mit mir in die Kemenate!“ Als die drei Frauen

den Raum verließen, drehte sich Katharina noch einmal um. „Zuerst das Kind – wir sehen uns später, William!"

„Traudel", rief Katharina, „bringe uns Linnen, Wein und eine Schüssel mit kaltem Wasser." Die Magd verschwand.

„Zieh den Jungen aus, ich muss ihn mir zuerst richtig anschauen." Andrea tat, wie ihr geheißen. „Seit wann fiebert er?" „Heute ist der zweite Tag", klagte Andrea.

„Hat er sich erbrochen oder Durchfall gehabt?", fragte Katharina weiter.

„Nein, seine Nase läuft, er fiebert, schreit oder schläft und will nichts trinken." Katharina legte ihr Ohr auf den Bauch des Kleinen, danach roch sie an seiner Windel.

„Zuerst müssen wir das Fieber senken." Sie nahm der Magd, die gerade zurückkehrte, einige Tücher aus der Hand und tauchte sie in kaltes Wasser. „Wir legen ihm Beinwickel an. Das sollte das Fieber drücken." Dann rieb sie den Jungen vorsichtig mit Wein ein, um die Durchblutung zu fördern. „Traudel, besorge mir Lindenblüten, Kamille, Salbei und Wegerich aus meinem Kräuterzimmer! Dann brauche ich noch ein Trinkhorn, den Mörser sowie heißes Wasser. Und schicke mir Rainer in die Kemenate!"

Die Magd verschwand erneut. „Wollt Ihr ihn etwa zur Ader lassen um das böse Blut auszutreiben? ", fragte Andrea besorgt.

„Daran glaube ich nicht! Mit so etwas könntest du den Kleinen eher töten", antwortete Katharina. Als kurz darauf Rainer den Raum betrat, fuhr sie fort: „Bitte besorge mir ein Stück festen und sauberen Schweinedarm und bring ihn schleunigst hierher!"

Etwas später lagen alle erforderlichen Utensilien auf dem Tisch. Zuerst setzte Katharina einen Tee aus Kräutern an. Das Trinkhorn legte sie in heißes Wasser, im Anschluss daran schnitt sie die kleine Spitze ab.

„Traudel, bring uns schnell noch etwas von unserem besten Honig!“ Als die Magd kurz darauf zurückkehrte, zog Katharina den Darm so über das Trinkhorn, dass ein kurzes Stück darüber hinausragte, und versah es an einem Ende mit einem winzigen Loch. Sie füllte etwas Tee in das Horn, gab viel Honig hinzu und wandte sich an Andrea.

„Wir warten, bis der Tee etwas abgekühlt ist, dann stecken wir deinem Sohn das überlappende Darmstück in den Mund. Die Heilpflanzen besitzen einen hohen Anteil an Bitterstoffen, daher habe ich den Tee kräftig gesüßt, sonst trinkt der Kleine ihn nicht.“ Andrea, Sibylla und Traudel sahen gespannt zu, als Katharina kurz darauf versuchte, dem Kind das Medikament einzuflößen. Zunächst tat sich nichts, denn Max schlief tief und fest. Als sie jedoch seine Lippen befeuchtete, öffnete er sein Mündchen und begann zu saugen.

„Er benötigt viel Flüssigkeit und muss ständig neue Wickel bekommen. Sein Hals ist sehr stark gerötet und die Nase läuft, doch die Kräuter werden ihm helfen. Es wird einige Tage dauern, aber ich bin sicher, dass er wieder gesund wird.“

Kreuzzuggespräche

Während Martin ungeduldig auf seinem Stuhl hin und her rutschte, unterhielten sich die beiden Ritter angeregt über ihre Vergangenheit und die Kreuzzüge.

„Du zweifelst also daran, dass wir Christen das Richtige tun?“, fragte Thomas seinen Freund.

„Was haben die fünf Kreuzzüge denn gebracht? Wir stehen einer Übermacht von Muslimen gegenüber. Die Einnahme der Städte und die Landgewinne konnten wir nur erzielen, weil die einzelnen Stämme der Aijubiden und Seldschuken untereinander verfeindet waren. Im Jahre 1144 hatten wir von Edessa im Norden bis nach Kerak im Süden den gesamten Küstenstreifen erobert. Doch immer befanden sich die Kreuzfahrerstaaten am Rande der Auflösung. Ja, am Anfang waren wir stark, besaßen mehr als zehn Burgfestungen wie Beaufort, Safed oder Montfort.

Die Johanniter hatten sogar an die zwanzig Stützpunkte und der Deutsche Orden war auch mit sieben Burgen vertreten. Aber unsere Könige und Fürsten sind sich nie einig gewesen, weil es nicht mehr um den Grundgedanken des Kreuzzuges ging, sondern nur noch um Macht und Geld", beklagte sich William.

„Und was, mein Freund, wird mit unserem Kaiser, dem Staufer, geschehen?", wollte Thomas weiter wissen.

„Am Anfang wird er möglicherweise Erfolge verbuchen, dann aber ebenso Federn lassen wie seine Vorgänger. Es bleibt die Frage, ob es richtig ist, mit dem Leitspruch ‚Gott will es' in einen Krieg zu ziehen. Will Gott das wirklich oder will es nur die Kirche?"

„Wie mir scheint, hast du große Zweifel", erwiderte Thomas nachdenklich. William fuhr fort: „Die moslemischen Armeen rücken immer mehr zusammen und verfügen über unzählige Krieger; wir jedoch müssen ständig neue Kämpfer mit Booten nach Outremer schicken. Das können wir auf Dauer nicht durchhalten. In der Schlacht von Hattin wurde der Orden fast vollständig aufgerieben und in den Monaten nach der Katastrophe fielen auch unsere Burgen. Saladin war für uns alle zu mächtig und zu stark. Bei unserem gemeinsamen Kreuzzug sah es doch ähnlich aus. Der vom Papst gesandte Pelagius wurde einfach zu unserem Heeresführer bestimmt – und das war der Beginn unseres Untergangs. Al-Kamil kreiste uns mit seinen Truppen ein und wir verloren den fünften Kreuzzug. Gott sei Dank konnten wir noch fliehen."

Thomas erhob sich und ging durch den Saal. „Du zweifelst an der Sache und an dir selbst. Was hast du nun vor?"

„Ich überlege ernsthaft, ob ich den Orden verlassen sollte, weil ich nicht schon wieder in einen Krieg ziehen will. Außerdem liebe ich deine Schwester Katharina und der Orden untersagt mir diese Verbindung. Immer stärker verspüre ich den Wunsch, eine Familie zu gründen und sesshaft zu werden", antwortete William.

„Das war der entscheidende Grund für mich, in keinen Ritterorden einzutreten. Ich verstehe dich und biete dir meine Unterstützung an. Land habe ich genug, es muss nur noch bewirtschaftet werden", gab Thomas zurück.

„Zunächst werde ich meinen Auftrag erledigen und das Waffenlager auffüllen lassen. Bis wir damit fertig sind und alles auf ein größeres Schiff umgeladen ist, kann es Spätsommer werden. Erst danach wäre für mich ein Austritt denkbar – wenn mich deine Schwester dann noch will, auf jeden Fall reite ich vorher noch nach England um meine Familie zu besuchen. Meine Mutter und mein Vater machen sich bestimmt große Sorgen, da sie schon lange nichts mehr von mir gehört haben."

Thomas verstand die Sorgen seines Freundes.

„Oh William, sie hat außer dir noch keinen anderen Mann angesehen. Deine Neuigkeiten kannst du ihr nachher selbst überbringen."

Als nun die Magd zur Tür eintrat, fiel William siedend heiß ein, dass er den freundlichen Fuhrmann im Hof vergessen hatte.

„Traudel, bitte nimm diese Münzen, gib sie dem Wagenlenker und richte ihm aus, dass wir ihn nicht mehr benötigen. Und sag ihm in meinem Namen Dank für alles!" Kurze Zeit später kamen Katharina und Sibylla zurück in den Rittersaal. „Ihr könnt jetzt zu Eurer Frau, sie liegt mit Eurem Sohn in unserem Gästezimmer. Traudel wird Euch den Weg zeigen", sagte Sibylla zu Martin. „Ich danke Euch, Herrin, für die Hilfe und Eure Gastfreundschaft", flüsterte Martin und verschwand.

Die beiden Frauen wandten sich nun zu William, um ihn endlich zu begrüßen. Wie Thomas verband auch Sibylla eine jahrelange Freundschaft mit William und so umarmte sie ihn herzlich. „Du alter Kämpe – willkommen in unserem neuen Zuhause!" Sie küsste ihn auf die Wange. Es war ein freundschaftlicher Kuss und unterschied sich beträchtlich von dem, den Katharina William anschließend gab.

„Schön, dass Ihr wieder im Lande seid", sagte sie. „Es ist schon reichlich spät. Lasst uns zu Bett gehen", meinte Thomas, „morgen, William, möchte ich dir unser Gut und die Ländereien zeigen."

Das Angebot

In der folgenden Nacht hielt der kleine Max seine Eltern ziemlich auf Trab, sodass an Schlaf kaum zu denken war. Martin und Andrea wachten abwechselnd am Bett ihres Kindes und erneuerten regelmäßig seine Wadenwickel. Kurz vor Sonnenaufgang fielen alle drei dann doch in einen Tiefschlaf, der aber nicht lange währte, weil sie betriebsame Geräusche aus dem Hof weckten. Max wurde zuerst wach und schrie aus Leibeskräften. Andrea legte ihn an die Brust und der Kleine trank unerwartet und kräftig.

„Er scheint hungrig zu sein und ist bei Weitem nicht mehr so heiß wie gestern Abend", stellte sie erleichtert fest, „die kalten Umschläge haben wohl gewirkt." Sie nahm ihr Holzkreuz in die Hand, führte es an den Mund und küsste es.

„Danke, Herr, dass du uns geholfen hast!" Ihr fiel ein Stein vom Herzen. In dem Moment klopfte Traudel an die Tür.

„Wenn die Herrschaften wach sind, würde sie der Herr gerne im Rittersaal sehen", rief sie. Martin stand auf. „Wir kommen gleich!" Andrea gab Max noch etwas Kräutertee, dann gingen sie in den Saal, wo sie schon von den anderen erwartet wurden.

Noch nie hatten sie einen so reich gedeckten Tisch gesehen. Es gab Brot, Käse, Milch, Haferbrei und frisches Obst. „Lasst es euch schmecken!", forderte Thomas sie gut gelaunt auf, nachdem er sich ausgiebig über das Befinden des Kindes erkundigt hatte, „Bruder William erzählte mir bereits von eurem Schicksal und fürwahr berichtete er nur Gutes von euch. Ich habe mit Sibylla gesprochen und würde euch gern einen Vorschlag unterbreiten. Nach dem Essen gehen wir gemeinsam los und besichtigen das Gut."

Martin nickte, hörte aber nur mit halbem Ohr hin, weil er einen Mordshunger verspürte. Vor einem derart beladenen Frühstückstisch hatte er noch nicht gesessen, also langte er kräftig zu. Andrea stieß ihn mit dem Fuß unter dem Tisch an und raunte ihm zu: „Iss langsam und benimm dich!"

William und Thomas nahmen ihr Gespräch wieder auf.

„Wie weit bist du mit deinem Bauvorhaben?" „Dieses Haupthaus kennst du ja bereits, es ist so gut wie fertig. Aber wir wollen noch einige Stallungen bauen, Scheunen und kleine Hütten für Handwerksbetriebe. Als Fischersohn werde ich natürlich auch Teiche für die Fischzucht anlegen. Da wir direkt an der Weper liegen, lasse ich einen schmalen Zulauf schaffen, der frisches Wasser in die Teiche leitet. Und Sibylla möchte einen Kräutergarten anlegen, Gemüse und Obst anbauen. Wir würden uns hier gern selbst versorgen, sodass wir auf Dauer von niemandem abhängig sind."

William fuhr sich durch die Haare: „Dein Vorhaben klingt ausgereift und durchdacht, doch einerseits bist du nun selbst Lehnsherr, andererseits ist es hier auch der Graf von Berg, unser guter alter Engelbert."

„Auf Anordnung unseres Kaisers musste er mir mein eigenes Lehen zugestehen", fügte Thomas lächelnd hinzu.

Nun wandte sich William an Martin: „Du musst wissen, dass Ritter Thomas dem Bruder Engelberts, Adolf von Berg, mehrere Male das Leben gerettet hat. Somit ist Engelbert Thomas zu Dank verpflichtet, auch wenn er ihn nicht besonders mag."

„Wir haben genug geredet, ich zeige euch jetzt den Hof!", beendete Thomas das Gespräch. Sibylla legte ihre Hand auf Andreas Arm. „Lass uns in die Kemenate gehen, ich würde mir gerne noch einmal deinen Jungen ansehen. Und später können wir ein wenig an der Weper spazieren, um uns näher kennenzulernen."

Zunächst begutachteten die Männer das Hauptgebäude.

„Hier möchte ich einige Stallungen bauen lassen", verkündete Thomas, „daneben wird die Handwerkersiedlung und dahinter die Fischteiche entstehen. Und du, Martin, könntest dort am Fluss deine eigene Bognerei errichten. Wald ist genug vorhanden."

Martin starrte ihn an wie ein dummes Kalb. „Wie bitte?", brachte er mühsam hervor.

„Du hast recht gehört. Ich brauche gute Handwerker – Männer die zupacken können. William erzählte mir, dass du hervorragend mit Holz umgehst. Wenn dem so ist, bist du unser Mann! Du kannst es dir ja überlegen."

William zog Martin zur Seite. „Es ist deine Chance, einen besseren Lehnsherrn als Thomas gibt es nicht."

Martin war sofort begeistert. „Aber natürlich, mein Herr, ich nehme Euer Angebot mit Freuden an!", rief er aus. Thomas hielt ihm die Hand hin: „Dann schlag ein, mein Junge! Hiermit soll es besiegelt sein."

Anschließend fuhr er fort: „Später wird hier auch noch eine Schmiede mit einem angeschlossenen Backofen für unser tägliches Brot errichtet. Du, Martin, wirst allerdings nicht ausschließlich Pfeile und Bögen produzieren können, dazu wird die Auftragslage nicht ausreichen. Ich erwarte von dir, dass du bereit bist, auch andere Holzarbeiten zu verrichten – beispielsweise Holzstiele für Werkzeug oder Stege für die Fischteiche herzustellen sowie Zäune zu bauen."

„Geht in Ordnung, verlasst Euch nur auf mich!", versicherte Martin eifrig. Dann bildeten sich kleine Falten auf seiner Stirn. „Aber was geschieht mit unserem Auftrag für die Templer? Gottfried und ich haben ihn doch noch nicht erledigt." „Das lass mal getrost meine Sorge sein", ergriff William das Wort, „darum kümmere ich mich schon. Wenn es deinem Sohn wieder besser geht, segeln wir zurück, du holst eure restlichen Sachen sowie den Wagen und beginnst mit dem Bau deiner Bognerei. Wenn Andrea gleich hierbliebe, könnte Katharina weiterhin nach dem Kleinen sehen und die Frauen würden sich besser kennenlernen."

Thomas zeigte den beiden den Rest seines Hofes und machte sie mit weiteren Plänen vertraut. Am späten Nachmittag kehrten sie zum Gutshof zurück, wo sie von den Frauen im Rittersaal zu einem opulenten Abendessen erwartet wurden. Während des Mahls trat die Magd an den Tisch und verbeugte sich:

„Mein Herr, ein Bote des Grafen von Berg steht mit einer Nachricht für Euch vor der Tür." Thomas entschuldigte sich und ging zum Tor. Als er etwas später zurückkam, schien er verwirrt.

„Mein Lehnsherr will mich morgen auf Burg Neuenberge sehen. Weiß der Teufel, was er wieder im Schilde führt. Meistens bedeutet es nichts Gutes, denn so oft wie möglich versucht er, mir das Leben schwer zu machen. Wegen meines Titels, den mir der Kaiser verliehen hat, wagt er nicht, mir großartig in die Quere zu kommen, aber seine vielen Giftpfeile können dennoch Probleme bereiten. Auch ist er bei Weitem nicht so beliebt, wie es sein Bruder Adolf war. Durch sein machtgieriges Auftreten hat er sich im eigenen Reich schon eine Menge Feinde gemacht – sogar in der eigenen Familie. Sein Vetter, der Isenberger, hasst ihn wie Schwefel und mit den Limburger Grafen ist er sich auch nicht grün. Nach Adolfs Tod hat er sich schnellstens die Burg einverleibt, obwohl Adolfs Tochter Irmgard von Berg, die Frau von Heinrich von Limburg, Ansprüche hatte. Er will sich alles unter den Nagel reißen, unser Burggraf, Reichsverweser und Erzbischof von Colonia. Oh ja, er versucht zwar seit Jahren, das Raubrittertum einzudämmen, was ihn bei der Hälfte des Volkes beliebt macht, die andere Hälfte aber peinigt er. Die Zukunft wird zeigen, mit welcher Hälfte er auf Dauer besser fahren wird", beendete Thomas seinen Monolog. Sibylla schien besorgt. „Wann wirst du losreiten?" „Direkt im Morgengrauen", entschied Thomas.

Traurige Erinnerungen

Der Tag war noch nicht angebrochen, als der Stallbursche seinem Herrn das Pferd überreichte.

„Richte meiner Frau aus, dass ich morgen Abend wieder zurück sein werde!“, sagte Thomas. Im gemäßigten Tempo ritt er an der Weper entlang, dabei dachte er an die Zeit, als er mit seinem Vater des Öfteren hier gefischt hatte, bevor seine Eltern von Raubrittern brutal ermordet wurden. Seine Schwester hatte sich retten können, er selbst war während des Überfalles nicht vor Ort gewesen. Einige Zeit später ritt er an der Stelle vorbei, wo er und sein Vater den Grafen Adolf aus dem Wasser gezogen hatten. Es war der bisher entscheidendste Moment in Thomas´ Leben gewesen, das sich von dieser Minute an schlagartig veränderte. Er hielt sein Pferd an und stieg ab. Hier hatte ihre kleine Fischerhütte mit dem Räucherofen gestanden, hier hatten er und Katharina eine glückliche Kindheit verlebt. Mit seiner Stiefelspitze stocherte er in verkohlten Holzresten herum. Er schwelgte in Erinnerungen, Tränen rannen über sein Gesicht. In Gedanken sah er seine Mutter in ihrem gepflegten Kräutergarten stehen, wie sie liebevoll ihre Pflanzen umsorgte. Seitdem mussten schon zehn, elf oder gar zwölf Jahre vergangen sein, genau wusste er es in diesem Augenblick nicht. Thomas schüttelte sich, als könne er sich auf diese Weise von seinen traurigen Gedanken befreien, stieg wieder in den Sattel und setzte seinen Ritt fort.

Bald darauf erreichte er den kleinen Eschbach, der an dieser Stelle in die Weper mündete. Seit einiger Zeit hatten sich hier verschiedene Handwerkerzünfte niedergelassen, die die Burg mit dem Notwendigsten versorgten. Als Symbol seiner Macht wurde diese von Erzbischof Engelbert stetig ausgebaut. Jetzt musste Thomas noch einen kurzen, steilen Anstieg hinter sich bringen, dann stand er vor dem Grabentor von Neuenberge. Einen großen Teil seiner Jugend und seine gesamte Knappenzeit hatte er hier verbracht. Am Eingangstor standen zwei Wachsoldaten mit gekreuzten Speeren.

„Was liegt an, mein Herr?“, wollte einer der Wachen wissen.

„Ich bin Ritter Thomas Grimbergen von Leichlingen. Der Graf und Erzbischof Engelbert hat mich zu sich bestellt.“ „Tretet ein ...“ „Danke, aber ich kenne den Weg, schließlich bin ich hier groß geworden“, erwiderte Thomas, bevor der Soldat weitersprechen konnte, und übergab sein Pferd. Als er die Stufen zur Burg hinauf Schritt, stand er plötzlich seinem Schwiegervater, dem Burgverwalter Hermann von Elverfeld, gegenüber.

„Ja, wen sehe ich da?“, begrüßte ihn dieser erfreut, „meinen Schwiegersohn, den alten Kämpen! Was verschlägt dich denn hierher?“

„Gott zum Gruße, Burgvogt! Ein Bote des Grafen brachte mir die Nachricht, dass unser Herr mich dringend sprechen wolle“, antwortete Thomas. Hermann ergriff seinen Arm. „Manchmal haben Mauern Ohren. Das bedeutet doch bestimmt nichts Gutes“, raunte er. „Ich weiß nicht, was er von mir will. Wir werden es sehen. Bringst du mich bitte zu ihm?“ Hermann ging voraus. „Folge mir, ich denke, er ist im Rittersaal oder in der Kemenate.“

Drinnen schlug er gegen eine Tür.

„Ja bitte!“, ertönte eine sonore Stimme aus dem Inneren des Raumes. Der Burgvogt kündigte den Besucher an:

„Ritter Thomas Grimbergen von Leichlingen macht seine Aufwartung, Herr Graf.“ Der Graf – eine große, schlanke Erscheinung – saß hinter einem schweren Eichentisch und ging seinen Geschäften nach. Als er Thomas erblickte, setzte er ein vieldeutiges Lächeln auf. „Ritter Thomas, Gott mit Euch, kommt herein und setzt Euch!“ Hermann schloss die Tür und ließ die beiden allein.

„Macht Ihr Fortschritte auf Eurem Rittergut?“, wollte der Graf wissen.

Thomas wurde hellhörig, denn der Gutshof interessierte den Grafen sicherlich nur dann, wenn er plante, Profit daraus zu schlagen. Der Erzbischof war mit allen Wassern gewaschen. Nun galt es, jede einzelne Äußerung wohl zu überlegen.

„Es geht voran, Eure Eminenz." „Und wie steht es um Eure Frau Sibylla, erwartet Ihr schon Nachwuchs?"

„Danke der Nachfrage, wir arbeiten daran", gab Thomas ohne Umschweife zurück. „Ihr wart ja ein treuer Diener meines Bruders Adolf, habt ihm sogar mehrere Male das Leben gerettet, bevor der Arme am Fieber starb. Auch hat unser Staufer, der Kaiser Friedrich, Euch zum Reichsritter geschlagen. Daher bin ich sehr froh, Euch zu meinen Untertanen zu zählen. Wie Ihr wisst, plant unser Kaiser einen neuen Kreuzzug ins Heilige Land, um das wahre Kreuz aus den Händen der Sarazenen zurückzuerobern. Gewiss wollt Ihr ihn doch erneut mit Eurem Schwert unterstützen, mein Sohn?"

Das war es also, darum ging es! Würde er, Thomas, auf dem Kreuzzug umkommen, fiele sein Gut an den Grafen von Berg oder das Erzbistum Coelln.

„Nichts für ungut, Eure Eminenz, aber ich werde mich an keinem weiteren Kreuzzug beteiligen. Der fünfte Kreuzzug mit Eurem Bruder – Gott hab ihn selig! – war ein einziges Desaster. Außerdem habe ich lange im Kerker der Sarazenen gesteckt und beinahe mein Leben verloren. Kaiser Friedrich wird das Heilige Land nicht zurückerobern können – es tut mir leid, wenn ich das so deutlich sagen muss. Saladin hat die moslemischen Armeen vereinigt. Damit verfügt er über ein Heer von mehr als zweihunderttausend Kämpfern. Bei unserem letzten Kreuzzug schickte der Papst seinen Legaten Kardinal Pelagius. Obwohl dieser kein Soldat war, übernahm er sofort das Kommando. Pelagius zögerte, haderte und war sich uneins mit den anderen Anführern, was dazu führte, dass

Al-Kamil uns einkreisen konnte und wir die Schlacht verloren – sowie den gesamten Kreuzzug. Und wo war Kardinal Pelagius? Er flüchtete mit dem nächsten Boot zurück nach Italien!“

Zornesröte breitete sich im Gesicht des Erzbischofs aus. Mit diesem Vortrag hatte er nicht gerechnet.

„Aber Gott will es so – er wird Euch für Eure Worte strafen!“, rief er laut und unbeherrscht. „Verzeiht, Eminenz, aber nach meiner Auffassung straft nicht Gott die Menschen, sondern sie sich selbst. Mein Gott ist ein Gott des Erbarmens und ich glaube nicht, dass er Mord und Totschlag gutheißt. Ihr seid doch selbst Ritter. Warum beteiligt Ihr Euch nicht am Kreuzzug?“

Engelbert verschlug es die Sprache. „Sorgt Euch nicht um mich! Ich bin hier unabkömmlich und muss mich um meine Schäfchen kümmern. Wenn alle nach Outremer reisen, dann werde ich hier die Stellung halten, schließlich bin ich Reichsverweser.“

„Ich sehe das ebenso, Eure Eminenz. Auch ich werde hier gebraucht, schließlich gibt es genug auf meinem Gut zu schaffen. Wie ich sah, seid Ihr ja auch mit beeindruckenden Anbauarbeiten an Eurer Burg beschäftigt.“ Nun wurde der Erzbischof wieder freundlicher. „Na gut, lassen wir es bei der Unterredung. Zahlt nur pünktlich Euren Zehnt!“, sagte er und erhob sich. Damit war das Gespräch für ihn beendet und Thomas verabschiedete sich.

Draußen vor dem Tor wartete Hermann von Elverfeld auf ihn. Neugierig fragte er:

„Was wollte der alte Kirchenfürst von dir?“

„Er versuchte, mich zu einem Kreuzzug zu überreden, aber das habe ich dankend abgelehnt. Sag, hast du jemals von Martin oder Andrea Falkenstein aus Weperevorthe gehört? Er stammt aus einer Bognerfamilie."

Hermann dachte eine Weile nach. „Es gibt dort einen Willibald Falkenstein, es könnte der Vater sein."

„Du kennst doch die Namen derer, die geächtet sind. Befindet sich dieser Familienname darunter?", hakte Thomas nach

„Komm mit, ich habe eine Liste der gesuchten Personen", schlug Hermann vor. Beide überquerten den Hof, gingen an den Stallungen vorbei und blieben vor einem steinernen Haus stehen. Mit einem gusseisernen Schlüssel schloss der Burgvogt nun die Tür auf. Das Inventar des dahinter liegenden Raumes bestand aus einem Tisch, zwei Stühlen, einigen Regalen sowie zwei Truhen. Hermann hob den Deckel einer Truhe an und brachte eine Pergamentrolle hervor. Als er sie ausrollte, waren darauf mehrere Namen zu lesen, die säuberlich mit einem Federkiel niedergeschrieben worden waren. An erster Stelle standen Bürger, die des Mordes beschuldigt waren. Darunter, in der zweiten Zeile, befanden sich Namen gesuchter Diebe. Weiterhin ging es um Betrug, Wilderei und einige andere Delikte. Bedächtig fuhr Hermann mit einem Finger über das Pergament.

„Der Name Falkenstein ist hier nicht aufgeführt", sagte er schließlich.

„Was ist mit dem Burgvogt von Weperevorthe, verfügt er über eine andere Liste?", wollte Thomas wissen.

„Nein, sie ist identisch mit dieser", gab Hermann zurück, „die Verzeichnisse beziehen sich auf das gesamte Verwaltungsgebiet des Grafen von Berg. Sollte jemand verurteilt oder gehängt werden, so wird sein Name auf allen Vogtlisten gestrichen. Warum fragst du mich danach?"

„Es geht um eine junge Familie, die sich auf meinem Gut niederlassen wird. Vielen Dank für deine Bemühungen – und komm uns bei Gelegenheit besuchen, du bist jederzeit willkommen!“ „Das werde ich. Und grüße Sibylla von ihrem alten Vater!“

An der Weper

William und Katharina hatten sich im Gras des Weperufers niedergelassen. Ihr Kopf lag auf seiner Brust, zärtlich fuhren seine Finger durch ihr Haar. Gedankenverloren blickte William in die Wolken. „Nur noch dieser eine Auftrag, das habe ich dem Großmeister versprochen, und in fünf bis sechs Monaten bin ich kein Tempelritter mehr. Dann können wir endlich heiraten.“ „Aber du planst doch schon seit Langem, den Orden zu verlassen.“ „Liebste, ich habe mein halbes Leben im Templerorden zugebracht und kenne außer Burgen und Klöstern nicht viel von der Welt. Mein Umfeld bestand aus Rittern und frommen Brüdern. Dann kam dieser fürchterliche Kreuzzug nach Ägypten.“ Sie lauschten dem plätschernden Spiel des Baches. „Hier auf dem Rittergut meines Bruders erwartet uns eine Menge Arbeit. Nicht von ungefähr hat dir Thomas die Stelle als Gutsverwalter angeboten, es ist eine wunderbare Möglichkeit für einen Neuanfang“, flüsterte sie ihm ins Ohr. „So werden wir es auch machen. Morgen segle ich mit Martin nach Rudensheim, um die bestellten Pfeile und Bögen abzuholen. Im Anschluss daran besuche ich noch verschiedene Handwerksbetriebe in der Nähe, bei denen ich Schwerter und Dolche in Auftrag gegeben habe. Sollten die Waffen gut verarbeitet sein, übergebe ich die Verantwortung an Ritter Jonas, der dann alles Weitere veranlassen kann. Er bringt die Waren zu einem unserer Lastschiffe und übergibt die Ladung. Ich werde mich Martin in Rudensheim anschließen und wir kommen mit seinem Planwagen zurück.“ Katharina nahm seinen Kopf zwischen ihre Hände und küsste William auf den Mund.

„Schon jetzt verspreche ich, dass ich dir eine gute Ehefrau sein werde."

Als sie zurückkamen, saßen Sibylla und Andrea auf einer Holzbank vor dem Haus. „Wie geht es dem kleinen Max?", fragte Katharina.

„Wesentlich besser, Traudel passt gerade auf ihn auf", antwortete Andrea. „Wo treibt sich denn dein Mann herum? Ich würde mich gerne mit ihm unterhalten", meinte William.

„Seit Thomas ihm das Angebot gemacht hat, arbeitet er den ganzen Tag an Plänen für seine Bognerei."

Katharina ergriff Williams Hand. „Ich habe eine Neuigkeit für euch: In einigen Monaten werden William und ich heiraten! Er wird zu uns aufs Gut ziehen", verkündete sie freudestrahlend. „Das ist schön! Dann kann sich Thomas ja getrost ausruhen, ihr werdet den Laden schon schmeißen", lachte Sibylla und erhob sich, „heute Abend haben wir genügend Zeit, um über alles zu reden und Näheres zu planen."

Ritter Thomas

Pünktlich zum Abendessen kehrte auch Thomas wieder von Neuenberge zurück. Traudel und zwei andere Mägde fuhren ein wahres Festmahl auf.

„Es gibt genügend gute Gründe, die Vorratskammer zu plündern: Ich gehe auf keinen weiteren Kreuzzug, William heiratet meine Schwester und wird mein Gutsverwalter und obendrein schließen sich uns Andrea und Martin an", tat Thomas kund.

Ein gebratener Hecht lag auf dem Tisch, außerdem gab es

einige Forellen und Hasen, Rinderpastete und eine eingelegte Ochsenzunge sowie Bohnen, Käse, Quarkspeisen und Obst. Die Fisch- und Fleischgerichte waren mit einer Mischung aus Eigelb, Safran und Mehl überzogen, die Köchin hatte mit Salbei, Minze, Fenchel und Dill aus dem hofeigenen Garten gewürzt. Traudel brachte noch zwei Kannen mit Wein und Bier.

Nachdem der erste Hunger gestillt war, ergriff Thomas erneut das Wort.

„Als ich mit William in Ägypten war, haben wir eine völlig fremde Esskultur kennengelernt – nicht wahr, mein Freund? Im Gegensatz dazu verzehrt der Adel im Frankenland deutlich zu viel Fleisch, wenn man an die Gelenkerkrankungen denkt, mit denen sich die meisten Herrschaften plagen. Kaiser Karl der Große soll in seinen letzten Jahren kaum noch einen Fuß vor den anderen gesetzt haben können, so hatte er sich jeden Tag mit Braten vollgestopft. Zumindest diese gesundheitlichen Probleme wären ihm wohl erspart geblieben, hätte er sich wie unsere Bauern und Handwerker ernährt, die überwiegend Gemüse, Obst und Getreideprodukte verzehren und sich nur selten Fleisch erlauben können. Bei den Muslimen ist Schweinefleisch ohnehin streng verboten – wenn überhaupt, dann kommt dort Ziegen- und Hammelfleisch auf den Tisch. Ein Benediktinermönch erzählte mir einst, dass Fisch eines der besten Nahrungsmittel sei.“

Es wurde über vielerlei Dinge philosophiert. Thomas hatte Martin eine Weile von der Seite gemustert, bevor er sagte: „William erzählte mir von deinen Qualitäten als Bogenbauer. Woher hast du in deinen jungen Jahren solch ein Wissen?“

„Einiges habe ich mir selbst beigebracht, das meiste jedoch hat mich mein Vater gelehrt“, gab Martin schüchtern von sich. Es war immer noch ungewohnt für ihn, mit einem Reichsritter und einem Templer am selben Tisch zu sitzen.

„Leben deine Eltern noch?“

„Ja, mein Vater hat eine Bognerei in Weperevorthe, einem kleinen Dorf im Bergischen.“ „Fürwahr, das kenne ich! Es gehört zu dem Gebiet der Grafen von Berg.“

„Meine Eltern sind zwar einfache Leute, doch mein Vater beliefert einen großen Teil des Bergischen Landes bis hin zum Rheinland mit seinen Pfeilen und Bögen. Heerverbände, Stadtwachen und auch Privatpersonen sind seine Kunden.“

„Dann muss dein Vater ja ein fleißiger, gewissenhafter Handwerker sein“, stellte Thomas daraufhin fest.

„Oh ja, er kann und weiß vieles! Sogar auf das Besenbinden versteht er sich und fertigt aus Holz nahezu alles, was man sich vorstellen kann.“

„Wann hast du deine Eltern zum letzten Mal gesehen?“, fragte Thomas weiter.

„Vor unserer Flucht im letzten Frühling.“ Die anderen verfolgten das Gespräch aufmerksam. Nun legte Thomas seine Hand auf Martins Schulter und erklärte:

„Ich habe dir eine freudige Mitteilung zu machen. Wie du weißt, war ich auf Neuenberge. Dort habe ich auch mit dem Burgvogt, der mein Schwiegervater ist, gesprochen. Er verfügt über sämtliche Listen mit Geächteten, aber eure Namen suchten wir vergebens. Das bedeutet, es wurde nie offiziell nach euch gesucht und ihr seid frei wie der Adler in den Lüften!“ Martin verschlug es die Sprache.

„Aber die Büttel haben uns doch tagelang gejagt, uns wie Wölfe gehetzt und sogar meine Eltern erpresst!“, rief er verzweifelt. Andrea sagte kein Wort, ihr blieb das Essen im Halse stecken. Beruhigend fuhr Thomas fort: „Das mag ja sein, einen Auftrag dafür gab es jedoch nicht. Der Vogt hatte eure Namen noch nie gehört.“

„Dann sind wir die ganze Zeit vergebens quer durch das

Land geflüchtet?" Martin konnte es kaum glauben. „So ist es. Die Büttel wollten sich hinter dem Rücken des Grafen wohl ihr eigenes Zubrot verdienen und haben euch zum Narren gehalten. Doch es wird ihnen eine gerechte Strafe zukommen. In jedem Fall reist du morgen mit William zurück nach Rudensheim, um Pferd und Wagen zu holen. Wenn ihr wollt, nehmt einen anderen Rückweg und fahrt bei deinen Eltern vorbei. Es wäre schließlich kein großer Umweg. Bestell deinem Vater Grüße von mir und sage ihm, dass ich mich freuen würde, wenn er sich hier ebenfalls niederließe. Für den Umzug stelle ich ihm einen Wagen zur Verfügung. Wenn er so gut ist, wie du sagst, dann brauchen wir ihn hier – deine Mutter natürlich auch, sie könnte Traudel zur Hand gehen."

„Ende gut, alles gut", lachte William und verschwand mit Katharina aus dem Raum.

Sibylla schmunzelte. „Denkt daran, dass ihr noch nicht verheiratet seid!", rief sie ihnen hinterher. Thomas winkte die Magd zu sich. „Wir sind fertig, Traudel. Sei so gut und teile den Rest des Essens unter dem Personal auf!"

Wieder zu spät

„Hier müsste es sein, wenn der Junge vom Fluss es uns richtig beschrieben hat." Ewald ging auf die Eingangstür zu und klopfte. „Ist jemand zu Hause?"

Maria und Ewald waren in Rudensheim angekommen und hatten endlich das Haus des Bogners ausfindig gemacht, während Harald und seine Leute am Fluss auf sie warten. Jetzt trat Gottfried aus der Tür und blickte sie fragend an. Ewald ging auf ihn zu und streckte ihm die Hand entgegen.

„Seid Ihr Meister Gottfried, der Bogner?"

„Wer fragt danach?"

„Ich bin Ewald, Schmied aus Huckengeswage, und das ist meine Freundin Maria. Wir sind auf der Suche nach Martin und Andrea Falkenstein, die bei Euch wohnen sollen."

Gottfrieds Miene erhellte sich. „Soso, ihr seid das, Martin hat mir von euch berichtet. Leider sind er und seine Frau im Moment nicht hier. Im Frühjahr ist ihr Sohn Max zur Welt gekommen, aber vor Kurzem erkrankte der kleine Kerl stark an Fieber. Nun sind sie mit einem Tempelritter nach Leichlingen gereist, um dort von der Schwester seines Freundes Hilfe zu erbitten."

Grethe trat aus dem Haus und begrüßte die Besucher. „Tempelritter?", meinte Ewald, „ich fürchte, ich verstehe nicht, was Ihr meint."

„Mit Erklärungen tut er sich halt etwas schwer. Kommt mit in die gute Stube, dort werde ich euch alles erzählen! Und du steh hier nicht dumm herum, sondern begib dich wieder an deine Arbeit, damit die Sachen fertig werden, bevor Ritter William zurück ist!", bestimmte sie und schob ihren Mann in Richtung Werkstatt. Gottfried zog beleidigt von dannen.

Im Hause erzählte Grethe den Gästen, was vorgefallen war. „Sie werden auf jeden Fall wiederkommen, denn sie haben Wagen, Pferd und einige ihrer Sachen hiergelassen. Doch sicherlich warten sie noch die Genesung ihres Sohnes ab." „Meine Güte", rief Ewald, „was die beiden alles erlebt haben! Und jetzt nennt Martin auch noch einen Tempelritter seinen Freund und verkehrt in Adelskreisen. Er ist schon ein verrückter Hund." Dann rieb er sich das Kinn. „Trotzdem kommen wir immer wieder zu spät. Kaum haben wir ihn gefunden, ist er schon wieder weitergezogen. Leider können wir nicht länger auf die Freunde warten. Bitte seid so nett und richtet den beiden aus, dass wir im alten Kaufmannsquartier in Colonia überwintern."

„Sollte uns der Rückweg über Leichlingen führen, können wir uns ja nach ihnen erkundigen“, fügte Maria hinzu.

„Die Sache mit den Templern ist wirklich interessant – ein gewaltiger Auftrag, den Ihr da bekommen habt. Gut zu wissen, dass der Staufer und die Templer wieder einen Kreuzzug planen“, meinte Ewald und erhob sich, „es war schön, Euch kennengelernt zu haben, Frau Grethe, doch bedauerlicherweise müssen wir uns schon wieder verabschieden.“ Beim Verlassen des Anwesens rief er noch zurück: „Und grüßt Euren Gatten!“

Die Rheinfahrt

„Dort drüben kannst du schon den Fluss sehen!“, rief William. Er, Martin und der Stalljunge Elmar, der später die Pferde zurückbringen sollte, ritten zum Rheinanleger, wo sie das Templerboot vermuteten.

„Die Rückfahrt wird langsamer vonstattengehen. Wir fahren gegen den Strom und möglicherweise müssen wir auch kreuzen; je nachdem, wie der Wind weht“, meinte William. Am Ufer wartete schon Ritter Jonas mit dem Rest der Mannschaft auf sie.

„Da seid ihr ja wieder, ich habe schon geglaubt, dass überhaupt keiner mehr kommt. Wo sind denn die Frau und das Kind?

„Sie bleiben im Hause von Ritter Thomas, seine Schwester kümmert sich um sie“, gab William zur Antwort.

Sie betraten das Boot und der Stalljunge stieß den Kahn vom Ufer ab. Sogleich wurde dieser von der Strömung erfasst. William blickte in den Himmel, dann auf das andere Ufer. „Wann immer man den großen Fluss erreicht, verbessert sich das Wetter", stellte er fest, „und der Anblick der alten Römerstadt Colonia Claudia Ara Agrippinensium – oder der Einfachheit halber auch Colonia Agrippina genannt – ist gerade von der Rheinseite aus immer wieder beeindruckend."

„Wie wäre es der Einfachheit halber mit Coelln?", lachte Martin.

Nur langsam kamen sie vorwärts. Ständig drehte der Wind, sodass sie beständig kreuzen mussten. Auch die Steuermänner auf den anderen Kähnen hatten alle Hände voll zu tun. „Zum Glück bleibt es recht lange hell", meinte Jonas, „so werden wir unser Ziel noch vor Dunkelheit erreichen können."

Martin ging hinüber zu William, der auf den Planken saß, und gesellte sich zu ihm.

„Wollt Ihr tatsächlich den Orden verlassen?"

„Es wird Zeit, Martin. Ich bin lange genug dabei gewesen. Und wie du weißt, liebe ich Katharina. Die Ehe ist doch eine gute Sache, sie nimmt das flatterhafte Herz in die Pflicht. Ich bin das Leben im Orden leid. Es bedeutet, ständig durch die Welt zu ziehen, um zu kämpfen, im Zölibat, in Armut und Keuschheit zu leben – immer die Not und das Elend vor Augen. Natürlich habe ich dem Orden einiges zu verdanken – die Ausbildung an den Waffen, das Lesen, Rechnen, Schreiben und vieles mehr. Doch ebenso gut hätte ich im Heiligen Land auch fallen können. Man sollte sein Glück nicht zu häufig versuchen, deshalb ist nun Schluss. Durch unseren Freund Thomas haben wir die Möglichkeit, einen Neuanfang zu wagen. Wir sollten sein Angebot am Schopfe packen."

„Das sehe ich auch so, zukünftiger Nachbar", stimmte Martin ihm lächelnd zu.

Noch vor Einbruch der Dunkelheit erreichten sie das Ufer von Rudensheim.

„Wir sollten die Nacht an Deck verbringen, damit wir dem

Bogner und seiner Frau nicht den Schlaf rauben", schlug William vor und warf seinen Leuten grobe Schafwolldecken zu. Die Seeleute hatten das Boot mit dem Bug an Land gezogen und zusätzlich mit zwei dicken Tauen an Bäumen befestigt.

„Das dürfte reichen. Jetzt habe ich ein Loch im Bauch vor Hunger. Möglicherweise gibt es noch eine Garküche im Ort, wo wir etwas essen könnten", schlug Jonas vor. Eine Wache blieb an Bord, der Rest der Mannschaft machte sich auf, um etwas Essbares zu besorgen.

In der Nacht kam ein Unwetter mit Gewitter, Sturmböen und Platzregen auf. Alle wurden aus dem Schlaf gerissen, heftiger Regen peitschte in ihre Gesichter. Schimpfend sprangen sie hoch, um sich einen trockenen Platz unter Deck zu sichern. Es bildeten sich weiße Schaumkronen auf dem Fluss, der jetzt auch eine Menge Unrat mit sich führte. Immer wieder schossen helle Blitze durch die Luft. Der Wind wirbelte unzählige Blätter als Vorboten des nahenden Herbstes an Bord. Eng kauerten die Männer beisammen. Das Boot war zwar gut abgesichert, dennoch schaukelte es beträchtlich.

„So ein plötzliches Gewitter habe ich auch noch nicht erlebt", sagte einer der Bootsleute. Prompt machte sich ein anderer über ihn lustig.

„Das liegt daran, dass du immerzu schläfst!", lachte er. Nach einer Stunde war der Spuk vorüber, aber es hatte sich merklich abgekühlt. Als es hell wurde, gingen William und Martin zu Gottfrieds Bognerei. Währenddessen erhielten die Bootsleute von Jonas die Aufgabe, das Schiff zu säubern, was unter den Männern keinen Jubel auslöste.

Gottfried stand am Brunnen und wusch sich das Gesicht mit kaltem Wasser. Als er William und Martin sah, ging er ihnen entgegen. „Seid gegrüßt! Aber wo bitte sind Andrea und der Junge?"

„Es geht ihnen gut, die Schwester von Ritter Thomas hat beste Krankenpflege geleistet", antwortete William, „doch wie weit seid Ihr mit der Arbeit gekommen?"

„Gebt mir noch ein bis zwei Tage, dann ist die gesamte Bestellung fertig – so wie meine Leute und ich. Wir haben jeden Tag bis zu vierzehn Stunden gearbeitet, selbst bei Kerzenschein", sagte Gottfried.

William nickte anerkennend. „Ich kann Euch versichern, dass Ihr entsprechend entlohnt werdet." Nun konnte Martin die Neuigkeiten nicht mehr für sich behalten.

„Du wirst es nicht glauben, Gottfried, aber ich werde eine eigene Bognerei auf dem Gut von Ritter Thomas in Leichlingen errichten", berichtete er freudestrahlend, „und Ritter William hat sich entschieden, aus dem Orden auszutreten, um das Gut zu verwalten. Gemeinsam mit einigen anderen Handwerkern werden wir es erweitern und ausbauen. Außerdem, Gottfried, können wir uns dann des Öfteren besuchen."

„Na, das hört sich ja prächtig an!", lachte der Bogner.

William und Martin gingen in den Schuppen, wo die bereits fertiggestellten Pfeile und Bögen bereitlagen. Der Templer blickte nachdenklich drein.

„Es ist alles von hervorragender Qualität, aber wenn man berücksichtigt, wie viele Menschen durch diese Pfeile ihr Leben verlieren werden, stelle ich mir die Frage, ob das der Wille Gottes sein mag. Denkst du, dass Gott über die Unterschiede im Glauben urteilt? Fragen wie diese haben mich bewogen, aus dem Orden auszutreten."

„Ich kann Eure Zweifel verstehen", antwortete Martin. Nun ging ein Ruck durch William und er sagte energisch: „Schluss mit dem Geschwafel! Geh bitte zum Schiff und gib Bruder Jonas Bescheid, dass er die Waffen abholen lassen kann. Vorher sollten wir die Pfeile noch zu Paketen à dreißig Stück bündeln."

In diesem Augenblick trat Gottfried zur Tür herein. „Ich bin sehr zufrieden, Meister! Wenn es Euch recht ist, können wir gleich abrechnen“, verkündete der Templer.

Bis zum frühen Nachmittag sind wir mit dem Verladen beschäftigt, danach würde ich Euch und die Bootsmannschaft gerne zu einem Essen mit Umtrunk einladen“, schlug Gottfried vor.

„Sehr gerne! Doch eine Bitte hätte ich noch: Könntet Ihr mir Pergament, Federkiel und Tinte besorgen, damit ich ein Schriftstück aufsetzen kann?“

„Nichts leichter als das“, erwiderte Gottfried. Martin wusste, was William vorhatte, doch er sagte kein Wort.

Am Nachmittag bereitete Grethe für den kommenden Abend einen kräftigen Gemüseeintorf vor, dazu besorgte sie im Auftrag ihres Mannes einige Schläuche guten Rheinweines.

William war zum Boot zurückgegangen, wo er den anderen beim Verstauen der Pfeile und Bögen half, Martin und Gottfried standen noch bis zum späten Nachmittag in der Werkstatt, um die restlichen Pfeile fertigzustellen. Zum Abendessen saßen dann alle in einem großen Kreis zusammen, ließen sich die Suppe mit Brot schmecken und tranken den köstlichen Wein.

„Das ist wirklich ein hervorragender Tropfen, nicht so eine dünne Suppe wie in Köln oder im Bergischen Land“, meinte Martin und prostete den anderen zu. Obgleich den Templern alkoholische Getränke verboten waren, nahmen sie es heute nicht so genau.

„Morgen früh brechen wir auf, um deine Eltern zu besuchen“, sagte William. Martin war aufgeregt und zählte die Stunden bis zur Abreise.

„Ihr glaubt nicht, wie ich mich darüber freue, nach über einem Jahr und ohne Furcht nach Weperevorthe zurückzukehren.“

„Ihr solltet aber sehr vorsichtig sein“, riet Gottfried, „der Weg nach Siegen und von dort nach Weperevorthe ist recht gefährlich. Man hört nichts Gutes aus diesen dicht bewaldeten Gebieten, wo sich jede Menge Gesindel aufhalten soll. Schon die alten Germanenstämme der Sugamber und Brukterer trieben dort früher ihr Unwesen. Ich würde den alten Römerweg, eine Handelsroute von Siegen aus über Olpe, wählen.“

„Habt Dank für Euren wohlgemeinten Rat! Wir werden es überdenken. Doch heute wollen wir unseren letzten gemeinsamen Abend in vollen Zügen genießen“, sagte William. Nach einigen Bechern Weines wurden die Zungen lockerer. Martin musste noch einmal von der Odyssee seiner Flucht, William von den Abenteuern des Kreuzzuges, der Einnahme Damiettes in Ägypten sowie der Niederlage durch Sultan Al-Kamil berichten. Die Bootsmannschaft gab lustige und spannende Geschichten zum Besten, die sie auf dem Meer erlebt hatten. Es wurde getrunken und gelacht. Nur Ritter Jonas, der die Wirkung des Weines nicht kannte, schlief irgendwann auf seinem Stuhl ein.

William lachte und schüttelte ihn an der Schulter. „Bruder, alles in Ordnung?“

Schwerfällig öffnete dieser die Augen einen Spalt und stammelte: „Nee, is alles klar.“ Dann schlief er wieder ein. Gegen Mitternacht neigte sich das Gelage langsam dem Ende zu. Die Templermannschaft nahm Jonas ins Schlepptau und ging zum Boot zurück. Martin und Gottfried wurden von Grethe zu ihren Schlafstätten gebracht und mussten einen Schwall an Schimpfwörtern über sich ergehen lassen. „Und morgen früh habt ihr einen dicken Schädel und ich kann mir euer Gejammer anhören!“

Durch die Wälder

Am darauffolgenden Morgen wurde nicht viel gesprochen. Martin spannte sein Pferd ein und warf die restlichen Sachen, die Andrea und er bei ihrem hastigen Aufbruch zurückgelassen hatten, auf die Ladefläche seines Karrens.

William und Jonas standen etwas abseits und waren in ein Gespräch vertieft.

„Sollten meine Eltern Weperevorthe verlassen und mit mir nach Leichlingen umsiedeln, lasse ich es Grethe und dich wissen. Einem Besuch stünde dann sicherlich nichts im Wege", sagte Martin zu Gottfried, dem ein tiefer Seufzer entfuhr.

„Ich würde mich sehr freuen, meinen alten Freund Will wiederzusehen."

Martin ergriff den Zaum seines Pferdes und führte es auf die Gasse. Man verabschiedete sich herzlich voneinander, anschließend gingen die einen zum Boot und Martin und William bestiegen den Kutschbock. Mit einem kurzen Klatschen des Zügels auf den Pferderücken setzte sich das Gefährt in Bewegung.

Zunächst fuhren sie zurück zum Durchgangsweg des Ortes, dann setzten sie ihre Reise entlang des Rheinufers in südlicher Richtung fort. Bereits nach kurzer Zeit sah Martin die Abzweigung, die sie nach Siegen führte. Nun kam der schwierigste Teil auf sie zu, denn der Wagen musste über die steilen Weinberge gesteuert werden. Als der Anstieg für das Pferd zu schwer wurde, sprangen William und Martin ab und führten es bis zum Berggipfel. Der erste Teil des vor ihnen liegenden Waldes war ihnen vertraut, danach jedoch folgte unbekanntes Gelände. Ab jetzt fuhren sie in nördlicher Richtung weiter; über Siegen und Olpe ging es bis nach Weperevorthe. Der Baumbestand wurde zunehmend dichter, sie sahen Buchen

Birken und Eichen, durchzogen von kleinen Rinnsalen und Bächen. Langsam fanden die beiden Männer ihre Sprache zurück.

„Der Wald ist so groß und dicht, hier laufen bestimmt jede Menge saftiger Braten umher“, schmunzelte Martin.

„Du kannst ja deinen Bogen bereithalten, falls etwas Essbares auftauchen sollte.“ Schwerter, Bogen und Pfeile lagen direkt hinter ihnen im Wagen.

Schwerfällig rollten die Holzräder durch die vorgegebenen Furchen. Aufgescheuchte Vögel gaben Warnrufe ab, das Zirpen von Grillen und das Klopfen eines Buntspechts waren zu hören.

„Verrufene, düstere Gegend“, raunte William Martin zu. Der Waldweg verjüngte sich zusehends, sodass sie gerade noch mit dem Wagen hindurchkamen. Gegen Mittag erreichten sie eine kleine Lichtung, wo sie eine Pause einlegten. William entfachte ein Feuer aus trockenen Ästen, Martin ging in den Wald, weil er dort Pilze vermutete. Und er hatte recht: Schon nach kürzester Zeit kam er mit einem Topf voller Pilze zurück, die sie über dem Feuer zubereiteten.

„Ob es hier wohl Bären und Wölfe gibt?“, wollte Martin wissen.

„Die Frage kann ich dir vielleicht anhand einer Geschichte beantworten. Mein Freund Thomas ging seinerzeit des Öfteren mit dem Grafen Adolf auf die Jagd. Wie Thomas mir berichtete, begegnete ihnen dabei vor einigen Jahren ein stattlicher Braunbär, den sie erlegen konnten. Vorher hatte das Tier allerdings einige Saupacker und – soweit ich mich erinnere – auch einen Treiber erwischt. Der Bär muss furchtbar gewütet haben. Aber das soll Thomas dir selbst erzählen, wenn wir zurück in Leichlingen sind.“ „Bei meinen Streifzügen durch die Wälder konnte ich einmal eine Bärenspur ausmachen, doch das Tier habe ich nie zu Gesicht bekommen", fügte Martin hinzu. William erhob sich und klopfte sich einige Blätter von seinem Wappenrock.

„So, du Bärensucher, lass uns aufbrechen, damit wir vor der Dunkelheit Siegen erreichen und eine Herberge ausfindig machen können. Ich habe keine große Lust, in diesem Karren zu übernachten."

Martin trieb sein Pferd an. Nach mehreren Stunden wurde der Weg breiter und der Wald lichter.

„Wir sind bestimmt gleich da. Es ist immer interessant, in neue Ortschaften oder Städte zu kommen: Man sieht andere Menschen, hört fremde Dialekte und lernt neue Gebräuche", meinte William.

Sie kamen an einen Fluss, der Sieg genannt wurde, und gelangten in die Gegend, die diesem Gewässer ihren Namen verdankte – das Siegerland. Der Ort Siegen lag in einem Talkessel. Es hatte den Anschein, als habe man die Stadt, deren eine Hälfte dem Grafen Engelbert von Berg und deren andere dem Grafen von Nassau, Heinrich dem Reichen, gehörte, einem früheren Sumpfgebiet abgerungen. Als William und Martin die ersten Holzhütten erblickten, versetzte sie das dortige Treiben in Staunen.

„Der Ort gleicht einer Großbaustelle", sagte Martin.

„Wohl wahr, wie in einem Ameisenhaufen", gab William zurück. Sie sahen Zimmerleute, Steinmetze und Bauern, überall lagen Bohlen und Bretter, es wurde emsig gehämmert und gesägt. Inmitten dieses Gewirrs jonglierte ein Gaukler mit Bällen, Hübschlerinnen präsentierten jungen Handwerksburschen in Erwartung eines schnellen Geschäfts ihre entblößten Brüste, Kinder spielten mit einem Holzreifen, den sie sich gegenseitig zurollten, und Bettler schlichen mit vorgehaltener Hand umher. Einige gut gekleidete Herren standen im

Kreis beisammen. Sie schienen hier das Sagen zu haben, denn sie vergaben laufend irgendwelche Befehle. Mehrere Hütten waren bereits fertiggestellt, an anderen wurde noch eifrig gearbeitet. Einige Bürger hatten sogar mit dem Bau einer Stadtmauer begonnen. Es stank fürchterlich nach tierischen und menschlichen Exkrementen, Hunde jagten hinter widerlichen Ratten her.

„Dort drüben ist eine Herberge“, sagte Martin. Sie fuhren bis zur Eingangspforte, dort stieg William vom Kutschbock und ging in den Gasthof. Als er wieder herauskam, sagte er:

„Du kannst den Wagen hinter dem Haus abstellen. Ein Stalljunge kümmert sich um alles.“ Nachdem sie ihr Gepäck in die Kammern gebracht hatten, begaben sich William und Martin in die Gaststube, um sich ein Abendessen zu gönnen. Die Herberge machte einen ärmlichen Eindruck, schien aber durchaus sauber zu sein. Auf dem Ofen stand ein großer Eisenkessel, aus dem es appetitlich duftete. William rief nach dem Wirt.

„Was habt Ihr da Gutes auf dem Feuer?“ Der Mann war ein kleiner, dickwanstiger, dunkelhaariger Mann mit auffällig vielen Lachfalten. Er schien ein freundlicher, lustiger Zeitgenosse zu sein. „Deftigen Wildschweineintopf mit Bohnen, Möhren und Soße“, antwortete er. „Wir hätten gerne zwei Portionen mit Brot und eine Kanne von Eurem Hauswein“, bat William.

„Sehr gerne, die Herren!“ Der Wirt brachte ihnen zwei bis zum Rand gefüllte Teller und legte einen großen Kanten Brot dazu. „Wohl bekomms!“ Der Eintopf war so köstlich, dass William und Martin auch noch den letzten Tropfen Soße mit dem Brot vom Teller wischten. In der Wirtschaft standen noch fünf weitere Tische, von denen aber nur einer besetzt war. Die vier Männer, die dort saßen, waren mit einem

Würfelspiel beschäftigt. Einer von ihnen trug ein Schwert, die anderen hatten Dolche hinter ihren Gürteln stecken. Neben einem großen, kahlköpfigen Kerl mit breiten Schultern lag eine Streitaxt. William beobachtete sie eine Zeit lang, konnte jedoch nicht verstehen, worüber die Männer sprachen. Als Martin und er ihre Becher geleert hatten, schlug er vor: „Lass uns noch einen Verdauungsspaziergang machen, bevor wir uns aufs Ohr legen!"

Beide sahen noch kurz bei Martins Pferd vorbei und gaben dem Stallknecht eine Münze, dann schlenderten sie durch die Ortschaft. Die Bürger, denen sie begegneten, starrten William bewundernd an. Offensichtlich schien sich nur selten ein Kreuzritter des Templerordens in ihre Stadt zu verirren. Martin hielt man anscheinend für seinen treuen Knappen. Respektvoll gingen ihnen die Menschen aus dem Weg. Als sie sich bei einem Bäcker süße Mehlspeisen kauften, fragte William:

„Warum wird hier überall so fleißig gearbeitet?"

„Wisst Ihr es nicht, edler Ritter? Wir werden noch in diesem Jahr die Stadtrechte erhalten! Da muss doch alles recht schön werden, bevor uns die Herren Grafen besuchen kommen", antwortete der Bäcker stolz und zeigte auf ein großes Gebäude, „dort steht unser prächtiges Städtehaus, wo der Ratsherr mit seinen Bediensteten wohnt und ihm vom Grafen Engelbert persönlich die Stadturkunde übergeben werden soll."

„Ja, sicher", murmelte Martin, „die haben natürlich Stein auf Stein gebaut. Wohin ich auch gehe, immer wieder taucht der Name Engelbert auf."

„Du magst deinen Grafen nicht besonders", lächelte William und legte Martin seinen Arm um die Schulter, „er hat aber mit deiner Flucht nicht das Geringste zu tun, das darfst du nicht vergessen." Martin überlegte kurz und erwiderte:

„Da habt Ihr sicherlich recht." Dann gingen sie zurück zum Gasthof, um sich schlafen zu legen.

Nachdem sie Siegen hinter sich gelassen hatten, führte sie der Weg durch weitläufige Felder, auf denen Bauern und Ackerknechte arbeiteten. Hinter den Feldern rollte der Planwagen wieder in dichteres Waldgebiet. Martin betrachtete die herbstliche Verfärbung der Blätter, während William den Lehmboden vor ihnen inspizierte. „Reiter", sagte er, „hier sind vor Kurzem mehrere Reiter entlanggeritten."

Nun sah auch Martin die vielen Hufabdrücke im Sand.

„Darf ich Euch noch ein paar Fragen zum Kreuzzug stellen?", fragte er William unbeirrt. Dieser nickte zustimmend.

„Was sind das für Menschen, diese Sarazenen?" „Sie sind kleiner als wir, meist sehr dunkelhäutig und schwarzhaarig, mit tiefbraunen bis schwarzen Augen. Viele haben einen Turban um ihren Kopf gewickelt, sie tragen eine Art Pumphose sowie Lederstiefel und sind mit Krummschwertern bewaffnet. Beeindruckend sind auch ihre schnellen, wendigen Pferde."

„Stimmt es, dass die Sarazenen auch diese merkwürdigen Viecher mit sich führen, die ständig sabbern?", wollte Martin weiter wissen.

„Diese Viecher, wie du sie nennst, sind Dromedare. Die Sarazenen benutzen sie als Lasten- und Reittiere, was sehr praktisch ist, da die Tiere als reine Wüstenbewohner tagelang ohne Wasser auskommen können." Dann hielt William auf einmal inne. „Pst!", flüsterte er, „irgendetwas stimmt hier nicht. Ich sehe keine Hufspuren mehr. Die Reiter vor uns scheinen im Wald verschwunden zu sein. Halte deine Waffe bereit!"

Der Hinterhalt

Wie aus dem Nichts stürzten vier bewaffnete Männer aus dem Unterholz auf sie zu. Drei von ihnen waren mit Schwertern bewaffnet, einer trug die Wurfaxt der Frankenstämme, Franziska genannt. Es waren die Kerle, die William am Abend zuvor in der Herberge beobachtet hatte. Es schienen jedoch keine Raubritter, sondern heruntergekommene Wegelagerer oder Diebe zu sein. Einer von ihnen ergriff nun die Zügel des Pferdes.

„So, meine Herren“, rief ein Zahnloser, „runter vom Wagen und her mit euren Geldkatzen!“ „Zu den Waffen!“, brüllte William und hielt auch schon sein Templerschwert und seinen Dolch in den Händen.

Mit einem Satz schwang er sich vom Kutschbock auf den Waldboden, um sich den ersten Gegner vorzunehmen. Martin hingegen bekam es mit dem Glatzkopf zu tun, der versuchte, ihn mit seiner Axt zu treffen. Geschickt wich Martin mehreren schweren Schlägen aus und sprang blitzschnell auf die Ladefläche, um nach seinem Schwert zu greifen. Auf der anderen Seite des Wagens kämpfte William gegen zwei Halunken, laut hallte der Lärm aufeinandertreffender Schwertklingen durch den Wald.

Martin konnte mehrere Axthiebe mit seinem Schwert blockieren, jedoch tat er sich schwer, mit der Waffe zuzustechen. Mittlerweile stand er ebenfalls auf dem Waldweg und kämpfte an der Längsseite des Wagens. Ihm fielen Ewalds Worte ein, die ihn gelehrt hatten, dass man im Nahkampf mit Pfeil und Bogen keinen Sieg erringen konnte. Immer wieder prallte die Axt auf Martins Schwert. Mehrere Male schon hatte sich ihm die Möglichkeit geboten, es in die ungeschützten Körperteile des Angreifers zu stoßen, doch Martin verspürte Skrupel.

Noch nie hatte er die Klinge in das Fleisch eines Menschen getrieben.

„Ich hau dir den Schädel von der Schulter, Bursche!", brüllte der Glatzkopf und holte erneut zu einem fürchterlichen Schlag aus, dem Martin nicht mehr vollständig ausweichen konnte. Die Spitze der Axt bohrte sich in seinen linken Oberarm und verursachte einen höllischen Schmerz.

„Das war erst der Anfang, Bürschchen!" Erneut holte der Kerl weit aus und wollte seine Axt auf Martin schleudern. In diesem Moment gab er die Fläche seines Körpers ungeschützt frei. Martins rechter Arm, der das Schwert hielt, war noch unverletzt. Die Angst und fürchterliche Schmerzen in der Schulter ließen Martins Skrupel schlagartig schwinden; blitzschnell stieß er sein Schwert in den Bauch des Gegners. Der verharrte in seiner Bewegung, riss die Augen weit auf und atmete schwer. Die Axt fiel ihm aus den Händen, sein Körper begann zu zittern. Er wollte noch etwas sagen, kam aber nicht mehr dazu, knickte ein, fiel auf seine Knie und anschließend mit dem Gesicht nach vorn auf den schwarzen Waldbogen. Er rang noch ein letztes Mal nach Luft, dann streckte er die Beine nach hinten und war tot. Schweißgebadet starrte Martin den Toten an.

Das Klirren von Schwertern riss ihn aus seinen Gedanken. Er schnellte herum und lief zu William, der noch einen Gegner vor sich hatte. Einer der Galgenvögel lag bereits mit durchtrennter Kehle im Straßengraben, mit dem anderen kreuzte William gerade seine Klinge. Martins linker Oberarm war von Blut durchtränkt, der Stoff seines Hemdes klebte auf der Wunde.

Er sprang auf den vierten Mann zu, der ebenfalls mit einem Schwert bewaffnet war und Martins Pferd festhielt, das die ganze Zeit unruhig hin und her tänzelte. Plötzlich hörte

Martin Geräusche aus dem Inneren des Wagens. Da wühlte doch tatsächlich jemand auf der Ladefläche in seinen Sachen herum! Mit einem gewaltigen Satz war Martin beim Karren und sah gerade noch, wie ein fünfter Strauchdieb heruntersprang und mit seiner Tasche zu flüchten versuchte. Der Räuber vermutete sicherlich, Wertvolles erbeutet zu haben, wusste er doch nicht, dass er nur Kleidung gestohlen hatte. Er hätte besser daran getan, den Bogen mitgehen zu lassen, denn den schnappte Martin sich jetzt, legte einen Pfeil in die Sehne, spannte sie und schon schlug das Geschoss mit voller Wucht in den Rücken des Diebes, der sich daraufhin überschlug. Die Tasche flog in hohem Bogen ins Gebüsch, der Räuber blieb zuckend auf dem Weg liegen. Martin drehte ihn auf den Rücken und sah sofort, dass er sterben würde.

Ebenso wie Martin hatte William den Kampf soeben für sich entscheiden können. Sein Widersacher lag zusammengekrümmt im angrenzenden Farnkraut, auch er hatte den Angriff nicht überlebt. Vom Pferdehalter fehlte jedoch jede Spur. William wischte sich mit einem Büschel Gras das Blut von seinem Schwert, Martin tat es ihm gleich.

„Jeder hat zwei erledigt, aber vom Fünften hatte ich keine Ahnung", sagte William.

„Das war gut geplant, damit hätte keiner gerechnet. Vier der Halunken beschäftigen uns und einer räumt den Wagen leer. Ich habe mich nur gefragt, weshalb der Kerl meine Unterwäsche rauben wollte", grinste Martin.

„Vielleicht wusste er, dass du geklöppeltes Beinkleid trägst", lachte William. Martin fasste sich mit schmerzverzerrtem Gesicht an seinen Arm.

„Du bist ja verletzt, zeig mal her!" William besah sich die Wunde, dann stieg er in den Wagen und riss einen Streifen von einem Leintuch ab, den er fest um Martins Arm wickelte.

„Ist nur eine Fleischwunde, das wird schon wieder."

Danach ging er in den Wald, um die Gäule der Halunken zu suchen. Er war kaum fünfzig Schritte in den Wald gegangen, da sah er auf einer kleinen Lichtung vier angebundene Pferde. Der Flüchtige hatte anscheinend noch mit seinem Pferd entkommen können. William führte die Tiere zum Wagen und zurrte sie dort fest.

„Sammel die Waffen ein, wie nehmen sie auf jeden Fall mit! Die Toten legen wir an den Wegrand. Du steuerst den Wagen, ich setze mich hinten auf einen der Gäule, damit sie keinen Unfug veranstalten!" Zügig setzten sie ihre Reise fort, um so schnell wie möglich den Ort Olpe zu erreichen.

Olpe war ein kleines, verschlafenes bergisches Dorf, in dem die Zeit stehen geblieben zu sein schien. Bei ihrer Ankunft wurden William und Martin von den Einheimischen bestaunt. Ein Handwerker mit einem Hammer in der Hand kam ihnen entgegen. William stieg vom Pferd und ging auf den Burschen zu. „Ich grüße dich, sag, gibt es hier im Ort einen Ratsherrn oder Verwalter?" Der Mann nickte und wies William den Weg zu einem Haus am Dorfplatz.

„Fragt nach dem Herrn Gernot von Rheinfels, der hat hier das Sagen!"

Am Platz angekommen, blieb Martin beim Wagen. William klopfte an die Tür und sogleich öffnete ein junger Mann.

„Ich würde gerne Gernot von Rheinfels in einer dringenden Angelegenheit sprechen", sagte William. Bewundernd musterte der Bedienstete den Tempelritter von oben bis unten. „Folgt mir bitte!"

Sie gingen durch einen kurzen Flur und kamen zu einem Warteraum, in dem William Platz nahm. Die Wände waren mit Holz verkleidet, ein großer Wandteppich ließ Jagdszenen erkennen. Plötzlich flog die Tür auf und ein gut gekleideter Mann ging mit ausgestrecktem Arm auf William zu.

„Gernot von Rheinfels, Bürgermeister und Ratsherr der Stadt Olpe!“, tönte er.

William lächelte. „William von Gloucester, Ritter des Templerordens.“ Sie schüttelten sich kräftig die Hände. „Was führt Euch hier her?“, fragte der Bürgermeister ehrerbietig.

„Wir sind in Siegen aufgebrochen, um über Olpe nach Weperevorthe zu reisen. Vor einigen Stunden wurden wir von fünf bewaffneten Wegelagerern überfallen. Sie griffen aus dem Hinterhalt an und versuchten, uns auszurauben. Leider ist es ihnen nicht gut bekommen, wir mussten sie in Notwehr töten. Vier von ihnen liegen nun am Wegrand des alten Römerpfades, der hierher führt. Einer von ihnen konnte jedoch flüchten. Ich möchte Euch bitten, die Toten abholen zu lassen, um sie zu beerdigen.“

„Wisst Ihr“, meinte der Ratsherr, „unser Dorf liegt etwas abgelegen. Leider treibt sich des Öfteren Gesindel in unseren Wäldern herum, doch offensichtlich sind sie dieses Mal an den Richtigen geraten.“

„Wir waren zu zweit, mein Begleiter wartet draußen bei den Pferden“, gab William zurück. Der Ratsherr rief nach seinem Burschen.

„Manfred, hole den Leichenbestatter und den Hundeschläger her!“ Der Junge verbeugte sich und rannte los.

„Ich werde sie hierher bringen lassen und vor der Stadt beerdigen. In geweihte Erde kommen sie mir aber nicht!“, verkündete der Ratsherr. Kurze Zeit später betrat eine zwielichtige Gestalt den Raum – offensichtlich der Totengräber des Ortes. Nachdem der Ratsherr ihm die Situation geschildert hatte, fragte der Kerl: „Und wer bezahlt mich dafür?“ Nun meldete sich William zu Wort. „Verzeiht, aber würden zwei

Pferde als Lohn genügen?" Die Augen des Totengräbers verengten sich zu listigen Schlitzen.

„Ja, edler Ritter, das würde durchaus genügen."

„Dann geht nach draußen zu meinem Gefährten und lasst Euch zwei Pferde geben!"

Nun wurde der Ratsherr neugierig. „Ihr seid Engländer, nicht wahr? Was führt Euch in unsere Gegend?" William verspürte keinerlei Lust auf eine Plauderei.

„Könnt Ihr schweigen?"

„Aber natürlich!", beeilte sich der Ratsherr zu antworten.

„Ich bin in geheimer Mission für den Orden unterwegs", raunte William und machte auf dem Absatz kehrt. Irritiert schaute der Ratsherr ihm hinterher.

In der Heimat

„Dort drüben liegt meine Heimatstadt Weperevorthe! Ab hier kenne ich mich bestens aus." Martin wurde zusehends unruhiger, je weiter sie kamen. Sie umfuhren die Stadt, bis sie ans Haupttor gelangten, das sie linker Hand liegen ließen, um in Martins Tal zu gelangen. Ihm fiel auf, wie schmal die Weper hier im Verhältnis zu Leichlingen war. Nach einigen Minuten erreichten sie den Steg, der gerade breit genug war, dass sie ihn befahren konnten.

Seitdem sie Olpe verlassen hatten, saß William wieder vorne auf dem Bock. Die zwei Pferde hatten sie am hinteren Teil des Wagens angebunden. William sah, dass Martin immer nervöser wurde, und nahm ihn kurz in den Arm.

Endlich rückten das Haus seiner Eltern und das der Familie Berghaus in Martins Blickfeld. Der Vater war wohl in der Werkstatt, denn Martin bemerkte, dass die Tür offen stand.

Noch etwa fünfzig Schritte lagen vor ihnen, ihr Wagen verursachte auf dem weichen Wiesenboden kaum Geräusche. Martin hielt vor dem Haus an.

Eineinhalb Jahre war er nun fort gewesen. Er sprang auf die Wiese und rief: „Ist wer da?" Es dauerte nicht lange, da trat Will heraus, seine Lederschürze hatte er noch umgebunden. Zunächst starrte er die beiden an, dann fiel es ihm wie Schuppen von den Augen.

„Mein Junge ist da! Danke lieber Gott! Mutter, komm schnell! Unser Sohn ist zurückgekehrt!" Er stürzte auf Martin zu und umschlang ihn mit seinen kräftigen Armen. Wie Kinder hüpften sie im Kreis. Mit Tränen in den Augen kam nun auch die Mutter aus dem Haus gerannt. „Endlich bist du wieder da!", rief sie, küsste und herzte ihn. Nach dieser innigen Begrüßung drehte Martin sich um und verkündete voller Stolz:

„Und das ist mein Freund, Ritter William von Gloucester aus England!"

Will reichte ihm die Hand. „Herzlich willkommen! Bitte kommt mit in die gute Stube und fühlt Euch wie zu Hause! Frau, stelle Wein auf den Tisch und koche das Beste, was du finden kannst! Wir haben heute noch viel zu besprechen."

Martin berichtete lange und ausführlich von den Geschehnissen seit seinem Weggang. Er erzählte von der Flucht, dem Aufenthalt bei Ewald, der Reise mit den Gauklern und der Ankunft bei Gottfried. Etwas allerdings behielt er noch für sich.

Sein Vater schilderte ihm, was Ewalds Eltern widerfahren war. Die Nachricht, dass die Söldner sie ermordet hatten, stimmte Martin sehr traurig, insgeheim fühlte er sogar eine Mitschuld. „Eineinhalb Jahre hetzten wir durch das Land – für untergeschobene Wilderei und einen Mord, der keiner war", stöhnte er.

Nun kam endlich die Frage, auf die Martin schon die ganze Zeit gewartet hatte.

„Wo ist denn deine Andrea?", wollte Adele wissen. „Sie passt auf deinen Enkel auf – Oma!", erwiderte Martin freudestrahlend. Adele griff nach Wills Hand. Wieder rannen ihr Freudentränen über das Gesicht. Auch Willi rang um Fassung.

„Und sie sind jetzt auf dem Rittergut in Leichlingen?", fragte er.

„Deshalb möchte ich auch, dass ihr mit uns kommt, damit wir wieder zusammen sind. Außerdem sollten wir wohl noch unsere Hochzeit nachfeiern", lachte Martin.

Nun meldete sich erstmals wieder William zu Wort. „Ihr wäret wahrhaft gut beraten, Eurem Sohn zu vertrauen und ihm zu folgen. Auch ich werde mich dort niederlassen. Und mir als zukünftigem Gutsverwalter könnt Ihr glauben, dass das, was Euer Sohn euch berichtet hat, der Wahrheit entspricht. Helft ihm beim Aufbau seines Hauses und seiner Werkstatt, geht Ritter Thomas etwas zur Hand und Ihr werdet sehen, dass es der richtige Schritt war."

„Verheiratet ist er jetzt auch schon", stammelte Adele verwirrt. Die vielen Neuigkeiten waren offensichtlich etwas zu viel für die Gute. Sie stand auf und entschwand zur Tür hinaus. Martin folgte ihr.

Will zeigte dem Templer seine Werkstatt. „Und wohin mit dem ganzen Krempel; wie sollen wir das alles transportieren?"

„Packt die wichtigsten Werkzeuge ein, die Ihr für einen Neuanfang benötigt, dazu einige Gegenstände für die Küche und natürlich Eure Kleidung, den Rest besorgen wir in Leichlingen. Ihr könnt mit Thomas´ Unterstützung rechnen", sagte William.

„Euer Wort in Gottes Ohr! Jedenfalls werde ich jetzt Andreas Eltern hinzuholen, damit sie erfahren, was aus den Kindern geworden ist und wie unsere weiteren Pläne aussehen. Lasst uns zurück ins Haus gehen!"

Adele hatte sich etwas beruhigt und so machte sich Will auf den Weg zu den Nachbarn, um sie herüberzubitten. Bis spät in die Nacht erzählten und beratschlagten sie.

„Und die Büttel sind tatsächlich nicht mehr hier?", fragte Martin seinen Vater.

„Nein, ich weiß auch nicht warum, aber von heute auf morgen waren sie plötzlich verschwunden."

„Möglicherweise hat sich mein Schwiegervater, der Burgvogt von Neuenberge, eingeschaltet", meinte William, „ich hatte ihm von Eurem Schicksal berichtet."

„Sag einmal, Will, wie wäre es eigentlich, wenn meine Frau und ich vorerst deine Werkstatt und euer Haus nutzen? Meine Geschäfte laufen gut und mein Laden platzt bald aus allen Nähten", schlug nun Wolfgang vor. Will schaute seinen Sohn fragend an. „Wann würden wir denn aufbrechen, Martin?"

„Am besten gleich morgen früh, dann sind wir gegen Abend auf dem Rittergut. Wir nehmen das Nötigste mit und kommen noch einmal zurück, um den Rest abzuholen. Bis auf wenige Waffen ist mein Wagen leer. Außerdem finde ich Wolfgangs Idee hervorragend. Er verwaltet unsere Gebäude, kann sie für seine Zwecke verwenden und dann und wann besuchen wir uns gegenseitig."

„Es ist schon weit nach Mitternacht", unterbrach sie nun Adele, „ich denke, wir sollten uns noch einige Stunden hinlegen, wenn wir morgen abreisen wollen." Martin ging in seine Kammer und schlief in dieser Nacht überglücklich ein. Will besorgte einen Strohsack sowie zwei Schaffelle für den Templer, der es sich in der Werkstatt bequem machte.

Der Aufbruch

Martin war schon früh auf den Beinen, um seinen Eltern beim Packen zu helfen. „Ich würde gerne einen kurzen Halt in Huckengeswage einlegen, um mit dem Wirt Otto einige Worte zu wechseln. Aber sag, Vater, wie ist es eigentlich der Familie Grüneberg ergangen – und was ist aus Karl geworden?"

„Der war ja nicht mehr ganz richtig im Kopfe. Sein Vater Bodo hatte ihn zunächst zu den Mönchen ins Kloster Altenberg gebracht. Da Karl aber gewalttätig war, bekamen es die Brüder mit der Angst zu tun, sodass der Abt ihn wieder abholen ließ. Karl war dann noch eine kurze Zeit zu Hause, doch er ging ständig seinem jüngeren Bruder Bruno an die Wäsche. Des Öfteren hörte ich, wie er ihn anschrie: ‚Hau ab, das ist mein Vater!' Und regelmäßig prügelten sie sich, sodass Bodo andauernd dazwischengehen musste. Karl ist jetzt irgendwo in Essen in einem Kloster untergebracht, wo sie einen abgeschlossenen Bereich haben. Das hat Bodo eine Menge Geld gekostet. Bis heute weiß der arme Mann nicht, was wirklich passiert ist. Vor vier Monaten ist er schließlich mit Bruno weggezogen. Er hat sich zu sehr geschämt vor den Leuten, die ständig mit den Fingern auf ihn zeigten und behaupteten, er sei der Vater eines Bekloppten. Du weißt, wie grausam Menschen sein können."

Nachdem sie alles im Wagen verstaut hatten, begann ihre Reise nach Leichlingen. Adele saß neben Martin auf dem Kutschbock, der Vater und William ritten die beiden Pferde. In Huckengeswage hielten sie noch kurz bei Otto an, der sich sichtlich freute, Martin wiederzusehen. Sie aßen eine Kleinigkeit und der Wirt berichtete über das Feuer in der Schmiede, den Mord an Ewalds Eltern, der schweren Kopfverletzung und der langwierigen Krankenpflege. Otto war glücklich, dass sich das Blatt nun doch zum Guten gewendet zu haben schien. Vor der Abreise zeigte er Martin noch das Grab von Ewalds Eltern und das verwüstete Haus. Beim Anblick der verkohlten Ruine wurde Martin wütend. „Und eines dieser Dreckschweine läuft noch frei herum", kam es zornig aus seinem Mund.

Der Gutshof

Die Reise lief wie geplant. Als sie schließlich in Leichlingen ankamen, war schon die Nacht hereingebrochen. Der Hausherr hatte Trude angewiesen, die Gruppe behelfsweise unterzubringen, alles Weitere sollte am folgenden Tag geklärt werden.

Am nächsten Morgen stellten sich Martins Eltern bei Thomas, Sibylla und Katharina vor. Man hatte sich im großen Rittersaal versammelt, in dem ein üppig gedeckter Tisch zum Frühstück einlud. Plötzlich betrat Andrea mit dem kleinen Max im Arm den Raum.

„Bitte entschuldigt! Aber dürften wir zuerst unseren Enkel begrüßen? Leider hatten wir bis jetzt noch nicht die Freude", bat Will.

„Oh, natürlich, ich vergaß", lächelte Thomas. Will und Adele verließen mit Andrea, Martin und Max den Saal, um sich ein paar ungestörte, familiäre Augenblicke zu gönnen und kehrten nach einiger Zeit zu den anderen zurück. Das feierliche Wiedersehen wurde auf den Abend verschoben.

Nun war Thomas wieder in seinem Element und breitete einen Plan auf einem zweiten Tisch aus, den er eigens für diesen Zweck im Saal hatte aufstellen lassen.

„Das Gut soll die Form eines Rechtecks erhalten. Hier,

an der schmalen Seite, steht das Hauptgebäude, in dem wir uns gerade befinden. Die beiden Längsseiten sollen in Zukunft bebaut werden.“ Zur Verdeutlichung wies er mit seinem Dolch auf die entsprechenden Stellen der Zeichnung.

„Dort ist jetzt der kleine Pferdestall. Ich werde ihn abreißen lassen, um an gleicher Stelle ein größeren mit sieben Pferdeboxen, einem Vorratsraum für Futter, einer Stallung für das Fuhrwerk sowie einer Kammer für Gerätschaften zu bauen. An der hinteren Seite ist ein Tor geplant, durch das man die Pferde direkt auf die Wiese bringen kann. Gegenüberliegend sollen die Bognerei und zwei Wohnhütten entstehen.“

Dann wies er auf zwei weitere Teilstücke.

„Dort sollen die Fischteiche hin, daneben ein Gemüsegarten und ein Kräuterbeet. Von der Weper aus leiten wir einen schmalen Wasserlauf direkt in den ersten Teich, wo wir später Karpfen züchten werden. Der Abt des Klosters Altenberge hat mir nämlich für die Erstbesetzung einige fette Fische zugesagt. Die Zisterzienser dort sind Spezialisten in Sachen Fischzucht. Bis dahin steht mein Plan. Später werden wir dann in der Grundlinienverlängerung des Stalles und der Wohnhütten den Bau an den beiden Längsseiten des Geländes fortsetzen. Dort wird dann eine große Mauer mit einem Eingangstor entstehen. Deinem Vater und dir, Martin, stelle ich einige fleißige Handwerker zur Seite. Natürlich ist eure Mitarbeit erforderlich, ihr solltet die Leute aber auch einteilen und die Arbeiten überwachen, damit nicht gepfuscht wird. Für leichtere Tätigkeiten könnt ihr die Mägde einsetzen. Im Übrigen beginnen nun außerhalb des Gutes umgehend die Arbeiten für eine Latrine. In Zukunft werden wir uns täglich nach dem Frühstück hier im Rittersaal treffen, um die Aufgaben für den Tag zu besprechen. Solange eure Wohnhütten noch nicht fertiggestellt sind, könnt ihr natürlich in den Gästeräumen des Haupthauses wohnen, sie werden frühestens wieder im nächsten Frühjahr benötigt. Mein Freund und Waffenbruder William übernimmt die Aufsicht über das Gut. So soll es sein. Auf, wir wollen unserem Tagwerk beginnen!"

Vor dem Gutshaus lagen schon etliche geschnittene Bretter und Balken bereit. Thomas und William steckten die Grundrisse der Gebäude ab, Martin und drei ihm zugewiesene Arbeiter trafen Vorbereitungen für den neuen Stall und Will sowie vier weitere Handwerker errechneten die exakte Materialmenge für den Bau der Bognerei und der Wohnhütten. Sobald die Seitenwände und Dächer fertiggestellt sein würden, wollten sie mit dem Ausbau der Innenräume fortfahren. Alles verlief wie vorgesehen, selbst das Wetter dieses Spätsommers schien ihnen gewogen zu sein.

Zu Hause

Ende Oktober waren die Arbeiten an einigen Gebäuden abgeschlossen. Die Pferde standen in ihren neuen Boxen, hinter dem Stall war eine Koppel mit einer angrenzenden Wiese zum Grasen entstanden. Ebenso wie seine Eltern konnte Martin nun mit seiner kleinen Familie in die neue Hütte umziehen, an der Bognerei wurde noch gearbeitet. Tagsüber verteilten die Mägde Essen und Getränke an die Arbeiter.

Adele half täglich in der Küche, wo sie ihre ganz eigenen Fertigkeiten in der Fischzubereitung einbrachte.

„Seitdem deine Mutter bei uns kocht, schmeckt der Fisch in diesem Hause noch besser", sagte Thomas einmal zu Martin.

Überall wurde emsig gewerkelt und es roch nach frisch geschnittenem Holz. Die Zwischenräume verankerter Balken wurden mit frisch angemachtem Speis ausgefüllt. Dazu schüttete Martin Stroh, Lehm und Schweineurin in einen großen Bottich; anschließend wurde die Masse von einer Magd mit den Füßen zerstampft, bis der stinkende Brei zu einer homogenen Masse verarbeitet war, mit der auch Holzrisse und Spalten abgedichtet werden konnten. Für kleinere Ausbesserungen eignete sich Moos. Nahezu sämtliche Materialien fanden sie in direkter Umgebung des Gutes.

Eines Morgens zogen Thomas und Will gemeinsam los. Die beiden verstanden sich prächtig und arbeiteten überaus gern zusammen.

Unterwegs blieb Thomas stehen und sagte: „Hier, meine ich, sollten wir es versuchen." Er wies mit einem Stock auf eine Stelle des Bodens und markierte sie mit einem Kreis. Genau hier sollte ein Brunnen entstehen. Ich denke, wir werden – drei bis vier Schritte tief – Wasser finden. Schließlich ist ja der Fluss dort drüben, sodass es nicht schwer werden wird, auf Grundwasser zu stoßen. Nimm dir zwei Leute und beginn am besten mit den Arbeiten, bevor der Frost die Erde gefrieren lässt!"

William ließ sich selten blicken. Martin vermutete, dass er jede Möglichkeit nutzte, um mit Katharina allein zu sein.

Thomas indes drängte zur Eile: „Vor Wintereinbruch muss noch der Kornspeicher gebaut und der Backofen fertiggestellt sein." Über mangelnde Arbeit konnten sich die Arbeiter wahrlich nicht beschweren.

Thomas trieb seine Leute tagtäglich an – gelegentlich sogar William, wenn dieser denn empfänglich dafür war. Doch insgesamt zogen alle an einem Strang.

Nach verrichtetem Tagwerk statteten Andrea und Martin ihr neues, bescheidenes Zuhause aus. Der Vater und er hatten einen Tisch sowie zwei Holzbänke gebaut. Andrea hängte zwei mit Fett eingeriebene Tierhäute vor die kleinen Fensterluken, um Wind und Kälte abzuhalten. In einem Wandregal hatten mehrere Eisentöpfe und Tonkrüge Platz gefunden. Martins Werkzeug war an einigen Nägeln, die er in einen Balken geschlagen hatte, befestigt, in einer großen Truhe wurden sämtliche anderen Habseligkeiten aufbewahrt. Abends brannte eine Lampe auf dem Tisch, die mit Öl aus Waldfrüchten gefüllt war, daneben standen einzelne Talglichter. An der Stirnseite der Hütte befand sich die Feuerstelle, die Andrea auch zum Kochen benutzte. Die Schlafkammer, in der auch ein kleines Holzbett für Max stand, war für sie etwas Besonderes, da die meisten Hütten nur aus einem einzigen Raum bestanden, in dem auch noch Hühner oder Hausschweine umherrannten. Eines Tages sagte Thomas: „Wir wollen es halten wie die Klöster und uns mit nahezu allem selbst versorgen. Ich möchte nicht, dass die Leute von uns behaupten, wir seien Kraut- und Rübenfresser. Der nächste harte Winter kommt bestimmt, darauf folgt dann wieder eine Hungersnot."

Neue Pläne

Ende November wehten die ersten feinen Schneeflocken übers Land. Heute sollte der neue Backofen in Betrieb genommen werden. Will war damit beschäftigt, einen Brotschieber anzufertigen, Martin und ein anderer Arbeiter installierten gerade eine Randbefestigung am Fischteich, als plötzlich Musik erklang.

Für einen Moment legten alle ihre Arbeiten nieder und blickten neugierig auf. Von dort, wo man später das Haupteingangstor errichten wollte, rollten mehrere Wagen in den Innenhof des Gutes.

„Das sind meine Freunde, die Spielleute sind da!", rief Martin, ließ die Schüppe fallen und lief ihnen entgegen. Auf dem ersten Wagen erkannte er Harald, der im zuwinkte, gefolgt von Lore, Freia und dem kleinen Peter. Dahinter sah er Robin und Robert, dann Edwin und im letzten Gespann Ewald und Maria. In der Mitte des Innenhofes hielten die Gaukler die Gespanne an und sprangen von ihren Wagen, um Martin zu begrüßen. Zuletzt kam Ewald, der über das ganze Gesicht strahlte.

„Du verdammter Kerl!", rief er und umarmte seinen Freund, „über ein Jahr lang sind wir euch gefolgt, wollten euch wichtige Nachrichten mitteilen. Immer wenn wir glaubten, dich und Andrea gefunden zu haben, wart ihr auch schon wieder verschwunden. Aber wie ich von Gottfried gehört habe, seid ihr bereits über alles bestens im Bilde."

Nun fand sich auch Andrea ein – auf dem Arm den kleinen Max, der sogleich von allen bewundert wurde.

„Bevor wir wieder in unser Winterlager ziehen, mussten wir uns doch davon überzeugen, ob ihr in Leichlingen seid und wie es euch geht", meinte Harald.

Oben schaute Thomas dem Treiben aus einem Fenster zu. Als er die Schaustellertruppe erkannte, eilte er sofort in den Hof und lief geradewegs auf Harald zu, der ihm schon von Weitem entgegenrief: „Na, du alter Fischkopp!"

Martin und Ewald blieb die Spucke weg. Wie konnte Harald es wagen, so mit ihrem Herrn zu sprechen? Nach dieser Beleidigung rechnete Martin damit, dass Thomas und Harald aneinandergeraten würden, doch genau das Gegenteil geschah. Beide Männer begrüßten sich herzlich und klopften sich gegenseitig auf die Schultern.

„Dass ich dich alten Rumtreiber noch einmal wiedersehe!", lachte der Ritter, „komm, Harald, gehen wir ins Haus, es gibt einiges zu erzählen!“ Martin sah Ewald fragend an.

Sie wandten sich nun wieder dem Ofen zu, da Adele und Gretel gerade eine Schüssel mit geknetetem Mehlteig brachten, um die neue Feuerstelle zu testen. Das erste Brot entsprach ihren Erwartungen noch nicht, doch die folgenden gerieten immer besser. Es kam darauf an, den Ofen vollständig durchzuheizen und die perfekte Glut abzuwarten.

Am Nachmittag sollte der Teich gefüllt werden. Zwischen ihm und der Weper war ein langer, schmaler Graben ausgehoben worden. Will hatte eine Schiebevorrichtung angebracht, mit der sich der Zulauf regulieren ließ, und öffnete diese nun zur Hälfte. Sofort strömte frisches Weperwasser durch den Kanal. Als der Teich später vollgelaufen war, wurde der Schieber wieder zurückgeschoben und der Zufluss gestoppt.

„Der aufgewühlte Schlamm muss sich erst einmal setzen. Dann fehlen nur noch die Fische“, meinte Will.

Thomas hatte den Spielleuten vorgeschlagen, die folgende Nacht auf einem Strohlager im Stall zu verbringen.

„Komm doch mit in meine neue Hütte, eine Weile können die anderen sicherlich auf uns verzichten. Erzähle mir, was du auf deiner Reise erlebt hast, wie du die Spielleute gefunden hast und vor allem, wie du Maria erobern konntest!“

Ewald folgte Martin in sein Haus. Er berichtete von dem Überfall auf die Schmiede, dem Tod seiner Eltern und seiner Verletzung. Er nahm einige Haarsträhnen zur Seite und zeigte seinem Freund die Narbe auf seinem Kopf.

„Mensch, sieht ganz schön übel aus“, meinte Martin. Nun schilderte er Ewald, wie er die Verfolgung der Söldner aufgenommen und die Männer im Wald gestellt hatte. „Zwei der Bastarde habe ich erschossen, der Dritte ist leider entkommen.“ „Zum Glück konntest du die Mädchen retten“, murmelte Ewald. Im selben Moment ertönte Gretels Stimme.

„Herr Martin und Herr Ewald möchten bitte in den Saal kommen!"

Martin trat vor seine Hütte. „Herr Martin und …" „Danke, Gretel, wir haben es gehört", unterbrach sie Martin.

Die beiden Freunde gingen zum Haupthaus und betraten den großen Saal, in dem Thomas, William und Harald beisammenstanden.

„Setzt euch, ihr beiden", sagte Thomas, „wenn die Gaukler morgen aufbrechen, würde ich euch bitten, zum Kloster Altenberge zu fahren, um von dort Zuchtkarpfen mitzubringen. Der Abt ist benachrichtigt, ihr müsstet nur die große Tonne mitnehmen."

Ewald hob seine Hand. „Dann soll ich den Spielleuten also später ins Winterlager folgen?" „Nein, Ewald, ich habe eben mit Harald über dich gesprochen. Ich würde mich freuen, wenn du dich entschließen könntest, ebenfalls bei uns zu bleiben. Ich suche händeringend einen guten Schmied – und du scheinst einer zu sein. Was sagst du zu meinem Angebot?" Ewald überlegte. „Ich habe eine neue Arbeit, bin gern mit meinen Freunden zusammen und könnte vielleicht auch bald Maria heiraten. Wie geht es weiter, wenn ich zusage?" „Nun, wir würden noch vor Wintereinbruch deine Wohnhütte fertigstellen und – sofern es das Wetter zulässt – im Anschluss daran deine Schmiede. Im nächsten Frühjahr könnten Martin und du eure Waren auf verschiedenen Märkten präsentieren. Was hast du bisher alles hergestellt?" Ewald kratzte sich verlegen am Kopf. „Schwerter, Dolche und Messer, verschiedene Werkzeuge und neuerdings auch Kerzenständer und große Torschlüssel." „Damit kann man ja schon einiges anfangen", meinte Thomas. Nun meldete sich Martin zu Wort. „Könnten Ewald und ich dann vielleicht unsere Freunde in ihrem Winterlager in Coelln besuchen? „Kein Problem, meldet euch nur bitte bei William ab!" Martin und Ewald verließen den Saal. „Wer hätte noch vor Kurzem gedacht, dass wir Weihnachten beisammen sind?", rief Martin freudig aus.

In den Stallungen

„Ihr habt es wirklich gut getroffen", sagte Harald zu Martin und Ewald.

„Da hast du recht! Aber weshalb bezeichnest du unseren Lehnsherrn als Fischkopp?", fragte Martin.

„Weil ich Thomas schon seit etlichen Jahren kenne. Als wir noch jung an Jahren waren, haben wir die Gefilde der Weper unsicher gemacht und viele Streiche ausgeheckt. Er war der Fischkopp, ich der Rumtreiber. Doch muss ich euch gleich alles auf die Nase binden?"

Martin ging reihum und sprach mit jedem einzelnen seiner Freunde.

„Packt doch bitte eure Instrumente aus und spielt ein wenig zu unserem Wiedersehen auf!" Gesagt, getan! Als die ersten Töne erklangen, dauerte es nicht lange und der Stall war brechend voll mit Bediensteten und Handwerkern, die erfreut in die Hände klatschten, sangen und tanzten. Später gesellten sich auch William, Katharina, Thomas und Sibylla hinzu. Adele und Gretel reichten Wein und Schmalzbrote – voller Stolz über das erste Brot aus dem eigenen Ofen.

Bei den Mönchen

Bei dichtem Nebel machten sich die Spielleute auf den Weg in ihr Winterquartier. Martin und Ewald holten den Wagen aus dem Stall, spannten Wotan davor und hievten ein schweres Holzfass für die Fische auf die Ladefläche. Beide schauten den abziehenden Freunden hinterher, bis ihr Winken in Dunst verschwand.

„Ein merkwürdiges Gefühl überkommt mich jedes Mal, wenn ich sie weiterziehen sehe", meinte Martin bedrückt.

„Sie sind dieses Nomadenleben gewohnt. Einen Harald würdest du nie zur Sesshaftigkeit überreden können", tröstete ihn Ewald.

„Warte einen Moment, ich habe etwas vergessen!" Martin ging noch einmal in die Hütte, um seine Waffen zu holen. Nachdem, was ihm in Olpe widerfahren war, wollte er den Hof nicht mehr ohne sie verlassen. Maria und Andrea spielten mit dem kleinen Max.

„Bleibt nicht zu lang fort, damit wir uns keine Sorgen machen müssen", rief Maria den beiden hinterher. „Es ist nicht so weit, wir sind noch heute zurück."

„Wie ich sehe, hast du noch das Schwert, das ich dir geschmiedet habe."

„Und es hat mir schon das Leben gerettet – Schwert gegen Axt. Aber es war nicht einfach." Martin berichtete ihm, wie William und er von den Wegelagerern überfallen worden waren. „Du hattest damals recht, als du sagtest, ein Bogen sei für den Nahkampf ungeeignet, dafür brauche es stattdessen ein Schwert." Nun begann Ewald zu erzählen. „Du weißt ja, dass ich bei einem Schmied gearbeitet habe. Eines Tages lieferte ich einen Schlüssel in Colonia aus, als ich plötzlich laute Schreie aus einer Gasse vernahm. Ein Sendbote war zusammengeschlagen und ausgeraubt worden. Nachdem ich mich um den Burschen gekümmert hatte, beschrieb er den Mann, der ihn überfallen hatte. Der Junge hatte bemerkt, dass dem Kerl einige Finger der rechten Hand fehlten. Was sagst du nun?“ „Dann treibt dieser Hundsfott also in Coelln sein Unwesen?“ „So wird es wohl sein. Ich schwöre dir, eines Tages wird er dafür bezahlen.“

Sie lenkten den Wagen einen steilen Berg hinunter, bis sie den Fluss Dhünn erreichten, der direkt durch das Klosteranwesen floss. Nun sahen sie im Tal das aus Holz erbaute Zisterzienserkloster liegen.

„Hier befand sich die frühere Burg des Grafen von Berg, daher der Name Altenberge. Er schenkte es dem Orden, nachdem dieser seinen neuen Wohnsitz Neuenberge auf den Bergsporn oberhalb der Weper verlegte“, erklärte Martin.

Am Kloster angekommen, fuhren sie durch eine große Gartenanlage, vorbei an mehreren Fischteichen, bis zu einem großen Tor. In diesem Moment öffnete sich die Tür und ein Mönch trat heraus.

Er begrüßte die beiden mit den Worten: „Besucher? Bei diesem trüben Wetter? Ich bin Bruder Bertram, was wünscht Ihr?“

„Ritter Thomas von Leichlingen schickt uns, um Zuchtkarpfen zu holen. Ich bin der Bogner Martin und das ist der Schmied Ewald. Wir stehen im Dienste des Ritters.“

„Ich bin unterrichtet, folgt mir in Gottes Namen!“ Der Mönch führte sie zu einem der Teiche. „Hier schwimmen die fetten Brocken, sie eignen sich hervorragend für die Zucht. Ich hoffe, Ihr habt Eure Teiche richtig angelegt.“

„Wie meint Ihr das, Bruder Bertram? „Die Laichzeit der Fische ist von Mai bis Juni, dafür braucht Ihr eine pflanzenreiche, flache Uferzone. Es gibt dann schon einige Millionen Larven, die sich in der ersten Zeit aus ihrem Dottersack ernähren. Die Fische können bis zu fünfzig Jahre alt werden und erreichen eine gute Schrittlänge.“ „Wie füttert Ihr sie denn?“, wollte Martin wissen.

„Ihr müsst Euch Weizen besorgen. Werft alle zwei bis drei Tage ein paar Handvoll in den Teich. Aber sie gehen auch auf Insektenjagd und fressen Larven. Nach dem Laichen im nächsten Mai könnt Ihr die fetten Burschen schlachten. Danach brauchen die Jungfische wiederum zwei bis drei weitere Jahre, bis sie so weit sind. Das Beste wäre, Ihr würdet gleich mehrere Teiche anlegen, wenn Ihr Profital arbeiten wollt, so wie wir es tun." „Ich denke, unser Lehnsherr weiß über diese Dinge Bescheid, trotzdem vielen Dank für Eure Ratschläge, Bruder!", sagte Martin.

„Denkt daran, was in der Bibel steht! Immerhin haben wir über einhundert Fastentage im Jahr", mahnte sie Bruder Bertram.

„Eine Frage hätte ich doch noch", fuhr Martin fort, „woher kommen Karpfen eigentlich?" „Wenn ich mich nicht irre, haben sie seinerzeit die Römer an den Rhein gebracht. Wie wir besitzen die meisten Klöster eigene Karpfenteiche."

„Sind das nun Fische unterschiedlichen Geschlechts, sodass sie sich auch vermehren?", hakte Martin nach. Diesem Thema war der Mönch offensichtlich weniger zugetan. „ Mit dem Schweinkram will ich nichts zu tun haben." „Seht zu, dass Ihr die Fische in Euer Fass bekommt!", erwiderte er kurz und reichte ihnen eine lange Stange mit einem Netz.

„Nicht mehr als zwölf Karpfen! Wenn Ihr fertig seid, kommt bitte in das Gebäude dort drüben, ich habe noch etliche Schreibarbeiten zu erledigen."

Martin sah seinen Freund fragend an. „Willst du oder soll ich?"

„Nee, mach mal selbst!" Martin nahm den Stab und ging zum Teichrand, um das Netz durch das Wasser zu ziehen. Sogleich schwamm ein dicker Karpfen hinein, die Stange verbog sich bedenklich nach unten.

„Ich hab einen – verdammt schwer, das Vieh!“, rief Martin und holte den Fisch an Land. Zappelnd fiel das Tier auf den Boden und unternahm alle Anstrengungen, zurück in den Teich zu gelangen.

„Halt ihn fest und wirf ihn in die Tonne!“, rief Martin Ewald zu. Dieser versuchte vergebens, den Karpfen zu fassen; immer wieder entglitt er ihm.

„Der ist glitschig wie ein Aal – ich kann ihn nicht halten!“

„Du musst dir die Finger mit Dreck einreiben, dann kannst du ihn packen!“, lachte Martin.

Ewald tat, wie ihm geheißen, und tatsächlich gelang es ihm jetzt, den Karpfen zu greifen und ihn in das Fass zu werfen. In der Zwischenzeit hatte Martin bereits zwei weitere Exemplare gefangen. Obgleich er mit aller Kraft zog, schaffte er es nicht, die Tiere aus dem Wasser zu holen.

„Halte die Stange weiter vorn, dann hast du mehr Kraft!“ Martin ließ den Stiel vorsichtig durch seine Hände gleiten, doch plötzlich gab es einen kräftigen Ruck, er verlor den Boden unter den Füßen und rutschte bis zur Hüfte in den Teich. Trotz seines Missgeschicks hatte Martin den Stab jedoch nicht einen Moment losgelassen.

„Scheiße, ist das kalt!“, fluchte er.

Ewald hielt sich den Bauch vor Lachen und brüllte aus voller Brust: „Der Badetag ist eröffnet!“

„Lach nur, blöder Eisenbieger!“, rief Martin ihm zu. Doch nun, da er schon im Wasser stand, versuchte er sein Glück auf diese Weise. Er reichte Ewald den Stiel, und während der Freund vom Ufer aus zog, drückte Martin von der anderen Seite dagegen. Mit dieser Methode waren bald alle Fische im Fass. „Komm, ich helfe dir heraus!“, lachte Ewald und reichte seinem Freund die Hand.

Der Tumult am Teich hatte den Mönch aufgeweckt, der über

seiner Arbeit eingenickt war und sich nun die Bescherung ansah. Bemüht, ein Grinsen zu verbergen, rief er: „Kommt mit hinein, Ihr solltet die nassen Beinkleider ausziehen, sonst holt Ihr Euch das Fieber!“

Sie betraten eine kleine, beheizte Schreibstube.

„Kommt mit zum Ofen, nehmt diese Decke und hängt Eure nassen Kleider über den Stuhl dort!“ Martin ging zur Tür zurück, kippte dort das Wasser aus seinen Stiefeln und wrang seine Hose aus. Danach wickelte er sich in die Decke ein.

„Bis alles trocken ist, dauert es wohl einen Tag.“ „Ihr könnt die Decke auch mitnehmen und bei Gelegenheit wieder zurückbringen“, schlug Bertram vor. Martin und Ewald bedankten sich und gingen zurück zum Wagen. Als sie wieder nebeneinander auf dem Kutschbock saßen, schaute Ewald den eingewickelten Freund von der Seite an und prustete los. „Hoffentlich werden wir jetzt nicht überfallen, im Rock lässt es sich schlecht kämpfen.“

Auf dem Rittergut

Bei ihrer Rückkehr sorgte Martin mit seinem neuen Rock für Aufregung. Ein vorbeigehender Zimmermann rief: „Schaut alle her, Ewald hat sich verlobt!“

Auch Andrea und Maria hatten ihren Spaß. „Hört mit dem blöden Gekicher auf“, rief Martin, „bringt mir lieber eine neue Hose!“ Auch William und Katharina gingen gerade über den Hof und blieben erstaunt stehen.

„Als wir in Britannien gegen die Schotten kämpften, haben wir sie meistens geschlagen. Ihre Röcke ließen nämlich beim Schwertkampf einfach keine größeren Schritte zu“, gab William zum Besten.

„Ja, ich weiß, Hohn und Spott über mich!", meinte Martin zerknirscht. „Solltest du dich irgendwann für weniger auffällige Kleidung entscheiden können, möchte Thomas dich und Ewald sprechen. Er wartet im Haupthaus auf euch." Martin nickte und verschwand in seiner Hütte.

Einige Zeit später trafen sie sich im Rittersaal. „Setzt euch", sagte Thomas, „ich muss mit euch reden. Die nasse Angelegenheit mit den Karpfen habt ihr ja erledigt. Nun habe ich einen neuen Auftrag für euch. Mir wäre es lieb, wenn ihr in absehbarer Zeit nach Colonia reisen würdet. Ich brauche dringend einige Dinge von dort. Bei der Gelegenheit solltet ihr auch die wichtigsten Sachen für die neue Schmiede mitbringen. Schließlich wäre es ratsam, schon im Frühjahr die ersten Märkte zu besuchen." „Das dürfte nicht so einfach sein. Es müssten wohl erst einige ruhige Tage kommen, damit wir ein Boot finden, das uns übersetzen kann", gab Ewald zu bedenken. „Wir werden das Wetter im Auge behalten und die Sache kurzfristig angehen."

Milde Tage

Wochenlang spielte das Wetter verrückt. Schneegestöber, Eisregen und Frost wechselten sich ab. An eine Rheinüberquerung war somit nicht zu denken. Der Gutshof lag in trübem Nebel und wirkte wie ausgestorben.

Das Weihnachtsfest war vorüber, das neue Jahr hatte begonnen und es kam, wie es kommen musste: Die Verpflegung wurde zunehmend knapper. Es konnte kein Brot mehr gebacken werden, da das Mehl ausgegangen war, und so blieben nur noch einige verschrumpelte Äpfel und etwas Kohl übrig. Gerne hätten sie einen fetten Karpfen geschlachtet, doch

Thomas untersagte es ihnen streng.

„Wer Hand an einen Fisch anlegt, wird den Hof sofort verlassen! Wir müssen abwarten, bis die Karpfen abgelaicht haben." Auch mehrere Fangversuche in der Weper brachten nicht den erhofften Erfolg. Viele Fischarten hatten sich in ruhigere Seitenarme oder in Tümpel verzogen, einige lagen auf dem Grund und fielen in eine Art Winterstarre. So wurde das Geräusch knurrender Mägen auf dem Gutshof zum ständig hörbaren Begleiter und alle warteten sehnlichst auf besseres Wetter.

Thomas, Ewald, William und Martin saßen im Rittersaal beisammen. „Wir werden auf die Jagd gehen, damit wir etwas Vernünftiges zu beißen bekommen. Leider ist mein Wald nicht sehr groß und grenzt an Jagdgebiete anderer Ritter, so auch an den des Grafen von Berg. Wenn ich in eines der Reviere vordringe, gibt es richtig Ärger", grübelte Thomas.

„Es sei denn …", begann Martin. „Es sei denn, was?", unterbrach ihn Thomas ungeduldig. „Naja, wir sprechen doch über eine Treibjagd. Wenn wir die Treiber nun in einen kleinen Teil des fremden Jagdgebiets vorstoßen lassen, damit also den Einzugskreis etwas vergrößern, könnten sie das Wild in Euer Gebiet treiben, wo wir es dann erlegen. Ihr seid schließlich nicht dafür verantwortlich, wenn Reh, Hirsch und Wildschwein ihr Revier wechseln", fuhr Martin fort.

„Du bist tatsächlich mit allen Wassern gewaschen! In dir kocht es doch schon vor lauter Jagdlust! Aber der Vorschlag ist nicht übel. Die Treiber kennen die Landesgrenzen nicht genau, also müssen wir sie gezielt etwas außerhalb einsetzen", überlegte Thomas, „nun gut, ich gebe dir den Ablauf der Jagd morgen bekannt, dann kannst du mit deinem Vater die entsprechenden Vorbereitungen treffen", meinte Thomas und entschwand. „Der Lehnsherr vertraut dir“, sagte William, „enttäusche ihn nicht!“

Schon am nächsten Tag trommelte Martin eine Vielzahl von Männern zusammen, die für die Treibjagd notwendig waren. Es waren Handwerker, Bauern, Knechte und einige junge Burschen, die er kannte. Das Treiben war bei der Bevölkerung nicht unbeliebt, denn jedem stand nach erfolgreicher Jagd ein Teil der erlegten Beute zu. Zudem wurde Thomas als Lehnsherr von seinen Untertanen sehr geschätzt. Willi besorgte eine Vielzahl von Knüppeln, die er mit Glöckchen und bunten Stofffetzen versah, um damit das Wild aufzuschrecken. Nachdem alles vorbereitet war, betraten Thomas und William den Innenhof, um den Männern präzise Anweisungen für den nächsten Tag zu geben. Nachdem Thomas sich bei allen für ihr Kommen bedankt hatte, gab er die Vorgehensweise bekannt und teilte die Gruppen ein. Jeder bekam einen Knüppel in die Hand gedrückt.

„So, Leute, ihr wisst Bescheid und kennt eure exakte Position für die morgige Jagd. Vor Sonnenaufgang sehen wir uns wieder, dann geht es auf die Jagd. Und bringt eure Hunde mit!“

Der Aufbruch

Es war noch dunkel, als das erste Hundegebell über den Hof schallte. Thomas und William hatten sich jeder mit einem Sauspieß bewaffnet und saßen bereits auf ihren Pferden. Martin, sein Vater und fünf weitere Bogenschützen nahmen Aufstellung. Insgesamt waren sie an die vierzig Männer. Auch Ewald ließ sich die Gelegenheit nicht entgehen, er wollte unbedingt dabei sein. Mit seinem Schwert war er allerdings zum

Zusehen verdammt. Thomas stieg von seinem Pferd, nahm einen Stock und zeichnete eine grobe Karte auf den Boden.

„Die eine Gruppe geht hier entlang, die anderen nehmen diesen Weg. Ihr bildet eine große Spitze und treibt das Wild an diesen Punkt, an dem wir uns positionieren." Die Männer nickten, dann fuhr er fort:

„Hier stellen sich die Bogenschützen im Halbkreis auf, William und ich decken die Flanken ab. Da wir viele Mäuler zu stopfen haben, konzentriert ihr euch besser auf größeres Wild. Von Tauben, Fasanen und Kaninchen werden nur wenige satt, wir brauchen Rehe, Hirsche oder Wildschweine." An seinem Gürtel hing ein Horn, auch beide Treibergruppen hatten je eines dabei. „Gebt mir ein Signal, wenn ihr an eurem Ausgangspunkt angelangt seid! Dann wartet ihr, bis ich anblase, und die Treibjagd ist eröffnet."

Die ersten Sonnenstrahlen brachen durch die Bäume, als sich die Gruppe auf den Weg in den Wald machte. Es herrschte eine eisige Kälte. Unterwegs erinnerte sich Thomas an die Jagd, die er als Knappe unter Adolf dem Dritten erlebt hatte. Thomas war noch in seiner Ausbildung auf Burg Neuenberge gewesen, als der Graf ihn zum ersten Mal als Treiber eingeteilt hatte. Das war nun schon viele Jahre her. Er dachte an den alten Haudegen Arnold von Kleve, den besten Freund des Grafen, der maßgeblich dazu beigetragen hatte, dass sie schließlich einen Bären in die Enge treiben und in einem wagemutigen Kampf erlegen konnten.

Freundinnen

Andrea und Maria spielten mit dem kleinen Max. „Bald wird er ein Jahr alt", sagte Andrea stolz. „Er ist ein so süßer

Junge. Komm doch einmal zur Tante!", säuselte Maria. Max krabbelte durch das Stroh auf dem Hüttenboden und jauchzte vor Freude, da klopfte es an der Tür.

„Darf ich eintreten?", rief Katharina. „Aber natürlich, komm nur herein!" In den vergangenen Monaten waren die drei Frauen einander Freundinnen geworden und verbrachten so viel Zeit miteinander, wie es ihnen neben der täglichen Arbeit möglich war. Max stand dabei stets im Mittelpunkt.

„Vor heute Abend sind unsere Männer sicherlich nicht zurück", wandte sich Maria an die anderen, „so haben wir den ganzen Tag für uns, das ist ja auch einmal ganz schön." „Hoffentlich sind sie erfolgreich, damit wir endlich wieder etwas Vernünftiges zu essen bekommen", sagte Andrea.

Bis auf einige Stallburschen und die Frauen waren alle auf der Jagd. Plötzlich hörten sie jemanden in den Innenhof reiten. Andrea öffnete die Tür und erblickte zwei Reiter, die sich suchend umschauten. Auf ihrem Wappenrock leuchtete das Tatzenkreuz der Templer, darunter trugen sie ein Kettenhemd über einem Gambeson.

Die Männer waren mit Schildern, Schwertern und Dolchen bewaffnet, unter den Helmen waren Kettenhauben zu sehen. Andrea bekam Angst, das Herz schlug ihr bis zum Hals. Nun nahm einer der Ritter seinen Helm ab und schob die Kopfhaube nach hinten.

„Ritter Jonas, welche Freude, Euch zu sehen!", rief Andrea erleichtert. Jonas stieg vom Pferd und begrüßte sie.

„Ich bin auf der Suche nach Sir William. Wie ich hörte, befindet er sich hier auf dem Gut seines Freundes Thomas."

„Das ist richtig, nur sind momentan alle auf der Jagd. Bis zu ihrer Rückkehr wird es noch etwas dauern."

„Da er unseren Orden verlassen hat, muss ich seine Ausrüstung abholen, um sie dem Waffenmeister zu übergeben.

William wird mich daher schon erwarten."

„Dann kommt doch mit in die Hütte, Ihr solltet nicht hier in der Kälte stehen!" Jonas stellte seinen Begleiter vor. „Das ist Bruder Richard aus Burgund, leider versteht er unsere Sprache nicht." Andrea nickte und bedeutete auch ihm, ihr in die Hütte zu folgen. Drinnen machte Andrea die beiden Ritter mit den Damen bekannt.

„Ihr seid also die hübsche Katharina – die Frau, für die uns William verlassen hat", meinte Jonas und verbeugte sich. Katharina errötete, dann jedoch lachte sie. „Ihr wisst doch – wo die Liebe hinfällt ..." „Gestattet Ihr mir, mich ein wenig auf dem Hof umzuschauen?", bat Jonas. Katharina nickte. „Und gebt Eure Pferde bei den Stallburschen ab, damit sie versorgt werden!" Jonas und Richard bedankten sich und verließen die Stube.

Jadgerfolg

Am späten Nachmittag kehrte die Jagdgesellschaft zurück, die Männer waren wahrhaftig erfolgreich gewesen. Stolz wurde das erlegte Wild zur Strecke gelegt. Die Beute bestand aus zwei Wildschweinen, vier Rehen sowie einem Bock, zwei Hirschkühen und einem prächtigen Hirsch, dessen Geweih Thomas präparieren lassen wollte.

„Das hänge ich über die Eingangstür", rief er stolz. In ihrem Freudentaumel bemerkte William nicht, dass sein alter Gefährte Jonas hinter ihm stand.

„Vom Hirschfilet hätte ich auch gern ein Stück", sagte dieser. William schnellte herum und verpasste dem Freund einen freundschaftlichen Stoß auf die Rippen.

„Ich habe mich schon gefragt, wann du endlich die Sachen

abholen kommst." Dann begrüßte er auch Richard. Als Thomas hinzutrat, machte William die Männer miteinander bekannt.

„Templer, Gott will es, euresgleichen kenne ich zur Genüge aus dem Heiligen Land", lachte er und reichte beiden Rittern die Hand. „Ihr kommt zur rechten Zeit, heute gibt es ein Festmahl!"

Nachdem die Treiber ihren Anteil des Wildes erhalten hatten, begann das Küchenpersonal mit der Zubereitung des Fleisches für den Abend, ein Teil wurde eingesalzen, der Rest sollte geräuchert werden. Die Hunde bekamen einige Innereien, auf die sie sich gierig stürzten. Die Tempelritter gingen gemeinsam zu Williams Wohnräumen im Haupthaus. Dort übergab er ihnen Gambeson, Kettenhemd, Haube, Helm und Schild – zuletzt das Schwert und den Dolch, den er noch eine Weile betrachtete, um ihn dann an Jonas weiterzureichen.

„Wie oft mir der Dolch, das Schwert und der Schild das Leben gerettet haben. Nun beginnt wohl ein neuer Lebensabschnitt."

Jonas gab ihm den Dolch zurück. „Schade", sagte er und kniff ein Auge zu, „dass du den im letzten Kampf verloren hast." William war gerührt von der Geste des Freundes. „Hab Dank, Bruder, ich werde auf ihn achtgeben, als wäre er ein Diamant."

Die Jagdgesellschaft hatte sich im Rittersaal eingefunden und ließ es sich schmecken. Nach einem vorzüglichen Mahl besprachen die Männer die Erlebnisse der Jagd, die Frauen gingen ihren Strickarbeiten nach. Noch zu vorgerückter Stunde saßen sie, Thomas, William und die Templer sowie Ewald, Martin und sein Vater beisammen. Etwa um Mitternacht erhob sich William angetrunken und torkelte auf Ewald zu.

„Du muscht mir jetzt bald ein neues Schwert schmieden, isch fühl misch so nackt“, lallte er. Die anderen lachten. Katharina hakte sich bei William unter. „Wenn du disch nackt fühlst“, sagte sie lächelnd, „dann solltest du ins Bett gehen.“ Behutsam führte sie den schwankenden William aus dem Saal.

Thomas gesellte sich noch zu Martin. „Mir wäre es recht, wenn du morgen mit Ewald nach Coelln reisen würdest. Ich glaube, die Witterung ist günstig. Kommt morgen in der Frühe zu mir und nehmt eine Einkaufsliste sowie genügend Coellner Pfennige mit. Es wird eine schwere Ladung werden, deshalb solltet ihr zwei Pferde einspannen.“

Gesprächsstoff

An Martins Hals hing ein prall gefüllter Geldbeutel, den ihm Ritter Thomas mitgegeben hatte. „Halte bitte die Zügel!“, sagte Martin zu Ewald und rollte die Einkaufsliste auseinander. Mühsam versuchte er, das Geschriebene zu entziffern. „Hier steht W – e – i – z – e – n“ „Gib mal her!“ Ewald nahm ihm das Schriftstück ab und drückte Martin die Zügel in die Hand. „Wir sollen sechs Sack Weizenmehl, ein Fass Salz, zwei Eimer Salzheringe, zweihundert Talglichter und Lampenöl besorgen – und für die neue Schmiede einen Amboss, diverse Hämmer und Zangen, du Pfeife“, beendete Ewald seinen Vortrag. „Ich wusste gar nicht, dass du so gut lesen kannst“, stellte Martin bewundernd fest.

„Das hat mir mein Vater beigebracht. Für bestimmte Schmiedearbeiten musst du gelegentlich auch Pläne entziffern können.“

„Vielleicht sollte ich mich auch einmal damit beschäftigen. Ein wenig bin ich des Lesens schon mächtig, aber es dauert immer recht lange, bis ich weiß, was geschrieben steht", gab Martin zu.

Ewald sah ihn von der Seite an. „Du, ich mache mir schon seit Langem Gedanken über unseren Lehnsherrn. Er ist sehr beliebt bei seinen Untertanen und bekannt für seine Großzügigkeit. Aber woher hat er das ganze Geld, um seinen Hof so schnell aufzubauen und auszuweiten? Mit den wenigen Abgaben der Bauern ist das alles jedenfalls nicht zu bestreiten."

„Ich vermute, dass er sich auf den Kreuzzügen im Heiligen Land bereichert hat. Wer weiß schon so genau, wie die Kreuzritter auf ihren Märschen geplündert haben."

Ewald überlegte gerade, wie wohl ihm bei diesem Gedanken war, da rief Martin: „Dort drüben ist der Rhein! Hoffentlich finden wir einen Lastkahn, der uns übersetzt."

Als sie das Ufer erreichten, fuhren sie mit dem Gespann bis zur alten Fährhütte, die zum Schutz vor Hochwasser auf einer leichten Erhöhung stand. Ein älterer Mann saß hinter einem Tisch und döste vor sich hin. „Gott zum Gruß! Gibt es eine Fähre, die uns mit dem Gespann übersetzen kann?", fragte Ewald.

„Ein bisschen Geduld müsst ihr schon aufbringen. Die Fähre ist auf dem Rückweg und wird erst in etwa einer Stunde hier sein. Es ist nicht viel los bei diesem Wetter. Momentan sind wir froh über jeden Pfennig, den wir einnehmen können. Seht, dort drüben", sagte der Fährmann und wies auf den Fluss, „da kommt der Kahn schon angeschippert! Wenn ihr wollt, könnt ihr bei mir schon für die Überfahrt bezahlen."

Martin öffnete seinen Geldbeutel und warf ihm einige Münzen auf den Tisch.

„Passt schon", meinte der Fährmann, „fahrt euer Gespann schon einmal rückwärts ans Wasser!"

Nachdem der Bootsmann die Fähre vertäut hatte, verließen

einige Handwerker und Händler sowie drei Reiter das Boot. Er gab das Zeichen zur Auffahrt und wies das Gespann rückwärtig ein, was stets den schwierigsten Teil der Prozedur darstellte, weil die Pferde dies so gar nicht mochten. Nach vielen Hoho- und Brr-Rufen gelang es ihnen schließlich, das Gespann mit dicken Seilen sicher auf dem Lastkahn zu befestigen. Der Bootsmann schob noch zwei Bremsklötze unter die Räder und schon glitt der Lastkahn gemächlich in die Strömung des Rheins. Mit gesetztem Segel erreichten sie in kurzer Zeit das Coellner Ufer. Das Abladen gestaltete sich einfacher, da die Pferde vorwärts von Boot gehen konnten.

Danach fuhren sie einige Minuten den Rhein entlang, um später das Nordtor zu passieren. Von hier aus war es nicht mehr weit bis zu den Lagerhallen der Kaufmannsgilde. Als sie etwas später dort ankamen, waren die Spielleute gerade damit beschäftigt, ein neues Theaterstück einzuüben.

„Schaut mal, wer da kommt!“, rief der kleine Peter. Sie unterbrachen ihre Probe und gingen auf Ewald und Martin zu. Nach der üblichen, herzlichen Begrüßung fragte Harald: „Was führt euch nach Colonia?“

„Thomas hat uns beauftragt, einige Besorgungen für das Gut zu erledigen“, antwortete Martin und reichte Harald die Liste.

Harald warf ein Auge darauf. „Dann fragen wir am besten Johann Overstolz. Er müsste hier gleich auftauchen und kann euch mit Sicherheit sagen, wo ihr die Sachen bekommen könnt. Müsst ihr denn heute schon wieder zurück?“

„Nein, wenn wir morgen Abend wieder in Leichlingen sind, ist das früh genug“, meinte Ewald.

„Dann haben wir ja noch genügend Zeit zum Quatschen“, freute sich Harald, „es gibt übrigens zwei neue Mitglieder in unseren Reihen.“ Er winkte einen etwa zwanzigjährigen Burschen zu sich, der sich mit einem Lächeln vor ihnen verbeugte.

„Das ist Klaus, Jongleur und Zauberkünstler“, stellte ihn Harald vor, „und der junge Mann auf dem Wagen ist unser Manfred – Robert hat schon ein Auge auf ihn geworfen. Manfred ist Verkleidungskünstler und kann nahezu in jede Rolle schlüpfen. Ach, und ich habe noch eine Neuigkeit für euch: Freia und ich werden noch in diesem Jahr heiraten!“

Das Debakel

Johann Overstolz nannte Martin und Ewald einige Händler, bei denen sie ihre Einkäufe erledigen konnten, und beschrieb ihnen den Weg.

„Am Spital des heiligen Johannes müsst ihr rechts abbiegen. Dann kommt ihr in eine Straße mit verschiedenen Krämern und kleineren Geschäften. Auch ein Müller bietet dort seine Waren feil. Mit Schmiedebedarf kenne ich mich leider nicht aus, darum geht am besten in die Schenke ***Zur Hachse*** und fragt nach dem Wirt Alex. Der kennt hier jeden. Außerdem gibt es bei ihm hervorragenden Schweinebraten – den besten, den Coelln zu bieten hat“, erklärte der Kaufmann.

„Zunächst gehen wir zu Fuß, um uns zu erkundigen. Wenn wir später alles zusammengestellt haben, nehmen wir den Wagen und holen die Waren ab“, schlug Martin vor.

Frohen Mutes machten sich Martin und Ewald auf den Weg in die Südstadt. Nach einem Marsch durch Coelln kamen sie an das Spital der Johanniter und bogen in die Gasse ein. „Dort drüben ist die Gaststube!“, rief Ewald. Gepflegte Häuser säumten zu beiden Seiten die Straße, auch die Gassen und Plätze waren sauberer als im Rest der Stadt. Es war der Gegend deutlich anzumerken, dass hier der Geldadel wohnte.

Einige Soldaten der Stadtwache waren unterwegs, um für Ordnung zu sorgen.

„Mein Magen knurrt. Ich denke, wir sollten zunächst etwas Vernünftiges essen“, meinte Martin. Das war das reche Stichwort, denn in diesem Punkt wurde sich Ewald mit seinem Freund stets einig.

„Essen kann ich immer!“ Sie gingen in die Schenke, nahmen direkt am Fenster Platz und ließen den Wirt kommen.

„Wie wir gehört haben, soll Euer Schweinebraten weit und breit der beste sein“, wandte sich Martin an ihn. Der Mann war von kleiner, untersetzter Statur und hatte einen kugelförmigen Schmierbauch. „Wer hat Euch denn dergleichen zugetragen?“

„Der Kaufmann Overstolz aus der Nordstadt.“

„Na, der muss es ja wissen – so oft, wie er hier ist“, lachte der Wirt.

„Dann bitte zweimal den Schweinebraten mit Rotkraut und zwei Krüge von Eurem Bier!“, bestellte Martin. Nach einer halben Stunde kam der Wirt mit zwei gut gefüllten Tellern zurück und stellte sie auf den Tisch. „Lasst es Euch schmecken!“

Martin und Ewald lief das Wasser im Mund zusammen. Abrupt stellten sie ihr Gespräch ein und machten sich über das Essen her.

„Mein lieber Herr, ist das lecker!“, schmatzte Ewald und ließ seinen Blick immer wieder über den Dorfplatz gleiten. Plötzlich hielt er inne und sprang auf, sodass der Stuhl nach hinten flog. Ewald wurde kreidebleich. Mit furchterregender, eisiger Stimme sagte er: „Da gehen sie – die Büttel aus Weperevorthe und dieses Schwein namens Berthold, der Mörder meiner Eltern!“

Nichts und niemand konnte ihn jetzt mehr aufhalten. Er zog sein Schwert und rannte zur Tür. Martin schnellte hoch, um ihm zu folgen. Sein Freund stand in der Gasse und brüllte: „Bleibt stehen, ihr Lumpenpack!“ Dann lief er mit dem Schwert hinter ihnen her. Mittlerweile war auch der Wirt herausgeeilt, Passanten und Kinder stoben auseinander. Ein junger Mann, die Kapuze tief ins Gesicht geschoben, verschwand in einem Hauseingang und beobachtete das Spektakel.

Die Büttel und der Söldner blieben nun stehen und drehten sich um. Als sie Ewald erkannten, zogen sie sofort ihre Schwerter. Jetzt waren alle zum Kampf bereit. Martin war nur noch wenige Schritte von Ewald entfernt.

„Schnapp du dir den Hundsfott, ich lenke die Büttel ab!“, schrie er. Der dicke Michael und der große schlaksige Franz hielten ihre Schwerter unbeholfen zur Abwehr vor sich. Martin schlug die Schwerter beiseite. Weil er gegen zwei Büttel kämpfen musste, zog er vorsichtshalber noch seinen Dolch, um gegebenenfalls Schläge zu parieren. Ewald kreuzte seine Klinge mit Bertholds Schwert. Er spürte eine heftige, maßlose Wut in sich aufsteigen, wusste jedoch, dass er diese bändigen musste, wollte er keine Fehler riskieren.

Da der Söldner älter war als er, beabsichtigte Ewald, ihn bis zur Erschöpfung zu fordern und dann zuzuschlagen. Obgleich Berthold keinen schlechten Schwertkämpfer abgab, war er Ewald nicht ebenbürtig. Schon nach kurzem Gefecht wischte Berthold sich mit dem freien Arm den Schweiß vom Gesicht. In diesem Moment stach Ewald präzise zu und fügte ihm eine Stichverletzung an der rechten Schulter zu. Der Söldner stöhnte kurz auf, kämpfte jedoch weiter und holte zum Gegenangriff aus. Ewald trat einen Schritt zurück und blockte die folgenden Hiebe gezielt ab. Gerade als er wieder vorwärts stürmen wollte, spürte er eine Speerspitze in seinem Rücken.

Sechs Stadtwachen hatten sie umzingelt.

„Sofort runter mit den Waffen“, schrie einer von ihnen, „oder wir stechen zu!“

Alsdann ließen die Kontrahenten ihre Schwerter sinken. Die Wachen brauchte Ewald jetzt wahrlich so nötig wie einen Kropf. Die Männer standen mit vorgehaltenen Speeren um sie herum.

„Wir wurden überfallen, sie wollten uns ausrauben!“, rief der Büttel Michael. Eine Menschentraube hatte sich um sie versammelt. Die Leute gafften, um ja nichts zu verpassen.

„Wir sind Büttel der Stadt Colonia, nehmt diese beiden Wegelagerer fest!“, forderte Michael nun von einem Hauptmann der Wache. Dieser tat, was man ihm sagte, und nahm Ewald und Martin ihre Waffen ab.

„Bringt sie ins Verlies, dort können sie schmoren, bis sie der Henker aufknüpft!“, sagte der lange Franz. Mit stetigen Stößen in den Rücken trieben die Soldaten Martin und Ewald vor sich her. Die vermummte Gestalt, die die ganze Zeit im Hauseingang gestanden hatte, verließ schnellen Schrittes den Platz.

Stunden der Einsamkeit

Die Beine an den Knöcheln zusammengeschnürt, lagen Martin und Ewald auf dem eisig kalten Steinboden des Kerkers. „Wie ich diese ekelhaften Ratten hasse“, schimpfte Martin. Zahlreich huschten die gierigen Nager durch das stinkende Verlies. In dem feuchten, verschimmelten Stroh, das auf dem Boden lag, und dem wabernden Geruch von Fäkalien schienen sich die Tiere wohlzufühlen. Ein altes, verrostetes Eisengitter mit einem Schloss diente als Tür.

„Nur fünf Minuten länger und ich hätte ihm den Schädel vom Kopf gehauen.“

„Sei froh“, erwiderte Martin, „dass es anders gekommen ist, sonst säßen wir hier als Mörder fest.“

An der Rückwand des Kerkers befand sich ein schmaler Spalt, durch den etwas Tageslicht in die Zelle drang, sodass sie nicht vollkommen im Dunkeln saßen. Ihre Vorgänger hatten sich an den Wänden verewigt. Es waren Zeichen und Kratzspuren erkennbar, verschiedene Daten und Flüche.

„Was die wohl mit uns vorhaben? Ich könnte platzen vor Wut! Dieser scheinheilige Büttel Michael ist ein verdammt schlauer Fuchs – hetzt uns die Wache auf den Hals und tut so, als ob wir sie ausrauben wollten. Und das Geld haben sie mir auch abgenommen“, sagte Martin.

„Thomas wird von uns enttäuscht sein, wenn ihm all das zu Ohren kommt“, meinte Ewald. Martin kratzte sich fortwährend.

„Hier wimmelt es von Läusen, Flöhen und Wanzen!“

Vom Gang her waren schlürfende Schritte zu hören. Ein Kerkerknecht tauchte plötzlich am Gitter auf.

„Das Mahl wäre nun angerichtet“, höhnte er und öffnete kurz die Tür, um zwei Teller hineinzuschieben, „heute gibt es die Spezialität des Hauses: Wassersuppe mit Brot.“

„Was wird denn jetzt aus uns?“, rief ihm Martin hinterher. Der Mann drehte sich um und fuhr mit der Handkante quer über seinen Hals.

„Wenn ihr lieb seid, nehmen sie das Richtschwert, ansonsten den Strick. Das dauert etwas länger und vorher scheißt ihr euch noch die Hosen voll. Sollte das Glück euch beistehen, dürft ihr die Stadt als Vogelfreie verlassen und könnt nie mehr zurück.“ „Weshalb schauen die Kerkergesellen immer wie Vogelscheuchen aus?“, überlegte Martin laut.

„Die sehen doch kaum Tageslicht“, gab Ewald zurück, „verbringen ihr halbes Leben in der Dunkelheit beim Knobeln und Saufen. Von dem, was draußen passiert, bekommen sie wohl nicht viel mit." Martin wies auf seinen Teller. „Nach dem herrlichen Schweinebraten fasse ich diese Suppe nicht an, oder willst du das Zeug etwa essen?"

„Auf Dauer wird uns wohl nichts anderes übrig bleiben, wenn wir hier nicht verrecken wollen." „Da fällt mir ein, dass wir den Schweinebraten nicht bezahlt haben. Möglicherweise kriegen sie uns auch noch wegen Zechprellerei an die Hammelbeine."

Ratlosigkeit

„Das sind ja schöne Neuigkeiten! Und du bist dir wirklich sicher?", fragte Harald den Jungen.

„Ja, ich stand direkt daneben. Ich werde doch noch den Mann erkennen, dem ich mein Leben verdanke. Und der andere war der Schuft, der mich seinerzeit überfallen hat. Das habe ich auch dem Hauptmann der Stadtwache gemeldet."

„Dann musst du der Sendbote sein, den Ewald damals in der Gasse gefunden hat. Ich kann mich an die Geschichte erinnern. Dieser Berthold hatte dich zusammengeschlagen und ausgeraubt, nicht wahr?" „Genauso war es. Und Ewald kam mir zu Hilfe."

„Ich kann schon verstehen, dass er ausgerastet ist, als er den Mörder seiner Eltern sah", hörte man Robin sagen.

Die Spielleute hatten sich nun vollständig versammelt.

„Wie gehen wir denn jetzt weiter vor? Irgendetwas müssen wir doch unternehmen!

Wir können die Freunde doch nicht im Kerker verrecken lassen", meinte Freia.

„Was haltet ihr davon, wenn wir den Fall mit Johann Overstolz besprechen? Der kennt sich doch aus und hat sicherlich gute Beziehungen", schlug Harald vor. Die anderen nickten. Harald schickte den kleinen Peter los, um den Kaufmann zu informieren, der schon am selben Abend bei ihnen eintraf. „Eine verzwickte Geschichte, die ich da höre. Wir sollten auf direktem Weg ihren Lehnsherrn, Ritter Thomas in Leichlingen, verständigen. Da ich Mitglied im Stadtrat bin, will ich versuchen herauszufinden, wo die beiden sind und wie es ihnen geht. Außerdem könnte ich in Erfahrung bringen, wann mit einer Verhandlung und einem Richterspruch zu rechnen ist", sagte er.

Harald sah Robin an. „Machst du dich bitte mit der Nachricht auf den Weg nach Leichlingen? Mit etwas Glück bekommst du heute noch eine Fähre für die Überfahrt." Robin nickte, nahm seine Jacke und etwas Geld und war auch schon durch das Tor entschwunden.

„Das ist doch alles eine riesige Sauerei!", schimpfte Robert.

„Zurück zu dir", wandte sich Harald wieder dem Sendboten zu, „du weißt genau, dass zwei Stadtbüttel mit diesem Berthold zusammen waren?"

„Ja, ein kleiner Dicker namens Michael und eine lange Bohnenstange, die sie Franz nannten."

„Wenn mich nicht alles täuscht, sind die doch aus Weperevorthe. Vielleicht hat man sie dort aus der Stadt gejagt und sie haben sich diesem Berthold angeschlossen. Oder sollten sie jetzt etwa in Coelln ihr Unwesen treiben?", grübelte Harald, der wieder einmal gut kombinierte, „wir können nichts anderes tun, als die nächsten Tage abzuwarten."

Zähes Warten

Im Laufe der nächsten Tage wurde die Situation für Martin und Ewald immer unerträglicher.

„Bei Wasser und Brot verrecken die Leute hier unten doch, bevor es zur Verhandlung kommt“, stöhnte Martin. Die Freunde lagen nebeneinander im Dreck und zitterten vor Kälte. Vergeblich versuchten sie, den Kerkerburschen zu überreden, ihnen eine Decke zu bringen.

„Was zahlt ihr denn?“, war seine übliche Antwort. Doch da man Martin alles Geld abgenommen hatte, waren sie mittellos und verfügten somit über keinerlei Möglichkeiten. „Ich glaube, es wird wieder Nacht“, murmelte Ewald. Von Tag zu Tag wurden sie schwächer. Fortwährend fielen sie in einen Dämmerzustand mit wilden Träumen, wachten wieder auf und nickten erneut ein.

Im Halbschlaf nahm Martin ein Geräusch wahr und dachte wieder an einc Ratte. Doch dieses Mal hörte er, wie sich der Schlüssel im eisernen Schloss der Tür drehte. Mit einem lauten Quietschen wurde sie aufgeschoben und der Kerkermeister betrat die Zelle. Er warf ihnen zwei grobe Schafsdecken und einen Kanten Brot vor die Füße.

„Ihr scheint da draußen wohl einen Gönner zu haben“, feixte er und verschwand auch schon wieder. Schnell warfen Martin und Ewald sich die Decken über und teilten sich das Brot, das sie mit Heißhunger verschlangen. „Wen meinte er?“, sprach Ewald vor sich hin, dann schliefen sie ein.

Schwache Sonnenstrahlen fielen durch die schmale Fensteröffnung in das Verlies. Plötzlich näherten sich Stimmen und einen Augenblick später stand der Kaufmann Overstolz vor ihrer Zellentür.

„Guten Morgen“, grüßte er sie, „euer Befinden scheint nicht

das Beste zu sein. Ab heute bekommt ihr regelmäßig zu essen und zu trinken. Ich habe den Kerkermeister überzeugen können – ein paar Pfennige wirken hier Wunder."

„Vielen Dank, Herr Overstolz", erwiderte Martin, „aber wann kommen wir nur wieder aus diesem Drecksloch heraus?"

„Euer Angriff auf offener Straße – und dann noch am helllichten Tag – war nicht besonders klug. Das hätte man gewiss anders regeln können", wies er sie zurecht, „in drei Tagen ist eure Verhandlung im Gerichtssaal des Rathauses. Ich werde auch anwesend sein. Mit dem Richter habt ihr es aber leider nicht gut getroffen. Er ist ein harter Hund, bekannt für schnelle Urteile. Mit dem ist wahrhaft nicht zu spaßen. Hoffnungslos ist euer Fall jedoch nicht. Wir sehen uns bei der Verhandlung!" Mit diesen Worten verließ er die Zelle, die der Kerkerbursche sodann wieder verschloss.

Der Gerichtstag

Die Ketten klirrten, als man ihnen die Fußschlösser entriegelte. Martin und Ewald erhoben sich mühsam, danach standen sie auf recht wackeligen Beinen.

„Folgt mir!", befahl der Kerkermeister. Er führte sie durch den Gang in einen Vorhof, wo fünf bewaffnete Wachsoldaten und ein Schinderkarren auf sie warteten. Mit einem Strick band man den Gefangenen ihre Hände zusammen, danach wurden sie unsanft auf die Plattform befördert.

„Hinsetzen und Maul halten!", fuhr sie ein Hauptmann an. Er und drei weitere Soldaten waren schon bei ihrer Festnahme dabei gewesen, Martin und Ewald erkannten sie sogleich wieder. Der Kerkermeister setzte sich auf den Kutschbock, trieb das Pferd an und schlug den Weg zum Gerichtsgebäude ein.

Die Fahrt dorthin wurde zum Spießrutenlauf. Aufgebrachte Bürger riefen ihnen Beleidigungen zu.

„Knüpft sie auf, haut ihnen die Rübe ab!“, war noch das Harmloseste, was sie zu hören bekamen. Vereinzelt flogen ihnen verfaulte Salatköpfe und andere Gegenstände um die Köpfe, die Freunde duckten sich und versuchten, den Geschossen auszuweichen. Der Schreck über das Vorgehen der Coellner Bürger stand den beiden in ihre Gesichter geschrieben.

„Wir sind noch nicht einmal verurteilt und dieser Mob behandelt uns schon wie Schwerverbrecher“, brummte Martin.

Kurze Zeit später hielt der Karren vor dem Gerichtsgebäude und man befahl den beiden abzusteigen. Vor dem Haus hatte sich ein Spalier von Neugierigen gebildet, die von der Stadtwache im Zaum gehalten wurden. Der Prozesstag glich einem Volksfest. An verschiedenen Ständen wurden lautstark Getränke und süße Teigwaren angepriesen. Hinter ihnen ertönte es:

„Leute, wärmt Euch auf und versucht diesen köstlichen, heißen Würzwein!“

„Wir warten hier, bis ihr an der Reihe seid. Heute Vormittag gibt es über dreißig Verhandlungen, es kann also noch ein wenig dauern“, wandte sich der Kerkermeister an seine Gefangenen. Eine Stunde später erschien ein Gerichtsdiener und teilte ihnen mit, dass sie sich bereithalten sollten.

Gerade wurde ein Schweinediebstahl verhandelt. Ein Landstreicher hatte einem Bauern zwei Ferkel gestohlen und war dabei erwischt worden. Der Richter, der wie seine Amtskollegen nach einer einjährigen Ausbildung den obligatorischen Eid auf die heiligen Reliquien hatte leisten müssen, niemals ein Urteil wider besseres Wissen zu fällen, befand den Dieb für schuldig und bestimmte, dass dieser durch das Aufschlitzen beider Ohren gebrandmarkt werden sollte.

Nun hörte man den Gerichtsdiener rufen:

„Der Bogner Martin und der Schmied Ewald sollen eintreten!“ Zwei Wachleute führten die beiden in den Saal, in dem schon zahlreiche Zuschauer auf sie warteten. Hinter einem hohen, langen Tisch saßen sechs Männer: in der Mitte der Richter, rechts und links von ihm die Schöffen sowie ein Vertreter der Kirche. Ewald und Martin sollten auf einer Holzbank vor dem Richtertisch Platz nehmen, linker Hand saßen die Büttel und Berthold.

„Als Angeklagte stehen der Bogner Martin aus der Ortschaft Weperevorthe und der Schmied Ewald aus Huckengeswage vor diesem hohen Gericht. Ihnen wird vorgeworfen, die städtischen Büttel Michael und Franz sowie deren Begleiter Berthold auf offener Straße überfallen zu haben. Während des Angriffs konnten sie von der Stadtwache festgenommen werden“, meldete der Gerichtsdiener dem Gremium, „hebt eure rechte Hand und schwört auf die Bibel, dass ihr nichts als die Wahrheit sagt!“

Nachdem der Schwur geleistet war, übernahm der Richter den Prozess.

„Zuerst sollen die Kläger den Vorfall schildern!“ Michael erhob sich.

„Hohes Gericht! Wir – der Büttel Franz, der Söldner Berthold und meine Wenigkeit – befanden uns auf dem Weg zu einem Krämerladen, um einige Dinge einzukaufen, als wir plötzlich von diesen beiden Männern hinterrücks angegriffen wurden. Ich vermutete gleich, dass sie uns ausrauben wollten.“

„Das ist eine gemeine Lüge!“, schrie Ewald. „Ruhe! Du wirst später befragt!“, herrschte ihn der Richter an. Dann forderte er den Büttel auf: „Erzählt weiter!“

„Wir drehten uns um und sahen, dass sie Schwerter bei sich trugen, mit denen sie uns bedrohten. In Notwehr zogen wir unsere Waffen und es kam zum Schlagabtausch. Kurz bevor wir sie überwältigen konnten, war uns auch schon die Stadtwache zu Hilfe geeilt. Gemeinsam gelang es uns, die Angreifer zu überwältigen", hörte man den Büttel Michael sagen.

„Gut, dann kennen wir ja die Anklagepunkte. Da hier die Aussagen zweier Büttel unserer Stadt vorliegen, scheint es sich ja um eine klare Sache zu handeln", meinte der Richter.

Daraufhin wandte er sich an die Beschuldigten.

„Habt ihr noch etwas zu eurer Verteidigung vorzubringen?" Ewald erhob sich. „Ehrwürdiger Richter, hohes Gericht! Das Vorgebrachte ist nichts als eine einzige Lüge. Wir hatten von unserem Lehnsherrn, Ritter Thomas Grimbergen von Leichlingen, den Auftrag erhalten, Waren für seinen Gutshof zu kaufen, und trugen demzufolge genügend Geld bei uns", trug er vor.

Jetzt wies er auf die drei zu seiner Linken. „Richtig ist, dass diese Männer die Mörder meiner Eltern und hinterhältige Brandstifter sind! Sie leben von Überfällen und bereichern sich an ihren Opfern. In ihrem Auftrag wurden außerdem harmlose Spielleute überfallen, drei Frauen entführt und ein Mann getötet. Richtig ist auch, dass durch ihre Gräueltaten eine Frau geschändet wurde, bevor mein Freund sie befreien konnte. Außerdem hat der Söldner Berthold im vergangenen Jahr einen Coellner Sendboten zusammengeschlagen und beraubt. Beim Hauptmann der Stadtwache müsste eine entsprechende Anzeige des Boten vorliegen. Ich habe diesen Söldner, der nichts anderes als ein gemeiner Räuber und Wegelagerer ist, nach dem Tod meiner Eltern lange gesucht. Zufälligerweise lief er mir nun hier über den Weg. Da ist meine aufgestaute Wut mit mir durchgegangen. Das ist die wahre Geschichte, die mein Freund Martin bestätigen kann."

Die Zuschauer rutschten unruhig auf ihren Stühlen hin und

her und erwarteten gespannt die Reaktion des Gerichts. Doch es war Ewald, der erneut das Wort ergriff: :

„Im Aussehen eines Menschen kann man sich schon einmal irren, Verwechslungen sind möglich – nicht aber bei einer Verstümmlung der rechten Hand, wie sie dieser Söldner aufweist! Daran haben ihn bereits mehrere Menschen wiedererkannt."

Nach dieser flammenden Rede schienen die Sympathien die Seite gewechselt zu haben, das Gemurmel im Gerichtssaal wurde zunehmend lauter.

„Dann hängt doch die Büttel auf!", rief einer in den Saal, die anderen lachten. „Ruhe!", forderte der Richter erneut,

„Söldner Berthold, erhebt Eure rechte Hand!" Zögerlich tat dieser, wie ihm geheißen. Als die Zuschauer sahen, dass ihm tatsächlich drei Finger fehlten, erfüllte ein Raunen den Saal.

„Das ist ein Zeichen des Teufels!" schrie einer. Der Richter beugte sich zu seinen Schöffen und flüsterte ihnen etwas zu. In dem Moment sprang der Büttel Michael auf. „Alles Lügen, wir kennen diese Leute überhaupt nicht, von denen der Angeklagte gesprochen hat!" „Genau, die haben wir noch nie im Leben gesehen!", fügte Franz noch schnell an.

Plötzlich dröhnte eine laute Stimme durch den Raum.

„Der Angeklagte spricht die Wahrheit, hohes Gericht!" Alle schauten zum Eingang, durch den nun Thomas Grimbergen mit William, Andrea und dem jungen Sendboten in den Saal trat. Ohne Eile schritten sie zum Richterpult. In Martin und Ewald keimte Hoffnung auf. „Würdet Ihr Euch bitte vorstellen?", forderte sie der Richter ärgerlich auf.

„Ich bin Thomas Grimbergen, der Lehnsherr der beiden Angeklagten, und das hier sind Ritter William und der überfallene Sendbote Georg. Die junge Dame an meiner Seite ist die Frau des Bogners Martin. Wir haben wichtige Aussagen zu machen, die diesen Fall schnell klären werden."

„Dann müssen wir der Sache wohl auf den Grund gehen. Beginnen wir mit dem Jungen“, entschied der Richter ungeduldig. Georg schilderte den Überfall und beschrieb, wie Ewald ihm zur Hilfe geeilt war, anschließend berichtete Andrea von dem Angriff auf die Gaukler und der anschließenden Entführung. Als Thomas schließlich noch seine Bekanntschaft mit dem Erzbischof Engelbert von Berg sowie den gemeinsamen Kreuzzug mit dessen Bruder Graf Adolf erwähnte, schien der Richter beeindruckt.

„Das Gericht zieht sich zur Beratung zurück!“, verkündete er und verließ mit den Schöffen den Saal.

In diesem Augenblick verlor der lange Franz die Nerven und schrie:

„Damit haben wir nichts zu tun, das war der hier!“ Schwitzend stürzte er sich auf Berthold und krallte seine Hände in dessen Hals.

„Der Söldner hat sie alle auf dem Gewissen, wir Büttel haben nichts damit zu tun!“ Zwei Gerichtsdiener eilten hinzu und rissen die beiden auseinander. Die angsterfüllten Worte des hageren Franz kamen einem Geständnis gleich. Aufgeregt sprachen die Zuschauer miteinander.

„Hängt die Büttel und den Söldner doch einfach auf!“, rief wieder einer.

Berthold und Michael saßen zusammengekauert auf ihrer Bank, Franz wurde immer noch von den Gerichtsdienern festgehalten. Das Blatt hatte sich gewendet. Martin und Ewald bekamen neuen Mut, nach dem Auftritt der Freunde und der Rede des Lehnsherrn erwachten neue Lebensgeister in ihnen. Martin drehte sich um, seine Blicke suchten Andrea. Sie saß zwischen William und Thomas auf einer Bank und umklammerte ihr Holzkreuz – Martins erstes Geschenk an sie.

Es dauerte beinahe eine halbe Stunde, bis sich die Tür endlich wieder öffnete. Der Gerichtsdiener stampfte dreimal mit seinem Stock auf den Boden.

„Erhebt Euch!", rief er laut und deutlich. Der Richter betrat den Saal, die Schöffen folgten ihm. Sie gingen zurück an ihren Tisch und stellten sich dahinter auf. Augenblicklich wurde es still, alle erwarteten gespannt den Richterspruch.

„Im Namen Gottes ergeht folgendes Urteil", verkündete der Richter, „der Bogner Martin und der Schmied Ewald werden in Anbetracht der Zeugenaussagen freigesprochen! Sie sind als unschuldig anzusehen und können den Gerichtssaal als freie Bürger verlassen. In der Ausübung meines Amtes erkläre ich, dass sich die Kläger nun selbst als Angeklagte zu verantworten haben. Die Lügengeschichten, die sie dem hohen Gericht zugemutet haben, dienten ausschließlich der Verschleierung ihrer eigenen Taten. Somit gebe ich zusätzlich Folgendes bekannt:

Den beiden Bütteln Franz und Michael kann zwar kein Mord angelastet werden, jedoch haben sie ihre Pflichten wiederholt und in grober Weise verletzt und sind ihren gerechten Aufgaben nicht nachgekommen. Das Gericht wirft ihnen vor, ohne Wissen des Vogtes Söldner beauftragt zu haben, die Untaten in ihrem Namen ausführten. Des Weiteren haben sie sich der Täuschung des Gerichts sowie mehrerer betrügerischer Machenschaften schuldig gemacht. Daher verurteile ich sie zu je dreißig Peitschenhieben. Sie werden als vogelfrei erklärt und müssen umgehend die Stadt verlassen. Sollten sie sich jemals wieder in Coelln blicken lassen, müssen sie mit der Todesstrafe rechnen. Das Auspeitschen findet morgen in aller Öffentlichkeit auf dem alten Marktplatz statt."

„Richtig so!", riefen die Zuhörer. Der Richter setzte sich und sprach leise mit einem der Schöffen sowie dem Kirchenvertreter, dann erhob er sich erneut.

„Im Namen Gottes ergeht außerdem folgendes Urteil: Der Söldner Berthold wird zum Tode durch den Strang verurteilt! Vorher wird er jedoch vier Tage lang am Pranger für seine Taten büßen. Durch glaubwürdige Zeugenaussagen konnte ihm die Beteiligung an drei heimtückischen Morden sowie der Schändung einer Frau nachgewiesen werden. Ferner wird er beschuldigt, einen Boten überfallen und ausgeraubt zu haben. Auch die Brandstiftung durch seine Hand wird vonseiten des Gerichts als bewiesen angesehen. Die Verhandlung ist geschlossen." Dann wandte er sich an den Gerichtsdiener. „Was liegt als Nächstes an?"

Das glückliche Ende

Berthold und die Büttel wurden abgeführt und in eine Zelle gebracht. Martin und Andrea lagen sich in den Armen und weinten vor Erleichterung.

„Wenn ihr nicht gekommen wärt", sagte Ewald zu Thomas, „wer weiß, wie die Sache dann ausgegangen wäre."

„Ihr habt nun einmal treue Freunde, die zu euch halten", gab William zurück.

„Geht schon einmal vor, ich habe noch etwas zu erledigen!" Thomas machte auf dem Absatz kehrt und verschwand aus dem Saal. Die Freunde gingen nach draußen, wo sie von den Bürgern Colonias mit lautem Beifall empfangen wurden.

„Eben noch wollten sie uns aufhängen und jetzt werden wir gefeiert. Da kannst du einmal sehen, wie schnell der Pöbel seine Meinung ändert", flüsterte Martin Ewald zu.

„Wollt ihr etwa ohne eure Waffen gehen?" Thomas war zurückgekehrt und hielt ihre Schwerter und Dolche in den Händen.

„Oh, vielen Dank! In der Aufregung hätten wir sie tatsächlich vergessen“, staunte Ewald. Mit einem Kopfschütteln übergab ihnen der Lehnsherr die Waffen, dann zog er einen Geldbeutel hervor. „Den hat mir der Gerichtsdiener nur äußerst ungern zurückgegeben“, lachte er, „und nun lade ich euch alle zum Schweinebraten bei Alex ein!“ Martin grinste. „Den letzten hatten wir ja noch gar nicht bezahlt.“

„Du kommst mit!“, rief Thomas und zeigte auf den Sendboten, „wer sich so mutig dem Gericht stellt, der hat auch ein Stück Schweinebraten verdient.“

Der schmalbrüstige Sendbote grinste über das ganze Gesicht. Für ihn war es eine besondere Ehre, mit den Rittern essen zu gehen. Zu sechst betraten sie etwas später den Gastraum und Thomas orderte den berühmten, vom Oberstolzen empfohlenen Schweinebraten. Während des Mahls blickte er zu Ewald, Martin und Andrea. „Somit wäre euer ärgstes Problem nun endlich aus der Welt geschafft!“

„Dafür sind wir Euch sehr dankbar, Herr Ritter“, sagte Ewald erleichtert. Wie immer stopfte Martin in einer ungeheuren Geschwindigkeit ein Stück Fleisch nach dem anderen in sich hinein, dann grunzte er mit vollem Mund: „Endlich sind deine Eltern und Ranulf gerächt!“

„Und dir bringe ich zu Hause erst einmal vernünftige Tischmanieren bei“, fügte Andrea mit einem glücklichen Lächeln hinzu. Nach dem Essen klatschte Thomas in seine Hände. „Auf, Männer ich will frühzeitig wieder auf meinem Hof sein. Ewald und Martin, ihr macht euch auf den Weg zu den Gauklern und holt unseren Wagen und die Pferde. Andrea, William und ich warten hier auf euch.“

Ewald und Martin sprangen auf und liefen sofort los, um ihr Fuhrwerk vom Hofe des Patriziers Overstolz zu holen.

Es dauerte nicht lange, bis sie mit dem Fuhrwerk zurückkamen und vor der Gaststube hielten.

„Wisst ihr noch, was ihr besorgen solltet?", fragte sie Thomas.

Beide nickten. „Gut, dann erledigt alles und kommt mit dem Wagen an das Rheinufer, wo die Last- und Fährkähne anlegen. Dort warte ich mit William. Andrea geht mit euch. Hier ist der Beutel mit dem Geld", sagte er und hielt ihn Martin entgegen. Thomas und William holten ihre Pferde und ritten zum Rheinufer vor.

Mit einem schwer beladenen Wagen erreichten die drei am späten Nachmittag das Rheinufer. Ewalds Schmiedewerkzeug hatte ein enormes Gewicht, welches den Wagen tief in den Boden drückte. Thomas quälten große Bedenken. Doch alles lief nach Plan und so kamen sie in der Dunkelheit mit unversehrten Wagenachsen am Rittergut an. Martin war aufgefallen, dass sich Thomas und William während der gesamten Rückreise intensiv unterhalten hatten.

Gleich nach ihrer Ankunft kommandierte Thomas: „Alle in die Betten! Ausladen werden wir am Morgen."

Martin wurde von den Geräuschen eines galoppierenden Pferdes geweckt. Schlaftrunken überlegte er, wer wohl so früh schon unterwegs sein konnte.

Er richtete sich auf und griff nach seinem Nachttopf, ging in eine Zimmerecke und lies sein aufgestautes Wasser hineinlaufen.

Andrea schlief noch fest. Max war bei seinen Großeltern untergebracht, die jede sich bietende Gelegenheit nutzten, um den Kleinen bei sich zu haben.

Plötzlich klopfte es an der Tür: „Herr Martin, Herr Martin, Ihr sollt bitte mit Eurem Vater zum Lehnsherren kommen!"

Verschlafen schlurfte Martin durch den Raum, öffnete die Tür und erblickte die Magd. „Sag unserem Herrn, ich wäre gleich so weit. Ich verständige meinen Vater und dann kommen wir ins Haupthaus."

Etwa fünfzehn Minuten später saßen sie mit Ritter Thomas in der Kemenate.

„Es hat heute Morgen schon mächtig Ärger gegeben. William ist in aller Früh nach England aufgebrochen, um seine Eltern zu besuchen. Katharina ist fast durchgedreht, sie kann ihr Temperament nicht zügeln", erklärte ihnen Thomas.

„Aber das ist doch bekannt", sagte Martin. „Sicher, nur meine Schwester wollte unbedingt noch vor Williams Abreise heiraten", entgegnete Thomas, „und nun ist er einfach ohne Abschied losgeritten. Er beabsichtigte wohl, einer Diskussion mit Katharina aus dem Weg zu gehen. Nachdem er in aller Früh mein Gut verlassen hatte, kam meine Schwester zu mir und wollte uns freudestrahlend berichten, dass sie schwanger ist, aber da war William schon fort."

„Wann wird er denn wieder zurück sein?", fragte Martin.

„Ach, schon bald, in zwei bis drei Monaten ist er wieder hier. Morgen, wenn ihre erste Wut verraucht ist, wird sich meine Schwester beruhigt haben. Aber ich habe euch rufen lassen, um euch mitzuteilen, dass ihr die Arbeiten von William übernehmen müsst, solange er fort ist."

„Wie stellt Ihr Euch das vor, Herr?", fragte Martin.

„Ganz einfach. Ihr kontrolliert sämtliche Aufgaben der Handwerker. Ich brauche euch zum Deligieren, Einteilen und Überwachen der Arbeiten. Wenn alles nach meiner Zufriedenheit ausgeführt ist, könnt ihr euch wieder den eigenen Verpflichtungen zuwenden."

Martin und sein Vater erhoben sich, verneigten sich vor Thomas und verließen den Raum.

Müde kehrte Martin am Abend nach vollbrachter Arbeit in seine Hütte zurück.

Er nahm Andrea in den Arm und sagte: „Stell dir vor, Katharina bekommt ein Kind von William, doch er ist davongeritten und ahnt nichts davon."

„Eigentlich eine gute Nachricht", überlegte Andrea, „ich meine natürlich die Geburt des Kindes. Die Sache mit William ist weniger erfreulich. Wann wird denn mit der Geburt gerechnet?"

„Genau weiß ich es nicht – im Sommer oder Herbst, denke ich."

„So etwas muss man doch wissen!", fuhr ihn Andrea an.

Martin zuckte mit den Schultern. „Du als Frau vielleicht – ich als Mann kenne mich da nicht aus."

Andrea ging unruhig im Raum hin und her. „Eben, wie damals bei unserem Mäxchen. Alle wussten Bescheid, nur mein Mann hatte keine Ahnung. Ich werde zu Katharina gehen. Sicherlich braucht sie jetzt jemanden, der ihr beisteht."

„Sieh dich nur vor! Von Thomas weiß ich, dass sie vor Wut kocht."

„An ihrer Stelle wäre ich ebenfalls verletzt und wütend", entgegnete Andrea. Dann fuhr sie lächelnd fort: „Vielleicht gibt es ja im Spätsommer mehrere Gründe zum Feiern. Unser Max wird bis dahin bestimmt schon laufen können und sich auf sein Geschwisterchen freuen."

Martin überlegte kurz: „Heißt das, ich werde wieder Vater?"

„Ich sagte es ja soeben – im Spätsommer." lachte Andrea.

Severinstor

Mit blutendem Rücken und unter Schandrufen waren die Büttel aus der Stadt gejagt worden. Vor dem Coellner Südeingang hatte man Spieße in die Erde gerammt. Auf einem steckte Bertholds Kopf, dessen ergrautes, fettiges Haar ihm einst bis zu den Schultern gereicht hatte. Die Augen waren starr auf den Handelsweg gerichtet, den sie nie wieder sehen würden.

Im März 1225 kehrte noch einmal der Winter zurück, bevor er Anfang April endgültig einem warmen, sonnigen Frühling wich. Doch die Zeiten wurden unruhiger. Erzbischof Engelbert von Berg wurde seine Machtgier zunehmend zum Verhängnis, die Zahl seiner Gegner nahm beständig zu. Der Burgvogt berichtete sogar von mehreren Drohbriefen, die Engelbert jedoch sämtlich zu ignorieren schien.

Ende

Danksagung

Ein großer Dank geht an den Bergischen Verlag für die tatkräftige Unterstützung.

Eine wichtige Hilfe war mir Herr Zagermann vom Kunsthandwerkerhaus in Schloss Burg.

Besonderer Dank gilt meinem Freund Michael Schumacher, der mich zu diesem Buch mit den Worten ermutigte: „Mach es einfach!"

Ich bedanke mich bei meiner Frau für ihre unermüdliche Unterstützung und Geduld.

Ein weiterer Dank geht an Herrn Dr. Norbert Orthen aus Odenthal, der mir als Historiker zur Seite stand.

Außerdem möchte ich mich bei Herrn Hans Drewning, meinem ausdauernden Zuhörer und Berater, bedanken.

Für die Recherche verbrachte ich viele Stunden in der Stadtbücherei Remscheid, wo ich mittlerweile Dauergast bin. Hier gilt mein Dank besonders Frau Schlesener.

Peter vom Falkenberg